PARIS BY THE BOOK

塞纳河边的旧书店

LIAM CALLANAN

[美] 利亚姆·卡拉南 著

戚悦 译

中信出版集团 | 北京

图书在版编目（CIP）数据

塞纳河边的旧书店 /（美）利亚姆·卡拉南著；戚悦译 . -- 北京：中信出版社，2019.3（2020.3重印）

书名原文：Paris by the Book

ISBN 978-7-5086-9786-4

I. ①塞… Ⅱ . ①利… ②戚… Ⅲ . ①长篇小说－美国－现代 Ⅳ . ① I712.45

中国版本图书馆 CIP 数据核字（2018）第 270608 号

塞纳河边的旧书店

著　　者：[美] 利亚姆·卡拉南

译　　者：戚悦

出版发行：中信出版集团股份有限公司

（北京市朝阳区惠新东街甲 4 号富盛大厦 2 座　邮编　100029）

承 印 者：中国电影出版社印刷厂

开　　本：880mm × 1230mm　1/32　　印　　张：12.25　　字　　数：275 千字

版　　次：2019 年 3 月第 1 版　　印　　次：2020 年 3 月第 2 次印刷

京权图字：01－2018－8249　　广告经营许可证：京朝工商广字第 8087 号

书　　号：ISBN 978－7－5086－9786－4

定　　价：49.90 元

服务热线：400－600－8099

投稿邮箱：author@citicpub.com

献给我找到的那个人

如果我们确实需要某个人，那么总能找得到，因为你所寻觅的对象会像磁铁一样吸引着你。经过多年的乡村生活，我终于重返巴黎，而我需要一位年轻的画家来唤醒我。巴黎依然美丽如初，可是年轻的画家，你在哪里？

——格特鲁德·斯泰因[①]，1945 年写于巴黎

① 格特鲁德·斯泰因（1874—1946）：美国小说家、诗人、剧作家及艺术品收藏家，于 1903 年搬至巴黎，并在法国度过余生。她在塞纳河的码头遇见了年轻的西班牙画家弗朗西斯科·里瓦·罗维拉（1913—2002），并于 1945 年 5 月亲自为他的画展写了“前言”，本书引用的便是这篇“前言”的开头部分。——译者注（本书注释如无特别说明，均为译者注）

目录

引子

每一周，我都会跟踪那些不是我丈夫的男人。

后来，尽管时过境迁，我却仍旧保留了这个习惯。

我知道不该如此，但是我做的许多事情都经不起推敲。抽烟，开书店，花钱报法语班却想方设法地逃课，而这只是其中之一罢了。我陪女儿们走到学校，心不在焉地望向其他神情恍惚的家长，开始搜寻符合条件的目标。

偶尔，我会将高大的校门作为起点，看准一位动身离开的学生父亲，悄悄地尾随上去。不过通常情况下，我会前往熙熙攘攘的圣安东尼大道，仔细观察行色匆匆的路人。有时，我能够立刻找到合适的对象。有时，我得花费整整一个上午的工夫。有时，我发现某个男人跟我的丈夫颇为相像或略有神似——发丝乌黑，肩膀瘦削，双手无法安分地待在兜里，摇头晃脑，东张西望，目光却从未投向我的方向。可是在跟踪片刻之后，总会冒出一些矛盾的细节，令我丧失兴趣。我的丈夫绝不会戴蓝色的眼镜；我的丈夫绝不会跟孕妇抢出租车；我的丈夫绝不会从报刊亭偷杂志，从果蔬店偷苹果，从**旧书摊**[①]偷书籍；我的丈夫绝不会亲吻不是自己妻子的女人——我曾经目睹过一位学生家长这样做。

有时，我一无所获，内心感到十分惊讶。然而，更加匪夷所思的恐怕是另一种情况——在半公里之内，我就可以找到一个男人，并且成功地尾随许久。

跟踪这些男人本应困难重重，但现实却并非如此。巴黎是一座拥挤的城市，跟旅游广告和宣传海报所描绘的假象相去甚远。至于我，尽管身材苗条，双腿修长，天生便具备男人喜爱的冷漠气质，但是我已经四十二岁了，除非年龄减少一半，否则他们不会关注我。

平凡的状态正合我意，我也需要平凡作掩护。

政府当局经常发布特别警示，频繁地提醒民众小心谨慎、注意安全。可是我发现，在大家增强戒备的日子里，我反倒显得最不起眼，因为我看起来完全不像坏人，谁也不会想到要提防我。

不过，无论何时，如果我追逐的男人离开大街，拐入狭窄的小路，情况就会变得比较复杂。在繁忙的大街上，我曾经与跟踪的对象近在咫尺，仅仅相隔一两米，甚至能够看清他头发的疏密程度（我的丈夫头发非常浓密），闻见古龙水的味道（我的丈夫从来都不喷香水），捕捉到衣服上的烟草气息（我的丈夫很少抽烟，偶尔为之，必定装作若无其事，虽然我能借助嗅觉揭穿秘密，但是也会提醒自己，他可以撒谎）。

在安静的小路上，我尽量将距离放宽至一个街区或者更远。我

① 本书原文出现了大量法语，为示区别，相应译文均以黑体表示。

会反复思考，如果前面的男人真是我的丈夫，我该怎么办？拥抱他，牵起他的手，紧紧地握住，踹他，打他，问他“为何要走”“去了哪里”“干了什么”。然而，对方不是他，永远都不是他。所以，我便环顾周围的商店，研究自己的手机，阅读历史地标纪念牌上的文字，好让我追逐的男人放松警惕：**那不过是个迷路的游客罢了。**

有一次（仅此一次），意外终于发生了，一个被跟踪的男人转过身来，亲口质疑了我的行为。

那是在我们抵达巴黎的第七个月，虽然并非很久以前，但是也恍如隔世了。当时的我与现在不同，当时的巴黎亦然。

不过，我早该料到会发生意外，而且我确实也料到了。从一开始，我就知道他会带来麻烦，因为他跟我的丈夫实在太像了。一样的发型，一样的眼镜，一样的微笑。在卢浮宫下方的苹果零售店（其受欢迎程度和拥挤程度几乎不亚于上方的博物馆），他对一名女子露出微笑，牙齿闪亮，嘴角微斜，熟悉的表情吸引了我的视线。起初，我呆呆地凝视着他，并未发现他和我的丈夫长得极为相似，等到察觉以后，便再也无法压抑追逐的冲动。他绕着卢浮宫金字塔[①]的“地下双胞胎”转了一圈，那个颠倒的金字塔犹如一枚指向零售店中央的箭头，仿佛在得意扬扬地宣布：“这里才是你们要找的地方。”接着，他缓缓地经过地下商场，摆脱了咖啡、玩具、奢侈的卫生纸等种种诱惑，来到每个人都必须做出决定的位置：应当往深处走，搭乘地铁，还是往高处走，重返地面？

---

① 卢浮宫金字塔：指建在卢浮宫拿破仑庭院内的玻璃金字塔，由著名建筑师贝聿铭设计。在卢浮宫地下的苹果零售店内，有一个倒置的玻璃金字塔位于中央，文中提到的“地下双胞胎”指的就是这个小金字塔。

如果他选择下去，我会放弃跟踪，因为我不打算坐地铁。这是计划之外的任务，原本我只是想为女儿们——十六岁的艾丽和十四岁的黛芙妮——选购两条崭新的充电线，以前给她们买过的便宜冒牌货已经坏了。我准备换换胃口，干点儿正经的事情，比如待在家里，拿着苹果的充电线等她们放学。

可是，他选择了爬上楼梯，并且在顶层做出令人费解的举动。他没有迈向车水马龙的里沃利大街，而是折回了卢浮宫侧翼拥抱的巨大广场。他肯定是想再多看几眼。

于是，我紧紧跟随。

过了一两分钟，他低头查看手表，然后拐进黎塞留通道，朝外面的世界走去。这条室内柱廊设在卢浮宫的法国雕塑展区中，透过左右两侧的玻璃幕墙，来往的行人可以免费窥探珍贵的艺术品，无须受到警戒线的限制。

他会看吗？不。

然而，我却忍不住侧目欣赏，短暂的停顿险些害我把他跟丢，我不得不小跑了几步，才重新追上他。我们踏出黎塞留通道，横穿马路，沿着瓦卢瓦大街往北走去。

此刻，我把另一个考验摆在他面前。如果他右转，走向法兰西银行，我会立刻离开他；如果他左转，走向布鲁塞尔皇宫，我会继续跟着他，徜徉在美丽的花园和林立的树木之间。

他选择了左转，于是我也左转。他加快脚步，我竭力保持从容的速度。他穿过东北角的一片立柱，往西，再往北。我们经过法国国家图书馆黎塞留分馆的大铁门，身穿黑衣的学者与工作人员在街道旁和庭院中漫无目的地徘徊，专心致志地交谈、抽烟，端着小巧的塑料杯啜饮咖啡。我们不停地前进。古老的证券交易所，银行，餐厅，钱币店，集邮店。我不禁怀疑，他要一路走到蒙马特高地，而我将毫不犹豫地跟上。因为……

因为，就连我都会承认，巴黎是一座剧院，雕梁画栋，金碧辉煌（尽管边缘稍有磨损），而住在这里意味着要花费许多时间守在外面，等待进去，一旦进去，又要等待开场，思索着鲜艳的红色幕布再过多久才会开启。灯光陆续熄灭，观众陷入沉默，附近暗流涌动，你知道演出终于要开始了。

我所谓的“演出”，指的是生机勃勃的鲜花，五颜六色的嫩蕊顺着碧绿的藤蔓从高处的窗台垂落，俯瞰着幽静的小巷；抑或摩肩接踵的博物馆走廊，在人群中，你发现一尊雕像直勾勾地盯着你，眼中只有你，历经数个世纪，静止的微笑依然神秘而狡黠；抑或一顿偶然邂逅的晚餐，盘子里全是最简单的食材（可能是你自己烹制的菜肴，严格遵循某位屠夫的热情指示），组合起来却达到了绝妙的效果，轻轻咬一口，你就会品尝到超乎想象的美味。你始终在等待幕布升起，正是因为你不清楚它会在何时何地升起，也不清楚舞台上会出现什么。

比如，一个男人。比如，你的丈夫。

我给艾丽发短信，告诉她我可能要晚点儿回去，让她先打开店门，把提示牌翻到“营业中”的那面，以便吸引顾客——

突然，我跟踪的男人打断了我。

“有事吗？”他说。

听起来十分突兀，完全不是正常的问候。刚才我忙着打字，虽然仍旧在走路，却没有留神观察。眼下，这个男人竟然在面对面地与我讲话，以前从未发生过类似的情况。

他站得很近，呼出的气息颇为清新。可是，我却感到头晕目眩，周围的行路人、宠物狗、快递员和摩托车都在绕着我们旋转，仿佛石子落进河水中，激起一圈圈涟漪。

“不”，我说。我应该用英语回答：“抱歉，你说什么？”那样他就会觉得我不懂法语。然而，我练习最多的法语单词就是“不”，口音非常地道，结果他把我当成了本地人。他低声用法语询问，我为何要跟踪他。

可我才不会告诉他：其实，我失去了自己的丈夫。在最初的几个月里，我熬过了各种手册、网站和书籍所说的心理阶段——震惊、否认、怀疑、内疚、愤怒、绝望。我一遍又一遍地经历着这些痛苦的阶段，循环往复，却无法抵达专家所承诺的“接受”阶段。

后来，我总算撑到了最后一个阶段，或者确切地说，虽然我没有接受失去丈夫的现实，但是却接受了其他的现实。我原本以为，经营一家巴黎书店并且住在书店的楼上，不过是权宜之计，但是我慢慢地意识到，这种短暂的生活状态可能会永久地持续下去。

于是，我迈入了崭新的阶段：“法国”阶段。法国的一切好像都跟美国差不多，但事实证明二者截然不同。在美国，如果忽然看到跟自己的丈夫颇为相似的男人，你会露出悲伤的微笑。在法国，你会义无反顾地去追逐他。

在美国，你心想：“当然会感到好奇，毕竟这就像一本未完成的书。”

在法国，我知道，这就是一本未完成的书。

在美国，你说“我失去了丈夫”，大家便觉得他们明白你的意思了。

在法国，他们理解得更加透彻。我说自己失去了他，他们不会说“请节哀”。

他们会说：“他去哪儿了？”

所以，在回答那个男人的时候，我平静而清晰地复述了自己曾经告诉过警察的话语。

我说：“我在寻找我的丈夫。”

我没有往下说，因为这仅仅是我的故事，当初的我并不知道还有后半句。

“我的丈夫也在寻找我。”

Part 1

威斯康星州[①] · 巴黎

① 威斯康星州：美国中西部北边的一个州，首府为麦迪逊。

第一章

长期以来，我始终把书店的门面视为一处精心设计的陷阱。

虽然我们的书店位于异常热闹的玛莱区①，但是却位于下玛莱区，靠近塞纳河，远离步行街，远离贩卖炸豆泥的货摊儿和出售可丽饼的餐厅，自然也远离人群和顾客。街区的一侧几乎完全被一座修道院的后墙所占领，我经常听到钟声，却从未见过任何修道士，不知院中是否有人居住。在修道院对面，矗立着一排其貌不扬的建筑，底层的商铺向外凸出，刷着深浅各异的奶油色，永久地沾染了岁月的暗黄。锌皮屋顶斑斑驳驳，百叶窗帘残缺不全，到处都点缀着花朵或花朵的遗骸，以及锻铁栏杆或锻铁栏杆的遗骸。

而我们的书店披着鲜红的外衣，就像一颗苹果，又如一道伤口。

这家商店一直都是红色的，但过去的红色较深、较蓝，更似高贵沉稳的赤霞珠葡萄酒，是我选择将其改为樱桃红，接近消防车的

---

① 玛莱区：巴黎的购物胜地，经常接待来自世界各地的游客，分为上玛莱区和下玛莱区，主要的名牌商店都集中在上玛莱区。

红色。尽管我事先征得了房东布鲁雅太太的同意，而且她也是前任店主，可是这项决定依然令街坊邻居颇有微词。我请来的第一位粉刷匠在开工之前就不干了，第二位粉刷匠在刮掉旧漆和打完底漆之后也退出了。最终，在快递司机洛朗的建议下，我雇了一名波兰粉刷匠，对方跟我一样，基本不会讲法语，所以根本不在乎别人怎么想。平常，除了负责运送包裹，洛朗还兼任附近楼房的非正式管理员，等到大功告成之际，我便主动询问他的看法。洛朗上上下下地打量着整条街道，陷入了沉思。那名波兰粉刷匠不仅按照我的要求，采用了明媚的红色，而且还在表面涂了至少三十六层清漆，商店在阳光下闪闪发亮，仿佛糊着一层融化的棒棒糖。

于是，洛朗说，我应该卖棒棒糖。

我摇了摇头。

他也摇了摇头。

我们卖书。玻璃橱窗上的烫金大字标得清清楚楚，左边写着“书店”，右边写着“**英语书店**”，中间是亟待商榷的店名。这家书店原本是以所在的街道命名，街道又是以圣露西[①]命名，但问题在于，城里还有另一条街道也是以圣露西命名，人们常常对此感到十分困惑。另外，圣露西其实是作家的守护神，但是布鲁雅太太说这个名字会让大家误认为店里卖的是宗教物品，结果有些时候会招来虔诚的信徒，而多数时候则干脆无人问津。她告诉我，这条街道曾经热闹非凡，不仅挤满了购书的顾客，而且遍地都是售书的商贩。后来，

① 圣露西（283—304）：又被称作锡拉库扎的露西亚，是一位基督教殉道者，被罗马天主教、英国国教、路德宗新教和东正教尊为圣徒，也是天主教的“主保圣人”，即俗称的“守护神”，主要保护盲人、作家、殉道者等。

生意变得越来越萧条，店铺陆陆续续地倒闭，许多老板都把无法带走的库中存货送给了布鲁雅太太。毋庸置疑，他们抛弃的作品并非宝贵的法语书，而是平庸的英语书，作者也并非活人，而是死人。她几乎没有活人写的东西。

我提议将书店改名为“故版”，与通常所说的“新版”相对。“故”指的是我们从今往后专门卖已故作家的书籍，虽然他们的生命消逝了，但是他们的文字还健在。

她不喜欢这个名字，却允许我更换招牌，仿佛她很享受心怀不满的感觉。我甚至觉得，正因如此，她才会把自己经营了数十年的书店托付给我，毕竟，我对书店知之甚少，对法语知之更少，在常人眼中委实难当大任。而且，好像也正因如此，她才会兴致盎然地看着已故作家的小小天地渐渐成为独特的风景线，吸引了众多偏爱巴黎的游记撰稿人（他们很快便发现，我为儿童文学和女性文学破例，收入了部分在世的作家）。

布鲁雅太太私底下塞钱给洛朗，让他从巴黎郊外的仓库运来更多的书籍，那里堆放着老店主们遗留的各种破烂。洛朗声称，就算发动全世界的顾客，也不可能清除仓库中的所有存货。

况且，布鲁雅太太的顾客在全世界所占的比例微不足道。在我刚刚接管书店的时候，女儿们总是开玩笑，指出顾客的数量已经降至区区三人——两个美国人，一个新西兰人，而他们也是我在巴黎仅有的朋友。每次听到女儿们这样说，我都会用微笑来掩饰受伤的内心。将他们三人称作“顾客”恐怕太过勉强，叫成“朋友”更是极为不妥。但是，我很感激他们能偶尔来店里买几本书。

实际上，纵观当代的法国以及任何地方，都是亚马逊在卖书

（和雪地轮胎），而书店在卖咖啡或者其他利润更高的商品，相比之下，只卖书的书店撑得非常辛苦。不久以前，我跟女儿们还住在密尔沃基[①]，那里的书店简直什么都卖。（两年可以算“不久”吗？两年的光阴，有时像二十年，有时又像二十分钟。）在法国，情况稍微好一些。尽管亚马逊的傻笑[②]无处不在，巴黎也难以幸免，但是文明而先进的法国正在尝试控制书籍的打折力度，甚至还给独立的私营书店提供资金支持。类似的援助主要针对新书的销售，不过机智的布鲁雅太太早就想到了赢利的办法，她开了一家面积较小的店中店，让法语新作和英语旧书共处一室，由此来获取政府的奖励。这家法语书店专卖儿童文学的作品，看起来好像设在二楼的前半部分，实则塞在狭窄的夹层中。

夹层的后半部分是卧室，属于我的两个女儿，与法语书店隔着一道脆弱的墙壁。如果她们敞开房门，那里就会成为一家陈列着儿童文学的英语书店。黛芙妮曾经抱怨过，说她珍藏的贝芙莉·克莱瑞[③]的作品被偷了好几本。其实是我不小心卖掉了那些书，我没有询问顾客从哪里找到了它们，就毫不犹豫地给他们结了账。

厨房、生活空间和我的卧室位于女儿们的闺房上方，屋里十分宽敞，装潢也颇为精致，明显是所谓的“高贵楼层”[④]。不过，作为这栋建筑的“高贵居民”，布鲁雅太太独占了顶部的两层，室内光

---

① 密尔沃基：一座位于美国威斯康星州的城市，坐落在密歇根湖畔。

② 亚马逊的傻笑：网络电商公司亚马逊的标志是一个弧形的箭头，犹如微笑的嘴巴。

③ 贝芙莉·克莱瑞（1916—　）：美国儿童文学和青少年文学作家，是在世的最为成功的美国作家之一。

④ 高贵楼层：过去指一栋大房子中最主要的楼层，通常带着客厅，现在也可以指一栋居民楼的主层，与夹层相对。

线极佳。她自己住在较矮的一层，她的私人藏书住在较高的一层。我去过她的套房，但是进门以后就乖乖地待在起居室里，从来不敢迈向深处。巴黎的许多事物都完全符合作家和艺术家的描绘，包括这栋建筑，也包括布鲁雅太太的起居室：昏黄的夕阳，美丽的家具，蕾丝窗帘随风轻轻飘荡，小巧的桌子上摆着古老的水晶灯。

巴黎就像布鲁雅太太答应带我去参观顶层的那个承诺，既是一项挑战，也是一份邀请，在这座城市里，二者难分彼此。可能正是由于这个原因，我跟布鲁雅太太的交谈才会经常戛然而止；又或许是由于她早就知道，甚至比我知道得还要早——我用书店门面设下的陷阱不是为了引诱顾客，而是为了引诱消失的丈夫，结果我自己反倒落入深不见底的陷阱中，难以逃离，无法挣脱。

我发现自己经营书店的行为似乎有点儿讽刺，因为将近二十年前，我曾经从书店逃跑，手里拿着偷来的东西。而我在巴黎跟踪男人的举动则更具讽刺意味，因为在那个遥远的夜晚，我的丈夫也追逐过我。

请读者诸君重设场景。铺上一条崭新的人行道，立起一家陌生的商店，落下截然不同的舞台幕布。埃菲尔铁塔隐去踪影，取而代之的是蓝天白云。城市的天际线轮廓简单，点缀着尖塔、烟囱，以及方方正正的建筑。毕竟，我们已经离开了巴黎，来到了密尔沃基。

我的左手没戴戒指，我和丈夫还没有结婚。我们都不喜欢出门，甚至不认识彼此，所以当他在街边跟我搭讪的时候，感觉真的很尴尬。他不停地高喊，一连串响亮的“喂”飘入耳中，声音越来越近，我只好转过身去。我的右手攥着一本书，而且大大方方地露在外面，并未藏起来。（我之所以这么做，是因为根本没法藏起来，那是一本宽约二十五厘米、长约三十厘米的童书，封面上印着鲜艳的红气球。）

“嗨，”他的半边脸庞带着微笑，“你好像忘了付钱吧？”他皱起另外半边脸庞，拼凑出完整的微笑，皮肤上浮现的纹路令他显得更为成熟，看起来稳重了许多。他个头不高，相貌端正，体形偏瘦，却颇为健壮。先前，我猜测他年仅十七岁，大概是高中越野队的成员。现在，我决定给他加上四岁。后来，他自己又添上了四岁，也就是二十五岁，实在令人难以置信。

“噢，我付钱了。”我说，“我每天都付钱。”接下来，我准备发表慷慨激昂的演讲，痛斥在路上跟我搭讪的男人，痛斥全世界各地在路上跟女人搭讪的男人——然而，这并不是真相。

真相是，我哑口无言，感到异常窘迫，狼狈不堪。我以前从未偷过东西，现在不仅偷了东西，而且偷的还是一本童书。我很穷，虽然二十四岁了，但是账户里的存款却寥寥无几。下周一，我会收到研究生奖学金，不过在那之前，我只有二十四美元、两张被冻结的信用卡和满腔过剩的怒火。我正在撰写毕业论文，内容是关于伟大而古怪的艾尔伯特·拉摩里斯①，他拍摄的电影《红气球》②于1956年上映，而我需要《红气球》的图书版本。不知为何，学校图书馆提前关门了，可是我却固执地认定自己必须马上看到那本书。其实，这部经典的巴黎电影及其衍生的图书早就深深地铭刻在我的脑

① 艾尔伯特·拉摩里斯（1922—1970）：法国导演、作家，代表作有《红气球》《气球漫游记》《白鬃野马》《情人的风》等。

② 《红气球》：一部发行于1956年的法国短片，时长34分钟，由艾尔伯特·拉摩里斯编剧、执导、拍摄，讲述了一个小男孩与一只红气球的故事，拍摄地点为巴黎的梅尼蒙当街区。该片荣获了多项大奖，其中包括第29届奥斯卡金像奖的最佳原创剧本奖。由电影衍生的同名图书于1957年出版，作者也是艾尔伯特·拉摩里斯，书中使用了电影的剧照，并添加了文字的描述。

海里，每一帧、每一页都烂熟于胸，甚至包括片中的鹅卵石和猫咪（一只是活蹦乱跳的黑猫，一只是画在海报上的白猫）。

二十世纪七十年代至八十年代，美国的小学经常在雨天的课间播放电影，所以我的许多同龄人都曾经短暂地爱上过《红气球》。随着岁月流逝，大家渐渐地淡忘了它，但是我知道自己不会，绝对不会。那部电影是我的初恋，就像一位知心的伙伴，抑或一名梦幻的男友，它可以理解我，起码我认为如此。而且，我相信自己也能理解它，不只理解它，还能理解它的巴黎。对于其他女孩和少数男孩来说，巴黎意味着鲜花、浪漫与呼呼作响的手风琴。可是，《红气球》里完全没有这些。它非常美丽，却又振聋发聩。有人觉得它很甜蜜，但是我从小就不喜欢甜蜜的东西，如今也不太喜欢。我惊讶地发现，人们经常忽略显而易见的事物，比如，我大摇大摆地拿走这么醒目的一本书，那家密尔沃基书店的工作人员却无动于衷。他们都不明白，红色是警告的颜色。

但愿当初我能多加留意这种警告。那时，我还在研究生院学习电影批评，但是已经开始试着接触电影制作了，因为我很想做点儿什么，而拉摩里斯的得心应手让拍电影显得格外容易。可是拍电影并不容易，况且电影批评专业的教授都瞧不起电影叙事。他们说："如果《红气球》仅仅是一个气球的特写镜头，持续三十分钟或者三十个小时，没有对话，没有演员，只有气球，那该多棒！莉娅，你觉得呢？"于是，我就想，我必须得转到电影研究专业。然而，进入电影研究专业以后，教授们又告诉我，我得学着关注《红气球》之外的电影和巴黎之外的场景。我假装乖乖听话，却无法承受谎言的折磨。过不了多久，我就会忍无可忍，彻底放弃，不再做虚幻的电影梦，或者鼓足勇气，奋起反抗，坚持拍摄自己的电影。我不知道拍摄的方式、时间和内容，但是我知道拍摄的地点：远离密尔沃基。

远离这个在书店外面与我搭讪的男孩。

所以，我跑了。

马丁大夫[①]的靴子绝非合适的跑鞋，况且还是从慈善商店买来的二手货，尺寸足足大了一码半。我担心身后的追逐者会认为这双靴子也是偷来的，我担心自己会担心他的想法。

终于，他追上了我，脱口而出的头三个字恰好是我打算要说的话。

"对不起，我不明白，你这是……"

他非常美丽。我知道这个词用在男人身上太女气了，不过他确实很美。

"没关系。"我爽快地宽恕了他，而得到赦免的却是我自己。

先前，他正在收银台排队，碰巧瞥见我抱着一本书溜出去。他让店员把那本书加到他的账单上，并且心血来潮地又买了另一本书，然后便开始追逐我。"我付过钱了，送给你，拿着吧。"他说，尽管我已经拿着了。

"我觉得自己不想要了。"我看向手中的书，喃喃地撒谎道。

"我能——我能请你喝杯咖啡吗？"

"啤酒吧，怎么样？"我说，"除非你害怕我会连啤酒也偷走。"

他不害怕，抑或稍微有点儿害怕，因为后来我们去了酒吧，可是他自始至终都紧握着自己的杯子。他也许是紧张，也许是口渴，也许是了解自己的特点：如果他的双手空闲，就会挥舞、抬起、落

① 马丁大夫：英国的鞋类和服装品牌，以生产靴子而闻名。

下，勾勒着熟悉和陌生的轮廓。他会抚摸头发，微微颔首，或者摩挲脸颊，皱眉蹙额，或者在桌上画出一个字母，在空中写出另一个字母，在说话和微笑的同时忙忙碌碌，片刻不停。没错，他确实很紧张，但仅仅是漫无目的地紧张，于是我决定让他对我紧张。我想见识一下，感受一下，那双手还能做什么。

他的瞳孔泛着神秘的灰色，但是右边的虹膜却染着橙红的小斑点，我觉得颇为新奇，忍不住提了几句。

作为回应，他短暂地闭目沉思。“眼睛的颜色对于人类而言毫无意义。”他说，“但是对于鸽子而言却意义重大，在竞翔比赛中，必须要通过眼睛的颜色来区分它们，认出属于自己的鸽子。”

那一刻，我找到了属于自己的鸽子。

“所以，巴黎？”说着，他用指尖轻轻地敲击摆在桌上的《红气球》。咚、咚、咚，听起来就像我的心脏在碰撞胸腔。

罗伯特介绍，他最爱的儿童故事是路德维希·贝梅尔曼斯[①]的《麦德兰》系列。

巴黎一间老旧房，
绿叶为帘藤作窗。
小小少女十二人，
乖乖排成队两行……[②]

---

① 路德维希·贝梅尔曼斯（1898—1962）：美国作家及儿童绘本的插画师，出生于奥匈帝国，因创作出《麦德兰》（*Madeline*）系列的儿童绘本而闻名于世。《麦德兰》主要讲述了一个名叫“麦德兰”的巴黎女孩的故事，有时也被译为《玛德琳》，但是根据书中童谣的押韵来判断，正确的音译应为“麦德兰”。

② 本段摘自路德维希·贝梅尔曼斯的系列绘本《麦德兰》，该系列共有六册，每册的开篇都是这四句。

我不禁摇了摇头。很久以前，在小学一年级或二年级的时候，《麦德兰》的内容总会引起我的质疑。什么？帽子？蝴蝶结？校服？乖乖排队？

可是，我那未来的丈夫却在滔滔不绝地讲述。鉴于我对拉摩里斯的兴趣，他以为我应该也喜欢贝梅尔曼斯："无论何时，无论何地，他们二位都是彻彻底底的艺术家！"他掏出了《麦德兰》系列的第一册，那是他专门给我买的，跟我偷来的书做伴。

他把《麦德兰》放在《红气球》旁边，两本书平摊在我们面前的桌子上。我低头看了看封面，然后抬头环顾着酒吧。

"大家肯定都在嫉妒我的约会。"我说。

这句话是假的，可我的焦虑却是真的。我一直都在保护心中的巴黎，以至于竭力拖延，不肯亲自去法国瞧一瞧。贫穷固然是寸步难行的重要原因，但是我还怀着愤世嫉俗的想法，认定巴黎绝对会令人失望。如今的巴黎根本就不是《红气球》中二十世纪五十年代的巴黎，它已经丧失了狂想曲般荡漾的阴郁与荒凉。即便我能找到一只气球，抑或被一只气球找到，那只气球也会在我翻到尾页之前就早早地爆炸。

（人们有许多描述"胆怯"的方式，这便是其中之一。）

"我以前从未发现，"他接着刚才的话题说，仿佛没听见我打岔，"这两本书并排的样子很古怪，对吧？"

毫无疑问，他很古怪，却深深地吸引了我。在研究生院里，我们过着颓废的生活，总是昼伏夜出，所以任何明亮的事物都会使我们激动不已，就算古怪的光芒也不例外，或者说，古怪的光芒更是如此。我仔细地端详着他，他仔细地端详着书。

“这是两种看待世界的方式，”他继续说，“一座城市——”

“我不同意。”我说，我本来就喜欢争论。

“天下只有两类人，要么喜欢《麦德兰》，要么喜欢《红气球》。”他说，这一点我也不同意，可是遗传学证实了他的观点：我们的两个女儿都继承了他对贝梅尔曼斯的钟情与偏爱。“要么喜欢图画，要么喜欢照片。要么喜欢彩色的巴黎，要么喜欢黑白的巴黎。”

“《红气球》是彩色的，它讲述的就是色彩。”

“但它的调色板却是灰色的。”

“那是因为你在看书，书上印的仅仅是剧照而已，可电影截然不同。”于是，我便表露身份，自诩为崭露头角（光芒褪去）的电影学者，正在酝酿一篇新颖（过时）的毕业论文，主要讲述了《红气球》绝非普通的电影，其创作者拉摩里斯也绝非普通的导演，而是二十世纪中叶独一无二的法国导演。批评家安德烈·巴赞[①]留下了里程碑式的两卷本文集《电影是什么》，以长达数页的篇幅来探讨拉摩里斯的作品。还有一位电影评论家[②]提到，巴黎本地的著名导演雷内·克莱尔[③]说过，他甘愿“以毕生事业作为交换，只求能拍出这样一部短片”，我原封不动地引用了这句话。

“那你自然就明白了！”罗伯特说。

我不明白，却谨慎地点了点头。

---

① 安德烈·巴赞（1918—1958）：法国电影批评家及电影理论家，其代表作《电影是什么》被西方电影学界誉为“电影的《圣经》”。

② 指的是查尔斯·希尔维，这句引言出自他发表于当代艺术博物馆网站上的一篇文章。

③ 雷内·克莱尔（1898—1981）：法国导演及作家，在二十世纪二十年代因拍摄默片而崭露头角，后来又尝试拍摄有声电影，在英国和美国工作了十年，二战后回到法国，用电影描绘早年的法国生活。

“贝梅尔曼斯也是一样，”他盯着《麦德兰》说，“我始终都很欣赏他，你知道他的故事吗？”

还有什么需要知道的吗？贝梅尔曼斯的一切都在纸上，而这恰恰是罗伯特的偶像和我的偶像之间的区别。

“我估计，如果他发现自己的书被用来垫啤酒杯，恐怕会非常震惊。”我说。

“他就是在一家酒吧里完成了这本书。”说着，他抬起眼睛，“皮特酒吧，好像在曼哈顿？如今应该还在。”

“你是——学生吗？研究生？”我问道。

他微微一笑。

“曾经是，”他说，“文学创作专业。不过，在卖出东西以后，我就辍学了。”

“什么东西？家具？”

“书，我写的几本书。”

我听到了书的数量，几本，接着是他的名字，罗伯特·伊迪——他过了这么久才告诉我。我决定先不说自己的名字叫莉娅，让他凭借努力来得知，或者至少等到他询问再开口。

我摇了摇头，纯粹是出于无知，表示不认识他。不过，倘若他以为我是出于妒忌而故意装傻，倒也挺好。

“你不是我的受众，”他说，“目前还不是。”

“严格来讲，目前我就是你的受众。”

“严格来讲，”他说，“那些书都是写给少儿的，比较……年轻化？”他描述了一套系列丛书，故事发生在“美国中部的一所中学里”，第一册的题目为《中央时间》，情节的关键是没有成年人——

既没有老师，也没有家长。

“明智。”我说，他露出崭新的微笑，像是勉强，又似鼓起勇气。“下一本是什么？”我问道，“山地时间？”

“无所谓，”他说，“因为我已经不想写了，我打算封笔，去做其他事情。”

我靠向椅背，打量起他，他的眼睛奇异而美丽、骄傲而紧张、兴奋而担忧，所有的情绪都融合在一起。后来，我得知他跟我一样失去了双亲，于是便暗暗思忖：怪不得他会拥有那种目光，我经常在早晨的镜子里看到类似的目光。

“就像……好吧，就像当年的贝梅尔曼斯。”他说。我在聆听，也在观察。我悄悄地剖析他，放大微小的细节。他显得活泼、迷人、古怪而健壮，不知衬衫底下藏着什么？我想抽一支香烟，我想让他为我点火。我还剩下两支香烟。他抽烟吗？我们可以分享！但是怎样才能把他领到外面呢？

他依然在畅谈：“贝梅尔曼斯在一生中干过十五份不同的工作——服务员、作家、插画师等等。他做过各种各样的事情，结果意识到自己喜欢严肃艺术，最想做的事情是油画创作。这份艰难的挑战把他推到了悬崖边缘，而他坚决不肯放弃。他成功了。在写作之余，在出版《麦德兰》之余，他创作了许多油画。诚然，他尊重《麦德兰》的读者，即便在临终前的病榻上，也从未停止为他们写作，但他却是为油画而活。”

“请别误会，”我说，心里却盼着他误会，“不过——贝梅尔曼斯这样做，真的正确吗？”

“请别误会，”罗伯特说，“不过，你偷走那本书，真的正确吗？

你不必回答，因为显然是正确的。对你而言，拉摩里斯的书籍、电影和艺术全都意义非凡。”

“你把这一切形容得太伟大了。”我说。

“我形容得还不够伟大！我不像你那么了解拉摩里斯，可他——他没有止步于这一部电影，对吗？”

他没有，但是我耸了耸肩。“他英年早逝，死于直升机失事。”罗伯特补充道。“在德黑兰[①]北部。”我补充道，既是因为事实如此，也是因为我想趁机结束现在的话题。

“伊朗！”罗伯特高喊，酒吧里的顾客原本就在好奇地打量我们，此刻更是竖起了耳朵。罗伯特急切地连连点头，仿佛经过整整一晚的交谈，他只听懂了关于中东空难的部分。“所以，他很像贝梅尔曼斯，是吧？”他说，“永不停歇。”

我想表示反对，“永不停歇”并非我的观点。不过，它是罗伯特的观点，而且我渐渐地看清，它也是拉摩里斯的观点。拉摩里斯拍了一部美妙的电影，接着又拍了好几部。他跟家人住在俯瞰圣特罗佩[②]的小山上，制作陶瓷、葡萄酒和印花布料。他设计出棋盘游戏“战国风云”[③]，还发明了一种名为“直升机视野[④]”的航空拍摄系统，

---

① 德黑兰：伊朗首都。1970 年，拉摩里斯在伊朗拍摄纪录片《情人的风》，他所搭乘的直升机意外坠毁，他也因此命丧德黑兰。后来，这部纪录片由他的遗孀和儿子剪辑完成。

② 圣特罗佩：法国东南部普罗旺斯-阿尔卑斯-蓝色海岸大区瓦尔省的一个城镇，位于尼斯市西边，是世界闻名的海滨度假胜地。

③ 战国风云：一种棋盘游戏，供二至六名玩家对战，棋盘上画着世界地图，分为六大洲四十二区，玩家通过攻守领地来决出胜负。

④ 直升机视野：一种实现高空平稳拍摄的系统，最早被艾尔伯特·拉摩里斯用于电影《红气球》的拍摄，拉摩里斯也因此获得了第二十九届奥斯卡金像奖的技术贡献奖。

007 电影《金手指》[①] 使用过这套先进的拍摄系统，拉摩里斯自己也使用过。在伊朗的卡拉季[②]大坝上空，为伊朗的末代国王[③]拍摄一部纪录片。我不知道，如果能够从伊朗回来，拉摩里斯会去哪儿。

"我要把书送回店里。"我说。

"哪本？"他说。

"两本一起。"我说。

"我已经付过钱了。"他说。

罗伯特小心翼翼地拿起贝梅尔曼斯的《麦德兰》，塞进我的包里。正如我所说，我从来都不是贝梅尔曼斯的书迷，即便小时候也不是。然而，随着那本阳光明媚的童书消失，某种难以言喻的情绪忽然涌现出来。

《红气球》描绘的巴黎虽然美不胜收，却充满绝望：一名小小少年跟一只神奇的红气球成为朋友，气球又圆又大，就像沙滩球一样；他们结伴在城里探索了约三十二分钟，然后坏蛋用石头击中了气球。片中的气球之死令人备感折磨，电影很少展示如此残酷的死亡，曾经光滑的表面布满可怕的皱纹，充盈的体积渐渐收缩，残破的遗骸坠落在地上。这个镜头仅仅持续了数秒而已，但是任何观看影片的孩子都会告诉你，那瞬间感觉比永远还要漫长。

然而，在《麦德兰》中，巴黎总是闪闪发亮，即便下雨或飘雪，即便坐在酒吧里，也不例外。如果贝梅尔曼斯的作品会讲话，它肯定会说：就算你无法获得学位也不要紧，就算你找不到合适的工作

---

① 《金手指》：英国 007 系列电影的第三部，上映于 1964 年。

② 卡拉季：伊朗北部城市。

③ 伊朗的末代国王：指穆罕默德 · 礼萨 · 巴列维（1941—1979），他曾经委托艾尔伯特 · 拉摩里斯拍摄一部纪录片，歌颂在他统治下的伊朗。

也没关系，到蒙马特来玩儿吧！我爱贝梅尔曼斯。

我已经一周都没有睡觉了。我迷迷糊糊地意识到，自己不仅在毕业论文的进度上落后了，而且在哀悼亲人的进度上也落后了。两年前，我的父母就去世了，可是如今他们依然经常入梦，甚至在我清醒的时候出现。他们不会直接面对我，而是在背景中掠过，就像举足轻重的男女主角变成了默默无闻的群众演员。我很担心他们此刻也在远远地望着，瞧见了冰冷的现实：我偷了一本并不需要的书，结果却发现太需要它了。最近，我发过誓，不再让别人看到我哭泣的样子，所以我提出要失陪一下，恍恍惚惚地指了指洗手间，等到进去以后，我便将自己锁在里面。

过了许久，我打开门，回到先前坐过的位置，却得知他已经结账离开了。他把我的《红气球》留在了桌上，我的半杯啤酒也在静静地守候。我让服务员端来烈酒，然后翻开书本，一页一页地浏览，重新构思毕业论文。电影的镜头中隐藏着动人心魄的脉脉深情，我竟然从未察觉到，拉摩里斯是多么热爱年轻的主角帕斯卡尔——其扮演者正是他自己的儿子帕斯卡尔[①]——又是多么热爱巴黎，热爱飞翔！

我停在第十三页上。一张帕斯卡尔曾居住过的公寓的照片占了整个版面，有人留下了工整的字迹：唐纳大街 2559 号。照片取景是在巴黎，但地址却是酒吧附近的街角。

在公寓的高处，帕斯卡尔的母亲或外祖母探出窗户，准备扔掉那只麻烦的气球。罗伯特在窗户顶部标出了门牌号：5A。

最后，气球上还写着三个字：巴黎见！

---

① 帕斯卡尔：指帕斯卡尔·拉摩里斯（1950—　），艾尔伯特·拉摩里斯的儿子，在《红气球》中扮演主角，并且以本名出演。

巴黎。我从小在巴黎长大，或者确切地说，由于拉摩里斯的电影和书籍常伴左右，我觉得自己从小在巴黎长大。其实，我始终都生活在威斯康星州。童年的镇子位于乡间，地处偏僻，人烟稀少，只有我一个孩子，也只有一家酒吧，我们经营着那家酒吧，并且住在酒吧的楼上。不过，店里充斥着酒气、烟雾与争吵，化作沉重的负担压在肩头，令我们感到喘不过气来，仿佛住在酒吧的地下。每当我翻开图书版的《红气球》(相对于电影而言，我更喜欢书，因为我可以反复阅读书中的内容，独自享受奇妙的乐趣，而看电影则需要图书馆管理员、老师或家长的帮助)，酒吧、十字路口和闪烁的黄色信号灯就会统统消失。转瞬之间，我便来到了梦寐以求的法国。

我迷恋《红气球》的世界，因为它跟我的世界截然不同。街道紧凑而陌生，铺满了起伏的鹅卵石，奔跑着古怪的车辆，在一幅难忘的剧照中，甚至出现了身穿制服、骑马巡逻的警察。如果一个孩子生在美国的中西部，日日夜夜都望着安静的十字路口，自然会觉得巴黎格外迷人。不过，我之所以喜欢这本书，还有特殊的原因。我独自度过了童年的大部分时光，书中的主人公也一样。红气球是他唯一的朋友，这本书也是我唯一的朋友。我总是遭到大家的排挤，不知是由于父母经营酒吧，还是由于自己性格孤僻。我年年都记着巴士底日[①]，并且向学校提议开设法语课程(从幼儿园到高中，如果想学习外语，只能选择德语)。日复一日，我看着帕斯卡尔在巴黎穿梭，他跟着气球，气球跟着他，我努力地跟着他们俩，可惜却无法缩短 4127 英里的距离。

---

① 巴士底日：又称法国国庆节，是每年的 7 月 14 日，旨在纪念 1789 年 7 月 14 日巴黎群众攻克了象征封建统治的巴士底狱，从而揭开法国大革命的序幕。

但是，罗伯特的公寓就在几个街区之外，抽支烟的工夫就到了。巴黎见，他写道。我走进屋里，发现狭窄的房间空空荡荡，除了一张木桌和一块地毯之外，没有任何家具。之前的租客留下的西藏五彩经幡挂在窗外，褪色的布料迎风招展，就像逃生梯在空中摇晃。

罗伯特见到我似乎很惊讶，而我则目瞪口呆地盯着堆积成山的书籍，它们散落在各处，仿佛是摇摇欲坠的钟乳石（他纠正了我，应该是“石笋”），陈旧的枫木地板嘎吱作响，声音里流露着心满意足的喜悦之情，犹如我不久以后发出的阵阵呻吟。

大半个巴黎都酷似《红气球》中帕斯卡尔居住的公寓，尤其是我现在生活的街道。我常常在路边散步，有时是为了消除杂念，有时是为了胡思乱想。在散步的过程中，我尽量收集形形色色的故事，也许只有书店老板才会这么做。我仔细观察，侧耳聆听，内心涌现出各种各样的问题：呼啸的警笛要去何方？谁在人行道上掉了橙色的手套？迎面走来一对情侣，他们结婚了吗？不过，男子的眼神却偷偷摸摸，难道是外遇？橱窗里为什么摆满了落满灰尘的电影纪念品？我闻到的东西是洋葱、大蒜还是青葱？菜肴的扑鼻香气是从哪户人家飘散出来的？用的是橄榄油还是黄油呢？（肯定是黄油，整座城市都靠黄油过活。）高处悬挂的西藏五彩经幡会通往充斥着书本的公寓吗？就像我曾经在密尔沃基见过的那间公寓一样？

我不知道。毕竟，我不再去陌生的公寓了。

但是，我的街道同样迷人！煤烟熏黑的美丽建筑，耀眼醒目的红色书店，隔壁的隔壁是一家出售拖把的雪白商铺。虽然都是很漂亮的拖把，但仅仅是拖把而已。老板格里洛太太是意大利罗马人，我曾经问过她为何要如此限制自己，她看着我说：“那你呢——只卖书？”

所以，在每家店面背后，都隐藏着一个故事。

沿着街道继续前进，在塞纳河附近亦是如此，那里有更多的店铺大门紧闭，空空荡荡。在我们接管书店后不久，一处闲置的店铺似乎要开始营业了，橱窗擦得干干净净，一名粉刷匠出现在屋里，可是很快又消失得无影无踪。他留下了一架木制四脚梯，破破烂烂，陈旧不堪，覆盖着数十年间泼溅的油漆：铁锈红、咖啡金、深浅各异的天空蓝。一颗苹果立在梯子顶端，居高临下地打量着来往的行人。我觉得他肯定是一位兼职当粉刷匠的美术系学生，甚至是一位兼职当画家的粉刷匠，因为那颗苹果摆放的位置十分合适，外表也非常完美：小巧、浑圆，通体泛着深沉而内敛的红色，细茎周围点缀着斑驳的嫩绿。由此产生的画面犹如精致的静物写生图，进一步证明了在巴黎的每个街区，都至少有那么一家店、一道门、一扇窗乃至一块砖，散发着优雅的气质，引人驻足欣赏。难怪在法语中，光看不买的“橱窗购物”会被称为“**舔橱窗**”。

在其他地方，这种表达确实颇为粗俗，但是在巴黎却恰到好处。

任何陷阱都需要诱饵。我的诱饵就在书店前窗的左下角，静静地待了好几个月。那是一本书。既非《麦德兰》，也非《红气球》，而是罗伯特的《中央时间》。先前，我在书店里发现这本近乎崭新的作品被放错了位置，夹在众多的美国旅游指南之间。我没有动手翻开封面，也没有向布鲁雅太太打听来历，我把它挪到前方的橱窗里，竭力不去思考自己的意图。它是一支点燃的红蜡烛，一盏亮着的门廊灯，一枚掀起的邮箱旗①，一个神秘的小暗号。偶尔会有人提

① 邮箱旗：附在邮箱上的一种活动手柄，形似旗帜。在美国，邮箱旗掀起意味着邮箱里有需要寄出的信件，如果邮递员看到邮箱旗掀起，可以顺便拿走信件。

出要买下它，而我统统拒绝了。

可是，在我们抵达巴黎八个月后，也就是罗伯特失踪十二个月后，一位准买家却反过来拒绝了它。她把《中央时间》递给我，询问我是否还有“干净”的库存，她说这本上面写了字。我默默地摇了摇头。其实，我应该对她再友善一些。正如我先前所说，我们的客流量稳定却稀少，只有三人可以被称作“常客”：一名年长的美国男子，在大使馆工作，每周都会来买悬疑小说；一个年轻的新西兰妈妈，频频出现在店里，看似关注儿童文学，实则为了找我闲聊；一位退休的美术老师，来自新奥尔良，住在一栋船屋里，天天在墙壁上作画，她让我提供新书，声称价钱不是问题，我总是满足她的要求，但从未将罗伯特的作品给过她或者别人。

所以，在这种场合下，面对陌生的顾客，我应该表现得更加礼貌才对，可是我没有。我神情恍惚，呆呆地盯着她在扉页上发现的涂鸦。一句话，三个字。

对不起。

看起来很像罗伯特的笔迹，但是摇晃的线条又令我产生怀疑。

当我终于发出声音时，脱口而出的答复就连我自己都颇为惊讶：“给您打五折，行吗？因为——”

因为什么？我竖起耳朵，等待后面的解释，却说不下去了。我抬起头来，发现刚才的顾客已经走了。

第二章

我的女儿们并未将书店视作陷阱，但是旁观者恐怕会不以为然。两个女儿每天早晨都会慌慌张张地跑出来，仿佛建筑的入口即将彻底封闭，要把她们永远地困住。

其实并非如此，她们害怕的是快要关闭的学校大门。所以，她们飞快地跑，而我则使劲儿地追，通常能赶上预备铃的尾巴。每天早晨，在七点过去很久以后，对面的修道院会敲钟七下，再过七分钟，远处的教堂会敲钟六下，我们给那座教堂赐了个封号，称之为“圣某某教堂”。虽然钟声听起来好像只隔了几条街，但是我们始终找不到教堂的位置，也许它真的在另一个时区吧。可以这样说，倘若任一钟声响起而我们还没出发的话，那肯定要迟到了。我会高喊：“宝贝女儿！”那是她们唯一勉强接受的昵称，并且只能用英语表达，免得被别人听懂。

“妈妈！”黛芙妮焦急地呼唤。她是我的小女儿，在我们刚刚抵达巴黎的时候才十二岁。她一天到晚都在寻找束发带，而我总能奇迹般地发现目标，不过却常常引来她的抗议：“这个不好，太松了！”

“你的大脑萎缩啦！”说话的是她的姐姐艾丽，比黛芙妮大两岁。艾丽对她的奚落源于学校的传闻，据说以前的老师会拿着尺子在教室里巡视，测量差生的头围：“如果不努力学习，你的大脑就会萎缩。”在美国，我们一直都坚持记录孩子们的身高，用铅笔把数字写在门框上。来到巴黎以后，我打算延续原先的传统，可是黛芙妮却坚持要求我测量她的头围，于是我才得知了这个神奇的故事。黛芙妮的老师年轻、漂亮，和蔼却并不纵容，虽然极为严厉，但是绝不会测量学生的头围。况且，黛芙妮的大脑很好，假如非要说有什么问题，那就是跟她的心脏一样，太发达了。

“**冲啊！**”艾丽大叫。这也是一个笑话：女儿们在美国学了好几年法语，或者确切地说，黛芙妮学了好几年法语，而艾丽基本都在百无聊赖地发呆，等到下课之际，筋疲力尽的老师便宣布：“**冲啊！**”

出门，上街，我们一路狂奔。艾丽领头，我居中，黛芙妮殿后。

艾丽身材高挑，容貌秀丽。黛芙妮稍矮稍胖，也十分可爱，丝毫不比姐姐逊色，可是她自己却坚决不肯相信。她羞涩内向，聪明伶俐，阅读能力远远超越了同龄人。黛芙妮曾经告诉过我，伊迪丝·华顿[①]是她最好的朋友，我说伊迪丝在将近一个世纪之前就已经死了，结果她号啕大哭。在每个去上学的早晨，无论前一天老师布置了什么作业，黛芙妮都会背着相当于她体重一半的书籍艰难地爬坡，而艾丽却一身轻松，仅仅带着手机。

① 伊迪丝·华顿（1862—1937）：美国小说家及设计师，代表作有《快乐之家》《纯真年代》《老纽约》等，曾于1921年获得普利策文学奖，也是首位获此殊荣的女性。

当我们经过拖把店的时候，格里洛太太正在打扫门前的人行道，瞧见我们气喘吁吁地进行常规的“晨练”，她总是激动万分：**“冲啊，姑娘们，冲啊！”**在我们搬来以后，她就送给黛芙妮和艾丽一人一个拖把，作为见面礼。艾丽将拖把直接丢给了我，而黛芙妮却经常亲自动手拖地，甚至在那年的圣诞节还要求我再买一个新拖把。

“早安，太太。”我边跑边喊。

“火冒三丈的美国人！”她高声回应，但是我不太清楚她想表达什么意思，毕竟我和她的母语都不是法语。艾丽强调我们并非“**火冒三丈**”，而是“**火烧眉毛**”。但不管怎样，我很喜欢格里洛太太，我觉得她也很喜欢我们，至少喜欢我们每天上演的这场你追我赶的大戏。

若是在拼命奔跑的基础上再得到信号灯的特别关照，我们便可以在关门之前的最后一秒赶到。不过，信号灯似乎也知道我们是美国人，并且很乐意给生活增加难度。学校周围弥漫着紧张的气氛，任何人都不想被拒之门外，无论来自哪个国家。如果迟到超过二十分钟，就会被遣送到单独的房间去接受惩罚，类似于美国的“留堂”，但是相应的法语表达却更加冷酷无情：**值班**。不过，今天运气很好，**准时到达**。孩子们匆匆忙忙地消失在大楼里，并未回头看我一眼，因为我的陪伴令她们感到十分丢人。家长不属于这里，很少会有父母来学校，就算真的来了，也不会进去，除非情况特殊，否则必须待在外面。

于是，我便乖乖地待在外面，研究着张贴在墙上的午餐菜单，今天是豆焖肉[①]。晚餐呢？学校不提供晚餐，但是女校长对食物很感

① 豆焖肉：一种源于法国南部的炖菜，食材包括肉、猪皮和白豆。

兴趣，有时会根据午餐的食材搭配对父母提出晚餐的建议，附在菜单的末尾。今晚：鸡肉，非油炸。我估计，烹饪方法的注意事项是专门写给我看的。

大使馆的卡尔热爱悬疑小说，他宣称阴谋无处不在。虽然我并不同意，但是我很清楚，世上的许多事情都已经安排好了。在回家的途中，我经过的肉店已搭好烤架，鸡肉开始缓缓旋转，融化的油脂纷纷落向底部的金属托盘，滴在闪闪发亮的土豆和洋葱上。以前，艾丽短暂地做过素食主义者，正是由于这些土豆和洋葱，她才回心转意，重新改食肉类。接着，我将拐入书店所在的街道，考虑到天气和季节的因素，肯定会有一群迷路的游客堵在路边。艾丽告诉我（我怀疑她也是听别人说的），游客出现在我们当中，就意味着我们没能过上“真正的”巴黎生活。不过，我觉得她恐怕不明白这句话的含义。五十多岁的单身汉卡尔说，真正的巴黎早就不复存在了，所以他才选择住在三十分钟车程以外的乡村，那里风景优美，他声称我应该去参观一下。退休的美术老师雪莱说，她很高兴自己的丈夫留在了新奥尔良，并且每个月都给她寄零花钱，她认为只有下雨的巴黎才是真正的巴黎。新西兰籍的妈妈莫莉说，她不在乎什么是真正的巴黎，甚至不愿意学习太多的法语，她仅仅是随迁伴侣，而她的丈夫在两年后又将被分配到新的地方工作。“人人都会离开。”她经常如是感叹，接着便开玩笑说要离开自己的孩子——三个不满三岁的宝宝。

有时，清晨醒来，看到雨后的阳光干净而纯粹，听到摩托车嗡嗡驶过，枝头的鸟儿发出婉转的啼鸣，闻到各种各样的人类气息，从糕点的香甜到尿液的腥臭，我也会暗自思忖，不敢相信：在这么多年以后，我真的来到巴黎了吗？

毕竟，我曾经被骗过。

在罗伯特发现我入店行窃的那天夜晚之后，我们便天天厮混在一起，什么正事也不干，只是在地板上缠绵（每次都会碰倒书本），在酒吧里分享啤酒，如果还有钱，就买点儿食物充饥。两个月的光阴悄然而逝，我突然获悉自己申请的旅费补助未能通过。原本，我已经做好了充足的准备，制订了出游计划，满心以为能够获得这笔资金，结果却泡汤了。我愤怒，我伤心，我大发雷霆，我潸然泪下。最后，我按照约定的时间站在街边，等着罗伯特带我去欧洲。

因为，罗伯特说："你竟然没去过巴黎，实在太荒唐了。"

我说："是啊。"

他说："我们必须得赶紧纠正错误。"

我说："确实。"

谈话陷入了停滞，我们俩静静地坐着，沉默渐渐膨胀，就像熊熊燃烧的火焰，变得耀眼而滚烫。终于，他说："明天五点，我去接你。"

当一个年轻的女人为了去巴黎而收拾行李时，当她准备迎接生平第一次的海外旅行时，她必然会思考许多事情。我想起了自己从八岁开始就盼着去巴黎，在阴雨连绵的日子里，老师利用课间播放电影，连续四天都是《红气球》。我想起了那部电影令我如痴如醉、魂牵梦萦，而同样讲述巴黎的儿童作品《麦德兰》却从未如此吸引我，因为麦德兰活泼、大胆，闪烁着缤纷的色彩，可是我的感受却像电影中的巴黎，忧伤、灰暗，背负着沉重的希望。我想起了成长过程中的孤独，但那种孤独与现在的孤独根本无法相提并论，我才二十四岁，父母就双双去世了，整整两年，我每天都在思念他们，尤其是今天：巴黎！

“爸爸，妈妈，我遇见了一个男孩，他要带我去巴黎。”我的父母善良宽厚，和蔼可亲，如果听到这番话，他们肯定会说：“哇，太棒了！”他们不像我，他们会以为这个男孩真的要带我去巴黎。但是，那当然不可能。

我提醒自己，也提醒死去的父母，他们常常经过阳台下方的人行道，显得忙碌而专注，甚至没空抬头瞥一眼。我大声地说：“虽然我们不是真的要去巴黎，但是没关系，他能答应我就很好了。无论我们去哪儿，都会是一次美丽的冒险。”我没有完全坦白，其实，在当天早些时候，我去药店拍了照片[①]，接着到邮局填写了申请表[②]，他们告诉我无法在一小时之内拿到护照。然而，他们并不知道，别人怎么想根本无关紧要，不管对方是摄影师、邮局局长，还是我父母的鬼魂，统统无所谓。因为，在我的人生中，只有一件事情确定无疑，那就是总有一天，我会去巴黎。而如今，愿意带我去巴黎的男孩出现了。

下午五点，他准时抵达我的公寓，将汽车并列停放在街边。他按响喇叭，挥舞胳膊，举起一瓶酒：“啊，巴黎！”[③]他向我解释了这句话的来历，其实无须多言，恐怕谁也不会比我更熟悉课本中提到的法语了。

但是，那天下午，我们没去巴黎，而是去了……比利时，然后

---

① 在美国，药店和照相馆都可以拍护照照片。

② 在美国，邮局、法院和护照服务处都可以办理护照。

③ “啊，巴黎！”源于美国百老汇音乐剧《富丽秀》中的同名歌曲《啊，巴黎！》，歌词唱到了世界上的许多城市及这些城市的代表事物，如纽约的霓虹灯、柏林的酒吧、上海的丝绸、马德里的吉他等，最终唱到巴黎时提出，巴黎有其他地方无法与之相比的爱情。歌词主要为英语，穿插着少许法语，曾被收入美国学校的音乐教材。

是威尔士，接着是挪威、柏林、蒙特利尔、敦刻尔克、直布罗陀、斯德哥尔摩、莫斯科，在几个月后的周五，我们甚至去了古巴。

我们去了那么多地方，却从未离开过威斯康星州[①]。比利时村位于希博伊根的正南方向；古巴市在普拉特维尔南边；蒙特利尔是一座古老的矿镇，坐落在苏必利尔湖附近；威尔士占据着密尔沃基西边的荒野。不同的城镇，不同的周末，全是他的主意。我放任自己沉浸其中，渐渐忽略我们经济拮据、无法远行的事实。

有些地方确实非常迷人，比如威斯康星州的斯德哥尔摩，整整五个街区都风景优美，几乎跟我在明信片上见过的瑞典同名城市一样漂亮。在威斯康星州的斯德哥尔摩，密西西比河宽广壮丽，水流缓慢。村中的旅游介绍牌上写着，威廉·卡伦·布莱恩特[②]曾经坚称“这片土地上的所有诗人和画家都应该亲自参观”流经此处的密西西比河。“所以，我来了。”罗伯特说。

尽管威廉·卡伦·布莱恩特没有赞扬过威斯康星州的其他城镇，也没有夸奖过玉米与大豆汇成的绿色波浪，但是每到一个地方，我都会想：我来了。我们坐在空旷的公园里，荡着秋千；我们走在寂静的街道上，手牵着手（我喜欢与他十指相扣的感觉，他的掌心总是传递着难以言喻的柔情，仿佛牵手的本能才是人性的精髓）。诚然，我们的旅行很廉价，然而冒险的过程却充满趣味，颇为奇妙。罗伯特打算去很多地方，如果我紧紧地跟在他身边，我也可以去很多地方，我甚至能用自己的方式帮忙。虽然他的儿童文学事业才刚

---

① 在美国的威斯康星州，确有与比利时、威尔士、挪威、柏林等国家、地区或城市同名的村镇。下文中提到的希博伊根和普拉特维尔均为美国威斯康星州的城市。

② 威廉·卡伦·布莱恩特（1794—1878）：美国浪漫主义时期的诗人、记者。

刚起步，却称得上是良好的开端，起码赚到的稿费可以支付油钱，偶尔还可以负担减价的汽车旅馆或露营装备。据我推测，他的作品销量还行，只是卖得不够多，无法带我们去巴黎。

当然，我指的是法国巴黎。至于威斯康星州的巴黎，我们去过两次，两个截然不同的巴黎，分别蜷缩在州际边缘的两个角落。第一个巴黎在东南角，紧挨着通往芝加哥的公路，令人非常失望。荒芜的土地呈现出单调的灰褐色，黯淡的房子默默地站在暮夏的阳光中。图书馆管理员告诉我们，当地最早的白人定居者叫赛斯，他根据纽约州的巴黎给这座小镇起名为巴黎。他还热心地提到，纽约州的巴黎位于尤蒂卡[①]城外十英里的地方，但是我丝毫不感兴趣。

第二个巴黎位于山峦起伏、与世隔绝的西南角，正是在那里，我们订婚了。

我们的订婚并非事先计划，而是临时起意。我们在地图上发现了威斯康星州的第二个巴黎，虽然印刷字体极小，但是写得清清楚楚，然而抵达以后却找不到能够确认的路标。我们漫无目的地游荡，我记得自己忽然暗暗思忖：我要嫁给他。短短五个字，带来了十八年的婚姻、两个女儿和两片大陆的日日夜夜。我要如何解释内心的冲动呢？归根结底，仅仅是地图的魔法而已。整个世界曾经如此遥远，可是眼下却又近在咫尺，触手可及。我知道，这是包括赛斯在内的众多前辈的功劳，但是感觉却像是罗伯特的魔法，像是我们的魔法，仿佛我们无所不能，甚至可以在草地上凭空变出巴黎。

---

① 尤蒂卡：美国纽约州的一座城市，位于莫霍克谷。

在圆月之下，在边界附近，静卧着威斯康星州的第二个巴黎。此处紧邻公路，不过是一片铺着碎石子的停车场，摆着一张无人问津的野餐桌，种着一棵孤零零的大树，立着一个五十加仑的生锈油桶。在这里，我说："求婚吧。"

他一言不发。

我补充道："要么现在就说，要么永远别说。"因为我知道（《红气球》的影迷都知道），魔法转瞬即逝。

"结婚？"罗伯特说。

他是在向我求婚，还是在向我求证？

我假装自己根本没想到后者。

"好！"我说。

他移开目光，仰首凝望，天上的玉轮不是满月，却接近满月，就像一枚缺少或隐藏卵黄的鸡蛋。然后，他说了一句十分奇怪的话："但是，莉娅，结婚会是怎样的状态呢？"

多年以后，在讲述订婚故事的时候，罗伯特提出的问题才是应该强调的重点。可是，我们却刻意回避，转而关注那天晚上的其他方面。我们会说，如果是满月高挂就好了，因为我们可以借着明亮的光芒，找出失踪的车钥匙，不必等到黎明破晓再忙着四处搜寻；我们还会说，虽然长夜漫漫，但是我们充分利用了黑暗，尽可能地享受二人世界，从而以暧昧的暗示来满足听众的好奇心。不过，真相并非如此。实际上，在天亮之前的大部分时间里，我们一直都在讨论未来生活的细节，我觉得枯燥乏味，而他却称之为"诗意盎然"（他始终都是杰出的编辑，为我纠正错误的字词）。我提了几项要求：我们要生两个孩子；他不能比我早死；有朝一日，他会带我去真正的巴黎；他必须坚持写作，坚持爱我。

他陷入了沉思。当时，我默默地看着他，认为他大概是在考虑能否答应我的要求。可是如今，我觉得他是在组织接下来的语言。最终，他做出了回答：他只是一个尚在摸索前进方向的“半成品”；他确实跟着我跑出了商店，并且带我在威斯康星州环游世界名都，但激情与浪漫并不是他的全部，他依然在追逐某样东西，他还不知道究竟是什么；如果我们在一起生活，他需要独处的时间，可能是一小时，或者一天，甚至一个周末，用来专心写作，用来迎接挑战。

“我知道你在追逐什么。”我说。他如释重负地抬起头来，眼神中荡漾着无边的欣慰。我差点儿坦露心底的秘密，那也是我爱他的理由。我从骨子里相信，他跟我一样，时刻准备着扑向深渊，拍摄电影是一种坠落，文学创作也是一种坠落，所有的坠落都会以相同的方式结束，因此真正的挑战不在于如何避免结束，而在于如何坠落得优雅，坠落得灿烂，犹如点亮夜空的流星。

但是，那时的我说不出这样的话。于是，他亲吻我，我亲吻他，太阳升起，卡车呼啸而过，喇叭嘀嘀作响，钥匙出现了。我悄悄地想：我不知道他在追逐什么，但是我愿意探索，而且已经迫不及待了。接着，我的大脑便停止思考，我的心脏也停止跳动，我只知道，我们飞向空中，自由自在地飘浮，越来越高，逐渐抵达世界的顶端，却不知道这样的感受能够持续多久。

我们结婚，度蜜月（在塞瓦斯托波尔，即威斯康星州多尔县的一片海滨区域），然后罗伯特又享受了“蜜月中的蜜月”，他短暂地离开，投入写作，而我则独自返回家里。

我并未因此而觉得烦恼，反倒颇为高兴，甚至深受鼓舞。这证实了我的预测，或者更加坦率地说，是满足了我的愿望：我让他拥有了艺术家必备的财富——微笑、梦想和永不停歇的躁动。一切都是我的功劳，我的。在蜜月过后，如果我磨磨蹭蹭地打扫着公寓（他的），他躺在电视机（我的）前面，举着饭碗（他的）要求吃爆米花，我想自己应该会开枪打死他。

我不知道他在第一次离开时做了什么，也不知道他在后续的旅行中做了什么，我只知道他经常消失，我称之为“笔遁”。这个专用词语的粗糙（或敏锐）令他十分厌倦，但是我没有厌倦他的频繁出走，毕竟那是约定的一部分。他完全可以说：“我早就告诉你了。”可是他从未说过，因为我从未抱怨，因为约定的其他部分全都实现了，包括孩子。他对于生养孩子感到非常紧张，并非由于他不想要孩子，而是由于他担心“宇宙”不想让他要孩子。“那就让宇宙来决定吧。”我说。结果，宇宙慷慨地把两个女儿赐予我们，而且我们竟然成了很棒的父母。

就我而言，我觉得自己在照顾孩子方面取得的成功仅仅是无意之举，可是对他来说，优秀的家庭教育却是精心设计的结果。他去图书馆借阅资料，参加红十字会和基督教青年会[①]开设的课程。我们非常配合学校，可以在筹措善款之际组织无声拍卖会[②]，在春假期间照顾班里饲养的蜥蜴，在虱子来袭的季节举办挑虫派对[③]（但是，

① 基督教青年会：一个世界性基督教青年社会服务组织，创办于1844年，总部位于瑞士日内瓦。

② 无声拍卖会：指没有拍卖人的拍卖会，参加拍卖会的人们将报价写在纸上，这种形式通常用于慈善拍卖会。

③ 挑虫派对：在美国，孩子们参加夏令营以后经常会不小心带回虱子，学校便会举办派对，邀请学生及其家长来参加，同时花钱雇专业的服务人员来检查虱子。

我们不该给其他家长提供酒水，时至今日，看到龙舌兰摆在面前，我还会忍不住打个寒战）。遇到真正的悲剧降临，我们也会竭尽所能地帮忙。曾经，有一名一年级的学生在人行横道上被汽车撞倒，不幸身亡，罗伯特发表的悼词令人们印象深刻，难以忘怀，即便在一年后，大家仍旧会拦住我，深情地拍着我的胳膊。如果我们留在密尔沃基，我敢打赌他们依然会这样做。而且，我相信自己粉刷的斑马线肯定还是闪闪发亮，当初，看到我的杰作，市里的公务员惭愧不已，他们赶紧派人粉刷了官方的斑马线。往事历历在目，记忆犹新，我们在家中庆祝的每个生日都像是一次胜利：我们做到了！

在法国，政府会表彰生下四个或更多孩子的母亲，为其颁发奖章。我也想收获一枚类似的小奖章，作为对我努力的肯定。我在养育孩子的过程中取得了很多成就，比如：我没有像自己的父母那样，在起居室里经营酒吧；也没有让女儿们担任未成年的吧台服务员。她们不必倾倒烟灰缸、收拾玻璃杯，不必敲打陈旧的机器，逼它吐出冰块。这一切都表现在女儿们的脸上，她们常常微笑，世界也报以微笑。

然而，我们只见过世界的一小部分。尽管罗伯特许下了承诺，但是我们从未去过法国巴黎，甚至也没再重返威斯康星州的巴黎。即便如此，前往巴黎的灿烂希望依然在远处的地平线上闪耀，深受路德维希·贝梅尔曼斯和艾尔伯特·拉摩里斯的影响。

女儿们与拉摩里斯的接触自然源于我的引导，而结果却十分奇特。尽管现在科技发达，我们随时都可以播放电影，但是女儿们跟我一样，更喜欢图书版本，在蹒跚学步的日子里，她们就坚持要求“念”给我听。那是罗伯特在描述中添加的引号，确实，女儿们还不会阅读。可是她们却假装在阅读，并且颇为专注，心无旁骛。她们使用的并非真正的字词，而是不知所云的喃喃嘟囔，柔和绵软，沙哑轻盈，令我想起冰刀鞋掠过冻结的池塘——嘶，嘶。罗伯特称之为“耳语剧院”，他宣称不明白我为何喜爱这种毫无意义的互动。还需要解释吗？女儿们的呼吸散发着奶香，拂过我的脸颊，她们的身体蜷缩在我的怀抱中，我们三个窝在豆袋沙发里，或者靠在床头板上，被拉摩里斯的故事搞得筋疲力尽，一起沉沉入眠，尤其是在罗伯特离开的夜晚。如果他在家，会轻轻地把我推醒，领我们回到各自的床铺，而我只好佯作感激。如果他不在家，到了凌晨两三点，我缓缓地睁开眼睛，女儿们仍然在旁边熟睡。我会静静地待着，享受最为美妙的失眠时光，拉摩里斯的书本摊在腿上，两侧的小天使徜徉在迥然相异的梦境中，温热的气息此起彼伏。

随着岁月流逝，她们渐渐长大，在学会阅读以后，便热烈地爱上了贝梅尔曼斯。这实在不是一场公平的竞争。拉摩里斯的作品数量较少，内容也极为古怪（比如 1965 年的《马戏团天使》[1]，一名巴黎的飞贼竟然穿着女式睡衣在马戏团表演，还长出了一对大翅膀）。尽管贝梅尔曼斯的作品同样很古怪（罗伯特网购过一本 1953 年的《假日》[2] 杂志，其中有一幅贝梅尔曼斯的插画，风格活泼，描绘了一名谋杀犯在巴黎的阁楼上肢解尸体），却能够提供无穷无尽的乐趣。她们反复地翻看《麦德兰》，收集了西班牙语、德语和法语的

---

① 《马戏团天使》：1965 年上映的法国电影，由艾尔伯特·拉摩里斯执导，讲述了一名身手敏捷的飞贼为了逃避警察的追捕而加入马戏团，并且允许团长给他用手术的方式移植了一双翅膀。在表演之余，他依然继续偷盗。

② 《假日》：一份于 1946 年至 1977 年发行的美国旅游杂志。

版本，甚至想方设法地搜罗到一册宝贵的中文译本。我觉得她们还远远没准备好，罗伯特就拿出贝梅尔曼斯为成年人写的文章和随笔，念给她们听，里面讲述了形形色色的冒险、爱情和失落，包括他的弟弟奥斯卡在纽约利兹卡尔顿酒店的电梯井坠落身亡的悲剧。虽然都是黑暗的故事，但是朦朦胧胧，模模糊糊，充满难以言喻的吸引力，足以奠定贝梅尔曼斯的牢固地位，使他成为举足轻重的家庭成员，犹如言谈粗俗的祖父，偶尔会令妈妈感到不安，却深得孩子们的欢心。而拉摩里斯就像传奇的舅舅，固然功绩卓著，可是很少露面。他们二人都去世得太早，都跟法国有着不解之缘。

正因如此，等到女儿们懂事的时候，空闲和富足的时候，我们一定要去法国。我特意报名学习法语（其实就是多次参加同样的初级课程），还让她们进入精英中学，在法语环境下接受熏陶（她们的法语水平飞速提高，起码黛芙妮掌握得很好）。而且，我一直都坚持上班赚钱，虽然没能完成电影研究的硕士毕业论文，却幸运地获得了在大学里工作的资格，专门为校长撰写演讲稿、制作幻灯片并拍摄（照本宣科的）短视频。

我的意思是，我尽到了自己的本分。

罗伯特也履行了他的职责。他组织拼车，预约牙医，在孩子呕吐或尿床的半夜把被单送去清洗。他是一名杰出的大厨，还鼓励女儿们动手烹饪。他帮忙辅导学校的课外团队，赢回了不少小巧玲珑的奖杯，摆在我们的书架上，就像熠熠生辉的珠宝。

面对一切琐事，他毫无怨言，却也十分冷漠，仿佛仅仅在观察各种活动，并未亲身参与其中。而我则经常研究他，学着预测他的消失，那种感觉就像在积蓄力量、缓缓膨胀，但是从未发生过爆炸。相反，他只是简单地宣布自己需要“时间”，然后便平静地出门了。他会集中精力拼命写作，比如在周二离开，在周六回来，或者在周日的黎明前离开，在深夜里回来。在此期间，他会找一家旅社、宾馆或修道院，寻一间咖啡厅或天文馆。进门的时候，他神情恍惚，大汗淋漓，既疲倦又快乐，犹如刚刚结束跑步比赛的运动员。没错，我不会抱怨或质疑，我们已经达成了共识，他可以抽出一小时、一天乃至一个周末的时间，专心致志地投入创作。

不过，我们还说好了，他必须留下便条。在他工作的过程中，我们从来都无法收到他的消息，但是在出走以前，他肯定会写好说明情况的小纸条。短短五个字——很快就回来。按照惯例，末尾会附上回家的大致时间，而且总是估计得非常准确。这种心照不宣的默契持续了许多年，我们也不求别人理解（尤其是有一次，我不慎在学校的足球场边谈到了罗伯特的频繁缺席，其他妈妈惊讶得目瞪口呆，之后我便不再提及此事了）。水手、消防员和外科医生的孩子都习惯了父母的特殊日程安排，我们的孩子也是一样。如果发现纸条，黛芙妮会说：“爸爸去写书了。”他喜欢把纸条藏在不同的地方，让孩子们寻找，有时跟福饼[①]的运签大小相似，粘在牙刷的背面，有时是紫色的便利贴，塞在装满麦片的包装盒里。“很快就回来！”艾丽会高声大喊。

我们早就立下约定，他有言在先，我也不想违背承诺。尽管他在事业的道路上不停地行差踏错，但这就是艺术的轨迹。而且，我

---

① 福饼：一种酥脆的含糖饼干，经常由美国的中餐馆作为甜品提供给顾客，里面总是夹着一张用汉语写的运签，附带英语翻译，或者写着幸运数字，有人在购买福利彩票的时候会选择同样的号码。

希望他能拥有作家的人生，那对我来说非常重要。我并不嫉妒他的独处时间，但是我讨厌他的焦虑与疲倦。撇开失败不谈，或者将失败也统统算上，他活在梦想中，难道就不能多一点儿笑容吗？难道就不能在离家之前把晚饭做好并冻起来吗？

从一开始，他就会给我留下书籍，并非每次都有，不过经常如此。我猜想，他之所以这样做，大概是为了帮我熬过他不在的日子——但仅仅是猜想而已，我曾经追问他为何要留下这本书或那本书，他奇怪地看着我说："因为我想让你读一读。"于是，我便读了。首先是凯瑟琳·安·波特[①]的《灰色马，灰色的骑手》，讲述了第一次世界大战、肺结核疗养院、精神错乱的妄想症和失落的爱情。我既欣喜若狂，又担忧不已，生怕他是在暗示可怕的事情：他也患上绝症了吗？"不，"他反复地说，"我只是想让你读一读。"于是，我便继续读了，接下来是威廉·麦克斯韦尔[②]的《再见，明天见》、艾登·希金斯[③]的《赫尔辛格火车站》、詹姆斯·韦尔奇[④]的《傻瓜乌鸦》、威廉·肯尼迪[⑤]的奥尔巴尼长篇小说、格蕾丝·佩利[⑥]的曼哈

① 凯瑟琳·安·波特（1890—1980）：美国记者、作家，曾三次获得诺贝尔文学奖提名，于1962年出版了唯一一部长篇小说，成为美国当年的畅销书，但是她的短篇小说更负盛名。《灰色马，灰色的骑手》出版于1939年，最初只收录了三篇作品，即《老人》《中午酒》与《灰色马，灰色的骑手》。

② 威廉·麦克斯韦尔（1908—2000）：美国编辑、作家，其《再见，明天见》最初于1979年10月分两次刊登在《纽约时报》上，次年正式出版。

③ 艾登·希金斯（1927—2015）：爱尔兰作家，擅长意识流风格的创作，早期作品均为自传性质的。《赫尔辛格火车站》是出版于1989年的作品集。

④ 詹姆斯·韦尔奇（1940—2003）：美国印第安作家、诗人，《傻瓜乌鸦》是出版于1986年的长篇小说。

⑤ 威廉·肯尼迪（1928—　）：美国作家，记者，于2007年荣获普利策文学奖。他出生于纽约州的奥尔巴尼市，经常在作品中运用奥尔巴尼历史上发生过的事件。

⑥ 格蕾丝·佩利（1922—2007）：美国作家、诗人。她年轻的时候随当兵的丈夫多处辗转，在二战结束后定居于纽约市曼哈顿区，并写下不少关于此地的故事。

顿短篇故事、奥克塔维亚·巴特勒[1]和穆丽尔·斯帕克[2]的文字，以及艾丽丝·门罗[3]的众多作品。我无法全部记住，甚至并未全部拥有。其中一些是图书馆藏书，后来他都还回去了。有一段时间，我也会给他电影作为回礼，可是那个年代还不太方便，屏幕都十分笨重，况且他似乎没空观看。我不介意。我喜欢他推荐的书籍，也喜欢谈论它们，但是最美好的方面在于，我不必非得谈论它们，这并不是一项测试。相反，这是一份礼物、一道美味，就像在床上享用的早餐，令人感到心满意足。所以，当书籍渐渐消失的时候，当他不再留下它们就离开的时候，我变得越来越不安。

过去，罗伯特会昂首挺胸地在书店和图书馆的过道上漫步，俨然一副主人的架势，可是如今，他却表现得偷偷摸摸，或者干脆躲避书店和图书馆，免得再次遇到黛芙妮曾经令他陷入的尴尬境地。那天，黛芙妮正在跟一名玩伴逛书店，她牵着小伙伴的手，来到字母 E 的书架前，准备炫耀父亲的作家身份。可是，在大仲马、劳伦斯·德雷尔和安伯托·艾柯之间，并没有伊迪。[4]“当然没有。”罗伯特迅速地回答，赶紧把她们俩领到儿童文学区。然而，那里根本就没有字母 E 开头的姓氏。书架上陈列的作品从洛伊丝·邓肯[5]的

---

① 奥克塔维亚·巴特勒（1947—2006）：美国科幻作家，曾多次荣获雨果奖和幸运奖。

② 穆丽尔·斯帕克（1918—2006）：苏格兰作家、诗人，在 2008 年被《时代周刊》评选为 1945 年以来最伟大的五十位英国作家之一。

③ 艾丽丝·门罗（1931— ）：加拿大作家，2013 年诺贝尔文学奖得主。

④ 劳伦斯·德雷尔（1931—1990）：英国小说家、诗人、剧作家、游记作家。大仲马和德雷尔都是姓氏以 D 开头的作家。安伯托·艾柯（1932—2016）：意大利小说家、文学评论家、哲学家。艾柯与书中的罗伯特·伊迪都是姓氏以 E 开头的作家。

⑤ 洛伊丝·邓肯（1934—2016）：美国作家、诗人、记者，因创作青少年题材的长篇小说而闻名于世，尤其擅长恐怖、悬疑等风格。《我知道你去年夏天干了什么》出版于 1973 年，后来被改编为同名电影。

《我知道你去年夏天干了什么》直接跳到了沃尔特·法利[①]的《黑驹》，两本书都是黛芙妮的最爱，但这不是此刻的重点。“爸爸，你的书在哪儿？”黛芙妮问道，起码事后她是这样告诉我的。

她并非唯一发问的人。罗伯特对于“接下来写什么”的追求已经沦落为日渐衰微的系列实验，比如打破传统的三部曲：第一部献给较为年轻的读者，第二部献给尚未成年的读者，第三部献给自认为（或被认为）成年的读者。其目的在于吸引新的成年读者，同时又不会失去以前的年轻读者。其实，这是出版商的主意，而罗伯特却半信半疑。

于是，罗伯特开始步入陌生的阶段，跌跌撞撞，徘徊不定，内心犹疑，思绪纷繁。他进行了各种各样的实验，结果却频频失败，一无所获。与其说他容易遭受打击，不如说是热切和艺术（我实在不愿用“无知”这个词）使他变得格外脆弱。

随着岁月流逝，一切都蒙上了难以言喻的阴影。在大学期间，他曾经学习过驾驶帆船，并且非常喜欢，可是后来有关部门出台了安全规定，禁止独自驾船航行。两个女儿不停地抱怨我们家没有宠物（罗伯特对猫狗过敏），左邻右舍却天天牵着宠物招摇过市。为了探讨学术（这是他的说法），抑或为了人际交往和分散注意力（这是我的说法，也是正确的说法），他答应在大学里教授一门课程，但是校园的愚蠢却令他不胜烦恼。例如，他认为打印的费用不应该由人们自己负担，否则就是在压抑创作的积极性。

---

① 沃尔特·法利（1915—1989）：美国作家，主要为儿童撰写关于马的故事，1941年出版的《黑驹》是其处女作，也是他最有名的作品。

而且，我似乎还增加了他的烦恼，尽管我不清楚为什么，心理咨询师也不明就里。或许罗伯特之所以如此反感，正是因为我劝说他去见心理咨询师。实际上，我们各自都做出了妥协，同意一起去见心理咨询师。效果很好，至少我觉得不错。在会面的过程中，罗伯特总是坐立不安，唉声叹气，而我则带着纸笔，认真地记录改善关系的“工具”。心理咨询师的建议足以构成一个完整的“工具盒”，不过里面装的东西却十分简单。锻炼、冥想，还有罗伯特喜欢强调的“独处时间”，以及我喜欢强调的“预先通知”，后者意味着把自己打算讨论的事情提前透露给伴侣。我开玩笑地总结：“现在，咱们俩要开始吵架了，主题就是你明天的离家出走。”心理咨询师指出，我在沟通中太依赖幽默和调侃了。

曾经有很长一段时间，欢乐的笑声始终陪伴着我们。我在童年的酒吧里听过许多虚情假意、醉生梦死的笑声，因此早就成了一名鉴赏笑声的专家。我知道，世上没有人比艾丽和黛芙妮笑得更加动听了。我告诉罗伯特，我想把两个女儿的笑声统统装入瓶子。他说，那我肯定需要大量的瓶子。可是，等到我们坐在狭窄的房间里，面对严肃的心理咨询师时，我悉心存储的瓶子早已落满灰尘、无人问津了。从一开始我就明白，对于罗伯特而言，人生是一场艰难的斗争，其实这也是我嫁给他的理由。我希望看着他在艺术里挣扎，我愿意竭尽全力地帮助他，因为那也是在帮助我自己。然而，我没有意识到，任何人在戴上婚戒的瞬间可能都没有意识到，这样的日子是多么痛苦，多么煎熬。

心理咨询师说，我们可以在下次解决沟通的问题，但是我们停止会面了，而且罗伯特也停止给予“预先通知”了。无论是吵架的主题，还是出走的时间，他都闭口不言，我默默地吞下了苦涩的抱怨。在刚刚结婚的时候，我以为自己可以跟着他疯狂飙车，踏上奇妙的旅途。一位作家！一名探险者！一个神秘的男人！当然，他只是小小的作家、小小的探险者，不过我很满足，小小的存在更易于掌控。

可惜结果却事与愿违，显而易见，我才是负责驾驶的司机，而他则是顺路同行的乘客。毕竟，当初是我拿着《红气球》从书店里跑出来。自从哭哭啼啼的孩子降临以后，我们便不再去酒吧度过傍晚的时光，谈论心爱的书籍。我们比以前更忙了，他比以前更绝望了，每次出走归来，他的眼神都充满沮丧，手里攥着越来越少的纸张。过去，他总是兴高采烈地进门，挥舞着厚厚的草稿、鼓鼓囊囊的文件夹或者肿胀的黄色信封。可是现在，他经常表现得垂头丧气，将一两张孤零零的纸张卷成筒状，插在裤子后面的口袋里，就像苍蝇拍一样。我不知道该怎么办。我应该多偷几本书吗？我应该窥探他写的东西吗？

我应该那样做，但是我没有，因为我太害怕了。尽管他信誓旦旦地说，空白的稿纸绝对不会吓住他，但是空白的稿纸却会吓住我。而且，厨房里的便笺簿也变成了恐怖的空白。多年以来，他总是在上面留言，从未间断。然后，一次、两次，他没有留言就离开了。直到倒数第二次。

那时，他已经消失了大约二十四小时，于是我决定亲自出门寻找。艾丽建议我去他的学校办公室看看，不过她之所以这样说，都是为了我。虽然她对于没留纸条的情况感到十分好奇，但是并未受此困扰。女儿们根本不在乎他是否留言，她们相信父亲的独一无二、与众不同，并且只属于她们。

当我找到他的时候，他刚刚离开艾丽提到的办公室，正在走向电梯。他没有跟我说话，所以我也没有跟他说话。他轻轻地按动向下键，电梯来了。他迈进去，我紧随其后。

天色已晚，我不喜欢待在校园里。这会让我想起读研的日子，想起缓慢而糟糕的结局，教授们一个接一个地前来询问我拿到学位以后究竟想做什么。我给出的答案总是无法令人满意，他们不满意，我也不满意。教书？我的助教申请被拒绝了。研究？我在图书馆的地下室里死死地盯着微缩胶卷，眼睛都差点儿看瞎了。确实，我始终都想拍摄电影，但是学校剥夺了我的信心，我不敢对任何人承认这个梦想，包括自己。最终，我放弃挣扎，接受了撰写演讲稿的职位。不用心理咨询师挑明，我也很清楚，我找了一份躲在别人背后的工作。假如心理咨询师真的抓住这一点，我会立即反驳，指出撰写演讲稿的报酬非常丰厚。

晚上在校园里逗留还会让我想起在工作中遇到麻烦的日子，我必须加班加点地修改演讲稿或幻灯片，就因为校长的情绪或大学的资金突然发生了变化。考虑到自家的经济状况和肩上承担的责任，我会按照要求坐在办公室里，尽可能地在演讲稿中插入林肯或隆巴迪[①]的格言。我的老板非常欣赏这两个男人，可是他们俩都很少谈到资金冻结或设施贬值的问题。此刻，我和罗伯特站在陈旧的办公楼中，这栋混凝土的建筑囚禁着人文学科的教职员工，唯一能用的电梯也是老古董，关门之后，我使劲儿拉住电梯里面的木制把手，

① 隆巴迪：指文斯·隆巴迪（1913—1970），意大利裔美国人，橄榄球运动员、教练。

才按下了紧急制动按钮，让电梯停止运行。

“这是你第三次没有留言就离开了，”我说，“连一个字都没有。”

“我想，那样做大概会拉响警报吧？”他盯着自己的双脚，朝制动按钮点头示意。

“你已经拉响警报了，”我说，“咱们明明有言在先，早就商量好了，对于任何丈夫、任何作家来说，那都是最佳约定。你随时随地都可以抽出一小时、一天——除非有比赛。”

他曾经说过，我咒骂的次数太多了，确实如此，“你只要留下一张纸条就行了。去他妈的比赛，我敢打赌，你甚至不知道艾丽在下一场比赛中会用哪种球。”

“咱们似乎偏题了？”他说。（好吧，他说得对。）

“你究竟在做什么？”我说，“跑步，划船，浪费时间，到处躲避。不如给你一周——”

“我从来都没有完整地——”

“你从来都没有不告而别，”我说，“孩子们已经注意到了，我们都很害怕，好吗？”

其实，我并未害怕，我只是很生气。不过，当话语脱口而出的时候，我恍然大悟，他这次不是真的要走，之前两次也不是他还没走，但是快要走了。

他看着我，看着关闭的电梯门，看着狭窄的天花板，看着灯光附近积聚的水雾。他看着破烂不堪的墙壁，看着磨损严重的地面。他挤在角落里，两手分别握着一根横杆。

“听我说。”他开口道。

我打断了他，我说出了能够让小孩子闭嘴的谎言。

我说："我知道。"

他摇了摇头，我继续撒谎。

"没关系，"我说，他不肯看我，"一切都会好起来的。"

他闭上眼睛，我伸出胳膊，他轻轻地低语："对不起。"

"您好，这里是校园保安部，"对讲机嗡嗡作响，"请问您遇到了什么情况？"

"我们回家吧。"我说。

我需要好好思考，自己为何还爱他，甚至如何去爱他。我明白，区区两本在酒吧里出现的童书根本不足以解释。我回忆着过去，生活的点点滴滴在脑海中掠过：一栋通风良好的房子，两个活泼可爱的女儿，将近二十四年的光阴，七十四块生日蛋糕，一百五十多次医院预约，八趟动物园之旅，无数次体育锻炼，一场象棋锦标赛，一把丢了两个压弦扣的小提琴，我们的孩子听到过一千次"你们拥有全世界最酷的爸爸"。黛芙妮二年级的时候跟全班同学在卡内基音乐厅登台表演，我们度过了一个快乐而奇妙的夜晚。他们在罗伯特的指导下获得了全国诗歌创作奖，赢回的现金恰好可以从海龟救援协会领养一只盲眼的海龟，他们称之为"弥尔顿"。因为罗伯特曾经给这群七岁的孩子念过《失乐园》的一部分，他们知道亚当和夏娃在离开伊甸园的时候迈着"缓慢的步子"，而且弥尔顿也双目失明。毫无疑问，我深爱着自己的丈夫，所以才会迷恋跟电梯的制动键一样明亮、鲜艳、急切的比喻。

"救援人员正在路上。"对讲机说。

"别担心。"我安慰道，他摇了摇头。我按下制动键，电梯缓缓坠落。

“太迟了。”他说。

我把他的头发从眼睛上拨开，仔细地端详着他。我看得出来，他的心底隐藏着可怕的伤口。我幻想自己能够潜入他的体内，重启开关，转动旋钮，按下制动键，停止一切痛苦。我那么爱他，那么渴望帮他，以至于说出了接下来的话。

“我们逃走吧！”

我们当然没有逃走。

可是不久以后，他逃走了。

第三章

罗伯特在威斯康星州的密尔沃基消失了，十二周之后，我带着女儿前往法国巴黎。他失踪的时间和方式很简单：清晨，步行，从家中的后门离开。他一直都喜欢晨跑，所以这次的不告而别并未引起任何警觉。虽然他没回来吃早饭，但是我们不太担心，因为他偶尔也会选择长跑。

当他错过晚饭的时候，我安慰自己，他经常会废寝忘食地忙于某件事情，甚至不记得给手机充电（他原本就不爱用手机）。等到夜深人静，他依然杳无音讯，于是我便断定他是“笔遁”了。艾丽和黛芙妮询问他是否留下了纸条，然而什么都没有。

后来，我才发现他确实留下了一张小小的纸条，上面只写着六个字母。

在罗伯特失踪之后，我首先给埃莉诺打了电话。称她为我的朋友并不准确，称她为艾丽的教母也不合适，毕竟艾丽从未接受过洗礼，但是她们俩都坚称彼此之间是教母与教女的关系。其实，在读研期间，我曾经选修过英文系的课程，而她是系主任。我去找她抱怨自己从另一位教授那里得到的成绩太低，在短短一小时内，她便成功地让我相信，教授给我的分数已经非常慷慨了，如果我在卷面上的表现能够像私底下一样坦率而勇敢，我肯定再也不必发牢骚了。她说得对，但我还是经常去她的办公室敲门，即便在肄业之后也不例外。我认为她不仅能为我回答学术上的问题，而且还可以帮我解决生活中的疑惑。

“莉娅，”有一回，埃莉诺刚刚熬过一个漫长的下午，显得筋疲力尽，“我不是替你管理生活的主任。”我微微一笑，如今想来仍旧忍俊不禁，那是她唯一一次对我撒谎。

我倒也不是同意她说的所有话，比如，你的父母并不恨你。我告诉自己，他们恨我，他们觉得我是一个糟糕的女儿，连道歉的机会都不肯给我，就先一步去世了。父亲是久病不起，母亲是急症难医，他们在我读研的第三个学期相继撒手人寰，中间仅仅相隔数月。尽管他们肯定会表示反对，但我还是要说，我不是一个糟糕的女儿。在过往的岁月中，他们始终都令我感到非常烦恼，因为他们年迈体弱，经济拮据，因为他们住在威斯康星州的乡镇，没有给我生下兄弟姐妹，因为他们劝我，就算不去上大学也“很好”（他们俩都没上过大学）。我怀揣着各种各样的不满，承受着许许多多的委屈，虽然都是微不足道的事，可是在他们临终之前，我却偷偷地幻想过，如果他们离开，也许我会如释重负。

结果，我自然是悲痛欲绝。我举办了一场精心筹划的葬礼，前来哀悼的宾客却寥寥无几；我买下了一块硕大厚重的墓碑，他们若泉下有知，恐怕会感到窘迫不已。葬礼和墓碑花光了他们留给我的全部遗产。为了供我上私立大学，他们早就把酒吧抵押了，而我却白白浪费了五年时间（我的大一课程几乎全都不及格，甚至包括法语课），我以为自己能够在研究生阶段拼命努力，纠正从前的过错，最后却连硕士学位都没有拿到。

其他教授都不愿意扮演父母的角色，但是对于独身主义、无儿无女且永不显老的埃莉诺来说，关心学生正是必须履行的职责。她协助我办理了肄业手续，帮我找到了撰写演讲稿的工作。我掏出照片，给她看我父母的豪华墓地（我也不知道自己为何要这么做，那张照片一直都藏在钱包里），她说我是一个好女儿，我哭着反驳，她却回答，可惜我们此刻不在墓地旁边。我问她为什么，她说那样就可以从夸张的石碑上敲掉一角，用来砸醒我。

“愧疚是最为贪婪的情感，总想吞没一切，”她说，“而悲伤只需要时间就够了。”她给我的礼物正是时间。

所以，在罗伯特失踪之后，我给她打电话，她让我按兵不动，过一天再说，我丝毫都不觉得意外。可是，在第三天，我重新联系她，宣布自己准备报警了，却惊讶地得知，她已经报警了。

白天，趁着女儿们还在上学，警方把告诉埃莉诺的话又对我当面讲了一遍：少安毋躁，耐心等待。

于是，我便告诉两个女儿，她们的父亲决定提前开始一贯漫长的夏季写作，忙完就会马上回家。艾丽和黛芙妮交换了一下眼神，略显怀疑，不过爸爸就是爸爸，行事古怪也不足为奇。而且，我们的家庭犹如透明的泡泡，作为一个早早失去双亲的女人，我在无意中塑造了巨大的保护层，并非让女儿们与世隔绝，而是尽量阻止成长的烦恼侵袭。她们觉得，既然牙仙[①]仍旧会风雨无阻地拜访我们，收走偶尔掉落的双尖齿，那么爸爸肯定会归来。

我们度过了一周没有他的日子，接着是三周，很快就到了学期的最后一天。为了迎接暑假大撤退，一名骑着摩托车的警察在街上帮忙维持秩序。他吹响口哨，阻止车辆通行，挥手示意我们过马路，可是艾丽却停住了。

“艾丽，不要。”黛芙妮轻声哀求。

艾丽站在领先几步的位置，扭头看向我，然后回答妹妹：“咱们都明白，她不会主动说的。”

警察指着对面：“快走，孩子们，跟上你们的妈妈。”

“我们的爸爸在哪儿？”艾丽说。

黛芙妮开始啜泣，艾丽跟着落泪，两个女儿站在人行横道中央，情绪彻底崩溃。艾丽几乎从来不哭，就跟警察无可奈何地放弃指挥交通一样少见。接下来发生的事情似乎仅仅持续了三分钟，实际上却酝酿了数周之久，我在众目睽睽下对警察和孩子们解释：是的，她们的父亲失踪了；是的，警方已经知道了；不，警方也不清楚他身在何处。

但是，负责案件的警探确实有所推测，在我们单独见面的时候，他跟我分享了自己的看法。“根据以往的经验，”他说，“死亡的可能性越大，找到的线索就越多。”他坚定地点了点头，“所以，没有迹象并不是最坏的情况。”

---

① 牙仙：西方传说中的精灵。据说，小孩子把掉落的乳齿放在枕头底下，牙仙会趁他们睡觉的时候拿走，换成钱币。

因此，我们屏气凝神，不敢制造任何迹象，包括传单、寻人启事和网上的帖子。我不想把我们的损失昭告天下，否则一切就成真了，再无回旋的余地。爸爸只是离开了，并未留下线索。我将警探的措辞稍加修改，传达给孩子们，虽然不合情理，但是可以安抚她们，也可以安抚自己。我的语气很像是老大人在跟小大人交谈，罗伯特的失踪令她们突然成熟起来，而我的说话方式批准了这种残酷的飞跃。

我觉得自己根本就不该开口。没错，每个人都得长大。可是跟多数父母一样，我不想让孩子们在警局外面长大，在片刻之间长大。我竭力地保护她们，也许她们早就懂事了，或者即将变得懂事，但是我依然注意用词，不提“活着”，更不提“死亡”。

但是，他肯定死了，不可能还活着。警察毫无头绪，而我却掌握着一条重要的证据，可惜我无法告诉他们，否则他们会认为我疯了。诚然，我丧失了部分理智，不过剩下的理智足以让我判断，自己再也感受不到罗伯特的存在了。我想，世上的夫妻都是由某种无形的纽带连接在一起的，这条纽带可以自由伸缩，却始终都牵着两头，或许人们平常难以察觉，直到它彻底消失，才会恍然大悟。

除此之外，我还感受不到悲伤。我只是觉得害怕、愤怒和孤独，我也能远远地望见悲伤，就像前方的黑色海岸线，但是我还没到那儿，因为真相还没到这儿。我能够感受到罗伯特走了，却无从确认。我大量阅读相关的文章，里面充斥着坚守信念、保持希望的积极劝慰，唯独在一个网站上，我看到了冷冰冰的建议：你的伴侣可能已经死了，你要为此做好准备。于是，我努力地调整心态。

当初，殡仪师为我的父母操办奢侈的葬礼，借机狠狠地赚了一笔，大概他自己都觉得不好意思，所以免费送给我一堆讲述临终、死亡与生存的书籍，一直都放在我的书架上。在罗伯特离开三周以后，我拿出那些书重新翻看。这种行为似乎莫名其妙，毕竟罗伯特尚未被宣告死亡，而且正如我所说，我们在言谈中坚决避免提到“死亡”二字及其概念。

但是，我确实失去了一个人，对吗？没错。至少有一本书讨论了所爱之人去世却找不到尸骨的情况，类似的章节信誓旦旦地向我保证，“失去”绝非逃避现实的委婉说法。

无论如何，这是一个开端，一个通往悲伤的开端。我发现书中为这个阶段提供的建议都非常实用：吃饭，睡觉，锻炼。我不必急着克服困难，但是也不能就此停留，我应该继续前进。于是，我拼命地抬腿迈步。

我坚持阅读，不停地浏览描绘死亡、守寡和幸存的书籍，在脑海中勾勒关于罗伯特的画面。随着岁月流逝，这些感受凝聚起来，化作一道狰狞的伤口，刻在心头。

这很不对劲儿，我很不对劲儿。可是，世界上有哪个妻子没设想过丈夫的死亡呢？根据境遇不同，要么是无所事事的思考，要么是焦急迫切的猜测。我的情况不仅二者兼有，而且更为复杂，毕竟我已经不是第一次怀疑他是否还活着，是否会从“笔遁”中归来了。我不希望他生病，恰恰相反，我希望他健康，因为我希望他快乐，那样我们全家才会快乐。我一直在慢慢地失去罗伯特，当警察询问：“他的失踪有什么征兆吗？”我撒谎说没有，因为我不知道该怎么解释，其实他自己就是征兆，日复一日，他的话语、他的微笑、他的好奇都在渐渐消失。

我不愿承认罗伯特已经死了，但是我又不明白自己为何会产生这种熟悉的感受，就像失去父母以后的体会：痛苦，恐慌，心神不宁。

提前练习，学着迎接没有他的生活。我照做了，的确有所帮助。我决计偷偷假装罗伯特死了，除非其他可能性得到证实。而且，我很清楚自己只是在假装，因此可以暂时回避更加重大、更为严峻的问题。

可是，我要如何解决女儿们的问题呢？

在过马路的事件发生之前，艾丽和黛芙妮一直都表现得很坚强，从某种程度上来说，在得知警方正在全力调查以后，她们又恢复了镇定。可是，随着日子一天天过去，爸爸还是没有出现，情况变得越来越糟糕。她们开始发脾气，摔房门，甚至吵架。我向儿科医生征求意见，他说："这很正常。"我不禁哑然失笑，因为一切都不正常。不过，医生还是提醒我，要格外小心，注意观察孩子们是否存在"自残的行为"，比如划破皮肤、饮食失调或者谈论自杀。

我并未亲眼看见这些情况，其实，她们唯一试图伤害的对象就是自己的妈妈。自杀的念头根本不存在，谋杀的想法倒是很明确。她们的视线紧紧地跟着我，仿佛在追捕猎物。于我而言，应急的生存法则便是将去世的罗伯特视为缺失的空格，等到时机成熟，便用悲伤来填补，但是我看得出来，这种办法不适合她们。确实，宣布他死亡却不提供尸体，感觉倒像是我杀害了他。

于是，死亡便如影随形，纠缠不休，我们的绝口不提反而令它变得更加强大，几乎无处不在。在一个温和的夏日傍晚，我们步行去街区的商店购物，用清凉的冰激凌来抚慰灼热的伤痛。黛芙妮不慎把巧克力蹭在了艾丽的新衣服上（那也是先前为了疗伤而买的），这不过是一桩小小的意外，可是艾丽却发出震耳欲聋的尖叫，黛芙妮的尖叫稍逊一筹，却充满了近来积攒的怒火：父亲不告而别，母亲没找到他，尤其是姐姐艾丽，变着花样地向她宣泄内心的气愤、绝望和难受。然后，艾丽把自己的甜筒扣在了黛芙妮的衬衫上。

黛芙妮从艾丽的口袋里掏出手机，扔到马路中央。

此刻，电影陷入沉寂，安静了整整一分钟，在我的脑海里无声地播放着。我知道，在现实生活中，接下来的六十秒异常嘈杂喧闹，但是我什么都听不见，包括自己的尖叫。事后，旁观者告诉我，我的尖叫比女儿们的尖叫还要响亮。

手机是艾丽的大门、翅膀和最心爱的玩具，她会毫不犹豫地朝着它狂奔，就像一个皮球跳到大街上。一辆向南行驶的汽车呼啸着与她擦肩而过，一辆向北行驶的卡车碾碎了她的手机。终于，电影的音效恢复了，我仿佛听到艾丽的骨头咯咯作响，犹如纷纷折断的木柴。

不过，那只是错觉而已。在毁灭手机之后，卡车便停在了艾丽旁边，虽然她的屁股难免跟保险杠轻轻碰撞，但是司机奇迹般地刹住了。她倒在地上，却并未撞到脑袋。有人拿着律师名片跑过来，坚持让我们去医院仔细检查，护士在急救电话里说，是否诊治取决于我们的选择。艾丽决定不去，司机松了一口气。接下来的情景令我如释重负，或许是因为她受到了惊吓，或许是因为她估计我会给她买一个更贵的新手机，艾丽主动拥抱了黛芙妮，为自己的大喊大叫而道歉，黛芙妮也喃喃地说着“对不起”，显得语无伦次。

我们摇摇晃晃地回到家中，换衣服，刷牙，互相道歉。艾丽向我描述她想要什么样的手机，黛芙妮一言不发，趴在桌子跟前，埋头在埃莉诺送给她的日记本上写字。埃莉诺特意叮嘱过，说我不应该偷看，可是我当然忍不住。在夜深人静之际，我看到了那天她写的最后一行：

无论你下一个要带走的是谁，都让我来代替吧。

黛芙妮在跟谁对话？我不知道，于是我在她的床边徘徊，思索着该如何告诉她，我深深地爱着她，她很安全，永远都不要盼着死亡降临。唉，宝贝女儿啊！

我默默地端详着黛芙妮，她慢慢地睁开眼睛。在短短的数秒之内，我仅仅是古怪的黑影，她没有认出我是妈妈。我清楚地看到，她的眼睛里闪烁着恐惧和欣慰——她以为自己的祈祷得到了上天的回应。

几分钟后，我听到了一阵轻柔而急迫的敲门声。

尽管午夜将至，但是我不必透过猫眼窥探。外面肯定是——

埃莉诺。

那天晚上，我发现了一张罗伯特留下的纸条。其中的内容非比寻常，摆放的位置也不同以往。在我通知警察和孩子们之前，我想先跟她讨论一下，尤其是这张纸条需要她利用专业知识进行详细的文本分析。我提议在次日清晨见面，可是埃莉诺说应当马上见面，还要边喝边聊。现在，她果然来了，我只好竭力劝她离开。我告诉她今天发生的意外，讲述了艾丽、黛芙妮、甜筒、电话和马路的种种纠葛。我说，现在不是时候。

在确认大家都平安无事以后，埃莉诺说现在正是时候，甚至早就过了最佳的时候。

“所以，”埃莉诺说，“东西呢？”

我们站在厨房里，她带来了一瓶裹着纸袋的葡萄酒，却在我递给她纸条的瞬间完全忽略了佳酿的存在。上面并非熟悉的五个字“很快就回来”，而是短短的六个字母：BXBSZT。

“藏在燕麦卷中间。”我动身去拿那个盒子，可是她不耐烦地挥了挥手，我扭过头来，继续说，“他总是买燕麦卷，却从来都不吃。在他失踪以后，已经有整整四周都没人碰过了。”

“直到今天。”埃莉诺说。

“直到今天。”我说。

“因为你饿了？”埃莉诺说。

我默默地点了点头。我不愿承认自己最近没胃口，什么都不想吃，我之所以会去找燕麦卷，是出于非常悲惨的理由：我不小心把他的衣服洗了。在他刚刚失踪以后，我发现待洗的衣服里有他的几件衬衫，于是便单独挑出来，打算拿给警方检查。可是，他们拒绝了，并且委婉地提出：“这能告诉我们什么呢？”我十分迷茫，竟然不知该如何回答。不过，在接下来的数周中，我总算反应过来了：这能告诉你们他是怎样的人。我将那几件衬衫堆放在地板上，偶尔也会在睡觉前塞到枕头底下。我经常抱着它们，仔细地闻，努力记住罗伯特的气味。在一个困倦的清晨，我迷迷糊糊地把它们跟其他东西一起扔进洗衣机，最终，它们带着汰渍的芳香出来了。我惊慌失措，又假装镇定，在他的衣柜和抽屉里东翻西找，可是这些地方的味道都太微弱、太干净了。我来到厨房，搜寻可以刺激食欲的酒精，却忽然瞧见散发着腐臭的燕麦卷。然后，我就看到了这张小小的纸条。

“我觉得，”我开口道，依然为艾丽的死里逃生而感到头晕目眩，但是埃莉诺已经戴上眼镜了，我也必须打起精神来，“这似乎是某种格律，对吗？”我说，“谜题？填字游戏？诗歌？我明白，你是专家，不过……”

埃莉诺把纸条翻过来，背面一片空白。

“不是诗歌。”她说。

“好吧，反正也不是燕麦卷厂商的赠品，”我说，“这肯定是他的东西。你了解罗伯特，他就喜欢把纸条藏起来，让孩子们寻宝。”

“你有笔记本电脑吗？”埃莉诺说。

“谷歌上什么都查不到。”我说，其实并非如此。我的确搜索了那六个字母，而且毫无结果，可是我又给谷歌分配了另一个任务，找到一家神奇的法国公司，他们可以根据基因样本来制作香水，至于采集基因的来源则多种多样，比如一件旧衣服，穿得越久越好——

“也许是你向谷歌提问的方式错了。”埃莉诺说着，拽过高脚凳坐下，“去把你的电脑拿来，上网浏览一下航班，首先是密尔沃基国际机场的航班，如果都对不上号，再看奥黑尔国际机场[①]的航班。”

“为什么？”我说。

“因为，我敢打赌，这是一串确认码，亲爱的。”

埃莉诺的话语提醒了我，罗伯特的谜题总是很简单，只要认出

① 奥黑尔国际机场：位于美国伊利诺伊州芝加哥市，是距离密尔沃基最近的外地机场。

结构的特点或者猜到相应的背景就能轻松破解。BXBSZT 并非构词游戏，也非诗歌韵律，而是航班行程。于是，我们便依次尝试，果然查到了一趟通往巴黎的三周旅行，出发日期定在八月的第一天。

“惊喜。”埃莉诺说。

罗伯特原本计划在暮夏时节前往巴黎，埃莉诺也知道。年初，为了赚点儿外快，他曾写过一篇关于儿童文学和巴黎的文章，某家小型出版社看到以后，便询问罗伯特能否将其拓展成一本书。他们要求配上地图，还得标明方向，列出景点的地址、网址和开放时间。他们会预先支付一笔订金，作为实地考察的费用。

“很好，”罗伯特告诉我，“没想到我都可以撰写旅行指南了。”

“真棒！”我说，因为我希望他的地平线绽放曙光，我希望有其他人告诉他“你很优秀”。而且，我没有问他“出版社给的钱够不够带上我？带上女儿们？”因为我知道，肯定不够。

但是，我盼着罗伯特能主动解释，再次提起当年的承诺——有朝一日，我们终将去看看欧洲的巴黎。说实话，就算他邀请我重返威斯康星州的巴黎，无论是二者之中的哪一个，我都会露出幸福的微笑，只要这样能唤回以前的罗伯特，唤回更加幼稚、更加活泼、更加大胆的罗伯特，唤回拍着胸脯宣布“没问题”、“有何不可”和“别担心”的罗伯特，唤回发现我偷书的罗伯特，那时他说：“你好像忘了……”

我没忘，一切都没忘。我记得《红气球》中有几只猫，我记得求婚之夜的野餐桌是什么颜色，我记得他曾经答应过要带我去法国。

“八月的巴黎很糟糕。”他继续说。

是吗？我心想，但嘴上却说：“瞧见没？你的口气确实很像旅行指南的作者！”他一言不发地转过身去，我忍不住抱怨：“真正的艺术家会说‘独自一人，享受两三周的巴黎生活？我今晚就买票’。”经过数小时的沉默以后，他说马上买票，还说别告诉孩子们，这是个惊喜。

第二天早晨，惊喜来了，他告诉我，他没买票，而且以后也不会买票。

“难道你完全不知情？”埃莉诺问道，她盯着屏幕，我盯着她，心里很纳闷儿，片刻之前还淤积在罗伯特脚下的责备为何会慢慢地朝我流淌？

“埃莉诺。”我说。

他不仅给自己订了一张机票，还给我们三个都订了机票。

巴黎，我终于可以——

他终于可以——

我们全家都可以——去巴黎了。不是那座有着麦田和水塔的小镇，不是那个摆着野餐桌和垃圾桶的路边，不是这片大陆上的任何巴黎，而是真真正正的巴黎，是麦德兰的城市，是拉摩里斯的城市，是我的城市。

巴黎。

埃莉诺注视着我，静静等待，但是我说不出话来。于是，她主动开口了：“现在，咱们知道了两件事情。”她收起眼镜，用主持研讨会的声音说，“第一，他订了四张机票，包括自己的机票；第二，他有一张你不知道的信用卡。”（后来，事实证明，这趟旅行是那张信用卡的最后一笔消费，此前一年，信用卡的消费对象都是汽油、食物等日常必需品，消费周期基本跟罗伯特“笔遁”的时间一致。）

我拿起桌上的小纸条，不禁希望它是构词游戏或者诗歌韵律。

B 不能

X 写作

B 不能

S 思考

Z 坠落

T 跳跃

我感到世界在向上翻涌，不是地板，不是地毯，而是整个世界，甚至包括巴黎，那是我一直都想去的地方。如今，通往巴黎的钥匙就摆在面前。

我哪儿也不想去，只想上床睡觉，或者出门尖叫。我想喝一杯比葡萄酒更烈的东西，可是我走不到比水槽更远的地方。我看着自己拧开水龙头，我看着自己弯下腰凑近。我要干什么？直接对着水龙头痛饮。过了很久很久，我关掉水龙头，擦干脸庞。埃莉诺依然在静静地等待，双手平摊在大腿上。

我也在等待，等待自己做好启齿的准备。“我们还不知道最重要的事情。”我说，体内的理智和愤怒渐渐复苏，“为什么？何必要用这种方式？留下一个悲伤的小谜题让我破解是一回事，但是把确认码塞在盒子里戏弄自己的孩子又是另一回事。如果坦诚相告，她们肯定会非常兴奋。”

埃莉诺点了点头：“这也是令我感到苦恼的部分。”

“什么部分？他很浑蛋？”我说。

不，埃莉诺说。罗伯特确实难以捉摸，但是绝非残忍无情，他肯定愿意见证女儿们的快乐。如果他早就知道家人找到确认码的时候，自己不在身边，那么他不可能把确认码留下。况且，没有他的提示，我们能否找到还是个问题，毕竟我们从未靠近过装着燕麦卷的盒子。她之所以感到苦恼，是因为这意味着真的有事情发生了。

而且，埃莉诺继续说，她之所以感到苦恼，还因为我曾经被抛弃过，我的父母去世得太早、太突然了。

我们四目相对。

“别误会，我没有别的意思。”她说。

“明白了。”我说，怒火在心底熊熊燃烧。我很生气，气她旧事重提，气父母舍我而去，当然，最气的还是罗伯特。

“可是，你明白接下来该怎么做吗？”埃莉诺说，“毫无疑问，你们应该去。”

“去法国？”我说。

“机票的目的地就是法国。”她说。

“现在？”我说，我宁可去太阳上待着。

“三周以后，”她说，“按照预定的时间出发。我们可以支付护照的加急费，一切都不是问题。莉娅，你必须去，而且不要急着回来。即便这里发生了什么不好的事情——但愿不会——至少还有距离能够分散注意力。要我说，干脆改签返程的机票，在法国多住几周，就当是休假，出去放松放松，想玩儿多久就玩儿多久。校长办公室的工作肯定有办法处理，航空公司的安排也可以调整，至于女儿们错过的课程嘛，将来再补就行了。说不定艾丽和黛芙妮能够借此机会，重新找回失去的笑容。”

“那样肯定会吓坏她们，”我说，“尤其是——”

“在密尔沃基，在自己家里，她们明天早晨、后天早晨、大后天早晨……每天早晨醒来都看不到爸爸，这样才会吓坏她们，莉娅，这样才会伤害她们。”

我想到冰激凌引发的争吵。我想到黛芙妮日记里那句让人隐隐不安的话语：让我来代替吧。我想到两个女儿都希望爸爸没死，而且盼着妈妈也能满怀希望，让爸爸再次出现。

我想到近来罗伯特令一切都变得十分灰暗，就像蒙在画面上的一层黑纱，过滤了所有的色彩。

“我们不能离开。”我说，声音轻如耳语，就连我自己都听不清楚，“罗伯特只是出门写作去了，他会回来的。”

埃莉诺可能比较直率和务实，却并不残忍，就像罗伯特一样——就像我自以为熟悉的罗伯特一样。她平静地看着我：“你相信吗？”

“或者，罗伯特已经搬到远方，改名换姓了。”

“你愿意接受这种说法吗？”

我不愿意，可是我害怕他死了。因为那些书让我觉得他死了，因为我需要它们让我觉得他死了，否则整个世界都毫无道理，从纸条上的六个字母到装着燕麦卷的盒子，统统毫无道理。

“埃莉诺。”我低声呜咽。

玩笑、讽刺、愤怒都是掩饰的手段，我假装过得很好，假装不思念他。而且，我承认，我确实没有全心全意地思念他。可是，在我体内住着一位读者，一位沉醉于文字却失去了文字的缪斯，她正在承受着无尽的折磨。而我的其他部分，我的手指、嘴巴、头发和肚子，都在深深地思念着他，就像思念空气、清水、知己，就像思念一本热爱而渴求的图书，但是当我走近书架查看的时候，却根本找不到，原来那本书从未被写出来。

“女儿呢？她们怎么认为？”她说。

艾丽和黛芙妮认为她们的父亲是一个英雄。如果加上合适的限定条件，我也会同意她们的观点，他确实是英雄，却是古典英雄，虽然颇为传奇，但是极为疏远，随时都会踏上冒险的征途。偶尔我会安慰自己，要想解决他的焦虑，关键在于分类。倘若我能判断什么是他的问题、我的问题、我们家的问题、房子的问题和生活的问题，便可以得出相应的答案。他经常选择用“笔遁”的方式逃跑，因为这样做比较“健康”，绝非粗鲁。他是一个好父亲，肯定是，因为女儿们都非常喜欢他。在很长一段时间里，我也十分欣赏他。他记得学校拍摄班级合影的日子，他知道夏令营报名的截止日期；在家里，他会把深浅不同的衣服分开放入洗衣机，甚至还帮忙洗碗。他宣称女儿们跟自己有心灵感应，无论何时让她们猜测他想到的数字，她们总能说对。

他告诉女儿们猜对了，她们会开怀大笑。对于艾丽和黛芙妮而言，不管他是在撒谎还是在说实话都无关紧要，她们也不在乎他会突然离开一天、一夜或一个周末。然而，如今他已经消失好几周了，也就是说警方必须发布罗伯特的失踪信息了。我没有立刻意识到情况的严重性，但是警察却心知肚明。“没有人会消失得如此干净”，警方的技术员说，就连负责案件的警探也不得不重新审视自己先前的论断，考虑罗伯特生还的可能性。因为我们的银行账户一分钱都没少，他的电子邮件全部原封未动。

“女儿们相信他还活着吗？”埃莉诺逼问道。

在罗伯特刚刚消失以后，我度过了最为黑暗的数个小时，埃莉诺告诉我的第一句话是：“你必须挺起腰来，站得直一点儿。”我铭记于心，竭力挺直腰板，尽管我发现站得直一点儿会让自己跟女儿们离得远一点儿。她们仰视着我，我俯瞰着她们，我们能够看到彼此，却隔着全新的距离。结果，我们并未头晕目眩，但是都感觉不太舒服，没有人询问晚饭吃什么、脑海中的数字是多少、爸爸是否还活着。“爸爸出门了”是我们的通用说法，始终都显得非常坚定，直到在学校外面的人行横道上开始动摇，然后像艾丽的手机一样在马路中央被碾得粉碎。

“她们相信。”我说。

“可是你不相信。”她说。

“我没法相信。”我说。

“你能努力尝试吗？”她说。

我没回答，我不能。在见到罗伯特的最后一天晚上，我也曾向他提出过同样的问题。他说，他不快乐，睡不着，没法工作。

“你能努力尝试吗？”我问。女儿们都在楼上睡觉，否则我的声音会更大，因为我想让他听我说话，或者听医生说话，或者听他抵触的心理咨询师说话。

“写作正在毁灭我。”他说。

钟表嘀嗒作响，心脏怦怦直跳，我说：“在这个偌大的家里，难道只有你吗？”

在我们坐飞机的当天早晨和头天夜里，我都没有吃东西。我喝了点儿酒，感觉很不舒服，又喝了咖啡，结果更加难受。

最糟糕的是机场，似乎集中了各个年龄段的父亲。他们从计程车里拎出行李，殷勤地敞开大门，端着滚烫的拿铁——跟世界上的大部分东西相似，隔热的纸质杯套也是专门为四人设计的。出发以前，他们抱起小男孩，搂在怀中互相道别；回家之际，他们扔下手中的包裹，接住迎面扑来的小女孩。他们穿着西服、毛衣或军装，他们头发蓬松、剪成板寸或秃着脑袋，他们像罗伯特一样矮、一样瘦、一样心神不宁，或者跟他截然不同。父亲们到处都是，除了航空公司的柜台旁。埃莉诺将艾丽和黛芙妮引到听不到我说话的地方，我小声打听是否有名叫“罗伯特·伊迪”的乘客办理登机手续。

“没有。”柜台小姐说。

我既感到如释重负，又觉得伤心欲绝，我嘟囔着说：“他可能不会来办理手续了。”

柜台小姐耸了耸肩，絮絮叨叨地解释了半天，内容枯燥乏味，重点就是更改机票需要收取一百五十美元的费用。

仅此而已？我心想。我差点儿就把这笔钱付了。自从四月以来，我的生活经历了翻天覆地的变化，相比之下，更改机票的代价显得微乎其微。只要能让一切恢复原状，让“死去”的丈夫复生，区区一百五十美元算什么？

可是，我摇了摇头。她在我们的登机牌上潦草地写下几个字，仿佛是某种暗号，因为运输安全局的工作人员看过以后，便对我们进行了彻底的检查。我看着自己的提包、黛芙妮的内衣和一个塞满克利拉思湿巾的袖珍容器——不知那是艾丽何时装上的——被一片酷似克利拉思湿巾的东西擦拭。“为了检查易燃易爆物品。”工作人员说着，朝女儿们眨了眨眼睛，仿佛这是一场游戏。

“三周，”我告诉女儿们，“在巴黎待二十一天。这趟旅行原本是跟爸爸一起，现在我们要自己去了。”黛芙妮询问，我们是否会在那儿见到他，我稍作犹豫，正在思索该不该回答“有可能”，艾丽便斩钉截铁地说“不会”。

我说，我们此行的唯一目的就是离开家乡，出去观光游览，探访《麦德兰》中描绘的一些地方。显然，爸爸需要的写作时间比平常更久，而巴黎之旅则是他为我们制订的计划。况且，她们都非常喜欢贝梅尔曼斯，对吗？尤其是艾丽。罗伯特搜罗了不少贝梅尔曼斯的“成人”选集，艾丽很爱分享其中的惊悚逸事——你知道贝梅尔曼斯宣称自己朝别人开过枪吗？你知道他的家庭女教师在他六岁那年自杀了吗？你知道贝梅尔曼斯曾经考虑过要用利兹卡尔顿酒店的天鹅绒红绳来自杀吗？不，我不知道。（她的父亲也产生过类似的念头吗？以前，我尽量不这样想，但是现在，我无法不去想。）

如今，坐飞机出行意味着要先接受一长串问题的挑战。

行李收拾好了吗？

有人让你帮忙捎东西吗？

你的包裹始终都带在身边吗？

可是，最困难的问题来自黛芙妮。

“你给爸爸留纸条了吗？”

“嗯。”我撒谎说。

艾丽一直在玩新手机，假装不参与我们的讨论，她稍稍歪着脑袋，朝我们靠近，眼睛依然紧紧地盯着屏幕。

“我也留了！”黛芙妮兴奋地低语道，“我把纸条放在枕头上了。”

艾丽忍不住了。先前，趁着黛芙妮去大门旁边的洗手间，艾丽就问过："爸爸会回来吗？跟我说实话，现在黛芙妮听不到。"

艾丽对我的"希望如此"不满意，对"我不知道"更不满意。我打起精神，准备迎接后续的问题："他还活着吗？"我的答案仍旧毫无差异：希望如此，我不知道。可是，我明白，只要她提出那个问题，一切都会变得截然不同。

然而此刻，艾丽逼迫的对象却是黛芙妮，不是我。"你在枕头上留纸条了？"艾丽问。

"对啊，怎么了？"黛芙妮尚未察觉到即将降临的狂风骤雨。

"你该不会模仿他的做法，"艾丽愤怒地说，"写了'很快就回来'吧？那可真是太'聪明'了。"

黛芙妮的眼眶湿润了，但是她努力对上姐姐的视线，不肯退缩，任凭泪水顺着脸颊无声地滑落。

艾丽站起身来，气呼呼地走向拥挤的人群，他们正在等待前往佛罗里达的航班。

黛芙妮倒在我的肩头，我搂紧她。作为母亲，我常常惊讶地发现，尽管孩子们在不断地成长，但是她们依然可以完全融入我的怀抱。无论是婴幼儿还是青少年，她们的下巴总能在我的肩膀、臂弯和胸口找到合适的位置。然后，我吸气，她们呼气，我们的颗粒混杂在一起，难分难解。

黛芙妮蠕动着钻向深处，就像掘地的鼹鼠，嘴里嘟囔着含含糊糊的话语，我让她又重复了一遍，才分辨出具体的字词："妈妈，你的纸条写了什么？"

我的身体微微一僵。

在我撕掉三份不同的草稿并把所有碎片都扔进垃圾桶之前，我的纸条写着我们思念他，我们深爱他，我们担心他，请回电，请写信，请告诉我们发生了什么，为何会发生，我们要如何杜绝类似的事情再次发生。我的纸条说：我爱你，但是你让我的爱变得越来越艰难，我们需要谈一谈。我们确实需要谈一谈，可是我忽然记起我们永远都无法交谈了，因为他死了。警察似乎认为他死了，殡仪师的书本好像也暗示他死了，他如此销声匿迹，肯定是死了，不可能还活着。

我想起那个带着书本去酒吧的男孩，那个热爱贝梅尔曼斯的男孩，那个给我买下《红气球》的男孩，那个说过我们会去很多地方冒险的男孩。我们真的去了很多地方，而现在，他自己踏上了冒险的征途。

可是，他在哪儿呢？

黛芙妮抬头看着我，于是我便把自己没写的内容告诉了她：

巴黎见。

第四章

当飞机刚刚在巴黎降落的时候，我原本应该欢呼雀跃：巴黎！巴黎！巴黎！我曾经在童年的地图册上反复地抚摸这些街道，期盼着整座城市可以渐渐浮起，就像微型的雕塑在指尖下起伏一样。然而，我的幻想从未实现。

如今依然没有实现。罗伯特在离开之际带走了一样东西，个头虽小，却颇为重要，那就是始终都跟在巴黎后面的惊叹号，至少对我来说是如此。根据女儿们的表情判断，他也带走了她们的惊叹号。

巴黎。有人在这里拍摄了一部关于红气球的电影，还有人在这里描绘了排成两队前进的女学生。

回首密尔沃基的岁月，有一对情侣曾经争论过巴黎究竟是彩色的还是黑白的。现在，我看到了——

这座城市极为壮丽，绝无平庸之处。如果我和孩子们总是怀念失去的惊叹号，就会错过更加令人惊叹的部分。巴黎并非一幅油画、一部电影或一张海报，况且，既然我们来了，巴黎便不再是镜花水月的承诺，也不再是虚无缥缈的美梦，而是触手可及的现实。

但是，为何我体会不到真切的感觉呢？

原因之一大概是炎炎烈日的炙烤，暮夏的巴黎散发着恐怖的高温，犹如一个巨大的火炉，烧得我们叫苦连天，就连“**八月**”的法语发音都像是求救的呼喊。

不过，谁也无法听到我们的抱怨。我们惊讶地发现，巴黎是一座十分喧闹的城市，人来人往，熙熙攘攘。而且，我预订的公寓客房拥挤而闷热，夹在医院和火车站之间，更是不得安宁。在白天的冒险中，我们偶尔会寻到一处狭窄的走廊，躲进去享受片刻的宁静。

最令我感到诧异的是，这座城市竟然对我们非常友好，我事先完全没有想到（孩子们深受《麦德兰》的影响，倒是将其视为理所当然的情况）。迄今为止，我已经在巴黎经历过各种各样的冷漠待遇，但是我永远都不会忘记，在最初抵达巴黎的日子里，有许多陌生人都显得那么温暖，甚至优雅而殷勤，尤其是在面对艾丽和黛芙妮的时候。商店收银员、博物馆导游、地铁乘客，统统和蔼可亲。男士主动让座，女士会拦住我，夸奖女儿们的美貌。我们去购买羊角面包，烘焙师经常往纸袋里多放一小块巧克力，接着眨一眨眼睛，又塞上两块。餐厅里的第三份榛子酱可丽饼总是免费赠送给漂亮的夫人——显然是指我。八月的巴黎充斥着络绎不绝的游客，但是留守此地的巴黎居民需要游客，他们需要我们。我慢慢地让自己相信，我们也需要他们。

然而，在巴黎之旅仅剩四天的时候，我们还需要黛芙妮的护照。

它不见了，都是埃莉诺的错。她告诉我，要想培养坚强、独立的女性，第一步就是赋予她们责任，首先从保管登机牌和护照开始。

在美国接受完安检，艾丽便把登机牌随手一放，后来翻了许久才找到；在巴黎的那天早晨，黛芙妮又弄丢了自己的护照，而且根本想不起来是在何时何地弄丢的，只知道它不见了。更糟糕的是，在埃莉诺的计划下，黛芙妮才刚刚培养了一点儿信心，眼下也随之消失了。政府可以帮助我们重新办理护照，但是谁能挽救黛芙妮的骄傲呢？

反正不是我，因为我已经丧失了自己的骄傲。出发以前，埃莉诺坚持要求我准备好护照的复印件，可是我忘记带来了，幸好她也留了一份。那天下午，我赶紧打电话联系她，她说复印件就在手边。

我等待她说“我早就提醒过你了”，这是她经常脱口而出的句子。

结果，埃莉诺却说：“你能打给我真是太好了，我有事情要告诉你，除非——这通电话会花掉你一千块吗？”

不会。艾丽买了两枚小小的芯片，一旦插入我们的手机，就会让电话费、短信费和上网费变得微不足道，起码她是这样说的。

“花不了一千块，但是——”但是，我必须催促埃莉诺动作快一点儿，烦闷的艾丽无所事事，羞愧的黛芙妮满脸泪痕，她们俩都在竖着耳朵急切地偷听，“埃莉诺，拜托，我只需要护照号码。”

我们正坐在长椅上，在埃菲尔铁塔的阴影笼罩下。我一直在刻意拖延前往埃菲尔铁塔的日程，既是为了将其留作辉煌的终场曲目，也是由于我没想到登塔需要提前预约，尤其是在旅游旺季。

还因为很久以前，我就幻想着爬到埃菲尔铁塔的顶端，深情地亲吻罗伯特。“你瞧，从威斯康星州的巴黎到法国巴黎，经过十八年的岁月，我们终于来了！”

我们确实来了。我眯起眼睛，仔细打量着它雄伟的构造。上面距离太阳更近，看起来似乎更加灼热。

“胡说八道，”埃莉诺说，“光知道号码怎么能行？肯定不如拿到复印件方便。放心吧，我用快递寄给你。”

“那样才会花上一千块。”我说。

“一千块？”黛芙妮尖叫道。她总是担忧金钱的问题，对此我百思不得其解。难道我和罗伯特在她面前为家里的财务状况争吵过吗？在密尔沃基，她收集了一罐又一罐的零钱。在书店里，如果她看到罗伯特的作品贴着打折的标签，肯定会悄悄地撕掉。

“不，黛芙妮，别害怕，没事的。”我说，“只是埃莉诺阿姨想把你的护照复印件寄给我们，而且——”

艾丽缓慢地叹了一口气：“天哪！”说着，她站起身来。邮寄复印件的建议暴露了埃莉诺的年纪，可是艾丽此刻的表现也证明了她的年纪。很快，她就要满十五岁了，堪称名副其实的青少年。烦躁的叹气，轻蔑的话语，尤其是挺拔的身材，处处都显示着她的成长。当你的孩子追上或超过你的个头时，你会感觉自己还不及他们的一半高。现在，我和艾丽已经能平视彼此了，我们还可以互相交换衣服穿。她让我显得无比矮小。“真的是，天哪。”艾丽强调道。她拿走我的手机，向埃莉诺解释需要操作的步骤——扫描、上传、发送，然后挂断电话，打开地图，带领我们来到附近的网吧。

类似的网吧早该灭绝了，这一家也不例外。沉闷的房间没有空调，放眼望去，全是蓬头垢面的年轻人，我觉得，他们应当花钱冲澡而非上网冲浪。尽管屋里颇为嘈杂，充斥着各种语言的交谈，但规矩就是规矩。网管指了指旁边的英语标牌，“禁止手机通话”——

所以，在埃莉诺回电之际，我被迫跑到外面的人行道上接听。

“我估计你一会儿就能收到了。”埃莉诺说，“不过，我可以趁这段空余的时间跟你聊几句吗？”她问，“刚才也说过，我发现了一样东西。”

我盯着网吧，黛芙妮盯着我，艾丽盯着屏幕，网管盯着女儿们。

在大洋彼岸，埃莉诺开始讲述，我们认为毫无踪迹的那个男人其实留下了重要的线索。不是六个字母，而是一百页文字。

“这好像是某种——呃，书稿吧，”埃莉诺说，“还带着一封介绍情况的附函，收件方是一个评奖比赛。早些时候，数学系通过校内邮递的方式寄给了我们。我的助教推断，罗伯特肯定是想把文件发送到我们英文系的中央打印机上，结果文件在数据的十字路口拐错了弯，跑到校园的另一头，从数学系的打印机里钻出来了。不过，这件事情已经过去很久了，打印日期是三月，在他消失的一个月之前。”

“三月？”我说，“现在都八月了。”

“耗费五个月走完五百米的距离，”埃莉诺说，“校内邮递的速度差不多就是这样。对了，你收到我的电子邮件了吗？”

我轻轻敲响网吧的窗户，艾丽和半个网吧的顾客都投来视线，艾丽摇了摇头。“没有。”我说。

“见鬼。”埃莉诺说，耳畔传来了点击鼠标的声音，“重新发送。在此期间，我给你念上一两段，因为内容实在是……”

我仿佛坠入了半睡半醒的恍惚状态，也许我一直都在做梦，自从来到巴黎以后，或者自从罗伯特离开以后。

“好，我开始了。‘现随信提交波洛克奖的投稿作品，敬请查收。'"埃莉诺停顿片刻，"我比较孤陋寡闻，没听说过这个奖。他说，'按照参赛指南，这份书稿谨遵伟大诗歌《忽必烈汗》的精神，由于塞缪尔·泰勒·柯勒律治[①]在创作的过程中被打断了，这首诗歌始终未能完成。'我们得搞清楚，"埃莉诺说，"柯勒律治没有被打断，尽管他声称'一个来自波洛克的人'毁了他的诗作，但是谈到大脑的问题——"

"埃莉诺，埃莉诺，我撒谎了，"我撒谎道，"这通电话很贵，况且我把女儿们单独留在了——"

"嘘，"埃莉诺说，"原来这个比赛的赞助者是一名脑外科医生，他住在密歇根州的大急流城。美国的医疗制度算是彻底完蛋了，神经外科医生赚得太狠，居然都拿着闲钱来设立文学奖了。"

"他是一名神经外科医生？"我问。

"网上是这么说的。网上还说，他之所以举办这个比赛，原因之一就是想研究大脑如何应对思路被打断的情况。"

"埃莉诺——"

"真聪明！你打断我了，看来这个大夫的想法还有点儿道理嘛。好啦，言归正传，跳向下一段，略过啰唆的铺垫，略过模糊的奉承——虽然不够得体，但完全是罗伯特的风格——找到了，故事梗概。"

"埃莉诺，咱们非得在电话里讨论吗？不能等到见面再说吗？"

---

① 塞缪尔·泰勒·柯勒律治（1772—1834）：英国诗人、文学批评家、哲学家，是英国浪漫主义运动的先驱，也是"湖畔诗人"之一。其作品《忽必烈汗》创作于 1797 年，出版于 1816 年。柯勒律治在《忽必烈汗》的序言中写道，他在创作这首诗的过程中被"一个来自波洛克的人"打断了。据说，这首长诗是在梦中完成的，全诗原本有二三百行，梦醒以后，他立即提笔记在纸上，可惜在写到五十多行的时候，被来访的客人打断，等到送走客人，他已经忘记了梦中的诗歌。

“字数不多，很快就念完了。”她说。

“我们逗留的时间也不长，很快就回去了。”我说。

“所以我才要赶紧告诉你。”埃莉诺说，“这个故事——莉娅，它的背景设定在巴黎。”

几分钟前，潮湿的环境还让我觉得空气太厚重，此刻，我却感到周围的空气荡然无存。

“我早就料到你会是这个反应，”埃莉诺察觉了我的沉默，“故事梗概的内容如下：年轻的罗伯特·伊迪和凯莉·伊迪（没错，他用了真名，或者说用了自己的真名，我不知道‘凯莉’是怎么回事，倒让我想起了卡利古拉[①]）决定拿出一年的时间，带着两个女儿（没有写女儿的名字）环游世界。顺便一提，妻子是一名小说家，而丈夫是一名演讲稿撰写人。（哟嚯！那是我的‘哟嚯’！）别着急，我继续念——他们打算一边工作一边旅行，走遍全球再回家，因此制订了非常详细的计划。然后提到了在新西兰剪羊毛、在智利摘葡萄等等，他们还想在赞比亚的学校里教书和训练球队——”

“埃莉诺！”

“好，好，”她说，“总之，那些都不重要，但是这一部分：他们的旅行（现在又是罗伯特的话了）几乎刚开始就停滞了。他们跨越大西洋，抵达法国巴黎，到一家英语书店求职，却失败了。为了打发时间，他们整日在城里游荡，很快便抛弃了传统的旅行指南手册，沿着女儿喜爱的书籍和电影所涉及的路线前进，主要是路

① 卡利古拉（12—41）：罗马皇帝，公元37年至41年在位。

德维希·贝梅尔曼斯的《麦德兰》和——你知道接下来是什么，对吧？——艾尔伯特·拉摩里斯的《红气球》。莉娅，你还在听吗？”

我在听，但聆听的对象不是埃莉诺，而是罗伯特。通过埃莉诺阅读的字眼，我努力地分辨着罗伯特的话语。

“我承认，”埃莉诺说，“这不像是他的作品。”

确实不像，却又很像。近来，罗伯特的实验变得越来越深奥。他认为“深奥”是武断的评价，而且，他一直在探索电子文本的创作方式，甚至开发出一个电子书的手机应用软件，在屏幕上滑动指尖，不仅可以翻页，而且能够删除看过的文字。先锋派的研究者和精通技术的程序员非常喜欢这款软件，一些学生也对此很感兴趣，其中还包括罗伯特以前的书迷。简而言之，潜在的用户群体都是不会在书本上花费大量金钱的人，这一点很好，因为软件本身是免费的。类似的实验逐渐引来外界的关注，可是他似乎不再关心名声之类的东西了，而我则根本无法理解他。我把自己的困惑告诉他，他试着解释：如此一来，读完一本书就意味着一本书的完结，你明白吗？我明白，兴奋的火苗在心底短暂地燃烧。尽管总体而言，我还是认为这种实验毫无意义，但是我们正处在异常艰难的时期，我渴望找点事情来庆祝，“毫无意义”也可以是庆祝的理由，如同从前的日子一样，如同早年的生活一样，倘若艺术、概念和想法的意义越少，就越能创造出更大的意义。追着小偷跑出书店！嫁给一个热爱《麦德兰》的男人！为艺术而存在！然后，我们要删除艺术？删除生活？罗伯特说：“所谓完成，就是——”

“我知道。”我说。我以为自己知道，可是如今，站在巴黎的街头，听着埃莉诺讲述一个关于“未完成”的比赛，我觉得十分茫然。

无论是故事梗概还是参赛指南，都不像他的风格。

除非，除非一切都是崭新的实验，他不止构思了一部小说，还编造了一个比赛。埃莉诺找到了比赛的网站，但也许是谜题大师罗伯特创办的网站。

“我想，你可能需要认真思考一下，”埃莉诺说，“我好像能听到你的呼吸声，那我继续念了，剩下的内容很少，不过你得打起精神来——但是，随着时间流逝，巴黎令他们感到筋疲力尽，整个家庭变得支离破碎。孩子们吵架，父母也吵架。有一天早晨，罗伯特跑步归来，发现她走了。”

“等等，谁走了？”我说。

“你果然还在听，”埃莉诺说，“对，这就是最古怪的部分。她走了，那个名叫凯莉的妻子走了。”

“妻子？”

“嗯，妻子走了。好，咱们赶紧念完吧。”埃莉诺压低声音，开启表演状态。虽然她阅读的仅仅是一篇故事梗概，但是听到别人传递文字的魔法，感觉却颇为奇妙。我忽然想起罗伯特曾经拥有这种魔法，而这种魔法征服过我。我意识到相同的魔法再次出现了，在陌生的城市里，在拥挤的街道上，我的女儿坐在玻璃后面，我的丈夫躲在字词后面。“她没有留下任何踪迹，”埃莉诺念道，“她的消失也毫无征兆。警察爱莫能助，大使馆束手无策。父亲打算回家，可是孩子们不同意。最后，父亲做出了妥协，他们重返当初求职的书店。在那里，他们找到了一条‘线索’。”

“一条线索，埃莉诺！你在电话里浪费了这么长时间，究竟是什么线索？”

“上面没说，到此就结束了。我猜应该是故意为之，毕竟比赛的重点就是‘未完成’。不过，我认为真正的线索在这儿：梗概和书稿的内容有所不同。我不清楚为什么，而且我只是粗略地浏览了一下，但是罗伯特显然做过修改。在书稿中，离家出走的不是妻子凯莉，而是……”

她稍作停顿。

“而是丈夫。”她说，“我不知道这算不算线索。此外，尽管梗概中提到了线索的问题，可是书稿里并未详细探讨。也许他忘记了，但很可能就像我说的，他修改过。我们甚至不知道他是否把书稿寄出去了，也许这仅仅是草稿而已。”

我们什么都不知道，她说，但是我知道一点：埃莉诺的语气听起来得意扬扬。她早就预感到罗伯特还在某处好好地活着，这份书稿似乎印证了她的推测。

然而，并非如此。我们找到的是罗伯特的书稿，而不是罗伯特。这份书稿不能证明他还活着，恰恰相反，作为一份未完成的书稿，它证明他已经死了。

不是吗?

埃莉诺再也无法忍受我的沉默了。“噢，当然，”埃莉诺以为她总算想通了我一言不发的理由，“我提前料到了，你肯定想亲自看看其中的内容，所以我事先让能干的助教把附函和书稿统统扫描了，跟黛芙妮的护照复印件一起发给你，大概是由于这个原因，耗费的时间比较长。不过没关系，在咱们聊天的过程中，艾丽已经发短信给我，说她收到了，正在打印。”

“艾丽？埃莉诺，你不该……”我转过身去，隔着窗户朝屋里张望，艾丽的座位空了，我看向洗手间门口的队伍，仍旧没有她。

然后，我看见了两个女儿，她们坐在一张小小的圆桌旁边，黛芙妮歪着脑袋，凑近艾丽，艾丽低头盯着一摞凌乱的纸张。艾丽抬起头来，对上我的视线，张开了嘴。

我也张开了嘴，却欲言又止。那些关于死亡的书籍根本帮不上忙，它们从来没讨论过如何在巴黎面对未完成的书稿。我该让女儿们相信什么呢？她们的父亲没走，他会回来？还是她们的父亲回来又走了？还是她们的父亲，我的丈夫，就在桌子上，透过黑色的铅字凝视着我们？我想走进去，把所有的纸张都塞回打印机里。我想搂住它们，抱在怀中，永不放手：对不起，我竟然以为你死了。对不起，我竟然以为你走了。对不起！

我环顾四周，纸张重新变成纸张，女儿们重新变成没有父亲的孩子，我呆呆地想，对不起，我竟然以为你回来了。

接下来发生了许多事情，这是我总结的梗概，内容极为精简，但是比罗伯特的版本更加真实：计程车，房间，阅读，争吵，哭泣，叫喊，大使馆，哭泣，叫喊，阅读，争吵，争吵，叫喊，叫喊。留下。

留下？

留在巴黎。这是女儿们的主意，或者，就像埃莉诺后来辩称的那样，是罗伯特的主意。

我已经有很长一段时间没读过罗伯特的原稿了。（我曾经犯过错误，在床上浏览他的一份原稿，结果睡着了。类似的情况在任何读者的生活中都极为常见，但是据我所知，对于作家的妻子来说，这是不可宽恕的行为。）他的文字印在书里，总是显得十分稳固，仿佛尘埃落定。

可是，看着双倍行距、12号罗马字体的原稿，却是截然不同的体验，不仅因为他爱用复古的字体，还因为纸上的文字似乎颇为松散，就像浸泡在显影液中的照片，若隐若现，不肯安定下来。

我立即发现，这份稿子非常不错，虽然不像他的风格，但是他为成年人写的书都不太像他的风格，包括这一本。不过，我完全沉浸在惊讶的情绪里，无法集中精力关注内容，没想到他真的在创作。他走了，却又挥舞着稿纸回来了！

而且，稿纸上还隐藏着专门告诉我们的话语。女儿们对此深信不疑，尽管附函的收件方是评奖比赛，但是她们认为，这本书传递了一条重要的信息：前往巴黎，留在巴黎。（细想之下，所有把故事背景设定在巴黎的书籍都传递了同样的信息，就连那些讲述离开的作品也不例外。）

在罗伯特的书稿中，那家人确实留下了。尽管事先制订了环游世界的宏伟计划，但是在父亲消失以后，她们便留在了巴黎，不再去其他地方，也没有回家。故事中虚构的女儿讲述了“失踪定律”，也就是最好“到失踪者喜欢去的地方”，结果令艾丽和黛芙妮产生了强烈的共鸣。我很想指出，其实这一段描写几乎完全来自我们在密尔沃基动物保护协会的交谈，只不过当初的失踪者是邻居家的小狗，而目的地则是街区里的公园。我想说明真相，却始终不曾开口，原因有很多，最重要的是，当他们找到那条狗的时候，它已经死了。

书稿中的妈妈和女儿们成功地留在了巴黎。由于爸爸的突然消失，先前拒绝这家人的书店十分同情她们，决定提供工作的机会。妈妈在附近的公寓租房，女儿们在巴黎的学校登记入学。母女三人经常会一起出门，根据《麦德兰》的情节设计路线，在大街小巷之间穿梭。巴黎的许多著名地标都是故事的配角，一些较为陌生的地点也出现了。

虽然字里行间偶尔会涉及线索的问题，但是正如埃莉诺所言，并无具体的解释。

我们按照书稿修改了接下来的旅行路线，但是很快，我和女儿们的兴致就渐渐耗尽了。我们见到了巴黎的名胜古迹，见到了摩肩接踵的游客，却没见到罗伯特。

不过，我们吃了许多榛子酱可丽饼。此刻，我和艾丽坐在长椅上，看着黛芙妮四处打听食物的下落。眼前是杜伊勒里花园的小径，卢浮宫就在西边闪耀，我们原本以为会在这里找到几十个贩卖可丽饼的小推车，结果却遇到了数不清的非正式健身班学员，他们在树木和游客之间奔跑、跳跃，显得活力四射。艾丽命令黛芙妮去问问行人，我们能够在哪儿买到吃的东西。我告诉艾丽，黛芙妮不是她的仆人，艾丽说，没错，但她是我们的翻译。确实如此，过去几天的经历证明，黛芙妮的语言能力十分高超。

那天下午异常炎热，我希望高温意味着我们可以放弃进一步的交谈。在小径对面，黛芙妮试探着靠近一对年迈的夫妇，他们神情专注地听她讲话。

“妈妈，”艾丽说，“如果我们回去。”

“回客房？”那栋公寓不仅地理位置极差，位于忙碌的医院和喧闹的火车站之间，而且走廊上还有一个公共洗手间，左邻右舍来来往往，非常吵闹。

“不，”艾丽说，“回密尔沃基。”

“如果？”

“你明白我的意思，”艾丽说，我觉得自己不明白，“总之，咱们得把黛芙妮留在巴黎。”

烈日当空，我们坐在斑驳的树荫下，这个画面看起来肯定很美，但是结实的混凝土屋顶会更好地抵御紫外线。我们的脑袋被烤得晕头转向，尤其是艾丽，恐怕都糊涂了。

“真贴心，艾丽，”说着，我挺起腰来。显然，交谈是无法逃避的，“黛芙妮可是你的亲妹妹。”艾丽依然盯着黛芙妮。“艾丽，”我说，“我知道，最近的日子很艰难，但是——”

“我不是那个意思。”艾丽说，“你看看，她在这里显得生机勃勃。”黛芙妮已经离开了年迈的夫妇，正在跟两个高挑的少年愉快地聊天，他们点头，大笑，指指点点。

“她很擅长法语。”我说。

“不，”艾丽说，“我的意思是，对，她很擅长法语，但是她对法国的一切都很擅长，不只是言谈，还有举止，还有……”她靠向椅背，“我不知道。”

“艾丽。”我开口道，盼着自己被打断，因为我没想好该说什么。

“所有的朋友都在不停地问我，我们是否找到他了，”艾丽轻柔地说，“他是否会回来，”她看着黛芙妮，“我们是否会回去。”

我故意挑选了其中最简单的问题来回答：“我们会回去的，还有三天，好吗？然后我们可以——”

“其实，如果黛芙妮留下，”艾丽说着，坐直身体，“我也想陪她留下。”她的脸颊通红，发丝粘在汗津津的额头上。

“黛芙妮不会，艾丽，没有人会，好吧，”最后，我说，“我知道，最近的一切都很艰难。”

“我不想回去。”艾丽对着空气说，对着巴黎说，“现在不想回去，三天后也不想回去，可能很长一段时间都不想回去。我不想回去，因为爸爸不在那里，而且我——我不想——我不想做一个拥有幽灵家长的女孩。我不想说上一千遍‘不，我不知道’。”她转向我，“我不想听到人们说，他们替我感到难过。”

这很糟糕，但是我几乎如释重负。我们总算能够讨论一下我熟悉的话题了——女生之间的流言蜚语，我终于摆脱了复杂的跨国危机，进入了老式的成长烦恼。“艾丽，”我说，“那说明他们关心你。”

“那说明他们屁都不懂！”艾丽说，我们俩都眨了眨眼睛，“你知道迄今为止有多少朋友给我讲过失去宠物的故事吗？大概得有六个。三只猫，两条狗，一只雪貂。”

“艾丽，宝贝女儿，他们——”

她剧烈地咳嗽，伤心地哭泣，推开我试图揽住她肩膀的胳膊，人们纷纷转过头来看向我们。等到她再次说话的时候，声音低了八度，近乎耳语。

“他，他不讨厌我们吧？”她说。

母亲心碎的方式多种多样，并不稀奇，但令我惊讶的是，总有崭新的方式能够碾碎我的心脏。“不，”我说，“亲爱的，不。”

“他想让我们来这儿吗？”艾丽说。

“我，我不知道。”我说。

“可是，那本书，那些内容，应该是线索，对吗？”艾丽说。

“不，那不是线索。”我可以这样说，然后我们一起回家，或者我自己回家。因为，如果我说那不是线索，便再也没有找到她爸爸的希望了，我会永远地失去他，甚至失去两个女儿。但是，如果我说，对，那就是线索——

“你觉得呢？”我说。这是罗伯特最喜欢提出的问题，也许是他从育儿书籍上学来的技巧，也许是他无师自通的妙法。

“你的口气好像爸爸。”艾丽说。

“所以，你觉得呢？”我说。

艾丽轻轻地晃动身体。

“我觉得它就是线索。”她说。

再过三分钟，黛芙妮会蹦蹦跳跳地回来，带领我们找到外卖餐厅，购买上好的可丽饼。另外，她还会对巴黎之旅剩下的日程安排提出建议，整个计划听起来很单纯，却足以改变一切。

然而，在此之前，艾丽不停地追问母亲的立场。

“你呢？”艾丽说。我想：我可以回答这个问题，那只是一份未完成的书稿而已，那只是一堆普普通通的打印纸而已。可是，艾丽没有等待，也无法等待。“你觉得他还活着吗？”她说。

我赶紧说“当然”，这似乎是比较简单的答案。

可惜并非如此。在美国，假装他已经死了会显得很容易，可是在巴黎，随着纸页一张张翻过，随着日子一天天流逝，任何事情都不容易，因为罗伯特无处不在。

艾丽露出微笑，我勉强报以微笑。我说自己要上卫生间，接着找到一个，进去后吐得天昏地暗。

第五章

在那位顾客把罗伯特的作品递给我以后，在看到扉页上写的“对不起”以后，我忽然记起自己曾经问过罗伯特，他为什么要把故事的背景设定在中学呢，大家不是都很讨厌中学吗？

他说，正因如此，他才要把故事的背景设定在中学，这本书可以提供逃避现实的方法。

然而，奇怪的是，在初至巴黎的日子里，学校反倒成了我们逃避现实的去处，尽管刚开始我们没有这样想，起码我没有这样想。也许黛芙妮从头到尾都很清楚自己的意图，她提议我们停止观光，开始挑选学校。咱们假装要搬到巴黎吧！我心想，有何不可？反正我很擅长假装。

大部分的学校跟大部分的巴黎建筑一样，在八月都关得严严实实。但是，黛芙妮和艾丽并未打退堂鼓。听说我们要拜访学校，游客咨询处的职员显得颇为困惑，他找出一份学校清单，我们按照上面的顺序，依次向不同的学校进军。在可能的情况下，我们透过窗户朝里张望，并且根据校门的尺寸、喷漆的年代、墙壁上的涂鸦和网络上的评论，对每所学校做出复杂的综合判断。

有一次，我们发现一扇拱形大门半敞着，艾丽偷偷地把我们拽进去。我原以为里面是前厅或走廊，结果却是一片安静的庭院，左边的墙壁附近立着干涸的喷泉，右边的巨大木箱里栽着小小的柠檬树，底下安着可以滚动的滑轮。一条宽敞的过道通往更加开阔、更为现代的空间，看起来似乎是田径场，人造草坪碧绿而平整，无数线条优雅地延伸，勾勒出各项运动的训练范围，仿佛是另一个世界。

一个女人出现了，年纪跟我差不多，打扮得严肃而时髦，穿着修身的铅笔裙，乌黑的头发整整齐齐地梳向后方，掺杂着几缕自然的银丝。艾丽用法语问好，然后紧张地切换成英语来解释，她说我们打算搬到巴黎，所以正在研究学校。

我插嘴道："不完全是这样。"

那个女人转向我，脸上的表情平静似水、坚毅如钢，就连女儿们都注意到了。接着，她重新转向她们。这的确不是一件容易的事情，她对她们说。于是，在偶然邂逅的学校里，法国式的教育开始了："不"很少意味着"不"，通常都是指"不容易"，如果你想达到目标，就必须努力争取，因为任何事情都不容易。然后，我目瞪口呆地看着她一手牵起一个女儿，领着她们走进教学楼，就连已经长大的艾丽都被当作小孩子一样对待。

我们得知，这是一所提供中等教育的学校，大约等同于美国的初中，学生的年龄在十一岁到十五岁之间。而且，它是一所公立学校，因此学费全免。

在出去的路上，我试着跟艾丽和黛芙妮解释，巴黎的其他方面都不会免费，包括学校的餐厅，菜单（那个女人给了我们一份五月的菜单）上总是少不了精致的甜品和“鲜蔬菜烩春季羔羊肉”之类的佳肴。

黛芙妮建议我在巴黎找一份工作。

艾丽指出我已经有一份工作了，难道不能在这里继续吗？

我不确定究竟是埃莉诺为艾丽出谋划策，还是艾丽向埃莉诺通风报信。反正在我打电话联系埃莉诺以后，她立刻把远程办公的想法灌输给校长，那既是我的老板，也是她的旧友。于是，随着钟表嘀嗒作响，分秒流逝，离开的时刻缓缓逼近，而电子邮件和电话汇成的洋流在海底不停地奔涌。

如今回想起来，远程办公的计划之所以失败，可能是由于我表现得犹豫不决，也可能是因为我始终对工作本身不够积极。我确实热爱学校的福利，尤其是早年向教职工提供服务的托儿所，我还热爱宽松的时间安排，虽然在遇到突发事件的情况下，我需要工作到很晚，但是在其他日子里，五点下班就是度过漫长的一天了，五点半下班则相当于坚守岗位至深夜了。可是，工作的内容非常枯燥，而且对于我最乐意拍摄的短视频，校长又不感兴趣，他越来越关注讲稿、文本和字词，这使我感到焦虑不安。起初，我以为同义词是取之不尽的语言宝库，但是后来我才发现，至少在自己的脑海中，同义词的数量极为有限。在不久的将来，我肯定会黔驴技穷，继而遭到解雇。

若果真如此，就太可怕了。我不喜欢我的工作，可是我喜欢拥有工作。我很骄傲能支撑我们的家庭，支撑一位同为艺术家的丈夫。

没错，我坚信不疑，我和罗伯特都是艺术家。我还没开始自己的艺术创作，但是来日方长，不必急躁。罗伯特这样说，我也这样说。我愿意耐心等待。女儿们年纪尚幼，生活仍旧繁忙，罗伯特在苦苦挣扎，我看着他挣扎，偶尔为之担忧。一位挣扎的艺术家可以让家庭高贵脱俗（我总是以此来安慰自己，然后进入演讲稿撰写人的角色），两位挣扎的艺术家却只能让家庭负债累累。

没有收入来源却待在巴黎，同样会债台高筑。我们不能留下。就算留下，也不能超过旅游签证规定的九十天期限。可是，瞧见女儿们为某件事情而兴奋的模样，我觉得很安心，尽管那件事情遥不可及。

所以，得知学校拒绝了远程办公的提议，我并未失望。但令人惊讶的是，在我收到的电子邮件中，字里行间似乎还透露着隐藏的信息——如果不赶紧回去，我恐怕连工作都保不住了。

我没有告诉女儿们，现在还不行。她们正沉浸于胜利的喜悦中，自以为赢得了第一场战斗，成功地让妈妈相信可以找到爸爸，或许爸爸也在找我们，甚至就在附近。看哪！一家书店。会是他的书店吗？我们走进去。不是。

又一家书店，依然不是。

法国有两千五百家书店，那天下午，艾丽和黛芙妮决定尽量多去拜访几家。用这种方式参观巴黎，倒也不错。巴黎人对待书店的态度跟他们对待烘焙坊的态度有点儿相似：书店和烘焙坊都是平凡而重要的地方，屋里陈列的仅仅是书籍和面包，无须盲目崇拜，但是应当给予足够的敬意。输电网络和污水管道都是基础设施，自然必不可少，不过书籍和法棍却是标志性的存在，万一它们忽然消失，就如同埃菲尔铁塔坍塌，塞纳河断流，巴黎便再也不是巴黎了。

我们拜访的书店跟罗伯特笔下的书店相去甚远，但艾丽还是锲而不舍地四处打听父亲的行踪。她很后悔自己没有好好学习法语，不能像黛芙妮那样自如地跟别人沟通。我试着对艾丽解释，即便她能说出完美而流畅的法语，大家也不会明白她在寻找什么。

“我们在寻找什么”，她喃喃地纠正我，可是最后，她不再向书店店员询问爸爸的下落了。在某种程度上，她甚至停止了寻找。我偷偷地用手机搜索明天去机场的省钱途径，艾丽和黛芙妮在过道之间漫步，迷失于书籍的海洋中。

跟世界上的其他孩子相比，我的孩子非常奇怪，至少在威斯康星州的时候，她们显得颇为与众不同。从小到大，女儿们都很爱读书。诚然，她们也喜欢喝牛奶，懂得橄榄球，并且迷恋各种屏幕，包括电视屏幕、电影屏幕和手机屏幕，但是她们热爱读书胜过一切。我曾经在浴室的架子上发现了伊丽莎白·乔治·斯皮尔[①]的《黑鸟水塘的女巫》。我擦掉肥皂泡沫，仔细吹干书页，告诉艾丽，我怀疑这是她的杰作，她耸了耸肩，不置可否。一周后，那本书再次出现在浴室里。也许，唯有在源源不断的水流底下，才能阅读关于萨勒姆女巫审判案[②]的故事吧。

然而，在巴黎的那天下午，书籍不过是背景而已。艾丽和黛芙妮伸手抚摸书脊（这恐怕是家族遗传的习惯，她们喜欢触碰书籍，仿佛只是为了确认它们的存在），却很少抽出书本。相反，她们在

---

① 伊丽莎白·乔治·斯皮尔（1908—1994）：美国儿童文学作家，因创作历史题材的小说而闻名，《黑鸟水塘的女巫》出版于 1958 年，讲述了十七世纪末发生在美国东北部新英格兰地区的故事。

② 萨勒姆女巫审判案：指 1692 年至 1693 年发生在新英格兰地区马萨诸塞殖民地的一系列审判“女巫”的听证会，最终导致二十人（包括两名婴儿）被处决。

互相交谈，倘若我靠近，她们就跟我对话，轻声细语地述说着大胆而鲁莽的念头，比如在巴黎逗留一个月乃至一年。她们不会想念自己的朋友，因为可以在网上聊天。朋友肯定会羡慕她们，因为巴黎很酷，法国男孩也很帅。（她们频繁地自拍，借助照片来捕捉身后的男孩。）

我们踏出书店，重返灼热的人行道，走过一个街区又一个街区，跨过一道桥梁又一道桥梁。我暗暗思忖，在下一个十字路口，我会告诉她们：记住，咱们要回家了，我相信——不，我认为——你们的父亲不在这里。算了，等到吃晚饭再说吧。等到抵达机场再说吧。找个热闹的地方。找个安静的地方。教堂。壁橱。经济舱的座位。

即将降临的离别在我的脑海中熊熊燃烧，直到变成难以忍耐的头痛，甚至比头痛还要严重，就像是宿醉。我确实醉了，巴黎之旅的成行让我微醺，在此逗留的提议更令我酩酊大醉。

现在是最后一天的上午，我们漫无目的地游荡，罗伯特在街对面的书店里做什么？

罗伯特。

我眨了眨眼睛。他瘦了，戴着我不太喜欢的新眼镜，剪了我非常喜欢的新发型。我没有惊讶，也没有尖叫，因为接下来发生的一切都太快了。他抬起头来，瞧见我正在看他，慢慢地露出微笑，然后收回目光，继续浏览桌子上的东西。虽然时间很短，但是足以让我认清，他不是罗伯特。

此刻，我又捕捉到更加奇怪的景象，在那个男人背后，站着两个跟我们的女儿年龄相仿的姑娘。等等，那就是我的女儿。我险些忘了，她们说过要去看看街对面的书店。

那不是普通的书店，而是罗伯特的书店。虽然外墙的颜色跟罗伯特描绘的不一样，并且位置在玛莱区，并非故事中提到的塞纳河对岸，但是其他部分都在书稿中出现过：狭窄的建筑，明亮的玻璃，喷涂精致的“**书店**”字样。

我和罗伯特偶尔会争论巧合在小说中扮演的角色，尤其是对于他的小说而言。他热爱巧合，他的作品经常依赖巧合。我认为，即便在写给儿童的小说里，他制造的巧合都显得很虚假，在写给大人的作品里，那些巧合更是显得格格不入。我甚至会把这个问题跟作品的评论、销量等因素联系在一起。

他坚称，现实生活就是被巧合支配，要说有什么区别的话，那就是他笔下的巧合还不够多。

我说，够多了。接着，我破口咒骂。然后，他径直走开。

谁先咒骂，谁就输了，这是他的规则。谁先走开，谁就输了，这是我的规则。

我一进去，黛芙妮和艾丽就扑过来，拽着我往不同的方向走。其实，也没有多少方向可去，如果伸开手臂，指尖相连，那么我们三人就能跨越整个书店。

但是，我们无法伸开手臂。屋里堆满了书籍，从地面一直摞到天花板。一个长长的木制柜台摆在门口右边，就像蔬菜水果店的老式收银台一样。柜台上堆放着许多书，高低不一。地面上铺着厚重的宽木板，嘎吱作响，犹如古董轮船的陈旧甲板。我觉得自己在微微摇晃，屋里的每一本书都摆放得稳稳当当，却又显得摇摇欲坠。如果这是混乱，那也是一种严谨的混乱，而且跟我在书稿里读到的描述完全相同。不只如此，眼前的情景还令我想起了人生的早期篇章：堆积成山的书籍，纸张构成的石笋，就连空气中弥漫的味道都酷似罗伯特曾经居住过的单身公寓。

当然，并非所有细节都符合回忆和书稿的画面。黛芙妮指着雕花栏杆的旋转楼梯，兴奋地说："楼上有陈列英语儿童文学的区域！"罗伯特从未描述过书店里的楼梯，也没提到艾丽称之为"暗门"的书架。那个书架位于深处，底下装着滚轮，可以自由滑动，书架后面的狭小空间就是店主的办公室。

而且，店主来了。先前，她用法语问候过我，接着便放任女儿们带我在屋里四处参观。但是此刻，她就在我身边，大概是因为艾丽开始炫耀书店内部的密室了。

"您好。"那个女人说，声音圆润而低沉，她稍微歪了歪脑袋，眼睛依然直视着我，"我是玛乔丽·布鲁雅。"

"艾丽！"黛芙妮在楼上大喊，"你一定得来看看这个。"

艾丽跑开了。

"嗨，"我对店主说，"我是莉娅·伊迪。"我摇了摇头，"不对，您好，或者我应该说——**请原谅我的失礼。**"

她也摇了摇头，让我觉得自己又说错话了。

然后，我发现自己确实说错话了：我需要为我们三个人道歉，而不仅仅是我一个人。我曾经在图书馆地下室翻阅过介绍微缩胶卷的电影手册，学到了不少东西，甚至包括法语名词的单复数变化。"噢！"我说，"**请原谅我们的失礼。**"

在罗伯特的书稿中，店主也是法国人，却是一名英俊潇洒的中年鳏夫。也许书稿没说"英俊潇洒"，但是我能体会到，这位法国鳏夫与那个遭到抛弃的妻子之间产生了火花，在罗伯特尚未写下的篇章里，他们将紧紧相拥，这样对彼此，对读者，都是一种如释重负的解脱。

我很欣慰自己实际遇到的是布鲁雅太太，在阅读书稿的过程中，我总是认为罗伯特在撮合我和别人，那种感觉颇为奇怪。

但是，眼前的书店却是罗伯特亲笔描绘的书店，这种感觉更加奇怪。

“她们俩非常漂亮。”布鲁雅太太望向楼上，“她们——是这个词吗？她们很‘像’你。”她补充道，“对，就是这个词。”我还没来得及开口，她便自言自语地嘟囔。

我们静静地站了片刻，我绞尽脑汁地思索，想说句法语，直到我记起我们正在用英语交谈。

“谢谢夸奖。”我说，“对不起，刚才我应该马上跟着她们进来，阻止她们在店里到处乱跑——”

她的表情十分难看，我的话语戛然而止。难道“乱跑”在法语里有特殊的含义吗？

“你，”她说，“看起来比你的实际年龄要衰老许多。”她稍作停顿，“为什么？出什么事了吗？”

我们在法国待的时间不长，但是我已经料到自己将来会怀念巴黎的几个方面。比如，食物。在巴黎，任何地方的任何食物，无论是来自小推车还是便利店，似乎都比我在家乡的高级餐馆里吃过的菜肴要美味。再如，坦率。诚然，在布鲁雅太太之前，还没有人对我如此坦率，但是我能感受到，自己收获的大多数好意都是沾了女儿们的光，我也能感受到，在各种转瞬即逝的交谈和互动中，都埋藏着布鲁雅太太此刻提出的问题：出什么事了吗？

在美国的中西部，人们很擅长提出这种问题，目的是保持疏远，躲在冷漠的面具背后。但是在这里，情况截然不同。亲切的感觉油然而生，会心的微笑缓缓绽放。

在等待答案的时候，她从柜台里拿出一本便笺簿，写下一家店铺的地址和一种晚霜的牌子。

“虽然价格很贵，”她说，“但是有必要买。”

我瞥向纸张，看到她推荐了赫莲娜的产品，那是在祖母的梳妆柜里才能找到的东西。我忍不住热泪盈眶，因为这一切关乎金钱，关乎巴黎，关乎孤独。

她烦恼地呼了口气，走向书店前部，翻过牌子，让写着“休息中”的一面朝外，并锁上了大门。钥匙转动的声音极为响亮，就像一道铁闸落下。

我应该感到自己陷入了困境，却突然渴望敞开胸怀，推心置腹：“我的女儿们想在这里待到今年年底，”我对布鲁雅太太说，“逗留三个月。于是，我昨天考虑了一下，”我何必要告诉她这些？也许法国人的坦率会传染吧，“我以为自己可以找到解决的方法。我希望能保住美国的工作，但是必须通过网络远程办公，我不知道用法语怎么表达——”

“嗯，就是上网嘛，”她不耐烦地说，“这个我还是懂的。”

“呃，不完全是，可——”

“结果不行？”她说。

“对，”我说，“不行。”

布鲁雅太太朝楼上点头示意。“孩子的父亲——走了？”她说，

“这是那个大姑娘告诉我的。”布鲁雅太太微微颔首，仿佛在对我没说出口的回答表示赞同：类似的事情总会发生，男人们经常消失。而且，我几乎可以肯定，她的眼睛好像在补充：恭喜你，解脱了。布鲁雅太太继续说：“那个小姑娘还告诉我，她们正在寻找他。”现在，她的表情无疑泄露了内心的想法：寻找爸爸是一个糟糕的主意。“我需要帮手，”她说，“负责打理生意。”

我环顾周围，接着望向屋外。其实，店里非常冷清，根本没必要锁门。根据房间的年代和气味来判断，这家店恐怕从未有过繁忙的时候。布鲁雅太太发现我在四处打量。

“这就是我需要帮手的原因。”

我们站在柜台跟前。她挺直腰板，一只手垂在体侧，另一只手轻轻地压着一摞书。无论布鲁雅太太需要帮忙的事情是什么，反正不是姿势，她的姿势很完美。

“你能给我多少钱？”看见她面带惊讶，我才意识到自己把脑海中的念头说出来了，楼上忽然响起我许久都不曾听到的美妙旋律——艾丽和黛芙妮的笑声。我急切地竖起耳朵，暗暗思忖，我应该问布鲁雅太太，我能给她多少钱，好让眼下的欢乐延续一小时、一天、一年，好让我的女儿们重新恢复往日的神采。

“够多。”她说。

我不明白。

“钱，”她说，“这份工作的酬劳够多。”

“够多”，这是我最不喜欢的词语。

“我……我无法相信自己居然在谈论这些，”我说，我听不到女儿们的笑声了，“你很善良，我想你是在向我提供工作的岗位，如果是我误会了，请你多多包涵——我还要为刚才询问酬劳的事情而道歉，对不起，总之，我们马上就离开了，我们的航班今晚起飞。”

我怀疑她刚才也听到了楼上的笑声，她的神情显得格外严肃，“别走。”

“玛乔丽，”我说，“谢谢你，但是——”

“是布鲁雅太太。”她说我不该直呼她的名字。

“布鲁雅太太，”我说，“我们不能。我们的签证——”

我再次停顿，却是出于截然不同的理由。玻璃上传来敲击的动静。会是罗伯特吗？我不敢看。

“你在浪费时间。”她说。

我确实在浪费时间。如果罗伯特已经死了，我们为什么要回到密尔沃基？也许那份书稿并非线索，而是劝告：开始吧！第一站，巴黎，接下来，全世界。

巴黎，我来到了真正的巴黎。回首在美国度过的年少岁月，我曾经幻想过，如果我能去法国巴黎，所有问题都将迎刃而解。我会立刻说出熟练的法语，我会立刻体验回家的感觉，我会立刻享受彻底的改变。然而，现实并非如此。巴黎的一切就像钟表内部的时针，又如缓慢流淌的大河，必须把指尖放在水中，才能荡起细纹般的涟漪。如今，迎面漂来的是一家书店、一间公寓套房、许多书籍和崭新的生活。那是没有他的生活，却也是有他的生活。

敲击玻璃的声音重新响起，我望向店铺的前方。一名高挑的男子，不是罗伯特；两个幼小的孩子，不是我的女儿。布鲁雅太太走向他们，但是紧接着又回头看我。我仔细地端详着她的脸庞，发现她年轻了许多，不禁感到十分诧异。也许赫莲娜的晚霜真的管用。

或者，我终于意识到，是因为她的嘴巴，而且仅仅是唇角，好像……微微上翘，仿佛在绽放笑意。

“伊迪太太，”她试着叫出我的姓氏，抬手伸向店门，“开始吧。”于是，我们便开始了。

然而，那是布鲁雅太太的说法。这是我的故事，不是她的故事，所以数月之后的一次盗窃才是真正的开始。

八个月以前，布鲁雅太太把书店和楼上空房间的钥匙交给了我，而我则向大学递出了辞呈；七个月以前，我发现自己热爱所有的书籍，但是并非热爱所有的顾客；六个月以前，黛芙妮和艾丽陷入了没有朋友的恐惧之中，不断央求我带她们重返美国；五个月以前，我询问她们想搭乘哪趟航班回家，结果她们问我是不是疯了；四个多月以前，我们的旅游签证到期了……

两周以前，一位顾客把罗伯特的《中央时间》从橱窗里拿出来，扉页上写着“对不起”。这条留言的出现让我很难假装他已经死了，或许他来到了巴黎，或许他正在注视着我们，或许他也想靠近我们，但是由于某种原因，却无法直接跟我们接触。换句话说，这条留言意味着一切。

除非它毫无意义。

在那位顾客把罗伯特的作品递给我以后，在我恍恍惚惚地提出要给她打五折以后，在我抬起头来发现顾客已经走了而书还在以后，我总算回过神来。为了妥善保管，我把那本书拿到二楼，放在床头柜上。

事实证明，这是非常糟糕的选择，因为罗伯特的作品总是会唤醒我，令我辗转反侧，难以入眠。我端详着“对不起”三个字，仔细地研究了许多遍：那是他写的“r”吗？他不是喜欢用缩写吗？末尾的“y”好像很潦草？不过，烦恼的源头不仅仅是扉页上的留言，更是故事本身。虽然这本书是儿童文学，但是我依然如饥似渴地阅读，仿佛在聆听他的声音，欣赏他的微笑。

夜复一夜，无论敞开还是合上，这本书都在嗡嗡作响。罗伯特说过，它能够提供逃避现实的方法。可是，我却无法逃避它。于是，我把它放回原先的位置，让它立在书店前窗的左下角，继续扮演诱饵的角色。

我告诉自己，这是莫大的进步，这是崭新的里程碑。当站在柜台旁边的时候，我不再觉得那本书在盯着我了。最后，我决定走到橱窗跟前，重新看一看它，以示庆祝。

如今，他已经离开快一年了。

而那本书也不见了。

在我们来到书店的第一天晚上，布鲁雅太太曾经说过，我们开始了，但其实这一刻才标志着我们的巴黎生活正式开始。罗伯特的作品消失了，随之消失的还有我心目中的过去与未来。

Part 2

法国·巴黎

第六章

罗伯特曾经说过，对他的许多学生而言，开始是写作中最困难的部分，但是对他来说，开始却是最简单的部分，因为他知道以后总能回过头来修改。实际上，开始的唯一重点就是大胆地开始，只有在完成之后，你才会明白何处是真正的开始，抑或类似开始的地方。

我和罗伯特开始于密尔沃基的一个酒吧。我们的家庭则是在几年后开始于附近的一栋房屋。我们的巴黎生活开始于一条寂静的街道，路边林立着平凡的商铺，其中一间的橱窗里堆着落满灰尘、纸页泛黄的书籍。

但是，与其说一切开始于书籍，不如说一切开始于孩子。

还记得在第一天敲响玻璃的那两个孩子吗？他们很快便坐在柜台旁边，埋着头画画、阅读。布鲁雅太太是他们的外祖母，还肩负着照顾他们的主要责任，这项任务令她感到筋疲力尽。

所以她才需要帮手，所以她才鼓励我们租下书店楼上的空房间。我们认为自己在实现罗伯特笔下的故事，结果布鲁雅太太却把我们写进了她的故事里。她渐渐摆脱重担，将可爱的孩子和迷人的书店统统托付给了神奇的美国母女。

布鲁雅太太不相信童话，埃莉诺也不相信童话，我曾经听她说过许多次：这并非信不信的问题，童话本身就是假的。但是，我相信故事只能提供框架、形状、模子，而代代相传的好故事则需要讲述者用自己的人生来浇筑。

埃莉诺在电子邮件中提到了一张支票，紧接着三千美元的支票就来了，那是罗伯特赢得的波洛克奖。这意味着依靠省吃俭用和一些存款（包括埃莉诺的存款），你可以在巴黎待上整整一个学期，等到圣诞节降临再重返密尔沃基，永远地回归现实世界。

然而，在十一月的感恩节，你又收到了第二封转寄的信件，附带着一张"结清余款"的支票，面额是五万一千美元，签名为"塞缪尔·柯勒律治"。你考虑过把它装裱起来，最终却跑到银行去试着兑现，并且还成功了。

你原本打算宣布在圣诞节之前离开，如今反倒询问布鲁雅太太，自己能否给书店投资，甚至在将来彻底接管书店。这句话不太好翻译。

就像是买下它？你试探着说。

因为，你想用密尔沃基来换取巴黎，用空虚的生活来换取忙碌的日子，用五万一千美元作为首付，来换取库存、换取书店、换取公寓。

布鲁雅太太摇了摇头，轻轻地咳嗽，"公寓不行"。

"但是书店可以。"说罢，她稍作停顿，露出相识以来的第二个微笑。

于是，当你花钱请人把书店刷成红色的时候，故事便开始了。

巴黎吞没了我们。我们整日都忙于应付，应付学校、应付城市、应付书店、应付生活，就连喘口气的工夫都没有。在来到巴黎以后的第一个秋天，我夜夜安眠，从未睡得这么好，却也从未体验过如此恶劣的环境：床垫摸起来（和闻起来）像是填满了沙子，警笛接二连三地呼啸而过，成群结队的老鼠在楼后叽叽喳喳地吵闹。

但是，我依然能够迅速地坠入梦乡，因为我实在是太累了。经营一家书店，即便生意萧条，也需要付出大量的精力，更何况还得照顾一对双胞胎。

这对双胞胎就是布鲁雅太太的外孙和外孙女，他们年仅七岁，姐姐叫安娜贝拉，弟弟叫彼得。在放学后和某些日子的上学前，他们的饮食起居由我们负责安排。他们的母亲希尔维跟布鲁雅太太关系疏远，已经同双胞胎的父亲协议离婚，独自搬到阿布扎比，嫁给了当地的一名酋长。

他们的父亲乔治住在巴黎，并未再婚。黛芙妮和艾丽都很喜欢乔治，安娜贝拉和彼得也一样，至于布鲁雅太太，则默默地赞许乔治，却从不开口表达。他是干净利落的英国人，穿着打扮整洁得体，言谈举止无可挑剔，手里总是握着星巴克的杯子。起初，黛芙妮以为他是咖啡师，其实，他正在努力成为一家大型咨询公司的合伙人。黛芙妮还担心他会成为我的合伙人，不是书店的合伙人，而是生活的合伙人，直到艾丽毫不客气地为她指点迷津：他是同性恋。（他的确是同性恋，他告诉过我。我忍不住挑起眉毛："那你为何要娶布鲁雅太太的女儿呢？"他耸了耸肩："人是会变的。"）他向我们支付高额报酬，作为平常照顾双胞胎的谢礼。我曾经见过他跟布鲁雅太太交换眼神，他们知道，单靠书店的收入，我们是无法支撑下去的，因此他决定亲自弥补资金的不足。

而且，他还帮助我们解决了签证的问题，将我们的逗留期限从九十天延长到至少一年。这本来需要我们出境再入境，然后去警察局排队等待，接受经济状况、身体健康和语言能力的详细考察。可是，乔治利用自己储备的知识与财富，替我们找好了门路，一位“朋友”透露，购买商铺做生意的外国人可以取得长期逗留签证，虽然这项法律已经失效了，但是据说他们正在试行经过修订的新版本，主要是在原先的基础上增加了一个条件，强调必须有一位本地的合伙人。乔治立刻把我们登记为书店的经营者，只要布鲁雅太太尚在名单上，我们就能理直气壮地待在法国。

为了保险起见，乔治又单独申请了互惠生[①]签证。后来，那位“朋友”告诉他，对于我们而言，这样做是多此一举，可是我的观点却恰恰相反。事实证明，在我们的巴黎生活中，乔治家的双胞胎必不可少。他们并非每天都来——有时他们会跟乔治在一起，有时他们会坐飞机去见母亲，而她总是让他们提前回国——但是他们经常出现，偶尔还要留下来过夜。我很喜欢陪伴他们，诚然，他们能够转移我们的注意力，却还不止如此。他们性情温和，安静乖巧，非常听话。我猜测，他们多次跟国际航班的机组人员打交道，恐怕早就习惯了遵循严格的指示行事。而且，他们就像经验丰富的旅行者，在交谈的过程中十分谨慎，绝不会轻率地挑起话题。他们从来没问过黛芙妮和艾丽的父亲在哪儿，也可能是因为乔治频繁地出

---

① 互惠生：指来自外国的家政助理，住在寄宿家庭里，主要负责照顾寄宿家庭的孩子，同时承担一些家务，以此来赚取报酬。有些国家对互惠生的年龄有要求，还有些国家要求互惠生必须为女性，互惠生通常可以取得长期逗留的签证。

差，而他们的母亲在遥远的地方享受着崭新的人生。他们肯定向乔治倾诉过对母亲的思念，但是在我面前，他们只字未提。所以，我便相信他们接受了自己的命运，相信我们都接受了自己的命运。

现在我才意识到，这种想法真是无知而愚蠢。双胞胎不是在分散我的心神，而是在欺骗我的理智。安娜贝拉和彼得越是表现得镇定自若，我越是以为黛芙妮和艾丽也跟他们一样，不会急着寻找消失的家长。可惜我错了，大错特错。不过，随着学校对女儿们提出更多的课业要求，随着她们结识法国朋友并开启复杂的社交生活（主要是艾丽的社交生活），女儿们的空闲时间确实少了，她们无法一直思考父亲的下落，也不可能终日忧心忡忡地盼着他来找我们。

撇开合法性不谈，双胞胎在各种意义上都堪称她们的弟弟妹妹，而她们在各种意义上都堪称真正的巴黎人。光阴荏苒，时光飞逝，悲哀的思绪也便渐渐退却了。女儿们并未忘记罗伯特，他的名字和作品始终在空气中飘浮，但是身体用于怀念的肌肉（我觉得它在心脏的内部或者后面）不再时刻紧绷，慢慢就变得颇为僵硬了。

举例来说，黛芙妮依然锲而不舍地在埃莉诺给她的日记本里写字，但是内容却显得更加表面、更加专业——她在为爸爸的文章收集巴黎和儿童文学的信息，准备等他一回来就马上交予他。因此，她似乎不介意我们偷看，而是直接把日记本放在书店的柜台上，挨着陈旧的收银机。每周，我都会浏览一下，通过这份纸质博客看看她眼中的巴黎：树木修剪得极为整齐，塞纳河荡漾着碧绿的波浪。她花费了长达七天的时间，探讨在贝梅尔曼斯的画中，令麦德兰失足坠落的桥梁究竟是哪一座。她天天都在仔细地观察，有多少跟麦德兰同龄的女生戴着帽子、系着缎带或穿着校服（结果是零）。

但是，黛芙妮下笔的频率越来越低，由日记改为周记，由周记改为不记。最后一篇写于数周之前，仅仅是一个简短的问题：难道巴黎没有猫吗？巴黎肯定有猫，但是自从上次看过《红气球》以来，我确实没在巴黎见过猫了。

在艾丽身上，我也发现了某种变化。虽然她并未放下过去，继续前进，但是她一直在行动，片刻都不肯停歇。在一个周六，她带领我们登上塞纳河中央的西岱岛，来到位于白鸽大街四号的小酒吧。

"然后呢？"黛芙妮说。

"创作《麦德兰》的路德维希·贝梅尔曼斯曾经拥有过这里。"艾丽说。

"一家酒吧？"黛芙妮说。

黛芙妮好奇地走近，查看墙上的介绍牌，艾丽向我解释，她是在贝梅尔曼斯的"成人书籍"中读到的。我不禁暗暗怀疑，女儿们是否真的冷却了关于父亲的回忆，我是否真的想让她们彻底恢复平静。这意味着她们的焦虑在减少，而我的焦虑在增多。直到此刻，我才反应过来，我把怀揣希望的任务交给了她们，也许是因为我不确定自己该希望什么。拿到罗伯特的作品，发现扉页上写着"对不起"三个字，我实在太过震惊，乃至本能地打算立即卖掉它——我不敢去想象他的状态，无论是死是活，我都无法承受。但是紧接着，那本书突然消失了，情况反而比从前还要糟糕。我始终在告诉自己，书没了，一切可以照旧。但是现实并非如此。我时时刻刻都惦记着罗伯特，猜测他到底怎么了，担忧的心绪更甚以往。

而艾丽显然在惦记着贝梅尔曼斯。

"书上说过他将酒吧卖掉是由于失恋吗？"黛芙妮眯起眼睛，盯着介绍牌。

“什么？”艾丽十分惊讶。

现在，我们都凑到了介绍牌跟前，上面的文字记录着这栋建筑的历史，最早可以追溯至1297年，但是黛芙妮关注的却是1953年。当时，“**美籍画家及作家**”路德维希·贝梅尔曼斯接管了酒吧，不久以后，他为了爱情而“**肝肠寸断**”，便转手将酒吧卖给了一对年轻的夫妇。我们一致同意，这个法语表达应该翻译成“心碎”，但是我们无法断定，究竟是何事或何人令贝梅尔曼斯心碎。

我的两个女儿热烈地交谈起来，英语中穿插着法语，她们总是迷恋各种各样的故事，就像她们的父亲一样。黛芙妮说：“爸爸肯定会喜欢的。”我赞许地点了点头，她说得对，而且没有用过去时。

“反正我喜欢。”艾丽冷哼一声。

门口的介绍牌、网上的信息和艾丽看过的文章都提到，伟大的贝梅尔曼斯在酒吧内部亲笔创作了许多壁画。所以，我和黛芙妮都认为，这家酒吧值得深入探索，但是艾丽却犹豫不决。

我们走进屋里，老板不清楚贝梅尔曼斯的故事，只知道传说中的壁画已经丝毫不剩了。艾丽扭过头来，宣称我们应该赶紧动身离开。老板表示反对，他说我们应该找张桌子坐下，他做的馅饼非常美味。然后，他转向艾丽，露出见到熟人的神情。意外一：他们俩不是初次见面。接着，他开口询问，她的**男朋友**在哪儿。

意外二：艾丽有男朋友。

意外三：她会找一个合适的晚上，带他到书店介绍给我们。

在那之前，艾丽用耸肩的动作来拖延一切问题。他们俩是在学校里认识的，他的名字叫阿西夫，他的爸爸是加拿大驻法大使馆的海军武官。他们“仅仅是朋友”，并且“只来过一次”贝梅尔曼斯的老酒吧，没碰酒精或馅饼，不过是喝了点儿可乐而已。

我无法分辨自己刚才听到的究竟是五个谎言还是五十个谎言，我希望罗伯特此刻也在身边，并非因为他能挖掘真相（他不擅长挖掘真相），而是因为这是艾丽的第一个男朋友，他又要错过孩子成长路途中的里程碑了。至于单纯的黛芙妮，则目瞪口呆地旁观，要么是由于艾丽不费吹灰之力就表现得理直气壮，要么是由于姐姐的嘴里恐怕连半句真话都没有。

然而，艾丽说到做到。在我们拜访酒吧的几天后，阿西夫在打烊之际来到书店跟我们见面，向我征得迟来的批准，带艾丽出去约会。

那天傍晚，趁着艾丽还在楼上梳妆打扮，我走进后面的房间，让黛芙妮扮演老板。黛芙妮很喜欢这个角色，对待顾客的态度也许比我还认真。我竖起耳朵，来回踱步，忐忑不安地捕捉着门铃的动静。当清脆的声音第一次响起时，来者是年轻的新西兰妈妈莫莉，她正准备回家接替保姆的工作，故意在路上磨磨蹭蹭地拖延。莫莉一听说将要发生的事情，便央求我让她留下，看看那位男朋友长什么样。我好不容易才把她打发走，重新回到办公室里。尽管坐在桌子跟前有助于恢复镇定，但是浏览电子邮件却令人心烦气躁。

我打算找一本书来分散注意力，结果又想起自己正在思念一本书。诚然，我也很思念罗伯特，但是我惊讶地发现，自己尤其思念他的代表作。店里有这么多书可以偷，为何偏偏拿走了那本陈旧的《中央时间》呢？

难道是他拿走的吗？

这意味着他要收回自己的“对不起”吗？

所以，他还活着，而且就在巴黎吗？

逐渐加重的焦虑很像夜里无法入睡的感受，于是我掏出专治失眠的灵丹妙药——奥古斯塔斯·约翰·卡斯伯特·黑尔[①]的《漫步巴黎》。这是一部旅行指南，写于遥远的1888年，但是在我们的书店里竟然有六本之多。起初，我只是随意浏览，看到开头介绍了出租马车和旅馆饭店的情况，黑尔先生为其拟定的小标题是“无聊却有用的信息”。自此以后，我便非常欣赏他。黑尔先生的足迹遍布巴黎各处（全书篇幅长达532页），他恬不知耻地向诸位作家借鉴了大量内容，毫不客气地哀叹“法国蠢货”未能保护华丽壮美的建筑。在每一页上，他都要突出至少一桩谋杀案、自杀案或历史上的其他死亡事件。从他的旅行指南中，我了解到附近的狮子大街以前确实是“国王圈养大狮子和小狮子”的地方，我特别喜欢他强调“小狮子”的做法。

我暗暗思忖：“罗伯特肯定会喜欢的。”

忽然，门铃响了。虽然已经过去十三个月了，但是我仍旧下意识地认为，可能是罗伯特来了。我深深地吸气，收拾心情，把荒唐的念头抛诸脑后，走出办公室，去迎接阿西夫。

他立正站好，用英语毕恭毕敬地问候我：“您好，伊迪太太。”后来我才知道，讲英语是他炫耀的方式。实际上，他在魁北克度过了大部分的童年时光，从小一直都讲法语。（无论如何，对于他而

① 奥古斯塔斯·约翰·卡斯伯特·黑尔（1834—1903）：英国作家，曾编写过大量的旅行指南，包括《漫步罗马》《漫步伦敦》《漫步巴黎》等。

言，在巴黎讲英语比较安全，因为法国人会觉得魁北克腔调比美式口音还要滑稽可笑。）

“嘿。”艾丽突然出现在旋转楼梯的顶层，她对阿西夫微微一笑，小心翼翼地看了看我，接着宣布，“我马上就来。”

“好！”黛芙妮说。

“我不在的时候，”艾丽说，“谁都不许交谈。”说罢，她便消失了。

“别理她，阿西夫。”我说，他假装自己十分放松，直到我让黛芙妮去瞧瞧双胞胎怎么样了。黛芙妮离开以后，屋里便只剩下我们两个了。

阿西夫颇为英俊，他的睫毛比艾丽的睫毛都长，而且他的个头比我们大家都高，感觉好像有两米，对此我非常满意。而且，在闲聊中，我发现阿西夫极为重视安全问题（可能是源于军队生活或外交生活的经历）。我将艾丽视若珍宝，或者说，在日渐减少的珍藏中，她占据了庞大的部分。我不想让她被巴黎的任何人或任何物偷走，阿西夫似乎能胜任保护她的职责。

可是，当阿西夫转而议论书店的安全状况时，我开始变得心神不宁。这里安全吗？白天安全吗？晚上安全吗？我考虑要给他讲讲国王的狮子，但是我想：就算我拼命解释，阿西夫也不会明白。于是我又想：我希望艾丽能找到理解这种事情的人，就像她的爸爸一样。

我沉浸在自己的思绪中，没察觉到阿西夫已经开始了崭新的话题——书。等到再次回过神来，我听到他正在向我提问。我让他重复一遍，然后我皱了皱眉头，他也皱了皱眉头。他肯定以为我在挑剔他的英语，但其实我在质疑他的标准。为了给我留下深刻的印象，他问我有没有念过亚里士多德、柏拉图、莎士比亚和康德的作品。

为了帮他拓展狭窄的眼界，我问他有没有读过女性撰写的作品。

这令他感到很紧张，以至于再次回到了安全的话题上。阿西夫觉得，在店里安装一两个监控摄像头有助于我们抓到小偷。“大使馆的安保系统十分严密，”他说，接着迅速改口，“但是我不能回答太多相关的问题。”说罢，他稍作停顿。我心领神会，所以我可以少问几个。

“嗯，”我说，“我想也是。”

“我爸爸很擅长和这类东西打交道。”他说。

“我还以为他很擅长和船舶打交道。”我说。

阿西夫一脸茫然地看着我。

“因为他是海军嘛。”我说，他豁然开朗。

“我们甚至在家里也安装了监控摄像头，”阿西夫说，然后又打住了，“可能我也不该谈论这个。”

“确实，”我说，“听起来好像很吓人。”我露出微笑，好让他知道我只是在调侃而已。

“什么很吓人？”黛芙妮领着双胞胎回来了。

“没什么。”阿西夫赶紧说，语气颇为柔和。我非常欣赏他的表现，起码他正在努力向成年人靠拢，但是黛芙妮似乎闷闷不乐。在接下来的数月中，阿西夫的言谈举止总是会引起黛芙妮的反感。过了一段时间，我才确定，她之所以会做出这样的反应，不仅仅是出于嫉妒，而且还因为阿西夫是男性。自打来到巴黎以后，除了乔治，黛芙妮从未善待过任何男人。

不过，双胞胎倒是被阿西夫迷得神魂颠倒，他们爬上柜台后面的高脚凳，专心致志地观察着眼前的情景。他们的生活里充斥着稀奇古怪的异域过客，他们热爱这种感觉。对于某些孩子来说，四处奔波也许会导致性格内向、羞涩忸怩，但是双胞胎却活泼开朗、大大方方，愿意主动凑近好戏上演的舞台。况且，在双胞胎看来，艾丽是沉着冷静、骄傲自负的美国人，绝不可能犯错，既然她选择了阿西夫，一切自然尘埃落定，再无争辩的余地了。

在双胞胎中，性情较为温顺的彼得跟往常一样，显得全神贯注、心满意足。将来，他肯定会成为在家族里备受欢迎的可爱叔叔。

而安娜贝拉则跃跃欲试，摩拳擦掌，仿佛做好了万全的准备，只要艾丽流露出丝毫丧失兴趣的迹象，她便立刻抢走阿西夫。瞧见艾丽现身，她面色一沉。

“你们打算去哪儿？”我问艾丽，这明明是个合情合理的问题，她却紧紧地抿起嘴。

“也许我们会前往塞纳河畔，”艾丽说，“寻找逃跑的小偷。”塞纳河的岸边摆满了小书摊儿，艾丽始终认为，我们店里失窃的书籍都被拿到那里去倒卖了，黛芙妮深以为然。

阿西夫严肃地点了点头，这正是他刚才一直在谈论的安全漏洞。

黛芙妮翻了个白眼，安娜贝拉也翻了个白眼。乔治告诉过我，那是安娜贝拉在我们的照顾下掌握的新技能。

我叮嘱艾丽，不要再跨过塞纳河去拜访贝梅尔曼斯的老酒吧了，阿西夫瞪大双眼。

艾丽面不改色。“好啊，”她说，“那我们就去蓬皮杜附近，跟喝醉酒的美国留学生一起闲逛。”实际上，我很喜欢夜晚的蓬皮杜中心及其周围的步行街，那里到处都是流浪的艺人和热情的观众，空气中弥漫着动听的音乐，透过硕大的玻璃幕墙，能够看到蓬皮杜里面的众多展品。相比之下，我们的书店位于玛莱区的偏僻角落，天黑以后便鸦雀无声，不管有没有狮子，都显得极为诡异。

“他们并非全是醉汉。”我说。

艾丽生怕我接下来会讲出什么胡话来（其实我自己也很担心），于是赶紧拽着阿西夫往外走。大家纷纷互道“**再见**”，他匆匆忙忙地迈出店门，对我微微颔首，礼貌地表示告别。安娜贝拉跑向前面，用小小的拳头敲打着橱窗。阿西夫停住脚步，咧嘴一笑，隔着玻璃与安娜贝拉掌心相抵。艾丽在旁边静静地等待，毫无怨言，她似乎被自己的宽宏大量而深深地感动了。然后，阿西夫转过身去，艾丽也转过身去，他们背对塞纳河，沿着街道前进，脑袋稍稍偏向彼此，摇晃的双手挨得很近，指关节轻轻地摩擦。

不知是家族中的哪位祖先将美丽的青丝赐予了艾丽，但愿这位祖先的在天之灵会感到欣慰。艾丽的长发乌黑闪亮，异常浓密，就像猛犸象的厚毛，蓬松而狂野。我希望阿西夫能保护她，但是我知道她的头发会保护她。任何靠近我女儿的人都应当明白，他们面对的姑娘无比高贵，不容侵犯。

我又去过一次贝梅尔曼斯的老酒吧，独自一人，在寂静的下午。我原本可以叫上莫莉做伴，但是巴黎有一项出乎意料的优点，尽管到处都充斥着拥吻的情侣，这座城市却同样能迎合孤单的食客与寂寞的酒徒。我点了老板推荐的馅饼。再来杯小酒？当然。也许酒精可以壮胆，让我鼓起勇气思考荡然无存的壁画，猜测“**肝肠寸断**”的理由。

多年以前，酒精也曾经为我壮胆。我记得，在一个傍晚，我当着罗伯特的面喝掉了瓶中四分之三的葡萄酒。不用说，那自然是在女儿们出生之前，在婚礼举办之前，甚至在环游威斯康星州的“世界旅行”开始之前。我们刚刚在书店外面相识不久，大多数时间都赤裸着身体，在黑暗中翻滚，碰倒堆积如山的书籍。

“你撒谎了。”我说。

我已经在自己的公寓房间里等了他一小时，眼下又在他的公寓地板上坐了一小时。我们早就约好要一起吃晚饭，但是他说必须先写完手头的故事。所以，我决定过来盯着他，直到他写完，或者把屋里唯一的椅子让给我。

“没有，”他目不转睛地凝视着稿纸，“我确实在努力干活——”

然而，我指的并不是工作。

“关于你的父母，你撒谎了。”我说。

起初，在携手共度的日日夜夜中，我和罗伯特像其他的新情侣一样，互相倾诉自己的成长经历，结果发现我们俩都失去了父母。而且，他父母离开的方式显得更加悲剧，他们遭遇了车祸，在救援人员赶到之前就去世了。我的父母在疾病（肺癌，由于在酒吧长期吸入二手烟）的折磨下渐渐地耗尽生命（爸爸支撑了几年，妈妈坚持了数月），我一直以为这就是最残忍的情况，但是罗伯特的描述听起来却严重百倍。我拥抱了他，紧紧地抓住他，我终于找到了一个人，他的孤独比我的孤独还要可怕。

但是，一周以后，在他的公寓地板上——

“什么意思？”他问。

由于惨烈事故而失去父母的孩子绝不会说“什么意思”。而且，他表现得实在过于冷漠。我期待能获得惺惺相惜的感情，盼着我们之间能产生某种联系，希望他也能体会到我的愤愤不平——无论晴天还是下雨，世界都在片刻不停地前进，没有人在乎我们的父母是否死了，除了我们自己。我正在慢慢地学着接受现实，可是在罗伯特身上，我看不到丝毫竭力挣扎的痕迹。诚然，我的父母才去世了两年，而他的父母已经去世四年了，但是失去至亲的痛苦却历历在目、恍如昨日，不是吗？

他的父母真的死于四年前的一场车祸吗？还是说他们死于其他原因？

或者，他们根本没死？

我问他。

他停下笔，转过身来，却并未回答。沉默越来越长，仿佛在劝我收回脱口而出的问题。我把木塞插入瓶口，我想赶紧起身逃跑。

"我不清楚，"终于，他说，"不完全清楚。"他变得很生气，但是面对我的愤恨，他又熄灭了怒火。说到底，他毕竟是对我撒谎了。"对不起，"他说，"主要是，我不知道我们会在一起。"

迄今为止，我们的恋爱关系已持续了三周。

"当你抓住我的时候，你心想，'太棒了，入店行窃的小偷通常都很适合发展狗屁的一夜情'。"我说。

"我没有那样想。"

"你为什么说'不清楚'？解释一下，"我说，"然后我马上就走。"

"莉娅，"他说，"不要走。"他稍作停顿，我没有动弹。"我的经历，我的人生，都很复杂，不适合在第一次约会时就统统坦白，"他说，"很抱歉我撒谎了，撒谎会比较容易，但是，对不起。"

"比较容易？狗屁。"

“总比讲出‘我不知道自己的父母怎么了’要容易一些。”他说，“别再说‘狗屁’了，好吗？”

他离开椅子，坐到地板上。

“那天晚上，”他说，“在酒吧里，我觉得你很漂亮，现在我依然认为你很漂亮，尽管你咒骂的次数很多。我心想：‘哇，我有办法吸引你的注意力了，贝梅尔曼斯的《麦德兰》就摆在面前，我可以利用它！’在过去的约会上，从未发生过这种事情。”

“从未？”我说，我觉得自己现在的模样一点儿也不漂亮，恐怕还很狰狞，“那是你的经典台词吧？你热爱写给小女孩看的童书，什么样的姑娘会不喜欢这样的男人？”

“她们都不喜欢，”罗伯特说，“而且我并不是这样的男人。我确实热爱《麦德兰》和贝梅尔曼斯的所有作品，但是我还热爱《乔尼·特瑞美》[①]《绿山墙的安妮》《大卫·科波菲尔》……”

以及十几部讲述孤儿的书籍。

罗伯特对母亲只有幼年时期的零碎记忆，对父亲则毫无印象。他的母亲已经死了，但不是死于车祸，而是死于吸毒过量，他的出生证明上没写父亲的姓名。有时，他记得模糊的事物——阳光，海滩。有时，他记得朦胧的味道：万宝路香烟。但是，众多福利院的诸多细节代替了一切残留的记忆。曾经有两三次，他差点儿得到领养的机会，然而没过多久，他就超过了领养的年纪。福利院的工作人员告诉他，要“写下心中的包袱”。直到最近，他才恍然大悟，

---

① 《乔尼·特瑞美》：美国作家埃丝特·福布斯（1891—1967）于1943年出版的儿童文学作品。

原来他们说的是“卸下”，而不是“写下”。

我们坐在地板上，他的状态与我的反应截然不同。他冷静、严肃、面无表情，我震惊、伤感、潸然泪下。他说，他早就学会了享受孤独，也早就学会了享受阅读。他之所以迷恋《麦德兰》，不仅因为书中没有父母，而且因为在整洁、明亮、摆满弹簧床的宿舍里，人人都能和睦相处。他从小就睡在类似的房间中，却从未体验过类似的生活。

“可是——”我再也不会指责他是骗子了，因为我看得出来，那并不是恶意的谎言。在叙述的过程中，他的目光冰冷如铁，不过他的眼神中还闪烁着我无法理解的东西。“麦德兰不是有父母吗？她不是住在寄宿学校吗？”

罗伯特点了点头，淡淡的微笑飞上脸颊，伴随着浅浅的红晕。“没错，而且我非常喜欢这一点，”他说，“仿佛她是主动选择在没有父母的环境下长大，我幻想自己也做出了同样的选择。在我成长的地方，大家都渴望拥有选择的能力。选择衣服，选择午餐，选择学校，选择某些事情，选择任何事情。”

他停了下来。

“这就是你隐瞒的一切吗？”最后，我问。

他一言不发，默默地闭上眼睛。接着，他回到小小的桌子跟前，继续未完成的工作。我静静地坐在地板上，片刻之后，他关掉台灯，来到我的身边，亲吻我的耳朵，低声呢喃：“对不起，相信我。”

黛芙妮询问，趁着等待阿西夫和艾丽约会归来的空当，我们能否喝点儿咖啡。

来到巴黎以后，家庭教育的挑战陆续出现：第一，保护女儿们远离这座城市的灯红酒绿，让她们像往常一样准点上床睡觉；第二，监督女儿们抵制这座城市的花言巧语，免得她们会沾染无处不在的恶习。艾丽的问题是香烟。面对我的指责，她强烈抗议，表示只想预备几支香烟，在朋友需要的时候递给他们。对此，我半信半疑，她自己身上确实没有直接散发出香烟的味道，而我整日都累得筋疲力尽，实在提不起精神来严厉管教她。我不愿盲目地挑起争端，于是便选择了比较温和的方式，命令她好好洗澡，然后乖乖上学。这场战斗就算是**成功**了。

黛芙妮的问题更加奇怪，这么小的孩子，居然喜欢咖啡。幸好，她喜欢的只是脱因咖啡，并且每次仅限一杯——小巧的法国茶杯，而非硕大的美国水杯，并由餐厅的侍者提供，或者向自己的母亲索要，尤其是碰到这样的夜晚，双胞胎在楼上酣然入眠，姐姐在城里危险地四处游荡，母亲的思绪则从一片大陆飘向另一片大陆，漫步于今昔之间。

刚才，我忙着接待阿西夫，忙着照顾双胞胎，忙着惦记罗伯特，却没有给黛芙妮足够的关注。现在，她似乎很高兴能跟我单独相处。她打开橱柜，端出专属于自己的特殊杯子，袖珍的尺寸颇为可爱，表面贴着神秘的标签："biz"。我原本以为那是艾丽从布满跳蚤的**跳蚤市场**淘来的小东西，结果却发现它来自正经的商店，而且造型也经过精心的设计。"biz"是法国流行的短信用语，意为"亲吻"，这恰恰是我此刻想做的事情。她默默地走来走去，准备咖啡、奶油、方糖、茶碟和小勺，她热爱整个过程的仪式感，如同热爱低头品尝的第一口。我想亲吻她，不是落在脸颊上的法式亲吻（新朋友亲一下，老朋友亲两下，还是男人亲一下，女人亲三下？我永远都搞不清楚），而是美国妈妈印在前额上的亲吻。

“妈妈，你思念爸爸吗？”

咖啡让黛芙妮显得格外成熟，而成熟的模样也确实很适合她。她生来就拥有苍老的灵魂。自从她降临到世上以后，我始终在同她进行着严肃的沟通，就像与大人交谈一样。婴儿的目光总是十分深邃、平静，并且从容不迫，仿佛在耐心地等待值得回应的话题，而黛芙妮从未失去过那种目光。

“嗯。”我肯定地说，却并未望向黛芙妮。她和艾丽都遗传了罗伯特的眼睛。不过，跟罗伯特相比，尽管黛芙妮的右侧虹膜也染着小斑点，但是颜色较为鲜亮，轮廓较为狭窄，而且没有闪烁着鬼鬼祟祟的光芒。罗伯特的瞳孔充满了绝妙的魅力，我常常催促他“用这双眼睛做些什么”，比如“看我”。

“是吗？”黛芙妮说。我抬起头来，检查她喝了多少咖啡。高架上摆着一只烟灰缸，我渴望拿下来使用。我曾经不止一次地在深夜里翻出艾丽的钱包，寻找香烟的踪影。

“黛芙妮，”我不愿回答这样的问题，“怎么了？”我盯着她，发现她也不愿回答这样的问题。

“我在巴黎更思念他，”黛芙妮说，“比在密尔沃基还要强烈。”

我点了点头，仿佛深以为然，其实我在想，当然如此。因为搬到巴黎就意味着搬到罗伯特的故事里，距离不会拉长，反而彻底瓦解。诚然，他消失了，但是拜那份书稿所赐，拜法国巴黎所赐，我们也在他的世界里消失了。

“有时候，我会怀疑，艾丽是否——”她迟疑地开口，我知道自己必须打断她。姐妹俩可以在人生的其他方面互相竞争，但是不能衡量彼此思念父亲的程度。或者，她们已经暗中展开较量了吗？在贝梅尔曼斯的老酒吧外面，我记得自己起初认为黛芙妮赢了，后来又觉得艾丽是冠军。然而，如今我才意识到，她们一直在审视我的态度。

“我相信她肯定也一样。”我插嘴道，黛芙妮瞪大了双眸，我赶紧停下来确认，“艾丽是否怎样？”

“她，是否也见过他？”黛芙妮激动地说，“她是否也见过爸爸？”

她焦急地等待我回答，我却说不出话来。

我没有告诉女儿们，一位顾客找到了罗伯特的作品，我在扉页上发现了“对不起”。我没有告诉她们，我为隐瞒而感到骄傲。我没有告诉她们，我曾经怀疑那是写给我的道歉，而书本的突然出现和消失也都是罗伯特所为。但是，这些猜测毫无事实根据，现在我终于明白了自己的荒唐，并且原谅了自己的糊涂。既然类似的失误难免会出现，我为何认定女儿们就不会犯错呢？

“我并非总能看到他。”她喃喃地说。

“黛芙妮，什么？”我说，“抱歉，你的意思是，在哪儿？”虽然我很乐意原谅自己，但是眼下，同样的情况发生在黛芙妮身上，我不禁感到惊慌失措。

“当我跟双胞胎一起出去散步的时候，”黛芙妮说，“我们经常会靠近《麦德林》提到的名胜古迹，比如巴黎圣母院。于是我想，我应该寻找他，因为这原本就是他来巴黎的打算，他准备研究《麦德林》描绘的各种场景。”

我们应该留在密尔沃基，或者干脆搬到沙漠里，搬到木星上，搬去他永远也找不到我们的地方，搬去我们永远也找不到他的地方。

“这原本就是我们来巴黎的打算。”她改口道，“有时候，透过眼角的余光，我能瞥见他的身影。我会扭过头来，让彼得和安娜贝拉快走。你也知道，他们不喜欢牵手，尤其是在十字路口，如果松开一秒钟，他们就会到处乱跑，特别是安娜贝拉。等我转过脸去，他却不见了。”

“噢，黛芙妮。”我语无伦次地说，“有时候我也觉得自己能看到他。”确实如此，在来到书店外面的第一天，我曾以为自己看到了罗伯特，“有时候我们会把事物想象得非常生动，非常具体，以至于——”

“妈妈！”黛芙妮说，“不是‘觉得’。不是‘想象’。那绝对是他，千真万确。”

“你跟艾丽讨论过吗？”

黛芙妮摇了摇头：“妈妈。”

“我知道……”她等待我往下说。“我知道，”我说，“我们都很思念他，十分思念他。”

“爸爸在这儿，”黛芙妮说，“他就在巴黎。”

莫莉告诉过我，她不学法语，因为他们仅仅在此逗留两年。而且，她补充道，她认识一些在这儿居住了十年、十五年、二十年的新西兰人，他们已经忘记了一部分英语。我质问自己，我是否也在对孩子们做类似的事情，让她们在两门语言、两个国家、两种现实乃至现实与梦幻之间挣扎。我读过许多讲述死亡的书籍，却并未把内容说给她们听，瞧瞧吧，眼前的一切就是后果：在她们的想象中，他竟然在巴黎的街头漫步。

而如今，他也跑进了我的想象中。

我惊恐万状，不假思索地提出了脑海里冒出的第一个问题，如果他还活着，这便是伤人最深的问题。

“可是，宝贝女儿，那他为什么不来——”

“或许他撞到脑袋了，就像帕斯卡尔一样！”

关于《红气球》，黛芙妮有一套奇怪的理论。在看似圆满的结局中，坏蛋们投掷的石头击中了帕斯卡尔的红气球，可是他突然获得了解救，抓着无数只崭新的彩色气球，升入高空中，飞向远方。黛芙妮坚信，随风飘走的结局不是真的，她认为帕斯卡尔肯定被石头砸晕了，最后那个灿烂的情景不过是他的幻觉而已。这套理论没有任何依据，不过对于某些人而言——包括我和黛芙妮——电影的欢乐结局也没有任何依据。毕竟，当帕斯卡尔面带微笑地飞向远方时，他低下头会看到什么呢？他最好的朋友躺在泥土中，肮脏不堪，支离破碎。

黛芙妮接着说：“爸爸撞到脑袋了，他在寻找我们，但是或许——或许他不知道自己在寻找我们。或许——”她用拇指在桌上画着圆圈，“或许他不知道自己在寻找什么。”

“宝贝。”我说。

圆圈停了。“你可以继续告诉陌生人，说他死了，”她说，“我知道你一直都这么做。你说‘失去了’，但是你讲话的方式明显是在诱导大家，让他们认为他死了，可是——可是我知道他没死。”

“黛芙妮。”我说。

“而且，我知道，你也很清楚他没死。”她说。

“听着——”我准备跟她好好谈一谈。

“我正在，”她说，笨拙地强调着每一个字，却因此而显得格外庄重。相比之下，“**我正在**”的法语发音倒是颇为轻佻。“我正在寻找，”她说，“你以为艾丽今晚去干吗了？她也在寻找。”

“她也在什么？”

“妈妈，听着，我们都在寻找。”

她们确实在寻找。

不只是寻找他，而且也寻找我，寻找那个敢于面对所有问题的母亲。

“为什么，”黛芙妮说，“你不肯寻找呢？”

“因为你们的父亲——”

“已经——”

但是，我说不出口。

失去，就像法语一样，有自己的规则。沉浸在法语的环境中，更容易掌握法语，但是置身于失去的世界里，却更难以习惯失去。

第七章

在我们店里的众多书籍中，标题最吓人的一本是《斯瓦希里语语法与词汇》，作者为“F. 伯特夫人”，出版于 1923 年，封皮裹着血红色的硬麻布。起初，这本书藏在一排书架后面，在我找到以前，它肯定已经掉在地上几十年了。我差点儿把它直接扔进垃圾箱里，毕竟，我连英语书都卖不出去。不过，我还是翻开了它，打算看看 F 夫人有没有说服出版商把她的全名印到里面。结果，在泛着棕色的纸页上，我发现了一行题词：献给安德森，写于狮子的夜晚。

我决定留下它。

有一段时间，黛芙妮总是随身带着它，往返于学校和书店之间。她跟我一样，对其中的题词颇为着迷——这是伯特夫人的笔迹吗？谁是安德森？狮子的夜晚指什么？——然而，最后她还是厌倦了。我把它从黛芙妮手里收回来，仔细研究向左倾斜的陈旧笔迹，在脑海中跟罗伯特的笔迹做比较。

不过，我主要在思考“夜晚”。“狮子的夜晚”，区区几个字就能逆转局面，让枯燥乏味的课本变成奥妙无穷的谜语。这行题词似乎在歌颂逃避的力量，可是每个人都能逃避冷酷的现实吗？

反正我不能，我不能逃避跟黛芙妮的交谈，不能逃避她提出的关于寻找罗伯特的问题。我试着回答，却无法回答，她摇了摇头，默默地返回自己的房间。她不必告诉我别跟过去，而且我并没有跟过去。她不再是六岁了，甚至也不再是十二岁，她和艾丽都已是名副其实的青少年了。虽然我听说母女关系的裂痕在任何地方都会出现，但是它在巴黎却显得格外狰狞，犹如一道难以逾越的鸿沟。她们已经开始独自寻找了，她们已经相信他在这儿了。

我落后了，这意味着我看不到她们眼中的未来了。

我来到自己的卧室里，从床头柜上的书堆中抽走那本斯瓦希里语教材，拿到楼下。街道一片漆黑，我恍然大悟，原来我误解了那行题词，或者仅仅是理解了一部分。真正可怕的并不是狮子，而是夜晚，就像现在的夜晚，越凝视，越恐怖。书籍、店铺、橱窗、黛芙妮的话语，一切的一切都笼罩着外面的世界，让我自以为熟悉的城市变得面目全非。陌生的洪流汹涌而来，将我彻底淹没，我不知道自己是谁或身在何方，为了保持平稳，只能静静地坐在凳子上。这种头晕目眩的感觉总共持续了一分钟，然后所有事物便迅速恢复原状。

我走上楼梯，等待艾丽回来。

“我们都在寻找。”那天晚上，艾丽和阿西夫确实去梅尼蒙当[①]

---

① 梅尼蒙当：巴黎的一片街区，位于一座俯瞰巴黎的小山上，最初属于巴黎的郊区，后于 1860 年并入巴黎市。梅尼蒙当是许多经典法国影片的拍摄场地，其中就包括拉摩里斯的《红气球》。

寻找了。我之所以知道，并不是因为黛芙妮这样说，更不是因为她的姐姐主动坦白，而是因为艾丽的手机。

艾丽凌晨一点才到家，我什么也没问，等她睡着以后，把她的手机拿了过来。我给艾丽制订过两条使用手机的规则：第一，不能把手机放在旁边睡觉，但是她一直都不肯遵守；第二，我可以随时检查她手机的内容，无须事先提醒。我从未实施过第二条规则（我讨厌那种严格掌控孩子的感觉，但是宣传奥威尔式[①]家庭教育的网站声称，只要确立规则就足够了，不必非得付诸实践），但是也从未撤销过第二条规则，这意味着我完全有资格溜进女儿们的卧室，从艾丽的床头柜上悄悄地摸走手机。我坐在厨房里，反复地尝试解锁屏幕，在经历过六次失败的猜测以后，终于成功了，密码是她父亲的生日。

我跳过短信，直接打开相册。我告诉自己，我不是那种故意侵犯隐私的妈妈。于是，我一边忐忑地翻看，一边又努力不看，尽量粗略地扫视，不去关注细节。

其实，我没必要担忧。通过快速浏览，我认识了一位热爱巴黎的姑娘，如果单凭摄影作品来判断，我估计她对巴黎的迷恋甚至超过了对阿西夫的好感。相册中确实有不少画面的主角都是他，包括一两张展示手臂肌肉的照片。但是，在更多的画面中，他置身于古雅的拱廊上，仅仅是模糊的配角，远处的花园却色彩艳丽，清晰而真实。除此之外，还有无数张在餐厅里拍摄的照片，他的目光远离

---

① 奥威尔式：指利用强权严格控制思想的方式，因最早出现于英国作家乔治·奥威尔（1903—1950）的笔下而得名。

镜头，并未看到艾丽瞧见的情景——其他人正在望着他，或者望着他们。艾丽似乎跟我一样，发现了这座城市的秘密：巴黎人喜欢欣赏生活的小故事，他们总是在期待好戏上演。

直觉告诉我，虽然艾丽的浪漫情怀还不及妹妹的十分之一，但是她依然会在手机上单独建立一个文件夹，用来存放跟失踪的父亲有关的照片。果然，相册中分别设置了好友文件夹、收藏文件夹、贝梅尔曼斯文件夹（里面只有两张巴黎圣母院的照片，拍得歪歪扭扭，还有几张塞纳河的照片），以及专属于爸爸的文件夹。在点开之前，我犹豫了。我害怕女儿们已经减轻了对他的思念，我害怕自己想让她们减轻对他的思念。然而实际上，我们都在以不同的方式惦记着他。有时候，黛芙妮会在晚饭的餐桌上为他额外摆一个盘子。从前在美国，倘若他出去写作，我们偶尔也会这样做。但是如今在巴黎，我们还没开饭，她就默默地收起多余的盘子，重新放回橱柜里。

有时候，我会突然发现自己在流泪，别人也会察觉到异常。某天，我正站在十字路口，呆呆地盯着信号灯，一位跟艾丽年纪相仿的少女投来视线，询问我是否还好，先是用法语，接着用英语。我发誓，我真的不知道自己在想罗伯特，更不知道自己在为他哭泣。信号灯变绿了，少女跨上单车。她等待我回答，背后的公交车等待她前进。叮，叮。巴黎公交车的警铃听上去仿佛是从拳击场偷来的比赛铃，却仍旧能发出欢快的声响，犹如音乐般悦耳（直到司机耗尽耐心，选择使用喇叭）。少女离开了，然后，我擦干脸颊，就像现在一样。我决定不打开名为“爸爸”的文件夹。

我找出今晚的文件夹，看到艾丽和阿西夫在街道尽头的巧克力店驻足：合影，扮鬼脸，伸展双臂。一张阿西夫微笑着吃东西的照片。一张艾丽亲吻他脸颊的照片。一辆公交车。一条空荡荡的街道。又一条空荡荡的街道，附近的大楼上贴着蓝色的路标，看不清楚。艾丽指着一栋小公寓侧面的壁画，起初很难分辨，但是渐渐地，我认出来了，一只硕大的红气球包裹着建筑的左上角。

然后是一张模糊的照片，她的手腕可能晃动了。接着是第二张、第三张……一系列连续的快照，要么十分昏暗，要么非常明亮，总之都很朦胧。其中一张看起来像是阿西夫的掌心，仿佛在阻挡镜头。

最后，还有一段她拍摄的视频，日期显示为今晚。第一帧的画面漆黑如墨。

但是没过多久，事物的轮廓便慢慢浮现出来，我全神贯注地盯着屏幕，竟然忘记将手机调成静音。结果，嘈杂的动静吵醒了一个人。

艾丽。

她来到我身后，一言不发，径直伸出胳膊，按下视频的暂停键，夺回手机。“很好。”她冷冰冰地说。

“艾丽。”我说。

“你确实制订了那条规则，但是我没想到，妈妈，我在睡觉呢。”她问，“你到底有多少次——”

“艾丽，从来没有。”我说，“这是第一次，我只是想——黛芙妮说——”

“黛芙妮？”艾丽说，“黛芙妮说什么？”

“没什么，艾丽，她说的不是你，她说的是——”艾丽绕到餐桌的另一端，坐在我的对面，“她说，你正在寻找他。”我说，“你正在寻找爸爸。”

“什么？”艾丽说。

“嘘。”我朝卧室点头示意。

“对啊，保持安静，”艾丽说，“下次在偷窥别人的手机之前，你应该先把见鬼的声音关掉。”

“艾丽！”

“妈妈！”艾丽说，“你什么时候才会去寻找他？现在是五月，我们已经来到巴黎九个月了，他已经失踪十三个月了。黛芙妮经常说‘她肯定也在寻找，可能是趁着咱们上学的工夫。’我说‘好吧，那她为什么不告诉咱们？’黛芙妮说‘或许她找不到他。’我说‘或许她不够努力。’”艾丽开始浏览手机里的内容。

你们一直在背后议论我吗？还是只有当我搞砸的时候才会这样？我想问问她，却开不了口，于是我转移话题：“阿西夫不要紧吧？”虽然我没看完视频，但是我看到阿西夫摔了一跤。

艾丽抬起头望着我：“嗯。”

“他好像绊倒了？”

“虽然受了点儿小伤，但是问题不大。”艾丽收回视线，盯着手机。

“你确定他——”

“阿西夫很好，妈妈，”艾丽说，“只是超级尴尬，其实他不必如此。那只老鼠跟小狗一样大，我也吓了一跳，否则我肯定能在阿西夫摔倒之前抓住他。”

“你是在哪儿拍摄的视频？看起来似乎是某个公园。”

“噢，妈妈，拜托。”艾丽说。

她拖着椅子绕过餐桌，朝我走来。她并未彻底原谅我，但是在片刻之间，我假装我们和好了。她就在我的身边，生机勃勃，平安无事。我看着她靠近我，如果她愿意，她可以拥抱我。

她没有拥抱我，而是按下了播放键。

梅尼蒙当堪称巴黎本地的阿尔卑斯山，几乎垂直矗立在这座城市上，由于自然光线极佳，长期以来都是世界闻名的电影街区。杰基·格黎森在梅尼蒙当拍摄了一部多愁善感的电影，名为《冷暖心声冷暖情》，于1962年上映，并在片中担任主角，饰演一位来自乡下的哑巴。著名导演迪米特里·凯萨诺夫[①]于1924年至1925年间在此拍摄了他的默片杰作《梅尼蒙当》，据称那是宝琳·凯尔[②]最爱的电影，时至今日，《梅尼蒙当》所表现的暴力画面依然令人震惊不已。当然，在三十年前，《红气球》也诞生在这里。拉摩里斯特意将自己的"儿童电影"放在梅尼蒙当拍摄，因为他既需要明亮的光线，也需要黑暗的阴影。

艾丽的视频极为黑暗，并且非常简短。现在，她介绍了拍摄的背景。很久以前，她就想拜访"气球街区"——这是我们发明的称呼，不是巴黎的俗语——但是我一直都表示反对，认为那里不安全。

那里确实不安全，起码在保守的玛莱区，其他谨慎的父母都对我这样说："如今的梅尼蒙当并不富裕，在过去的数个世纪里也都是贫民居住的地方。谁知道晚上会发生什么事情呢？"

我马上就要知道了。

艾丽是摄影师，阿西夫是焦虑的旁白：艾丽，艾丽，我觉得我

---

① 迪米特里·凯萨诺夫（1899—1957）：法国导演，法国印象派电影运动的代表人物，由他执导的《梅尼蒙当》于1926年上映。

② 宝琳·凯尔（1919—2001）：美国电影评论家，在1968年至1991年间专为《纽约客》杂志撰写影评，被公认为二十世纪下半叶最具影响力的媒体影评人之一。

们应该回去。街道蜿蜒曲折，逐渐攀升，越来越高，直到坡度陡然增加，地面化作台阶。艾丽拍摄了一部近乎完美的黑色电影[①]，除了偶尔闪过的路灯光芒以外，夜幕一片漆黑。我静静地看着，甚至都感到有点儿嫉妒了。多年来，我始终都梦想着要拍摄电影，而现在艾丽已经做到了，尽管是在无意中完成的。阿西夫出色地扮演着自己的角色："我们回去吧"，他低声哀求，语气突然显得十分迫切，仿佛他捕捉到了艾丽没看见的东西。不过，他们还是沿着台阶继续前进。左边是砖墙和建筑，右边是无尽的黑暗。起初，我以为那是悬崖，但是紧接着，遥远的路灯照亮了树木和草地，原来是一个梯田公园。艾丽脚步不停，画面跳跃不断，她转过身去，研究附近的建筑，阿西夫发出呐喊。不，其实是尖叫。唉，勇敢的阿西夫啊！镜头迅速旋转，两个状似树干的影子摇晃着分开，变成两名留着大胡子的男人。他们走向艾丽和阿西夫，他们微笑、点头，艾丽和阿西夫结结巴巴地回应，他们再次微笑，道了声"晚安"，然后便消失了。

"看到了吗？"艾丽对电影中的阿西夫和电影外的妈妈说，"这里没有危险，一切都很顺利。"片刻之后，艾丽催促阿西夫往高处爬："咱们快要到山顶了，你想想，那就相当于电影的经典桥段！"正在此时，大老鼠登场了，就像所有优秀的怪物一样，它悄悄地潜伏在旁边，冷不丁地冒出来，令阿西夫大惊失色，他踉踉跄跄地绊了一下，拽着艾丽和手机一起摔倒了。视频的最后数秒是从地上拍摄的，只能望见耀眼的路灯和漆黑的夜空，不过音频倒是颇为清

---

① 黑色电影：指二十世纪四十至五十年代美国好莱坞拍摄的犯罪电影，表达了黑暗的主题或情绪，影片中经常会出现夜色下的城市，路灯照耀着街道。

晰：阿西夫和艾丽轻声咒骂，互相道歉，他们讨论了流血的问题，讨论了玻璃的问题，讨论了回家太晚的问题。“对不起，”阿西夫说，“你妈妈肯定会杀了我的。”

在伸手关掉镜头之前，艾丽生他的气了。我说的“他”，指的是她的爸爸，但是阿西夫却成了顺手牵来的替罪羊。或者说，我成了替罪羊。“别担心，”艾丽说，“她根本就不在乎。”

视频播完以后，我和艾丽都陷入了沉默。罗伯特的书稿仅仅把那家人带到了巴黎，却并未将他们送到更远的地方。虽然故事中暗示了一趟前往梅尼蒙当的旅行，但是没有详细描绘任何人抵达梅尼蒙当的情况。

“所以，不存在害怕的理由。”艾丽说。

我点了点头。

“但是你依然觉得害怕，对吗？”她说。

我在巴黎生活了整整九个月，却从未去过梅尼蒙当。在半途而废的毕业论文中，我所研究的电影就是在那片街区拍摄的。诚然，埃莉诺也承认，放弃这个选题能够令我过得轻松愉快——虽然在内心深处，我仍旧渴望拍摄一部电影，但是我不愿意再完成那篇论文了。不过，在网络电话里，埃莉诺还是会偶尔打听《红气球》的“家园”，而我则有各种各样的方式来回避她的问题。其实，我不去梅尼蒙当是出于两个考虑：首先，我不敢去，我害怕自己会碰到罗伯特，尽管我现在觉得这种念头颇为荒唐；其次，我舍不得去，我想把梅尼蒙当偷偷地保存起来，就像盒子里仅剩的巧克力，一旦吃掉就再也无法享受类似的喜悦了。我很清楚，在见到梅尼蒙当的瞬间，陪伴我童年的电影（我甚至自欺欺人地认为，那也是讲述我的童年的电影）将会重新苏醒，变得栩栩如生，犹如美梦成真。

不过在此之前，我得利用演讲稿撰写人的小聪明来糊弄埃莉诺，声称自己的兴趣不在于“镜头背后的现实”，而在于艺术本身和电影本身。倘若我想看梅尼蒙当，只要按下播放键就行了。

但是如今，我已经在艾丽的手机上按下播放键了。现在，我必须去了。

梅尼蒙当位于巴黎市中心的东北方向，介于蒙马特高地与拉雪兹公墓之间，却并未吸引任何一处的游客。在某种程度上，这是因为梅尼蒙当几乎没有值得观光的景点，就连喜爱《红气球》的学者和影迷也找不到印象里的画面。狭窄的街区平淡无奇，穿插着帮助居民跨越陡峭斜坡的羊肠小道，在二十世纪六十年代，巴黎曾经爆发过扫荡贫民窟的激进运动，人们纷纷冲进梅尼蒙当，将寒酸的老建筑统统夷为平地。

艾尔伯特·拉摩里斯的电影拍摄于1955年的最后两个月，恰好赶在拆迁前夕。在拂晓时分的梅尼蒙当，一只硕大的红气球和一名可爱的金发小男孩相遇了，他们结伴而行，走遍了巴黎的大街小巷。几个心怀嫉妒的坏蛋逮住了红气球，残忍地用弹弓攻击它。破损的红气球缓缓坠落，越来越低，直到其中一个坏蛋抬脚踩了上去。皱巴巴的红气球躺在泥土中，成为脏兮兮的垃圾。接着便是令我和黛芙妮产生怀疑的结局，小男孩抓住冲到身边的无数只彩色气球，飘过巴黎上空，而他挚爱的红气球却匍匐在地，被人彻底遗忘。在拉摩里斯的原始剧本中，小男孩一路飞到了非洲。在剪辑完成的影片中，帕斯卡尔甚至没有离开巴黎，但是翱翔的画面依然充满了不和谐的欢乐。对我而言，这部电影传递的真实思想十分黑暗：

美丽的事物常如昙花一现，嫉妒的情感总能毁灭一切。

拉摩里斯的电影居然会让大家怀念战后的巴黎，真是颇为奇怪。实际上，他竭尽全力地表现了城市的萧条，煞费苦心地强调了重建的艰难：在坏蛋的追逐下，帕斯卡尔和他的红气球跑过铺满碎石的空地和破旧楼房的废墟；从生的杂草分散在各处，但是并无枝繁叶茂的公园，放眼望去，周围全是烟尘滚滚的荒野。

半个世纪的岁月随风而逝，公园终于出现了。

不过，拉摩里斯的梅尼蒙当并未完全消失，某些部分依然存在，比如帕斯卡尔（和红气球）在电影中搭乘的公交车线路。次日清晨，在默默地把四个孩子送到学校以后，我也去亲身体验了一下。九十六路公交车爬上陡峭的山坡，驶出玛莱区，把我放在圣母院门口。我所说的圣母院，并非举世闻名的巴黎圣母院，而是规模较小的十字圣母院。在电影中，一位门卫穿着拿破仑时代的士兵制服，将帕斯卡尔和调皮的红气球从那里赶了出去。

然后，我走下尤里安·拉克鲁瓦大街，踏上阿西夫昨晚跌倒的台阶。我明白艾丽为何会对这个地方感兴趣。眼前的台阶看起来很像拉摩里斯电影中的场景，但其实都是日后才铺砌的，长长的阶梯穿过几乎同时建成的贝尔维尔梯田公园。两名年轻的男子坐在路边的椅子上抽烟，见我从旁经过，齐刷刷地抬起头来，其中一人目不转睛地盯着我看了许久。自从搬到巴黎以来，我已经渐渐习惯了接受专注的凝视。毕竟，法国是一片坦率的土地，大家总是毫不避讳地打量着彼此。不过，他们没有露出友好的微笑，于是我加快脚步，继续前进。

站在山顶，我突然感到呼吸急促，我不断地告诉自己，这是攀爬陡坡的结果，但我仍旧无法压抑激动的心情。拉摩里斯曾经来过这里。帕斯卡尔曾经走过那里。电影选择展示的第一个生物是一只孤独的小猫，它就坐在这里，等着帕斯卡尔在 00:00:05 从左侧走入画面，在 00:00:16 享受男孩温柔的抚摸，静静地待在原地，目送帕斯卡尔在 00:00:30 沿着艾丽和阿西夫发现的（大致相同的）台阶离去。（我始终认为，《红气球》的精髓之一便是无处不在的即兴，拉摩里斯幸运地邂逅了许多即兴的演员，无论是猫咪、孩子还是气球，都为他奉献了绝妙的镜头。）

他们都来过，包括我的女儿。那罗伯特呢？我抓住栏杆，深深地吸气。“罗伯特肯定会喜欢的，”我暗暗思忖，接着又想起了艾丽，“反正我喜欢。”我贪婪地欣赏着艾丽寻觅的风景。

在电影中，远处的城市笼罩在浓重的烟雾下，但是今天的空气却格外澄澈。可惜，不知情的外地游客纷纷涌向西南方向，聚集在遍布扒手的蒙马特高地，而在相隔区区一公里的梅尼蒙当，不仅可以享受更加安静的环境，还能轻松地望见壮观的埃菲尔铁塔。

但是，我现在惦记的不是游客，而是艾丽。

还有黛芙妮。在刚刚抵达巴黎之际，我们去过塞纳河左岸，在一条狭窄、漂亮却毫不起眼的街道上，黛芙妮停住脚步说：“我觉得自己以前来过这里。”接下来，我们讨论了转世轮回、时间旅行和虫洞理论——艾丽和黛芙妮都很喜欢玛德琳·英格[①]的《时间的皱纹》，最后，我们将其归因于《麦德兰》《红气球》和多年的法语学

① 玛德琳·英格（1918—2007）：美国作家，以撰写青少年小说而闻名。《时间的皱纹》出版于 1962 年，是一部长篇科幻小说。

习。纵观童年的大部分时期，女儿们始终以现实之外的方式生活在巴黎。

我也是。不过，我从未像黛芙妮一样对巴黎的某个地方产生似曾相识的感觉，直到此刻。三十二年前，在美国的威斯康星州，当我首次观赏那部电影的时候，当我首次翻阅那本图书的时候，目之所及，正是我现在看到的画面。我感到头晕目眩，我想要放声呐喊。我走进一家烘焙坊，打算稳住心神，告诉面包师：**你好**，你好，我回来了！

然而，我只是气喘吁吁地站在那儿，咧着嘴傻笑。

面包师一言不发，店里唯一的顾客也沉默不语，他紧紧地搂着鼓鼓囊囊的袋子。

几秒钟过去了，现实世界突然恢复运转，顾客消失得无影无踪。

面包师这才开口解释，说我打断了一场抢劫。

可是，我已经不假思索地冲出了烘焙坊，因为那个拿着袋子的顾客夺走了我的提包。

面包师在我背后紧紧跟随，盗贼在我前面撒腿狂奔。

接着，一个崭新的身影加入了追逐的队伍，他距离盗贼很近，跑得比我要快得多。我的脑海中猛然冒出了近来学会的一句习语：**踩蘑菇**，意为“开快车”。（这也是我不愿意在巴黎开车的原因之一，听说某些老式法国汽车的油门踏板真的跟蘑菇差不多大。）以此来形容眼下的情况，实在不太合适，但是我来不及考虑了，直接给刚出现的男人起了个绰号，叫作“**蘑菇先生**”。法语“**蘑菇**”的发音很像英语的“冠军”，而事实证明，“**蘑菇先生**”确实是当之无愧的赛跑冠军。

我们冲下山坡，穿过梅尼蒙当。一段台阶，两段台阶。面包师不见了。

在下方的不远处，先前盯着我看的两名青年男子迅速跳起来，拦住了盗贼。

然后，他们又抓住了我此刻的盟友——**“蘑菇先生”**。在法国，政客和政客之间、政客和警察之间总是在争论种族定性[①]的问题，而**“蘑菇先生”**恰好是黑人，我希望自己不要站在种族冲突的前沿。

他们首先释放了盗贼，盗贼赶紧逃跑了，留下自己抢来的钱袋和我的提包。他们接着释放了**“蘑菇先生”**，他坚定地站在原地，伸手去拿提包，准备还给我。他们朝他大喊大叫，他也朝他们大喊大叫。其中一人把他困住，另一人从钱袋和提包中各掏出五十欧元。

他们俩微笑着交谈，虽然用的是法语，但是口音颇为奇怪，我分不清是哪里的方言，也无法理解具体的内容。而且，他们的笑容十分阴险，令我胆战心惊，思绪混乱。他们握着一把小刀，再次擒住**“蘑菇先生”**，他不得不担任翻译，向我透露他们的意图。

我能够轻而易举地听懂**“蘑菇先生”**说话，因为他的英语非常完美。后来，我才了解到，他叫德克兰，曾经在艾奥瓦州得梅因的罗斯福高中上学，并且作为学生代表在毕业典礼上发表演讲。

不过现在，德克兰还有更加重要的信息要告诉我：“他说这是他们的‘赏钱’——他们的小费，相当于找到钱包的奖励。你报警了吗？你连续遭到了两次抢劫。”他扭过头去，对那两名青年男子说，“别招惹她。”

---

① 种族定性：指政府仅就种族来锁定犯罪嫌疑人或犯罪嫌疑团伙的做法。

他们挥舞小刀，转瞬之间，德克兰流血了。他们拔腿就跑，他紧追不舍。

他原本可以抓住他们，可惜被两个女人拦住了。她们来自一支名为“接待与监督”的小分队，好像是巡护园林的管理员。我连忙赶上去，拼命解释究竟谁才是罪魁祸首，可惜却成功地扮演了惊慌失措、稀里糊涂的外地游客，结果她们开始冲德克兰怒吼，他镇定地做出回答。她们皱起眉头，我也皱起眉头。我只知道他的法语极为标准，但不明白他究竟在说些什么。

我试探着讲了几句不太标准的法语，她们转过身来，表情柔和：“**啊，原来是美国人**。”然后，她们继续对德克兰咆哮，他张嘴回答，停下来咳嗽，接着重新开口。这次，我终于稍微明白一点儿了，尽管（或者是因为）他的法语变得糟糕起来，带着浓重的美式腔调。

两名管理员交换了一下眼神，压低声音询问德克兰：“**你也是美国人**？”

“对，”他用英语说，“看样子我们俩都是美国人。”管理员深深地吸了一口气，摇了摇头，仿佛在努力接受现实：美国人都出现在梅尼蒙当了，接下来还会发生什么？

接下来应该去医院，我心想，但是德克兰对我悄悄地耳语：“快说我们没事。”于是我照办了，然后坐在德克兰身边，查看他下巴附近的伤痕，虽然长度不足三厘米，却严重裂开，显得颇为狰狞。据我判断，他的伤口需要缝针，不过肯定能愈合得很好，而且疤痕会赋予他鲜明的特点，尽管他并不需要。

自从搬到巴黎并接管书店以来，在我阅读的书籍中，讲述巴黎的作品越来越少了，至于男人撰写的作品，则更是少之又少。来自新奥尔良的退休教师雪莱鼓励我这样做。每周，我都会为她挑一本书，对她而言，性别和体裁并不重要，只要背景设定在巴黎即可。有时候，她也会回赠给我一本书，通常是她从路易斯安那州随身带来的。在某种程度上，她填补了罗伯特以前的角色，负责担任首席鉴书人。不过，跟罗伯特的高雅品位相比，她带来的灵感比较世俗。她说自己的船屋空间有限，如果要把新书带回去，必须先清理旧书。无论如何，在雪莱的影响下，我迷上了艾丽斯·马蒂森[①]（生于1941年的美国作家），马蒂森写过一个短篇故事，塑造了一位奇特的高中教师，被称为"费尔德曼女士"，在她的文学课堂上，同学们"发现情色无处不在，就连葛底斯堡演讲[②]也不例外，不仅如此，如果蜘蛛要在窗户上交配……它们肯定会选择费尔德曼女士的窗户。"

其实，我想说的是，在温尼伯[③]或者密尔沃基，我和德克兰恐怕不会注意彼此。但是在巴黎，在经历过一场行凶抢劫以后，我发现自己无可救药地记住了他的长相，而他也记住了我的模样。当然，还有一个细节在法国至关重要，在密尔沃基却微不足道（在温尼伯也一样，不过我还是愿意去温尼伯旅游，多亏了雪莱给我介绍的另一位作家，卡罗尔·希尔兹[④]）。

---

① 艾丽斯·马蒂森（1941— ）：美国小说家，于二十世纪八十年代开始创作短篇小说，下文提到的短篇小说出自1997年的短篇小说集《男人给钱，女人呐喊》。

② 葛底斯堡演讲：美国前总统林肯最著名的演讲，1863年11月19日，林肯在宾夕法尼亚州的葛底斯堡发表演讲，哀悼在葛底斯堡战役中阵亡的将士。

③ 温尼伯：加拿大马尼托巴省省会和该省最大城市。

④ 卡罗尔·希尔兹（1935—2003）：加拿大作家，她的大部分作品都是在温尼伯创作的。

“书店？”德克兰说，“你在巴黎拥有一家书店？”

打完报警电话，我努力让聊天的内容围绕他展开，直到我的手机铃声大作，陆续收到几条短信。我宣布自己得回到店里去了。

“什么店？”书店。“真的吗？”

真的。我把书店的名字和地址都告诉了他，我讲述了我们的贝梅尔曼斯作品展，我解释了梅尼蒙当吸引我探索的原因（也就是说，我谈到了《红气球》，而非罗伯特）。我感到自己正在迷失谈话的方向，变得语无伦次。我让他有空到店里来转转，并且提醒他“跟你想的不一样”，但是我并不清楚他想了什么。他的语气混杂着钦佩、嫉妒和惊喜，都是美国人常见的反应，不过他还在其中添加了一种新鲜而躁动的情绪：渴望。

“跟我想的一模一样。”他说。自此以后，我总是揣摩他要表达的意思，猜测他是否知道这句话的力量，轻柔的字词从他的嘴里悄悄地爬出来，跳到我身上，绕过耳朵，沿着脖子和脊椎，掠过后背，一路向下，犹如小小的蜘蛛。

噢，费尔德曼女士，我暗暗思忖。

不过，接下来发生的一切只能怪我。

艾丽打听我在梅尼蒙当的经历，这个问题比蜘蛛还要讨厌，令人心烦意乱。

我决定对今天的冒险只字不提，我说自己之所以迟到，是因为在地铁里转晕了，众所周知，这是我的一大弱点。（我经常以此为借口来蒙混过关；我喜爱在巴黎游荡，却无法在地下认清方向。）

可是，没想到艾丽却具备一个无人知晓的强项，那就是确定我的位置。她怎么知道我在哪儿？

“你看，”艾丽说着，指尖在手机屏幕上灵活地舞动。很快，一枚硕大的红点出现了。我专注地盯着闪烁的红点，没留意后面的背景，其实那是一张卫星地图，描绘了我们所在的街道，书店位于正中央，“看见了吗？它能找到你。”

过了片刻，我才反应过来：“你可以监视我的行踪？”

“用不着这么惊讶吧？”艾丽说，“当初注册的时候，是你要求开通这个功能的。”

“是吗？”

“没错，”艾丽说，“你购买了家庭套餐，对吧？那么我们的手机都会自动显示定位。”

艾丽移开目光，尴尬属于她，但是愧疚属于我。她已经失去了父亲，不能再失去母亲，她当然要监视我的行踪。她转过脸来，努力挤出微笑：“所以，你有什么发现吗？”

第八章

有人抱怨在我们的书店里很难找到需要的东西，有人却说他们就喜欢这一点。在我接管生意之初，多年的疏于打理使得店内几乎毫无秩序可言。我向女儿们寻求帮助，准备按照文学体裁和作者姓名的字母顺序来排列书籍，但是艾丽不愿为此花费太多时间，她建议我们参考她在杂志上看到的办法，按照颜色来摆放作品。黛芙妮说那样太愚蠢了，艾丽说黛芙妮才愚蠢，黛芙妮说爸爸肯定会觉得那样非常愚蠢，于是我赶紧打断她们，说出了脑海中浮现的第一个念头——我们按照国家和地区来调整书店，因为屋里已经有一个架子堆满了关于巴黎的书籍。

这个主意效果很好，我指的是它让女儿们结束了吵闹，但是我并不推荐大家用如此古怪的方式来安排书店。不同的体裁和流派杂乱无章地混在一起，到处都是充满争议的组合。莎士比亚应该挨着托马斯·曼[①]

① 托马斯·曼（1875—1955）：德国作家、社会批评家、慈善家，1929 年荣获诺贝尔文学奖。《魂断威尼斯》出版于 1912 年，描绘了发生在威尼斯的故事，后于 1971 年被改编为同名电影。

吗？没错，如果是《威尼斯商人》和《魂断威尼斯》的话。不过，《哈姆雷特》得站在克尔凯郭尔[①]旁边。格雷厄姆·格林[②]的《文静的美国人》与玛格丽特·杜拉斯[③]的《情人》相依为命，再带上几本孤独星球出版的越南旅行手册，浸过水的纸页皱皱巴巴。另一方面，格林的《权力与荣耀》却跟奥克塔维奥·帕斯[④]比肩站在墨西哥的书架上。简而言之，判断标准颇为可疑。国际象棋属于俄罗斯，太空探索归为美国，物理学被划入德国。艾丽把无处安置的书籍放在瑞士，而且她依然坚持原先的观点，把绿色封面的书籍（偶尔也会把格雷厄姆·格林的作品）放在格陵兰[⑤]。黛芙妮的大杂烩区域是南极洲，她还写下许多小纸条，贴在书店里，邀请愤愤不平的顾客在浏览的过程中发挥自己的创意，按照他们认为合适的规则给书籍重新分类。

我觉得我们发明的体系虽然十分任性，但是能够提高销量。比如，前来寻找《东京上空三十秒》[⑥]的男人肯定没打算购买芭蕉[⑦]的

---

① 克尔凯郭尔：指索伦·克尔凯郭尔（1813—1855），丹麦哲学家、神学家、诗人、社会批评家，他是现代存在主义哲学的创始人，后现代主义的先驱。

② 格雷厄姆·格林（1904—1991）：英国小说家，被公认为二十世纪最伟大的作家之一，一生共获得 21 次诺贝尔文学奖提名。《文静的美国人》出版于 1955 年，讲述了二十世纪五十年代越南抗法战争期间的故事。《权力与荣耀》出版于 1940 年，以反教会时期的墨西哥为背景。

③ 玛格丽特·杜拉斯（1914—1996）：法国小说家、剧作家、编剧。《情人》出版于 1984 年，是一部自传性质的长篇小说，于 1992 年被改编为同名电影，讲述了越南抗法战争期间的故事。

④ 奥克塔维奥·帕斯（1914—1998）：墨西哥诗人和外交家。

⑤ 格陵兰：格雷厄姆·格林的姓氏为 Green，跟英文的“绿色”是同一个单词，而格陵兰的拼写为 Greenland，也含有 Green 的成分。

⑥《东京上空三十秒》：出版于 1943 年的长篇小说，作者为曾在美国空军服役的飞行员泰德·劳森（1917—1992），讲述了杜立特空袭事件，那是在二战期间美军对日本本土实施的首次空袭。

⑦ 芭蕉：指松尾芭蕉（1644—1694），日本江户时代最有名的诗人，《奥州小径》是出版于 1702 年的诗集。

《奥州小径》(或者詹姆斯·克拉维尔[①]的破破烂烂的《幕府将军》),可实际上他却买走了。

然而,在德克兰前来参观之际,我还是忍不住想把整个书店都彻底收拾一遍,用某种更加专业的方式排列书籍,免得让人家怀疑我不知道自己在做什么。他曾经表现得钦佩不已:"你在巴黎拥有一家书店?"如果他把这家书店当作行为艺术,那就太尴尬了。

他并没有产生类似的误会,但是随着分秒流逝,情况依然变得十分棘手。黛芙妮来到我的身边,企图借机拖延功课。(顺便检查艾丽是否又把《小妇人》[②]从马萨诸塞州挪到了巴黎,为了戏弄黛芙妮,她经常这样做。)

我和德克兰互相问候,我告诉黛芙妮,我跟他是在梅尼蒙当认识的。

"怎么认识的?"黛芙妮问。

我不相信罗伯特提出的心灵感应,可是我相信世界上存在心领神会。德克兰看着我和黛芙妮,明白了接下来该说什么:不能提及抢劫犯或面包师。幸亏如此,因为我并未向孩子们透露梅尼蒙当之旅的惊险插曲。德克兰用英语娓娓道来,低沉的声音隆隆作响,他说我们当时在寻找地铁站。黛芙妮朝我点了点头,对他说她没去过那片街区,但是她听闻梅尼蒙当的地铁站很难找。

她讲的是法语,这是一种简单的测试,每天都会在巴黎各处进

---

① 詹姆斯·克拉维尔(1921—1994):英国小说家、编剧、导演,《幕府将军》是出版于1975年的长篇小说。

② 《小妇人》作者为美国小说家、诗人路易莎·梅·奥尔科特(1832—1888),讲述了发生在马萨诸塞州的故事。

行成百上千次。“你会说法语吗？”大家从不直接提问。售货员、服务生和烘焙师用法语跟你说话，而你则用法语回应，或者不用法语回应。

但是，在我们的书店里，除了按照惯例高喊“**您好**”之外，我们绝不会进行这种测试。起码我不会。黛芙妮在打什么主意？德克兰切换成法语。我侧耳聆听，德克兰侃侃而谈。他又在打什么主意？黛芙妮流利地做出答复，二人你来我往，顺畅地展开了法语对话。

“你的法语很棒。”最后，德克兰用英语对黛芙妮说。

黛芙妮不仅擅长法国的口头语言，而且精通法国的肢体语言。她熟练地撇了撇下嘴唇（表示轻度至中度的不屑），然后转向我，微微抬起下巴。我不太懂法国的肢体语言，所以并不清楚抬下巴的含义，但是看起来似乎混合着骄傲与好奇的情绪，还带着轻蔑的潜台词：我估计，你肯定很喜欢他吧。

恍惚间，我觉得黛芙妮好像要无声地补充一句“难道不是吗？”于是，我赶紧对德克兰响亮地说：“她们俩的法语都不错。”

“她们俩？”他说。

陌生的感受突然涌上心头——我为什么会羞于承认自己有孩子呢？因为那样会减少我的魅力吗？我这才意识到，自己渴望被人追求。

“我的两个孩子。”我说。

黛芙妮密切地监视着我和德克兰的交流，我们仿佛置身于电影之中，而黛芙妮调慢了播放的速度，仔细分析从我们嘴里吐出的每一个音节，认真观察我们脸上浮现的每一道皱纹。她可能在暗暗思忖，我们一家三口马上就要找到她的父亲了，她甚至已经在城里见过他了。但是，眼下有其他事情正在发生。究竟是什么呢？

我也想知道。

或许是出于礼貌的考虑，或许是出于时机的判断，德克兰转向黛芙妮，颇为正式地询问她，他能否带我离开片刻——在梅尼蒙当，他帮助我找到了地铁站的入口，可是我帮助他购买了车票，因为他没有零钱。如今，他想报答我的恩情，请我喝杯咖啡。

我不禁肃然起敬。他当场编造了一个合情合理的故事，假装他（和我）需要黛芙妮的允许才能出门，并且继续使用完美无瑕的法语，给予黛芙妮极大的尊重。

至少我以为他的法语完美无瑕。我的语言能力严重落后，令女儿们觉得非常丢人，也让我体会到诸多不便。我上过市政府组织的免费培训班，听过曾经粉刷柱子的工匠讲解发音，还通过网络跟一位远在贝鲁特[①]的女士学习。无论跟着怎样的老师，我往往只能坚持一两期课程，他们的启蒙对我来说太初级，可是黛芙妮的水平于我而言又太高级。比如，她此刻正在纠正德克兰的法语：他用来表示“报答”的动词不对。

“黛芙妮！”我说。我本想严厉地训斥她，但内心的感受却主要是嫉妒。

“而且，”她故意忽略我，“我们是四个人。”说罢，她向我们道别，动身把《小妇人》放回原位，挨着狄金森、梭罗和卡尔·雅泽

① 贝鲁特：黎巴嫩的首都及文化中心，一战后曾沦为法国的委任统治地，但现在的官方语言为阿拉伯语。

姆斯基的作品。[1]

“她为什么说‘我们是四个人’？”德克兰询问。我们坐在附近的路边咖啡厅里。

恍惚间，我们的第四个家庭成员罗伯特从我的面前闪过，幸好片刻之后，侍者端着我们点的东西回来了。他迅速而轻柔地在桌上摆好茶杯、浅口碟和小勺，举止高贵优雅，动作精准无误，仿佛正在安排一场凡尔赛宫举办的盛宴。我勉强在店里保存了几本美国人撰写的巴黎旅行手册，作者在书中坚称：你用不着给小费，他们想让美国人觉得应该留下小费，但是你不必在意，其实他们的薪水都很高。我是美国人，我会给小费，这种服务行业需要有人支付额外的报酬。即便遭到忽视，我也愿意为他们的置之不理而掏钱。倘若整整一个小时都没人来打扰，我可以读完一本从山地州[2]书架上抽下来的作品，比如乔治·桑的《印第安纳》[3]。

德克兰的问题悬在空中，久久不肯消散，但是如果做出回答，就会打破路边咖啡厅的一条规矩，而这条规矩几乎跟“别给小费”的告诫一样严格：不要说话，不要忙着开口，先适应一下，观察周围的环境。于是，我照做了。在巴黎的咖啡厅，你必须如此，因为

---

① 这句话中出现的四本书都与马萨诸塞州有关，此处黛芙妮通过这一细节暗示父亲的存在。狄金森：指艾米莉·狄金森（1830—1886），美国诗人，出生于马萨诸塞州。梭罗：指亨利·戴维·梭罗（1817—1862），美国诗人、哲学家，他是超验主义的代表人物，也是废奴主义者和自然主义者，出生于马萨诸塞州。卡尔·雅泽姆斯基（1939— ）：美国前职业棒球大联盟选手，曾效力于马萨诸塞州的波士顿红袜队。

② 山地州：指美国的印第安纳州，当地居民也被称为“山地人”。

③ 乔治·桑（1804—1876）：法国小说家、传记作家，《印第安纳》是出版于1832年的长篇小说。

座位总是不偏不倚地朝向街道。你要试着调整姿势，以便更好地面对同伴，毕竟桌子之间的空隙很小。

在我们跟前，有一位环卫工人穿着碧绿的连体裤，推着小车走过，发出嘈杂的巨响，三位高挑美貌的年轻女子紧随其后，身上的服装洁白如雪，她们是模特儿吗？在巴黎，我喜欢观察陌生人，看着他们观察其他人。这是一种爱好，犹如观察鸟儿，研究颜色与姿态。我喜欢瞧瞧是什么吸引了大家的注意力，又是谁被吸引了注意力。此刻，我自己也在分神，凝视着那三名女子——她们是三胞胎吗？——我没发现德克兰正在耐心地盯着我，而不是她们。

“抱歉。”我说。

“没关系。”德克兰说。我等待他挑起新话题，但是他无动于衷。“我们是四个人。”看来，我必须得为他算算这道数学题了。于是，我开始解释，黛芙妮是如何把一对姐妹和一对双胞胎加在一起，得到了“四个人”，虽然四个孩子的吵闹程度可能抵得过四十个孩子，但是现实并非如此，因为他们很乖——反正大多数时候都很乖，而且——

而且，也许是听出了我的语无伦次，德克兰终于决定改变话题了。他顺着我刚刚提到的内容，谈论自己在工作中遇到的“不乖”的孩子。作为一名海外留学项目的经纪人，他的任务就是接送学生往返机场，帮助他们在卢浮宫插队，代替他们解决跟房东、保安甚至警察之间的纠纷。

我好奇地询问，为了胜任类似的岗位，他接受过何种相关的培训，他微微一笑，说完全是无师自通。他曾经攻读过法学博士、研究诗歌创作的艺术硕士和法语教育硕士，但是统统半途而废。如今，他考上了工商管理学的研究生，发现自己比想象中更喜欢这个专业。

“真的吗？”我说。

他露出苦笑。“可能是假的，”他环顾四周，“但是我喜欢法国。”

“就算电话会在凌晨两点响起？”我不知道自己为什么要步步紧逼，大概是黛芙妮的敌意传染了我，“听起来简直像噩梦一样可怕。”

我们坐在露天咖啡馆里，咖啡的味道很好，在接下来的六个小时以内，除非我们主动召唤侍者，否则绝不会被人催着买单。等到结账之际，价格不过区区几欧元而已，比密尔沃基的星巴克还要便宜，只可惜没有下雨。

这是复杂而隐晦的描述方式，如果稍做总结，更加直接地表达，便是德克兰的说法：“在巴黎，我确实会遇到各种麻烦，但那不是噩梦。”

我喜欢他。不仅因为他在梅尼蒙当拯救了我，还因为他在玛莱区再次拯救了我。风险降低了，抑或提高了；眼下的危机并非迫在眉睫，而是退居幕后，潜伏徘徊。我有两个女儿，我有一对双胞胎，我有三位顾客兼朋友，我有年迈的布鲁雅太太，但是我非常孤独，而且我身在巴黎。

巴黎仿佛是陪伴之城，处处可见出双入对的景象。不仅有如胶似漆的情侣，还有携手并肩的朋友，他们在烟草店门口愉快地交谈，在地铁站的台阶上开怀大笑，在小小的桌子旁边埋头低语，比如我们面前的这种咖啡桌。愤世嫉俗者声称，巴黎的桌子跟盘子差不多大，因为他们总想摆放更多东西；而浪漫主义者或现实主义者相信，这是一种古老的社交实验：让他们紧挨着彼此，看看他们是否真的可以畅所欲言。

然而，我已经许久没跟人聊天了，我的三个“朋友”都不擅长聊天。卡尔就像收音机，我只能倾听，不能诉说。雪莱非常安静，也许是由于独自居住，早就习惯了沉默，我们常常连续数周交换书籍，可是交换的话语却不超过十个字。我喜欢这种感觉，起码比莫莉向我打听小道传闻要好。

在书店之外，我应该结交朋友，但是没有合适的机会。跟外国侨民往来需要谈论家里的事情，需要谈论罗伯特，跟法国居民往来则需要流利的法语。

所以，我不知道要说什么。我环顾四周，当你跟某个人在一起的时候，这座城市会变得截然不同，而现在的我正是如此。我应该享受这种状态，我确实享受这种状态。从表面上来看，他似乎也颇为惬意。我向他询问研究生院、得梅因和工作的方方面面，他坦言自己对于未来感到焦虑不安。

我深有同感，于是便以此为契机，打开话匣子，讲述了书店、密尔沃基和我的生活。我说，我失去了丈夫。然后，我垂下了眼睛。不是由于虔诚或者故作虔诚，尽管那样会减少很多麻烦，而是由于我失去了罗伯特，并且失去了思念他的方式。那天晚上，陪黛芙妮喝完咖啡以后，我再也无法对自己假装罗伯特永远地离开了。此刻，我抬起头来，打算看看是否还能把这个念头灌输给陌生人。德克兰显得十分严肃，而且似乎非常可靠。我想问问他，我想告诉他：“其实，我不知道他究竟怎么了。我曾经对自己说，他死了，但那只是因为这样想比较容易，可是现在并不容易。”

“你肯定过得很艰难，”他说，“尤其还带着孩子……”

孩子，没错。女儿们。既是萦绕心头的挂念，又是转换话题的借口。于是，我开始进行单身母亲的忏悔，就连我都不知道自己居然满怀愧疚：关于饮食，关于做饭，关于营养。在巴黎，除了我，人人都吃得极为精致。我应该好好照顾女儿们，好好照顾双胞胎。

“孩子们好像常常在讲另一种语言，”德克兰说，“虽然我的年龄并没有那么大……”

他稍作迟疑，我敏锐地察觉到谈话的停顿，我不确定他是想让我提出疑问，还是表示反对，抑或讲出自己的年龄。我沉默不语。

“你的表情很奇怪。”他说。奇怪？我真想找一面镜子，看看“奇怪”是什么意思，看看有多少皱纹勾住了我的眼角眉梢。

德克兰的嘴巴微微张开，他在等待我做出解释，或者随便闲聊。

于是，我选择了随便闲聊。

“提到奇怪，”我说，“不，提到另一种语言，还记得在公园里发生的事情吗？刚开始，你用优美的法语跟拦住你的管理员交谈，但是紧接着，你的口音变了，就连流利的程度也变了。听起来，你似乎突然不熟悉法语了，就像普通的美国人，就像——”我正准备说“就像我”，但是他的脸上也渐渐浮现出“奇怪”的表情，他合上嘴巴，抿起双唇。

“就像他们希望的样子。”最后，他说。

“他们为什么不希望你讲好法语？我敢肯定，这座城市对我最大的要求就是讲好法语。”

德克兰靠向椅背，露出一抹转瞬即逝的微笑，眼睛里闪烁着忧郁的光芒，“这座城市在不同的地方对不同的人会提出不同的要求”。

“好吧。”我说。

“不好，”德克兰说，“在梅尼蒙当，问题就是我把法语讲得太好了，仿佛我一辈子都在讲法语，仿佛我从小在非洲长大。对于住在这里的非洲人乃至生在巴黎的黑人而言，有时情况会极为不利，正如你那天看到的一样。所以，我才不得不换上美国人的口音。”

为了整理思绪，我端起杯子啜饮，然而浅斟低酌也是我无法掌握的法国技能之一。不管是咖啡、红酒还是茶水，只要两三口，我就喝完了。部分原因是这里的杯子都太小，犹如袖珍的玩具，部分原因则是我自己经常焦渴难耐。

“他们总能认出我是美国人，”我说，“可是并非总能对我友善相待。”

“毕竟你的国家做过许多愚蠢的事情。”

“但你也是美国人啊。”

“我是美国黑人。多年以来，巴黎一直对美国黑人格外包容，即便在爵士乐出现之前也不例外。虽然称不上**完美**——”

“你的法语很完美。”我说。

“我的法语还不错，我为此而感到骄傲。不过，虽然我讲得很流利，”他说，“但是我依然会犯错。法国也会犯错，巴黎亦是如此。”他端起自己的咖啡，“或许我不该喜欢这一点，有些时候我确实不喜欢。”

“现在呢？”我说。

“现在，”他说，“我喜欢。”他看着我。

我盯着面前的杯子。里头空空如也，没有任何倒影。不需要倒影，我知道自己的感受：尴尬，兴奋。

而且瞬间充满了青春的活力。

“你多大了？”我说。

"四十？"那天晚上，在我回家以后，黛芙妮说。德克兰前脚刚走，艾丽便打听他多大了，双胞胎推测是一百零七岁，黛芙妮也试探着猜了个数字。

"三十一！"我说。黛芙妮还太小，无法准确地判断年龄，可是我纠正得过于迅速，她或许没注意到，然而艾丽肯定发现了。

"你问了他的年龄？"黛芙妮说。

"聊着聊着就提到了。"我说。

"年龄好像是很私密的信息吧。"黛芙妮说。

"你告诉他你多大了吗？"艾丽问。

"你多大了？"彼得问。

"咱们跑题了。"我说。

"不，是你跑题了，"艾丽说，"我还以为我们在寻找爸爸。"

"我们的爸爸在北京！"安娜贝拉说。

"艾丽，"我说，"听我解释。"

艾丽摇了摇头，带着彼得和安娜贝拉离开。按照惯例，每次谈到缺席的乔治，我们都会把双胞胎领到书店的角落去旋转陈旧的地球仪。

"这不是约会。"我对黛芙妮说，尽管我需要对艾丽说，而她已经走出了听力所及的范围。

黛芙妮显得非常困惑："什么不是约会？"

"跟那个帮助过我的男人喝咖啡。德克兰只是想表达谢意。"抑或我想表达谢意？我记不清他编的故事了。

黛芙妮点了点头，望向艾丽，她依然背对着我们。

"你跟他讲过爸爸的事情吗？"黛芙妮问。

哪怕是停顿半秒都会答错，于是我赶紧说“当然”。

结果还是答错了。

黛芙妮微微一笑，“很好，”她从兜里掏出层层折叠的纸张。一条新线索？“因为他似乎可以帮助我们找到爸爸。”

那不是一条线索，而是一幅地图，不过黛芙妮认为，它可以引导我们获取更多的线索。地图印在一张传单上，先前掉落在书店门口，大肆宣传“沿着《麦德兰》的足迹旅行”。在书中，路德维希·贝梅尔曼斯让麦德兰和她的同学们游遍巴黎各处，前一页还在杜伊勒里宫玩耍，后一页就来到了三公里以外的蒙马特高地，要想完全复制她们的路线，根本不可能，况且黛芙妮对贝梅尔曼斯的热情比不上艾丽。但是在黛芙妮看来，眼下别无他法，我已经追随拉摩里斯的脚步前往梅尼蒙当了，却没有跟她们的父亲一起回来。

更糟糕的是，我还跟陌生的男人一起回来了。

“我们能参加吗？”黛芙妮急切地问，六个字，一口气。

“黛芙妮。”我刚开始说话，艾丽和双胞胎便动身朝我们走来。片刻之后，我将会听到艾丽说，我不该去梅尼蒙当，她自己也不该去，我们不该来巴黎，更不该按照国家来排列书籍，角落的地球仪早就过时了，还有：男人都是蠢货。

但是现在，店里依然非常安静，我和黛芙妮仍旧单独相处，黛芙妮还有机会对我窃窃私语：“我觉得他找到了那张纸条。”

“谁——什么纸条，宝贝女儿？”我说。

“枕头上的纸条。”黛芙妮指的是我没有留在密尔沃基的纸条，那张纸条写着她此刻说出的内容：“巴黎见！”

我凝视着她，我观察着她，我害怕看到当年的自己，害怕看到被父母抛弃的女儿。我的大脑嗡嗡作响，愤怒的火焰熊熊燃烧，他们在哪儿他们如今在哪儿我需要提问我需要倾诉我需要了解——

可是，黛芙妮跟我截然不同，她的眼睛闪闪发亮，鼻梁微微皱起。她说，虽然她没有理由这样想，但是她有一种强烈的直觉。她说："妈妈，你明白吗？"

她——她竟然绽放出温暖的微笑。

而我只能默默地点头。

黛芙妮肯定认为我在表示同意，其实我什么都不清楚。我不知道艾丽突然生气的原因，不知道黛芙妮在巴黎见到的男人是谁，不知道德克兰去梅尼蒙当做什么，更不知道为何跟他喝咖啡感觉像是约会，那明明不是约会。

我告诉自己，警察还没找到任何线索和任何踪迹。我告诉自己，必须咬牙坚持，等到证据出现。我所谓的证据，不是一闪而过的身影，不是难以捕捉的疑虑，不是留在枕头上的纸条，也不是写在书本里的字迹。

我提醒自己要记住什么是真的，什么是假的。

我拼命忽略自己渐渐无法分辨真假的事实。

既然意识到了这一点，我自然应该小心翼翼，如履薄冰。可是，答应在三周后参加《麦德兰》的徒步游览，算是轻率的决定吗？在出发前一周，跟德克兰去享用一顿"精致"的大餐，算是轻率的举动吗？况且，吃饭是他的提议，纯粹为了探讨公事，我们准备商量一下即将到来的麦德兰之旅。"仅从传单的内容来看，我们似乎能安排得更好，"他说，"我有丰富的本地经验，你有专业的书本知识……"

“没那么专业”，我反对道，但我想反对的其实是另一个小小的词语：我们。“我们”接下来要做什么？

在巴黎的第一区，一扇朦胧的玻璃门缓缓敞开，我们双双迈进**“红气球”**，这是一家我曾经读到过却从未拜访过的著名餐厅。尽管放在餐厅的语境下，“红气球”指的是一种特殊的高脚酒杯，但是德克兰看起来颇为得意，显然认为自己的选择非常巧妙：自从他发现我喜欢拉摩里斯开始，便经常在聊天的过程中谈论拉摩里斯及其电影作品。而且，德克兰似乎心情很好，坚决要求今天由他请客。

现在正值下午，屋里空空荡荡，侍酒师带领我们来到座位上。他是一位光头的男子，穿着紧绷的黑色T恤，后来我才发现，他脸上的单片眼镜居然是文身。

我得知，侍酒师和德克兰是商学院的同窗，我怀疑他们在读书期间对花卉的成本和效果做过研究。在天花板的中央，镶嵌着一扇宽敞的圆形窗户，足以供运载火箭通过，下方花团锦簇，争奇斗艳，甚是迷人。紫色的绣球花钻出瓦盆，喷吐着可爱的泡沫；靛蓝的飞燕草昂首挺立，插在细长的玻璃瓶中。兰花、大丽花，还有粉色的芍药花，纤细的茎干顶着皱巴巴的脸庞，好像小姑娘刚刚出生的模样。这里的**基础套餐价位**是每人二百五十欧元；若是包含酒水，我听说，最高价位能够攀升至每人一千欧元。然而，今天的账单为**零**，德克兰在进门之前就已经知道了，餐厅正在邀请“亲朋好友”品尝暮春的新菜品，收集大家的反馈意见。

“就连红酒也是免费的。”德克兰说。一瓶红酒来了。红酒？我们在喝红酒。我好像应该拒绝，咖啡是一回事，但红酒又是另一回事。不过，我告诉自己冷静下来，而红酒可以帮助我恢复镇定。

侍酒师向我们展示红酒的标签，我们郑重地点了点头。我仰面对他微笑，他报以阴郁的表情。我的举止不符合礼节，但是我并不在乎。我总是觉得，在巴黎的餐厅里，尤其是在涉及红酒的交流中，我的任务就是犯错，否则会扑灭众人的期待，剥夺侍酒师的乐趣，抢走厨房里的窃笑。伴随着巨响，木塞出来了，德克兰把自己的杯子推向侍酒师，对方微微一笑，摇了摇头，朝我颔首示意。德克兰微笑，我也微笑，我们都在微笑。侍酒师往我的杯中倒酒，动作干脆利落。我伸手去拿，心中暗暗思忖，我在法国很少见到女性的侍酒师，其实女侍酒师可以再多一些，我愿意努力学习，成为一名侍酒师。我看着红酒涌向杯子边缘，反射着屋里所有的光芒——

侍酒师举起杯子，凑近自己的嘴唇，啜饮，品味，点头，露出淡淡的微笑。然后，他把瓶中剩下的红酒倒入硕大的醒酒器，看上去像是从实验室里偷出来的东西。

我举起自己的杯子。“敬商学院。”我说。

“敬巴黎。”德克兰说。

“还有美酒。”

“以及佳肴。”德克兰说。第一道菜来了。

在巴黎做饭是一件非常困难的事情，这里的任何居民都比我厉害，况且这么多年，罗伯特才是家里的掌勺人。

罗伯特的厨艺源于父爱。回想起来，在孩子降临之前，我们吃东西都很随便，他对食物也没什么兴趣。可是，在我怀上艾丽以后，他跟其他爸爸一样，在医院的候诊室里看了太多的妇产科杂志，不停地唠叨让我好好吃饭。而我也跟其他妈妈一样，变得情绪暴躁，甚至喜怒无常。我生气地说，如果他想让我和宝宝好好吃饭，他可以去超市买菜，回来亲手做饭。他认真地考虑了一下，立刻向我道歉，说他应该早点想到才对。从厨房开始，他证明了自己足以成为一名合格的家长。

于是，我们吃上了新鲜而健康的食物，菜系风格遍布全球各地。随着女儿们长大，他不断地努力。午餐是越南三明治，装在她们的便当袋里；晚餐是俄式罗宋汤，盛在她们的塑料碗中。有时候，我们会邀请埃莉诺前来做客，而罗伯特就带着女儿们表演烹饪节目：他们是厨师，埃莉诺是嘉宾，我是观众。她狼吞虎咽，他们风卷残云，大家把美味佳肴消灭得干干净净。

周六，他们去农贸市场、少数民族市场和图书馆，带回各种各样的菜谱和饮食潮流。我们吃蔬菜，吃原始的粗粮，吃无谷蛋白餐，吃哥伦比亚或非洲的食物。赤道。热带。生肉。烤肉。一罐米饭。十盘点心。慢煮。快煎。我为他们定制了样式相同的围裙，他给女儿们购买了软趴趴的厨师帽。他们骄傲地穿戴整齐，我也为他们而感到自豪，尤其是罗伯特。他们不仅在烹饪菜品，而且在创造回忆。我拼命忽略脑海中的声音，不愿承认这是拖延的味道。

只要罗伯特出门写作，我们就得靠残羹剩饭度日，女儿们不无轻蔑地称之为“妈妈的伙食”。实际上，自从来到法国以后，我和女儿们一直都吃得不错，主要是因为身在巴黎，不可能吃得太差。但是，我们从未品尝过我和德克兰在餐厅里享用的山珍海味，考虑到价格的因素，我估计自己以后也没有这样的口福了。德克兰的朋友首先端上了蔬菜，小小的碟子一盘接一盘：白绿相间的竹笋；浸泡香油的黄瓜；乳脂调拌的沙拉，顶部点缀着碧莹莹的珠宝——原来是经过冷冻的青豆。然后是配着柠檬的金枪鱼，撒满熏盐的蛋奶羹，瓷勺舀起一块海鲈鱼，缓缓送入口中。海鲈鱼的法语名字神气活现，被称为“**海之狼**”。甜菜和洋葱相继登场，沸腾的清汤竟然是椰子汁，巴斯克小牛肉嫩滑无比。一杯姜汁水，两枚冰块，一枚由清水制成，一枚由果汁制成。甜品是草莓油酥千层糕。

最后，我不仅吃饱了，而且累坏了。用餐的过程就像此次的巴黎之行，会消耗巨大的热情，而当我意识到此行的目的并非纯粹“探讨公事”，混乱的思绪更令人心力交瘁，疲惫不堪。德克兰提出要陪我散步回家，我做出了一个令我们俩都感到惊讶的举动——我挥手叫了一辆出租车，把他推进车里。我们需要看书。立刻，马上。

不过，快递员洛朗正在店铺门口埋伏。他整天都盯着我，留意我的举动，特别是在我不希望他给予关注的时候。他打算送今天的快递，可是我不在，而布鲁雅太太不肯下楼。

我连声道歉，但是洛朗充耳不闻，他专心地观察着搬运纸箱的德克兰。刚才，德克兰主动帮忙，洛朗便痛快地把货物交给了他。我敢打赌，这样做必然会违反快递公司的规定，但是洛朗从不拒绝别人的好意，以前他还让彼得和安娜贝拉拿过东西。

“不错，你雇了个伙计。”趁着德克兰进屋的空当，洛朗赶紧说。

“他只是朋友而已。”我说。

“不错，你雇了个朋友。”洛朗说着，微微一笑。我有点儿喝醉了。在倒完第一轮酒之后，侍酒师用英语说过，那瓶红酒的口感“如丝般顺滑”。确实如此。

“就这些吗？”德克兰回来了。

“可能还有。”洛朗说。他转过身去，手忙脚乱地摆弄着车门，然后点了点头，挑了挑眉毛，爬进驾驶座，发动引擎，扬长而去。

“他很有趣。”德克兰说。

“第一周，他送给我一束花，”我说，“作为开业礼物。第二周，他又带来一束花，我才恍然大悟，他想跟我约会。”

“噢。”德克兰困惑地说，而我也突然变得非常迷茫。

我这才察觉到，在跟德克兰的多次交谈中，我已经建立起一堵高大的围墙，把罗伯特困在了里面。我没有说过他的名字，仅仅称之为“我的丈夫”，我始终坚持最初的说法，简单地宣布：我失去了他。我告诉德克兰的情况跟我告诉其他陌生人的情况一样：我失去了自己的丈夫，他还很年轻。他们会看向我手上的戒指（样式朴素的婚戒），说“太可惜了”。于是，话题到此为止。或者，他们会问，“发生了什么？”而我会说“抱歉，我不想多谈。”话题依然可以顺利结束。

布鲁雅太太所了解的内幕要多一些——稍微多一些。我甚至没说过罗伯特是一名作家，我只说自己有丈夫，但是他失踪了。她询问具体细节，我说警察怀疑是自杀，我也猜测可能是这样。她劝我大声说出埋藏在心里的话：他死了。

否则，**这件事情会永远跟着你**，布鲁雅太太说。

我一直认为她说得对，但是在德克兰面前，我发现她说得不完全对。这件事情无论如何都会跟着我，关键在于不要让它走得比我快。

“那你有没有——”德克兰开口道。

“没有。”我打断了他。我当然没有约会——女儿们会怎么想！

但是在脱口而出的瞬间，我提醒自己：在弄清罗伯特的处境之前，你不能约会。

几秒钟过去了。

“你在自言自语吗？”德克兰问。

“快递。”我说。

“什么？”

“我在想象打电话要求更换快递公司的情景。”

“你真有意思。”他说。

“也许将来可以试试，现在暂且保留选择权。”说到选择权，我不安地想起了自己给艾丽订购的一本书，表面上是放在店里出售，其实主要是为了给她看。标题为《献给女孩们的恋爱手册：学会有尊严地进行约会》，面向的目标读者是高中生。封面设计活泼可爱，而且宣传语也很棒：麦当娜强烈推荐！

“妈妈，麦当娜都是奶奶级别的人物了。”艾丽说。之后，她跟这本书就再无任何交集了，而我却读得津津有味。在高中、大学乃至研究生期间，如果我也能有一本类似的恋爱指南就好了，我在约会的过程中总是没什么尊严。我不擅长处理亲密关系，诚然，我很聪明，我也为此而感到骄傲，可惜我的机灵都用在了别的地方，比如制作电影字幕，比如参加军乐队（我曾经吹过三周的次中音号，可是我绝不会向德克兰或艾丽讲述那段往事）。这本书的首要准则兼中心论点是“对男人坦率”，我自然能做到，并且有过之而无不及，但是下面列出的小条目却令我目瞪口呆——“直接告诉他，你喜欢他”。书中提到，他可能会说，他不喜欢你，或者不是很喜欢你，或者不像你喜欢他一样喜欢你，那不要紧。接下来，恋爱手册用整整一章的篇幅介绍了如何放声大哭，如何向好友倾诉，不过作者明确地指出，这些反应都极为正常，而且十分健康，只有在接受现实的前提下才会出现。

最重要的是，这本书并未讨论生死未卜的丈夫。"我很喜欢你，德克兰。"说完，我静静地等待。等待有人拿着场记板走向我们，高声大喊："卡！"等待黛芙妮凭空出现，让我用法语再说一遍。等待艾丽厌恶地摇头。等待罗伯特离开厨房，无奈地叹息："可是，我明明说过对不起了。"

"我也喜欢你？"德克兰说。

也许只有我听到了句子末尾的问号。但是后来，我听得更清楚了，他询问我，他能否在孩子们上学期间偶尔过来做客。我说"为什么"，又说"好"。于是，他果真带着鲜花和红酒出现了，我翻转前门的牌子，让"休息中"的字样朝外——因为现在正值午饭时间，因为布鲁雅太太出去了，不能帮忙照看生意——然后，我们走向二楼。

"为拉摩里斯的生日干杯！"德克兰说。

我没有假装这不是约会，也没有假装这是约会。我没有假装罗伯特死了，也没有假装他就在楼下。然而，我确实假装德克兰把拉摩里斯的生日说对了，尽管晚了四个月。

红酒很棒，莫莉先前拿来的性感内衣也很棒。内衣是她丈夫的首选礼物，每年的生日、圣诞节以及每隔一周的星期二，她都会收到一套。对于莫莉而言，内衣的数量早就超过了她的需要。"而你显然非常需要，"她说，"好好利用。"在尚未拆封的盒子里，放着一件重量和宽度都跟纸巾差不多的小背心。

那天早上，在德克兰登门拜访之前，在我穿衣服之前，我把盒子拿了出来。我走到镜子跟前，盯着闪亮的玻璃。自从罗伯特消失以后，我瘦了不少，来到巴黎以后，又瘦了更多。我一直认为自己面容憔悴，但是德克兰总会在我们见面时夸奖我的模样，不知是无意还是有心。现在，我仔细地端详着自己。一样的雀斑，散落在脸颊上；一样的肚子，孕育过两个女儿；一样的身体，完成了应尽的职责。镜中的影像疲惫地回望着我，仿佛在说，然后呢？

然后，红酒喝完了，我们开始在厨房里浏览《红气球》的插图本。

我跟这个男人和这本书在厨房里做什么？

开怀大笑。侧耳聆听。悄悄渴望。我们翻到了最后一页。我们抬起头来，凝视着彼此。他不可能看到隔壁床上的性感内衣，但是他却流露出已经看到的表情。我垂下眼睛，把页面翻回开头。

“你很喜欢这本书。”德克兰说。

“我喜欢这部电影。”我说。

“气球。”他说。

我呼了口气。

“我喜欢这个气球。”我轻柔地说，面前是书里的第一张照片，帕斯卡尔站在梅尼蒙当的陡峭台阶上，仰首盯着他的气球，猫咪也在静静旁观，那是一幅电影中没有的画面。“我喜欢巴黎。”我说。

德克兰盯着照片，凑近我，凑近书。“你瞧，”他说，“咱们在画面里！”德克兰抚平纸张，指着一处门口，那里有两道微弱的阴影。他在开玩笑，可是我却突然笑不出来了。“我真不敢相信咱们俩竟然没看到他！”德克兰说的是帕斯卡尔，说的是梅尼蒙当，然而我却只能看到在照片的一角，有一个朦胧的身影正在透过窗户向外张望。我以前从来没注意过，德克兰好像现在也没注意到。

这幅画面，这个角度，并不属于电影，仅仅属于书。在电影里，台阶的场景出现于阴暗的黎明。在书中，天空晴朗，阳光灿烂，你几乎能看到红气球内部的橙气球，那是拉摩里斯为了让色彩更加艳丽而塞进去的。他成功了，特制的红气球令人无法移开目光。

或许正因如此，我才未曾研究过照片的边缘。在窗户里，有一个鼻子，一只手，一张脸。那是我的丈夫。

“**难以置信**。”德克兰说，他依然在开玩笑，没看到我发现的秘密。没有人能看到。这张照片的拍摄时间远在我和我的丈夫出生之前，拉摩里斯不可能拍到我的丈夫。奇怪的是，他拍到了。难以置信？

“难以置信。”我喃喃地用英语重复道。

德克兰用法语说了一个词，我用英语说了一个词，虽然含义相同，但是英语在巴黎会撕裂美妙的白日梦，可爱的咖啡馆不过是旅游的陷阱而已，画肖像的艺术家不过是另一个美国人而已，你在梅尼蒙当的抢劫中遇到的朋友不过是朋友而已。我说，我还有事情要做。德克兰默默等待，我抬起双眸，连声道歉。他显得很悲伤，但是马上又露出淡淡的微笑。我送他出去，没有拥抱，只是紧紧地捏了捏他的胳膊。我让“休息中”的牌子继续挂着，锁上前门。我望向店铺的橱窗，罗伯特的作品曾经摆在那里。接着，我穿过秘密的书架门，走进隐藏的办公室，坐在桌子旁边，按照那本恋爱手册的建议：放声大哭，直到流干泪水。然后，恋爱手册说：停。

第九章

在我们开始沿着《麦德兰》的“足迹”旅行之前，导游告诫大家：“时刻待在一起，千万不要走散。”到目前为止，一切还算顺利。鉴于传单的业余性，我没抱太大的期待，但我们还是来了。一名导游，一群观光客，还有一对双胞胎、一名艾奥瓦州人以及来自密尔沃基的母女三人，这趟旅行显然无法满足两个女儿的要求。“牵起狗来！”导游扯着嗓子大喊，我差点儿冲他喊回去：“你在开什么玩笑！”

“牵起手来。”他纠正道，直勾勾地盯着黛芙妮。黛芙妮站在德克兰身边，抬头看他，德克兰扭头看我。这意味着我们谁也没看艾丽，而她松开了彼得和安娜贝拉的手，一把拽走了黛芙妮。艾丽从未拉过黛芙妮的手，艾丽可能不会心灵感应术，但是她依然用实际行动无声地朝德克兰怒吼：你敢！

可是太迟了，我已经壮起胆子，邀请德克兰跟我一起走了。因为黛芙妮说过我可以这样做，因为我记起了拉摩里斯的“生日”，对于厨房里发生的事情感觉很懊恼，而且——虽然听起来很荒唐，但是千真万确——我想让那天的尴尬继续下去。

莫名其妙的错觉将罗伯特放在那幅照片里，令我感到烦恼不安，而德克兰却能够耐心地表示安慰，让我慢慢恢复平静，尽管我没什么魅力。（或者，他觉得我有魅力吗？那本恋爱手册专门讲述了“心动的迹象”，可是我不好意思翻阅其中的内容。）在送他走出店门之际，我捏了捏他的胳膊，与其说是与他进行肢体接触，不如说是向我自己证明，也向隐藏的旁观者证明，德克兰触手可及，真真切切，而罗伯特却似镜花水月，海市蜃楼。

导游是一名年轻的男子，闷闷不乐地讲着生硬的英语。他显然对贝梅尔曼斯的作品毫无热情可言，仅仅将此行视为一种赚钱的方式而已。彼得询问他的名字，导游假装听不懂彼得的法语。安娜贝拉跟彼得窃窃私语，小声说出在一本法国童书中登场的大坏蛋，这下导游倒是听懂了，他告诫他们保持安静。然后，安娜贝拉用英语向我索要一根棍子。我们总是将她戏称为“前途无量的博物学家”，她经常动手去戳自己遇见的东西，无论面前的对象是活物还是死物。所以，类似的请求并不算异常，但是眼下看来，却绝非好兆头。

我们背对巴黎圣母院，沿着塞纳河向东走，导游的介绍漏洞百出，女儿们颇有微词。

“他一直在管她叫‘玛德琳’，妈妈。”黛芙妮抱怨道，彼得和安娜贝拉反复地重复着这个名字。黛芙妮的抗议很有道理，“麦德兰”的发音方式非常特别，如果按照法语习惯念作“玛德琳”，书中的童谣就不押韵了[①]。黛芙妮掏出自己的绘本，不停地检查：“小

---

① 为了跟书中的童谣押韵，贝梅尔曼斯故意在法语名字“玛德琳”（Madeleine）的基础上进行修改，去掉了中间的字母 e，创造出一个新名字“麦德兰”（Madeline）。

小少女十二人，乖乖排成队两行……”

“二十四！”彼得说。

“不对，”黛芙妮试图解释，“应该是——”她放弃了。

对于女儿们而言，“乖乖排队”可谓《麦德兰》最无趣的部分。她们喜欢贝梅尔曼斯的艺术品位，喜欢潦草随意的线条，喜欢慵懒洒脱的风格，每页插图都像是在三十秒之内绘制而成的即兴速写（尽管罗伯特说过，那是三十张草稿反复修改的结果），但尤为重要的是，虽然巴黎美不胜收，但是危险却潜伏在各个角落。以《麦德兰》系列的第一册为例，在不足三百五十个单词的小故事里，贝梅尔曼斯提到了惊心动魄的抢劫、不幸受伤的士兵、口喷血沫的老虎、纷纷扬扬的大雪、倾盆而下的暴雨，当然，还有一辆从埃菲尔铁塔底下驶过的救护车，以及一场在深夜进行的阑尾切除手术。回首往昔，在遥远的密尔沃基，黛芙妮和艾丽多次扮成麦德兰的模样，在万圣节前夜挨家挨户地讨要糖果，不过她们很少佩戴我制作的帽子和蝴蝶结，她们更乐意炫耀罗伯特在她们肚子上勾勒的阑尾手术疤痕（罗伯特选用的工具是黑色记号笔，就连我都不得不承认，这种做法巧妙地呼应了钢笔画的特点）。

女儿们从未明确地向我表达过她们对贝梅尔曼斯的热爱——罗伯特有时会说两句，但是她们不必开口，我能看得出来，她们的生活与贝梅尔曼斯息息相关，她们住在贝梅尔曼斯创造的世界里。如今，在旅行的过程中，随着导游接二连三地出错，我重新认识到了贝梅尔曼斯对她们的影响力。

“不是吧？贝梅尔曼斯居然成了‘美国人’？”艾丽看向我。我曾经犯下过极为严重的错误，把贝梅尔曼斯的散文集摆在了美国纽约的书架上，挨着其他跟曼哈顿有关的书籍。艾丽宁愿将他的全部作品都归入巴黎。

“他确实住在美国？”我小心翼翼地问道。

“他是比利时人吗？”德克兰试探着说，他可能在讨好艾丽，也可能不是。他显得非常好奇，“这个名字——”

“比利时！”艾丽嗤之以鼻，“他是奥地利人——记住，不是澳大利亚人，黛芙妮——”有一次，为了惹恼艾丽，黛芙妮故意把贝梅尔曼斯的作品统统放在大洋洲的书架上，艾丽始终耿耿于怀——“他生在奥地利，长在奥地利，接着去了德国。”我们齐刷刷地扭过头来盯着她，“然后……美国。”艾丽说。

我们已经来到了新桥[①]，在第二册绘本中，麦德兰就是从这里失足滑落，坠入塞纳河，结果被一条大狗救了上来。麦德兰的同学们收养了那条狗，并且根据巴黎的守护神，给它取名为“热纳维耶芙”[②]。艾丽解释道，热纳维耶芙本来叫“邋遢”，贝梅尔曼斯是在编辑的建议下才给它改名的。安娜贝拉振作起来：“邋遢！”

“我不记得书上讲过这些。”彼得说。

“那本书没讲过，”黛芙妮说，“但是艾丽读过贝梅尔曼斯写给成年人看的书。”

导游充耳不闻，置之不理，并未提到大狗、圣徒和邋遢，也没提到任何有价值的东西。

艾丽再也忍不住了。**“请稍等一下！”**她高声喊道，导游停住脚

---

① 新桥：位于巴黎西堤岛的西边，横跨塞纳河中央，于1578年动工，1607年建成，虽名为“新桥”，却是塞纳河上最古老的桥梁。

② 热纳维耶芙：在罗马天主教和东正教传统中，是巴黎的“主保圣人”。

步，大家望向艾丽。她深深地吸了一口气，打听麦德兰落水的细节。她和黛芙妮经常争辩，麦德兰究竟是从哪座桥上掉下去的，当贝梅尔曼斯画出《麦德兰》最初的插图时，他身在卡鲁塞尔桥[①]旁边的伏尔泰堤岸——**可是**……

导游摇了摇头，非常愤怒——我们竟然认为自己比他更了解巴黎！不过，我们真的很熟悉《麦德兰》中描绘的巴黎，毕竟它是贝梅尔曼斯的巴黎，也是罗伯特的巴黎。

由于前进的路线变得越来越散漫，不少观光客早就在途中陆陆续续地退出了。此刻，旅行团剩下的成员纷纷转向艾丽。

“这座桥——”艾丽说。

“这座桥！”导游立刻切换成法语，朝艾丽嚷嚷，没错，这座桥十分重要，但是跟她那本愚蠢的童书毫无关系。1968年，在这座桥上，英勇的无政府主义者差点儿杀死了美国大使，如果他们成功了，岂不妙哉！因为一件事情会引起另一件事情，最终世界就不会被无知而肮脏的美国人统治了。他说，贝梅尔曼斯是德国人，德国人比美国人还要可恶，美国人没能制造的恐怖，迟早要交给德国人来实现，反正德国人已经尝试过了。

这番话的直率与虚假（至少刺杀大使的说辞是胡编乱造的谎言）表明，他以为艾丽——或者黛芙妮——或者我们之中的任何人，都不可能精通法语。诚然，旅行团里的其他成员都一脸茫然，似乎无法理解他在讲什么。但是，黛芙妮开始哭泣，艾丽开始怒吼，于是彼得呼吸急促，安娜贝拉放声尖叫。导游破口大骂，嘴里冒出一连

---

① 卡鲁塞尔桥：位于巴黎伏尔泰堤岸和杜伊勒里堤岸之间，横跨塞纳河。

串我听不懂的陌生俚语。

然而，德克兰听懂了，并且用法语勒令他闭嘴，说他应该感到羞愧，他收取了顾客的血汗钱，却提供了一场冒牌的旅行，还吓哭了年幼的孩子……

导游摇了摇头，连连后退，消失在人群中。

彼得和安娜贝拉走向德克兰，依偎在他的身体两侧，也许是打算安慰他，也许是明白他在为他们打抱不平。

“**对不起**。”德克兰说。“对不起”的法语发音很像“束手无策”的英语发音，而我现在的状态基本就是束手无策。黛芙妮满脸泪痕，彼得惊慌失措，安娜贝拉显得非常焦虑，仿佛很想要一根棍子。

可是，我们的游览计划呢？我转向小小的旅行团，思考应该说些什么。“我们的书店就位于一公里以内，来看看吧，买本真正的《麦德兰》，或者简单地浏览一下。我代表巴黎向诸位道歉，虽然我不认识那个导游，但是我住在这里，而且——”

“在巴黎，有不止一座建筑或学校都自称是麦德兰生活的地方，也就是那栋‘绿叶为帘藤作窗’的‘老旧房’。其实，贝梅尔曼斯的创作原型是他本人上过的奥地利男子学校。”

艾丽侃侃而谈，众人注视着她。

她语气坚定，带着不容置疑的权威；她昂首挺胸，站在新桥的栏杆上；她伸展双臂，搂着一根灯柱左右摇晃。

“他会说德语以及许多其他国家的语言。”

德克兰冲远处的两位警察点头示意，他们迈上新桥，朝我们一路小跑。

人群中的父亲们面带微笑，端详着这个聪明而勇敢的孩子，安娜贝拉也崇拜地仰望着艾丽，但是母亲们却向我投来视线——我会马上制止这一切，对吗？

对。可问题是怎样做才能不让她掉下去？我紧紧地盯着她，艾丽也回望着我，这意味着她没有发现德克兰正在从另一个角度靠近她。

“大家都知道克拉韦尔小姐吧？”艾丽响亮地说，“那个女人在书中像是学校的老师或领导。克拉韦尔小姐并非德国人，不过却是基于他女儿的老师所设计的角色。贝梅尔曼斯的女儿不叫麦德兰，小姑娘的真名为芭芭拉。他的妻子做过修女，离开修道院以后，在曼哈顿给画家担任模特儿。重点来了，贝梅尔曼斯的妻子被唤作‘麦麦’，也就是麦德兰的昵——”

我以前的校长老板从来都不理解在演讲中稍作停顿的必要。“到底有何意义呢？”她总是说。而我会说：“停顿本身就是意义，戏剧性的停顿可以告诉观众‘做好准备’。”

但是我的老板不想让任何人做好准备，她认为停顿只会给观众叫喊和打断的机会，害得她失去平衡。

那恰恰是黛芙妮此刻的所作所为。

两个字，一个词：爸爸！

艾丽绕着柱子旋转。

爸爸？在千钧一发之际，这声突如其来的呼唤拖住了我的脚步。但是德克兰却毫不犹豫地扑了上去，仿佛什么都没听到，仿佛他能抓住艾丽。

他不能。她坠落得太快了。

我冲向她刚刚离开的位置。

更加不可思议的情况出现了：她仅仅坠落了一米而已。一片狭窄的平台从栏杆底下向外伸出，艾丽正如释重负地站在那里。彼得和安娜贝拉兴奋地拍手，围观的众人也跟着热烈鼓掌。艾丽垂首看着拯救她的石板，我也低头观察。石板宽约半米，稍稍向河水倾斜，表面布满了碧绿的青苔，抑或藻类，总之是一层很滑的植被，因为在她朝我伸手的瞬间（尽管德克兰离得更近），她消失了。

接下来呢？有人在尖叫（不是艾丽），德克兰拽住了黛芙妮、彼得和安娜贝拉，我撒腿狂奔。耳畔回荡着呐喊声、喇叭声、口哨声，远处的警笛变得越来越响亮，音调高低交替，时刻提醒着我：你已经不在密尔沃基了，你已经离开威斯康星了。

艾丽选择了一个绝佳的坠河点，距离水上消防站不过百米之遥，几名蛙人[①]正在周围测试新装备。如果能避开蛙人，让母亲拯救她，那就更好了。可惜我从最近的台阶上跑下去，却抵达了错误的堤岸，没能及时赶到现场。于是，蛙人把她从水里拽出来，直接交给了闻讯而至的警察。

德克兰、黛芙妮、双胞胎和我匆匆前往当地的警察局，那是一栋外表酷似凡尔赛宫偏殿的华美建筑。我们找到了艾丽，经过短暂的团聚之后，德克兰便赶紧开始处理问题。在过来的路上，他竭力安慰我，向我保证他帮助过许多美国留学生摆脱糟糕百倍的情况。警察局的大厅富丽堂皇，上下两层都带有拱廊，我领着四个孩子坐在长椅上，德克兰走到旁边与工作人员交涉。

艾丽拒绝跟我交谈，只是喃喃地说，她希望整个过程不会花费

① 蛙人：指负责在水下执行军事任务或完成安保工作的特殊潜水员。

太久。我却抱着相反的想法，宁肯多待一阵，我觉得自己至少需要数小时才能理清刚才发生的一切。黛芙妮喊了什么？谁又看到了什么？

我看到了真人掉进河里的画面，比贝梅尔曼斯的插图还要惊心动魄，不过（据德克兰说）大学生和十五岁的美国姑娘都可以承受入水时的冲击力，除了要靠运气避开来往的船艇之外，唯一的挑战就是如何顺利地出来。这里水流湍急，但是艾丽毫不惊慌，她甚至露出了微笑，大概是意识到自己做了一件我永远都不会允许的事情。尽管塞纳河不像过去一样污染严重，但是仍旧不适合游泳，所以她的举动必然要遭到禁止。后来，蛙人把她拉到红白相间的消防船上，他们也特地强调了这种行为的危险性，结果反而令她更加高兴了（可是，最让她开心的莫过于救她的小伙子都长得非常英俊，她在船上跟全体成员合影，不停地自拍，照片中的蛙人显得格外热情）。

然而，在桥上，在水里，在警察局，我始终都没看到罗伯特。

我假装自己听错了，黛芙妮没喊“爸爸”。就算她喊了，艾丽和双胞胎也没听见，否则他们现在肯定会议论纷纷。我不愿主动提出内心埋藏的疑惑，因为我不想给人留下神志不清的印象，尤其是在警察面前，在女儿面前。

以及在德克兰面前。他回到我们身边，脸上带着淡淡的微笑。他说，他们同意取消罚款——

“不小心掉进河里还得罚款？”我说。

“那倒不必，”他说，“但是攀爬栏杆需要罚款。无论如何，这个问题已经解决了。”

“谢谢。”说着，我起身准备离开。

“不过，作为交换……”

所以，罚款依然存在，或者说他们似乎盯上了乔治为我们搞到的签证。若果真如此，我们面临的考验比罚款还要严峻。

“姑娘们，”德克兰说，“你们需要跟一个人谈谈，好吗？别害怕，妈妈会跟你们一起进去。”

“谁？”黛芙妮说，担忧的波澜从她的眼睛向额头蔓延，迅速扩散至脸颊。

“**心理医生**，”德克兰对我说，“一位心理医生。”

“什么？”艾丽说。

德克兰解释说他见过不止一名学生是通过这种方式走出警察局的，只要避免涉及政治话题就行，曾经有个学生喝醉了，承认自己极为崇拜玛格丽特·撒切尔，惹出了不少麻烦。在其他情况下，德克兰说，最多三十分钟就结束了。

黛芙妮怯怯地开口，声音细如蚊蝇，德克兰不得不让她重复了一遍。“你跟他们讲过——”她欲言又止，我等待她提起父亲，但是她没有，“你跟他们讲过今天的旅行吗？”黛芙妮问，“讲过《麦德兰》吗？讲过我们在经营一家书店吗？”

艾丽换上坚定的表情，站起身来，“可能正因如此，他们才认为我们疯了”。

德克兰自告奋勇，愿意陪我们同往，但是前来引路的女人皱起了眉头，明显很不情愿，况且双胞胎也需要照顾，于是黛芙妮、艾丽和我便乖乖地跟着那个女人走了，迈进一间酷似医院病房的办公室。在密尔沃基，我和罗伯特预约的心理咨询师拥有一处干净整洁、线条明朗的阁楼，位于市中心，面朝河流，风景优美。它经常让我想起水疗养生馆，安静、和谐。罗伯特却说他会想起宜家，因为心理咨询师的意见总是模棱两可，就像组装家具的说明书一样含糊不清。

不过，眼前的房间令我和女儿们想起了《麦德兰》，确切地说，是想起了麦德兰接受阑尾切除手术的二十世纪五十年代的医院。六张折叠床沿着墙壁依次摆开，上面是一排硕大的窗户，天花板高约四米，屋里的一切看起来都颇为复古，仿佛闲置了多年，但是也非常干净，而且十分安静。门边的写字台上放着一个花瓶，里面插着一支新鲜的黄玫瑰。

就连剥落的油漆都很漂亮，泛着淡淡的柠檬色，犹如医生后来送给女儿们当零食吃的甜馅饼。艾丽还认出了另一个跟《麦德兰》相似的特征——在故事里，年幼的女主人公经历了阑尾切除的手术，在病床上缓缓醒来，发现天花板的裂缝能够组成兔子的轮廓——我们头顶的天花板裂缝也因此而显得妙不可言，反正对我来说是这样。至于心理医生，他是一位戴着眼镜的老先生，坚持用英语跟我们讲话（带着浓重的苏格兰口音），对他来说，这些稀奇古怪的想法只会让他更加坚信，我们母女三人的心理健康都成了问题，急需治疗。

黛芙妮再次提到了旅行、书店、《麦德兰》和贝梅尔曼斯。

“贝梅尔——曼斯？不，”医生说，“他不算有名。”

艾丽开始解释书籍、桥梁，讲述贝梅尔曼斯如何产生自杀的念头，尽管没有证据表明他曾经从桥上跳下来或者想要——

“小姐——”他打断道。

“她说的千真万确。”黛芙妮插嘴道。

医生看了看手上的记录簿，然后抬起头来，盯着我。

“孩子们。”我赶紧表示制止。

艾丽置若罔闻，滔滔不绝地往下说。实际上，创作《麦德兰》系列的灵感源于一家医院。那时，贝梅尔曼斯刚刚动完简单的外科手术，正在病房里休养，他待的病房跟我们现在所处的办公室差不多。在住院期间，他跟一名小姑娘建立起深厚的友谊，每天都有一位和蔼可亲的修女去探望小姑娘，照顾她的饮食起居，修女戴着雪白的东西，就像是帽子？艾丽朝我投来求助的目光。“头巾？”我说。

艾丽看向黛芙妮：“‘头巾’**用法语怎么说**？”黛芙妮摇了摇头，心理医生盯着我，艾丽继续讲述。

贝梅尔曼斯和小姑娘根据天花板上的裂缝编故事，以此来消磨时光。

黛芙妮赶紧用法语补充道，当年还没有手机，生活非常无聊。

“你经常看手机吗？”医生用英语对我说，“手机上有许多危险的信息。我知道在美国情况不同，但这里不是美国。”

艾丽问他是否想了解故事的更多细节，我说“不”，医生说“好”。

那个小姑娘跟黛芙妮年纪相仿，她和贝梅尔曼斯养病的医院不在巴黎，而是位于法国的另一个地方。他知道吗？比斯开湾的利勒迪厄，就在卢瓦尔河入海口的南边。

心理医生抿起嘴唇，然后切换成法语，低声嘟囔了几句。“接下来，我们去单独的房间，好吗？”他说，“母女分开，在不同的屋子里回答不同的问题。”

“妈妈打过你们吗？”这是心理医生的开场白，在我们到家以后，在双胞胎睡着以后，黛芙妮向我汇报情况。她和艾丽说，她们回答“**没有**”。

他还问了别的吗？

她和艾丽迅速地交换了一下眼神。没有。

然而，在对我进行“单独审讯”期间，心理医生却复述了截然不同的流程。他确实提到自己问过她们是否被打，他说从经验来看，尽管美国人宣称他们拒绝体罚，可是一旦离开美国，许多父母就会开始对孩子拳脚相加……

不过，他说自己还问过她们的父亲，谈话的内容如下。

“孩子们，你们的父亲呢？”

“他走了。”女儿们说。医生问走了多久，她们如实相告。医生问去了哪里，她们说不清楚。他步步紧逼，最后“年纪较小的女儿”终于承认：“有人说他死了。”

“女士，”心理医生盯着我说，“在讲那句话的时候，她十分平静，眼中毫无泪水。这很不正常。”

我可以代替她们哭泣吗？数月以来，我始终自欺欺人地认为，她们的镇定源于顽强的适应能力。但是，这一切都不正常，她们的父亲突然消失是不正常的，她们坚信他会回来也是不正常的——而且，根据近来发生的各种事件来判断，根据几周前黛芙妮在咖啡桌前的言语来判断，她们甚至觉得罗伯特已经回来了。在罗伯特离开之后的许多夜晚，我总是愤怒地咒骂他不负责任，谴责他扰乱孩子们的生活，然而现在，深深的忧虑涌上心头，恐怕我才是扰乱她们生活的罪魁祸首。初至法国的艰难日子渐渐远去，我沉浸在虚幻的谎言中，认为巴黎之行能够让她们受益匪浅。毕竟，哪个年轻的姑娘不愿来巴黎呢？我一直都想来巴黎瞧瞧。如今，我来了，犹如美梦成真，可惜却坐在警察局里，面对着严肃的心理医生。

他低头凝视着自己的笔记，继续讲述："然后，年纪较大的女儿说'但是我们不相信他死了'，我问她们'你们为什么不相信他死了？'我之所以问，是因为这对于理解她们的想法极为重要。死亡非同小可，我们必须明确自己的观点。小女儿看了看大女儿，大女儿看了看小女儿，接着大女儿开口了。"

"他正在寻找我们。"艾丽说。

"我不明白。"医生说。

"你不会明白的。"艾丽说。

我实在不明白，医生对我说。

我也不明白，完全不明白。所以那天晚上，在给艾丽盖好被子以后，我学着她白天的做法，利用发生意外的特殊时期，趁机尝试了平常会遭到拒绝的事情——我告诉她，我们需要谈谈。原本，我也想对黛芙妮说同样的话，但是她累得精疲力竭，我还没找到温和的开口方式，她就酣然入眠了。

"说吧，我听着呢。"艾丽趴在床上，面朝另一个方向，双目紧闭。我轻轻地抚摸着她的头发，她的呼吸变得缓慢而低沉，深夜的公寓嘎吱作响，外面的街道归于平静，但是依然有细微的声音在空中飘荡。于是，我也侧耳聆听。

如果不是楼下传来网络视频电话的铃声，我恐怕能够整夜都守在艾丽身边，保持笔直的坐姿睡觉。我让自己想象，那不是办公室里的电脑，而是远方的教堂塔楼，可是钟声再次响起，我暗暗思忖，肯定是——

埃莉诺。艾丽早就上传了自己跟蛙人的合影，在庞杂的社交媒体世界中，埃莉诺只关心艾丽，她看到了照片，急于打听整件事情的来龙去脉。

于是，我把一切都告诉了她，但是经过大量删减以后，相当于什么都没说。我讲述了《麦德兰》之旅、粗鲁的导游、艾丽的演讲以及坠河与获救。我没提到一个名叫德克兰的男人在警察局帮助我们解决问题，也没提到我好像突然听见黛芙妮放声大喊。

虽然我没提到这些，但是我知道自己很快就得彻底坦白。在现实面前，埃莉诺拥有特殊的引力，总能让真相不断地靠近自己。

“你显得很满意。”我说，几乎有点儿愤愤不平。

埃莉诺嗤之以鼻：“自从尤金·麦卡锡[①]赢得新罕布什尔州的选举以来，我就再也没‘满意’过。我感到如释重负，甚至非常欣慰，因为我发现自己的教女已经学会了在人生的汪洋中劈波斩浪，无论是在比喻意义上还是在其他意义上。”

“埃莉诺，我——”我说，“不要拐弯抹角，我现在没有精力。”

“那我就开门见山了，”埃莉诺说，“艾丽为何会落水？”

“说到水，”我故意岔开话题，“我们的租客还好吗？密尔沃基的老房子还好吗？感谢你替我履行房东的职责，不过夏天就要来了，地下室里可能会进水——”

---

① 尤金·麦卡锡（1916—2005）：美国政治家，长期担任国会议员。下文提到的事件指的是1968年3月新罕布什尔州的民主党初选，当时，麦卡锡获得了42%的选票，直逼第一名49%的选票，至3月底，第一名迫于压力，宣布放弃竞选。

“地下室非常干燥，跟艾丽截然不同。莉娅，到底发生了什么？”

“她踩空了。”我说，埃莉诺静静地等待，“她分神了。”埃莉诺目不转睛地盯着我，似乎很清楚我接下来要讲什么。她不可能真的洞悉人心，但这是我放弃抵抗的唯一借口。“好吧，”我说，“黛芙妮喊了一声‘爸爸！’至少在我听来很像是‘爸爸’，仿佛她看见他了。之后，她就没再讲过一句相关的话，她们俩都没再讲过，我本来打算今晚跟她们谈谈，但是我失去了勇气。也许我不该问，也许我听错了，也许她仅仅在喊‘啊啊——’”我的话音戛然而止。“埃莉诺，”我说，“怎么了？”

她摇了摇头。“莉娅，”她说，“她们思念父亲。”她谨慎地停顿了一下，“她们当然很思念他。”

“我也思念她们的父亲。”我脱口而出。这突如其来的言语原不是我的本意，一直以来我都不曾说出口。我沉默不语，埃莉诺一言不发。我能感受到她正在看我，而我移开了视线。

我确实思念罗伯特。单亲家庭就像单人片场，摄影师的压力很大，必须小心翼翼，如履薄冰，不能绊到电线，也不能撞上话筒，更不能搞错究竟哪种发烧才值得在凌晨四点打扰儿科医生。我以为自己在密尔沃基已经熟练掌握了这种生活技能，毕竟我们成功地熬过了所有的“笔遁”时期。但是我必须承认，在没有任何帮助的情况下，洗衣、做饭、计划、实施、斥责和鼓励都非常艰难。而且在巴黎，每周还要做出各种各样的主观判断。我应该给女儿们零花钱吗？应该给多少？从哪儿省出这笔钱呢？我应该让她们转入国际学校吗？我们应该养猫吗？

我们应该回家吗？

倘若四条腿的椅子缺少了一条腿，你依然可以坐在上面，只是需要耗费更多的精神，付出更多的体力。巴黎就像一摞旧书，被拿来垫在椅子底下，充当第四条腿，至少暂且如此。虽然不是稳固而长久的解决方案，但是足以让我们支撑下去。时光飞逝，岁月倏忽，我渐渐习以为常，能够偶尔在转瞬即逝的恍惚中忘记他的消失，甚至在很长一段时间内故意认定他死了，从而逃避残酷的现实。可是紧接着，神秘的身影忽然出现，伸手抽走一本书，也许就是写着“对不起”的那本书，椅子立刻变得摇摇晃晃。然后，我们当中的一个人——比如黛芙妮——喊出“爸爸”，另一个人应声坠落。这次是艾丽，下次会是谁呢？

“我有话要问你。”埃莉诺说。

我使出埃莉诺的绝招：闭口不言。

“我还以为你会打断我。”她说。

我仍旧不说话。

“这就是网络的好处之一，”埃莉诺说，“无论是愤怒还是赞同，统统免费。但在电话里，沉默总是显得极为昂贵。”

我摇了摇头。

“我可以向你引用一位专家的观点吗？”埃莉诺说，“鉴于我对孩子的问题一无所知，恐怕我必须这样做。那位专家告诉过我，孩子所承受的伤害大小跟意外和尖叫的间隔长短成正比。遇到微不足道的小事情，尖叫会马上出现。遇到至关重要的大事情，尖叫则迟迟不来。孩子要慢慢理解已经发生的一切，吸入更多的空气，发出更高的音量——”

“这是我告诉你的。”我说。

“我知道。”埃莉诺说。

“最糟糕的情形就是鸦雀无声，我向你提起过类似的状况吗？”

她毫不退缩：“没有。但是事关自己的家人，谁都不会谈论死亡，哪怕仅仅是假设，因此你无法看到她们的真实反应。”

我退缩了，我犹豫了。在开口以前，我意识到肺里的氧气不见了，随之消失的还有满腔的怒火。我依然生气——对埃莉诺生气，对罗伯特生气，甚至对女儿们生气，她们不停地唤醒过去，让罗伯特复活，尽管只是存在于幻觉中——可是，我也累了。所以我才会在拉摩里斯的书上看到他，所以我才会感觉他一直在盯着我。那不是由于他尚在人世，并且住在巴黎，而是由于我精疲力竭，并且孤单寂寞。

“他不是孩子，”我说，“他没有落水，我们并非在等待罗伯特尖叫。”

“对，”埃莉诺答道，“黛芙妮觉得自己看到了他，你在他的作品中看到了留言，而我发现了一百页书稿，里面描述的家庭跟我认识的家庭极为相似。”

我以为埃莉诺接下来要说：我们到达转折点了。然而，她却讲了别的话。我恍然大悟，原来埃莉诺和女儿们很早以前就到达转折点了，现在我也该追上去了。

“我们并非在等待罗伯特发出声音，”埃莉诺说，“因为他已经发出声音了。”

第十章

罗伯特是一个很安静的人，他说这跟自己的工作性质有关。结婚多年，我记得只听到他大喊过三次：第一次，六岁的黛芙妮突破重重防线，为学校的男女混合足球队赢得了关键的一分；第二次，十岁的艾丽在拼字比赛中大获全胜；第三次最为特殊，那天晚上，我们跟其他球队成员的父母聚餐，一杯接一杯地畅饮，到夜里十一点左右，有人提议去跳舞，于是大家纷纷给孩子的保姆打电话，要求续费加时。

我热爱跳舞，可能是由于接触得比较晚，直到读研的时候，我才开始在外面吃喝玩乐，所以正处于“跳舞的青春期”。这个词并非什么专业术语，而是我的行为写照。在怀孕之前，我拖着罗伯特去过一两次迪厅，他愿意大胆尝试，可惜舞技不佳。之后，我主要是跟以前研究生院的女同学结伴而行，随着她们年龄渐长，陆续离开密尔沃基，我便再也没机会出门狂欢了。现在，我们头晕目眩，精神恍惚，上演着群魔乱舞的戏码。其实我们选择的地点并无任何特殊之处，只是一家普普通通的小酒吧，不过打碟师很容易收买，隆隆作响的乐曲又充满激情。我和罗伯特拼命地晃动身体，就像晾在绳子上的衣服遇到了暴风雨一样。我们肆无忌惮地在屋里蹦蹦跳跳，年轻的常客在周围旁观，耐心地容忍着一切。毕竟，我们的动作非常有趣，而且他们知道我们不会再来了。但是在午夜前后，警察赶到现场，声称他们接到了关于噪声的投诉，大概是有人实在看不下去了，悄悄地打了电话。灯光骤然亮起，乐曲戛然而止。罗伯特站在房间中央，声嘶力竭地大喊："不！"乌烟瘴气的酒吧鸦雀无声，仿佛坠入了沉寂的无底深渊。警察不知道罗伯特是一名无辜的作家兼父亲，他们聚精会神地注视着他，众人都呆呆地盯着他。我咧开嘴巴，傻乎乎地笑了，因为我喝醉了，因为活泼的罗伯特很滑稽。可是紧接着，我的表情又凝固了，因为我听到了他内心的压抑，因为他不仅在抗议乐曲的停止，更是在抱怨魔法的消失，哀叹人生的平庸。也可能我过度解读了这一刻的意义，但是身为作家的妻子就应该如此。于是，我走向自己的丈夫，抓起他的双手，热烈地亲吻他，然后戏剧性地转向警察和人群，假装这是一场演出，优雅地鞠躬谢幕。"晚安，诸位！"

撇开复杂的意义不谈，在接下来的好几个月中，我们总是站在学校的球场边缘，津津乐道地叙述着跳舞带来的冒险经历："还记得警察出现的瞬间吗？"然而，许多密尔沃基的故事都无法在巴黎立足，这便是其中之一。我曾经试着对来自新西兰的莫莉讲过，结果她却皱起了眉头。在她眼中，美国的所有故事似乎都离不开警察或枪支，甚至二者皆有。不过，她说自己参加的教会女子健身班正在讨论找个晚上去跳舞，她问我是否愿意同往，我摇了摇头。

我告诉她，在晚上出门很难："女儿们需要照顾，书店也需要照顾……"

数月以来，我一直让女儿们开动脑筋，思考增加书店人流量的方法。我渐渐意识到，强调"故版"的宣传策略固然别出心裁，但是古怪有余，趣味不足。死去的作家无法跟读者见面，我们从未举办过任何签售活动，除了莫莉之外，大部分顾客的年纪都在六十岁以上。我建议艾丽邀请她的朋友们来朗诵经典名著的片段，她说"没问题"（艾丽使用的英语词汇变得越来越少，而且通常都表示相反的含义），接着便开始跟阿西夫商量，打算组织一场讨论会，关注由青少年开发以及面向青少年的手机应用软件。可是，在我们的库存里，根本就没有与此相关的书籍。

不过没关系，到了事先指定的晚上，店内熙熙攘攘，热闹非凡，就连布鲁雅太太都专程下楼来围观盛况（听到讨论会的主题后，她又愁眉苦脸地回去了）。起初，我暗暗惊讶，不知艾丽从哪儿认识了这么多比她大的男男女女。后来我才发现，他们都跟艾丽年纪相仿。她和阿西夫召集的二三十名参加者全是同学，可是他们的穿着打扮显得颇为成熟——高跟鞋、西装夹克、围巾、胡须、球衣、阿拉伯长袍、牛仔裤、夸张的眼镜。屋里洋溢着欢乐的气氛。柜台上摆满了各种各样的零食，黛芙妮和双胞胎蜷缩在唯一干净的角落里，面带谨慎的微笑。我始终提心吊胆，生怕艾丽会要求我提供酒精饮料，不过她并未为难我，反倒端着一杯茶水在人群中穿梭，她和黛芙妮好像都有点儿感冒的症状。忽然，清脆的门铃响起，讨论会的"特约嘉宾"闪亮登场。

德克兰。

不出所料，他们都非常喜欢他，毕竟他很了解青少年。虽然他不熟悉编程的世界，但是他坦然承认了，而他们则欣然接受了。况且，商学院的老师正在传授他市场营销的知识，他愿意分享，众人也乐于倾听。等到讨论会结束以后，大家纷纷合影留念，交换联系方式。没有一本书被买走，甚至没有一本书被提到，可是艾丽认为这场活动举办得极为成功，我别无选择，只能同意。

德克兰留下来帮忙打扫，黛芙妮领着双胞胎上楼睡觉，艾丽送阿西夫去地铁站。德克兰解释，他之所以没告诉我他要来，是因为艾丽让他保守秘密，制造惊喜的效果。他希望这样不算冒犯，希望我好，希望艾丽好，希望一切都好。

我说一切正常，尽管一切都不正常。威斯康星州依然没有罗伯特的蛛丝马迹，没有提款机的取钱记录，没有摄像头的监控画面，密尔沃基的租客也没有报告他在门口徘徊的消息。但是在巴黎，处处都会闪过罗伯特的幻影，现实不断地向我发出提醒：我仍旧是一个已婚的女人，嫁给了一个失踪的男人。我随时都在反思自己的决定，因为我总是能听到罗伯特的声音："你要让艾丽穿这件衣服？你要让黛芙妮读那本小说？你又要拿速冻食品来当晚餐？"

对，对，对（自从巴尔扎克去世以后，法国的速冻食品可能是这个国家对人类文明最大的贡献了）。

此刻，我提出了一个截然不同的问题。

"德克兰，你想去跳舞吗？"我认识的几个外国朋友打算聚一聚，我说，而他的法语可以化解很多麻烦，实际上，如果他能推荐一个地方就再好不过了——

我听到罗伯特说“不！”但是声音微弱而模糊，难以分辨，而德克兰则响亮地说“好！”他表示自己会立刻回家换衣服，把具体安排用短信发给我，他已经迫不及待了，一会儿见。然后，他匆匆地走了。

其实，我并不认识准备寻欢作乐的外国朋友，但是我在书店度过了一个颇为有趣的夜晚，我很享受跟德克兰见面的感觉，我想发泄情绪，释放压力。我赶紧给莫莉发短信，看看能否让谎言成真：要不要去跳舞？

在巴黎，偶尔我也会考虑给罗伯特的手机发短信，尽管我很清楚，它被锁在警察局的物证室里，耗尽了电量。

莫莉的回复：莉娅，现在都快半夜了！

在我身后，从书店深处传来一声咳嗽。

艾丽。她在那儿站了多久？

艾丽再次咳嗽：“事情不是你想的那样。”

我知道很多父亲都喜欢儿子，提到女儿就会连连摇头，但是罗伯特喜欢女儿。他在聚会上告诉众人，他的女儿们将来绝不会依靠男人。他在私底下告诉我，他很骄傲自己“克服”了孤儿的基因。他给艾丽和黛芙妮录制了介绍女性艺术家的光盘，他想让自己的女儿征服世界。我希望他能看到，她们正在跃跃欲试。

而且，她们似乎把我当成了必须战胜的敌人，尤其是艾丽。

我需要他的帮助，我需要他的认可，我需要他赞许我独自付出的努力。

我需要跳舞。“哪样？”我说。

“这不是跟阿西夫接吻引起的。”她说。

“呃……什么？”

“咳嗽。朋友们都在嘲笑我们，他得了感冒，我也得了感冒，所以大家认为——我不想让你也认为——虽然我并不在乎——”

“阿西夫是个可爱的小伙子。”我说。

“好了，到此为止。”艾丽说。

“你的咳嗽源于那场意外的落水。”我说，她耸了耸肩，小小的挑衅动作促使我步步紧逼，“你为何会从栏杆上掉下去？”我问。

又一声咳嗽，这次是假装的。

“我不是故意的。”她说。

“我知道。”我说。

“因为黛芙妮。”她说。

我点了点头，“她喊了……”我试图引导艾丽填补空白。

“她喊了自己经常喊的话。”艾丽说。

“她从来都不会大喊大叫。”就像她的父亲一样。

“当你不带她过马路的时候，当你跑到她前面的时候，当双胞胎在她心爱的书本上乱涂乱画的时候，”艾丽说，“她会喊‘啊’或者‘停下’或者‘看着我’。”

“她没有喊‘看着我’。”

“但是她想喊，”艾丽说，“她嫉妒我爬上栏杆，吸引了所有人的注意力。”

“她不是那种随便嫉妒的姑娘。”我说。

“哦，好吧。”艾丽说。

“什么好吧？”

艾丽犹豫了片刻：“她讨厌德克兰。”

“你在转移话题。”我说。

“如果我们谈论的是嫉妒，那就不算转移话题。”艾丽说。

“我们谈论的不是嫉妒。”我说。

“她说，只要德克兰还在，爸爸就不会回来。”艾丽说。

“什么？”我说。

“他不会回来了，对吗？”艾丽突然压低了声音，语气十分认真，“我是说爸爸。”

我始终告诉自己，我需要假装罗伯特死了。然而此时此刻，我注视着艾丽，却发现我需要她们也假装，假装他还活着。

她的右耳离我更近，能够最先听到我的话语，一缕青丝垂在耳畔，我只想走向她，把那缕青丝挽到耳后。当年，她生下来又过了好几个月，细细的头发才冒出来，接着越来越多，越来越长，直到我渐渐跟不上她的节奏。在巴黎，她长大了，言谈举止、穿衣打扮和风度气质都变得优雅而潇洒，我为她自豪。在她的年纪，我从未拥有过这副模样。从小我就攥着毛巾，在酒吧里干活，一屋子的男人都对我呼来喝去，先是喊我“丫头”，后来换成其他的称呼。我能够处理任何难题，但是我成熟得太快了。

也许我和艾丽的共同点比我以为的要多。

只要女儿们愿意，我想让她们永远天真单纯。艾丽不再是无忧无虑的小女孩了，这是我的错，也是巴黎的错，更是罗伯特的错。

“噢，艾丽，我不知道爸爸是否会回来。”说完，我几乎感到如释重负。我终于在谈到罗伯特的时候说了句真话。

可惜我却并未得到奖励。“你没有他的消息吗？”她问。

“艾丽，”我说，“如果有，我肯定会告诉你的。”

“是吗？”

“艾丽。”

“你明明知道些什么。”艾丽说。

我知道你落水了，我知道那条河叫塞纳河，我知道埃菲尔铁塔在五公里以外，而密尔沃基在六千五百公里以外。我知道你的眼睛和黛芙妮的眼睛都像他的眼睛一样，泛着神秘的灰色。我知道自己能在你身上看到他的影子，我知道自己每天都能看到他的影子，每天我都会看到你，我注视着你，我忍不住想，他怎么可能死了呢？

“我不知道。”我说。我知道吗？我不知道。我不确定。我不能让她燃起盲目的希望，也不能让自己拥抱虚幻的期待。现在还不行。

她目不转睛地盯着我：“你永远都不知道。”她迈上楼梯。

应该如何解释接下来发生的一切呢？尽管我的女儿生病了，尽管她对我发火了，但我还是跟德克兰出去跳舞了。

或者，坦白地说，正因如此，我才出去跳舞了。

我和德克兰来来回回地发了几小时的短信，事实证明，看似有趣的即兴想法需要许多计划和等待才能实施。德克兰说，值得去的好地方都不值得在午夜之前去。于是，我打瞌睡，煮咖啡，轻轻踱步，侧耳聆听——孩子们睡着了，没有咳嗽声——然后继续踱步。我不该出门，我不该惹艾丽生气，我应该跟黛芙妮好好谈谈。所以我告诉自己，明天早晨，我要做的第一件事情就是跟黛芙妮和艾丽聊天，我们的沟通肯定会比今晚要顺利，因为我可以在跳舞的过程中释放压力。罗伯特发明了“笔遁”，而我将开创“舞遁”。

德克兰终于下达了准备出发的通知，表示二十分钟后会有一辆小型三轮出租车来接我。在艾丽组织的讨论活动上，他刚刚跟一个孩子学会了用手机软件打车。

我在寂静的店铺里漫步，享受独自在书架之间穿梭的感觉。小时候，在大多数晚上，妈妈都会亲吻我的脸颊，接着返回楼下的酒吧，帮助爸爸料理生意，而我则钻进被窝里，全神贯注地埋头于书本。我不仅浏览挚爱的《红气球》，还阅读任何能够从街区图书馆借到或者花费二十五美分从旧物义卖会买到的书籍，比如"神探南茜"系列[①]、"哈代兄弟"系列[②]、《神奇的收费亭》[③]、奥林匹克年鉴以及二十世纪六十年代百科全书的D字卷，我经常在小学作文中使用D打头的词语："大陆""袋鼠""丹麦""蛋糕""岛屿""灯笼""地球""电影"。

随着岁月流逝，"电影"渐渐展现出无穷的魅力，引起了我的兴趣，成为我在研究生阶段学习的专业。一位自以为是的教授曾经指出，我的童年生活极为匮乏，但是他错了。我见过世界，我"住"在法国。我喜欢电影（不过只喜欢大银幕上的电影，电视机总会让我想起乌烟瘴气的酒吧），但是永远都热爱书籍。

我也有过短暂的担忧，害怕罗伯特的消失会让这份热爱变得苦涩，毕竟多年以来，我亲眼看着书籍慢慢地摧毁了他。然而，我惊讶地发现，如今书籍和书店却成了支撑我的力量。

有一名读研期间认识的朋友在社交网站上传过一张照片，令我非常嫉妒。在画面中，她咧嘴微笑，站在一栋谷仓旁边。从学校毕

---

① "神探南茜"系列：美国儿童文学作家爱德华·斯特拉特迈耶（1862—1930）创作的系列小说，被称为女版"哈代兄弟"，最初出版于1930年。

② "哈代兄弟"系列的作者也是爱德华·斯特拉特迈耶。

③《神奇的收费亭》：美国作家诺顿·贾斯特（1929—）创作的儿童文学长篇小说，出版于1961年。

业以后，她就进军好莱坞，开始创作剧本。她在照片底下添加了一行描述：上周我刚刚写好的场景，这周立马就建起来了！

我已经注销了社交网站的账号，免得反复回答“你是否有伴侣”或者“你是否在恋爱”之类的资料统计问题。不过，如果重新注册，我会贴出一张书店的照片，肯定能胜过那位老朋友的旧照。不仅因为书店比谷仓更美妙，而且因为这家书店是真实的，就像巴黎一样，就像罗伯特的未竟之稿一样。

当然，我不愿每天都想起未完成的书稿，想起罗伯特，想起在巴黎有更好的赚钱方式，也有更好的花钱方式。但是，这家书店实在是太可爱了，这份工作实在是太温馨了。我欢迎卡尔、雪莱、莫莉以及其他顾客前来拜访，我也乐意独自坐在角落里，借着昏黄的灯光，与书为伴，环游世界。

我从未告诉过女儿们，其实我之所以喜欢店内书籍的摆放方式，原因之一就是它会让我记起自己和罗伯特在威斯康星州的冒险，我们可以用极少的时间跨越很远的距离，不费吹灰之力便从莫斯科走到古巴。而且，在这些城市和书籍中，埋藏着深深的希望。法国巴黎或纽约巴黎行不通吗？没关系，试试威斯康星州的巴黎吧。希望无处不在，每一座城镇都代表着一种独特的思考，每一部作品都象征着一类不同的观点。每一本书都是一个开端，讲述着历久弥新的故事。每一家书店都像一个保险箱，装满了辉煌灿烂的文明。

如同他们在挪威（挪威的挪威，而非威斯康星州的挪威）的洞穴[①]里存储将来会拯救地球的种子一样，我们也在巴黎的书店里存

① 挪威的洞穴：指斯瓦尔巴全球种子库，是挪威政府在北冰洋的斯瓦尔巴群岛建造的用来保存全世界农作物种子的贮藏库，距离北极点约一千三百公里。

储将来会拯救人类的种子。书店不必很大，重点在于精挑细选。我们的书店有几千册书，内容从十个字到二十万字不等，假设平均字数为五万，那么我就守护着数亿乃至十亿个字。在大灾难降临之际，我们从这十亿个字中挑出几个字，让一切重新开始，开始于任何地方，开始于“**晚上好**”。

就像布鲁雅太太现在的做法一样。她缓缓地飘入视线中，犹如虚幻的念头化为实体。刚才，她一直潜伏在书店深处的角落里，眼下突然冒出来跟我打招呼。

“噢，你吓了我一跳。”我说。

布鲁雅太太抬起下巴，又说了一遍：“**晚上好**。”

“**晚上好，布鲁雅太太**，”我说，“**对不起，打扰你了**。”卡尔将这句话称为“七个字的裁军条约”，就算被打扰的人是你，也要主动赔罪，那样才能卸下对方的防备。

卡尔的忠告确实管用。“不，”她说，“我得向你道歉。我应该先打开灯，但是我不希望让街上的行人看到我，而且……”她绕到柜台后面，仿佛要给我结账。光线昏暗，我们勉强能看清彼此的脸庞，恍若置身于老电影的片段之中。“我经常在睡不着的时候到楼下来逛逛，”她说，“你呢？”

“我也是。”我说，谎称自己也在忍受失眠的煎熬。我不会让她知道我打算跟一个男人出去跳舞，更不会坦白那个男人就是先前在她的书店里谈论“手机软件”的家伙。

我暗暗思忖，如果此刻出租车停在外面，我会视而不见，假装事不关己，然后不动声色地走上二楼，给德克兰发短信，告诉他计划有变。

我再次开口："对了……"

然而，我不确定自己要说什么。在逝去的冬季里，布鲁雅太太不断地疏远我们，甚至疏远安娜贝拉和彼得，尽管她偶尔还会去乔治家探望他们，但是她出现在书店和楼梯上的频率却越来越低。起初，我以为布鲁雅太太的缺席源于享受自由的计划，她确实去拜访过住在巴黎之外的朋友，并且跨越英法海峡隧道，前往伦敦游玩。但是后来，我不禁怀疑，也许她是后悔收留我们，后悔让我接管生意了（她似乎不后悔收下我们的钱，毕竟可以充当旅行的费用）。

"嗯？"她说，耐心地等着。

"我只是想说谢谢，"我补充道，**"非常感谢。"**

她靠在柜台上，认真地观察着我。我不清楚她究竟多大了，可能是七八十岁的老妇人，也可能是年仅二十岁却少白头的瑜伽教练。"为什么？"她说。

"因为这一切，"我说，"因为你愿意把公寓房间租给我，因为你允许我投资书店，因为你委托我照顾店内的书籍。"

她伸手指向自己的眼睛，目光中荡漾着淡淡的笑意，片刻之后我才反应过来。

"还有你推荐的晚霜！没错。"

"看起来效果不错。"她说。

其实我根本没用过，但是我顺从地点了点头。巴黎的效果不错，我的努力效果也不错。我还没有拍摄电影，可是我为家人找到了落脚的地方，为自己找到了工作的地方，为女儿找到了学习的地方。我的法语很差，不过足以向顾客卖书，或者在商店购买法棍面包、围巾和运动鞋。一周七天，有四天我都会穿上那双运动鞋，沿着塞纳河跑步，所以我的体重减轻不全是由于压力和焦虑。我住在法国巴黎，说出这句话的感觉就像是赢得了奥运会金牌。纵观全球，大概只有两三个城市能使人们产生类似的艳羡之情，而威斯康星州的巴黎显然不在其列。

我不清楚布鲁雅太太如何看穿我在撒谎，或者是否看穿我在撒谎，但是她的眼睛突然失去了笑意。她仔细地端详着我，接着望向窗外，深深地吸了一口气。“我真傻。”她说。

“布鲁雅太太——”

“不。”说着，她走出柜台，准备穿过秘密的书架门，穿过小小的办公室，踏上狭窄的楼梯，回到自己的房间。不过首先，她要发表临别宣言。“我现在才意识到，”她说，“原来你要离开了。”

不久以后，我会发现自己误解了她的意思——她指的是那辆滑稽的小型三轮车，按照德克兰的要求，司机准时抵达，刚刚停在书店门口——然而现在，我以为她透视了我的灵魂，推算出我们即将离开巴黎。

“布鲁雅太太！”

“孩子们知道吗？”

我们真的要离开吗？她会预测未来吗？她怎么可能猜到这种事情？不，不可能。

“**晚安，伊迪太太。**”她说。

“我觉得我的丈夫还活着。”我小声地说，不确定她是否能听到。

但是，她听到了。“他开出租车吗？”她朝窗外点头示意。于是，我转过身去，看到那辆引擎空转的汽车，终于明白这才是她所谓的“离开”，这才是她怀疑孩子们是否知道的事情。

或者不是。**“祝你好运。”**说完，她走了。如果把这句话直译成英语，意思会变成“祝你勇敢”，倒是非常有用的提醒。“莉娅，世界上有各种各样的勇敢，分别适用于各种各样的场合。而今晚，若想改变，就需要积极乐观的勇敢。”

出租车无法靠近德克兰给我的地址，街道上人潮涌动，熙熙攘攘。可是，我刚刚抵达约定的位置，德克兰便找到了我。亲一下，亲两下，左边脸颊，右边脸颊。我的伙伴呢？她们来不了了，我说。他咧着嘴微笑，把我介绍给旁边的两位年轻姑娘。老朋友？新朋友？留学生？我努力判断她们是否来过书店，但是我不认识她们，我当然不认识，德克兰有自己的生活，也有自己的朋友。其中一些朋友是女人，不仅比我年轻，而且比他年轻。

罗伯特总是看起来比我年轻，而我总是对此颇为满意，我认为这会让我显得更加性感，更为大胆。但是现在，周围的人们注视着我，我透过他们的眼睛发现自己老了。我反复地攥紧右手，不是出于愤怒，而是由于紧张。那是罗伯特经常握住的手。

罗伯特之所以习惯拉起我的右手，是因为它紧挨着他的左手，而他的右手在长期的创作中累得酸痛无比。他会亲笔撰写草稿，起初，这令我感到十分着迷，后来却让我觉得颇为恼火。我气呼呼地说，在创作的某些方面，他原本无须忍受折磨，何必自讨苦吃，然后我们就再也不牵手了。

酒吧的服务员朝我们嚷嚷，德克兰喝光杯中的液体，两位姑娘也一饮而尽，我小心翼翼地尝了尝，无法确定那究竟是什么饮料。德克兰带我们进去，他高声大喊：**“跳舞吧！”**我努力壮起胆子，但是屋里比外面还拥挤。

所以，今夜我将一直站着，无处歇脚。德克兰率领我们走向酒吧深处，人越来越多，根本没有跳舞的空间。但是紧接着，我们来到后方的秘密基地，两名彪形大汉守在门口，模样非常凶悍。他们看都不看就让德克兰通过了，可是当我准备跟上时，他们却伸手拦住了我。“那是我的朋友。”我用英语说，而我的朋友已经消失在人群和音乐之中。

“**我的朋友**。”我纠正道。

“**不行**，”其中一名保安告诉我，“**你，不行**。”他在拯救我。多么绅士啊！世界上总有许多男人会阻止无助的女人陷入危险的境地，比如在酒吧跳舞。

但是此刻，德克兰的其他“朋友”也来了，两位年轻的姑娘晃动着纤细的腰肢，与我擦肩而过，发出毫不掩饰的窃笑。保安欣然让她们进去了。

我并不擅长用法语跟陌生人争辩，所以我决定以实际行动来加速交涉的过程。然而，好处费是非常棘手的问题，我从来都搞不清楚该给多少才合适。（在密尔沃基，情况比较简单：如果暴风雪肆虐，而你的除雪机需要立即修理，只要掏出杰克·丹尼[①]标价的五分之一，就能顺利插队，成为排在首位的顾客。起码我是这样听说的，以前都是罗伯特负责处理类似的情况。）

在离开书店之前，我偷偷地往文胸里塞了五十欧元，以防

---

① 杰克·丹尼：美国田纳西州的一个威士忌品牌，享誉世界，因创始人名为杰克·丹尼（1849—1911）而得名。一瓶最常见的750毫升的杰克·丹尼标价为20—25美元（根据各地的地方税而有不同）。

万一。我不想带提包，而且坦白地讲，我以为自己不必花钱，请客是德克兰的任务（帮我拿手机也是，我在外面就把手机递给了他）。可是现在，我却慌乱地在内衣中摸索，寻找应急的现金，自从十九岁以后，我就再也没干过这种糗事了。

可惜，我的异常举动只会令保安提高警惕，而我的小额钞票更是让他们烦躁不安。事实证明，五十欧元实在不足以应急。两名保安开始激烈地交谈，口音颇重，不过我能够勉强分辨出他们讨论的内容：他们感到很尴尬，我竟然企图收买他们。其实，我也很尴尬。无论如何，我听懂了他们接下来的话语：**快走，快走**。保安拒绝了我的贿赂，示意我赶紧过去。我藏起现金，眨了眨眼睛，跨过门槛，迈进另一个世界。

蓝色，紫色，白色，黑色。没有栏杆的旋转楼梯，小巧而狭窄的表演台，流光溢彩的水晶枝形吊灯，闪烁的投影掠过墙壁、天花板、地板、顾客和吧台。我在吧台找到了德克兰，我朝他大喊大叫，埋怨他在门口抛下了我。他听不见我的声音，我也听不见自己的声音。背景乐隆隆作响，强烈的鼓点犹如跳动的脉搏，撞击着我的胸膛。德克兰转过身去，依然面带微笑，片刻之后扭过头来，手里端着一杯清澈的威士忌。我摇了摇头。一位十分苗条的姑娘走向德克兰，他点了点头，笑着把自己的酒水递给了她。她消失在舞池中。可是，我也在舞池中，脚踩着黏糊糊的黑色地面。人人都在舞池中，整个房间都充斥着乐曲和舞蹈。

德克兰变成了朦胧的声音，萦绕在耳畔。左边，右边。说东，说西。看这儿，瞧那儿。可能他只有在喝醉以后才会唠叨，也可能他平常一贯如此。白天，他不停地提醒我，快看这座教堂，快瞧那扇窗户。而今晚，他问我是否瞥见了角落里穿燕尾服的男人，多么独特，多么有趣，多么巴黎！我没看，因为如果这个男人穿着燕尾服，那肯定不是罗伯特。我看了，确实不是罗伯特。我点头，微笑，跳舞。平台被铁链吊在房间中央，左右摇晃，或者仅仅是我在摇晃。德克兰靠近我的耳朵：打碟师是他的朋友的朋友的朋友。他后退，跳舞，旋转，再次贴向我的耳朵："我曾经是毕业晚会的舞王。"我微笑，点头。我无法停止跳舞，他无法停止说话。我丝毫不觉得厌烦，因为每句话都伴随着欢乐的笑声，伴随着温热的呼吸，他的手掌握住我的胳膊，也许是为了稳住他自己，也许是为了防止我飘走。"我知道附近有一家不错的餐厅。"他说。我终于做出回答，冲着他的耳朵，一边一个字："闭，嘴。"

他微微张开双唇，露出惊讶的表情，混杂着喜悦与渴望。这是我的杰作，我心想。我跳舞。我无所不能，我心想。我跳舞。无所不能。我驾驭音乐，挥洒汗水，看着德克兰，等待他再次靠近。果然，他凑到跟前："我们走吧。"

我们没走多远。两条街之外的一家小餐厅吸引了我们，或者说吸引了我。一名矮小的男人留着雪白的大胡子，系着皱皱巴巴的围裙，坚持让我们留步。他朝我们挥舞着菜单，德克兰示意他闪开，但是我停住了。如今，这座城市的其他餐厅都雇佣年轻的姑娘来招揽顾客，她们大多来自东欧，相貌美丽，风姿绰约。然而，眼前的男人却仿佛来自另一个时代，另一个世界。他优雅地鞠躬，捧起我的左手，深深地亲吻。类似的行礼方式很难控制，多一毫秒嫌冒犯，少一毫秒嫌轻浮，可是他能够熟练地掌握分寸，因为他有数十年的经验。他抬起头来，带领我们落座，点燃浪漫的杯型蜡烛，摆在桌子中央。

德克兰点了咖啡，但是我突然想喝啤酒，于是他也改变了主意。然后，我们愉快地聊天。我有一本关于巴黎的剪贴簿，那是我从自己的书店里偷来的，漂亮的奶油色纸张，附带着老式的照片角贴。倘若时光可以倒流，我会捕捉从前错过的画面，拍摄初次相遇的瞬间，统统收入复古的剪贴簿，其中一页要献给今晚——两杯啤酒，一张小桌，月色正好。我们畅谈人生，开怀大笑。不知为何，一切都变得非常可爱。德克兰英俊而幽默，很擅长跟孩子们打交道，尤其是我的孩子们。当然，他也很擅长预约小型出租车、发现热闹的酒吧以及寻找倾听的耳朵。

“戒指会让男人望而却步！”说着，我朝大胡子服务员举起了酒杯，他已经回到街上，去亲吻其他女士的纤纤玉手了。先前，他把我们的啤酒小心翼翼地倒入梨形的玻璃杯，但是此刻我却抱着酒瓶痛饮，目不转睛地盯着自己的戒指。戒指朝我眨眼，我也朝它眨眼，觉得很好玩儿。

然而，德克兰却并不觉得好玩儿。他喝了一小口啤酒，移开视线。

“怎么了？”我说。

他认真地观察着我，沉默不语。

“对不起，打扰你了。”我露出微笑，他却十分严肃，“卡尔说，这是‘裁军条约’。”我喃喃地说。

“什么？等等，谁是卡尔？”德克兰问。

“噢，卡尔是我的三名——”德克兰面色一沉，脸上的表情掺杂着厌恶与痛苦。“你嫉妒了。”我说，“拜托，我——”

“拜托。”德克兰说。

“卡尔是书店的一名顾客，”我说，“女儿们常常故意调侃，说他是我仅有的三名顾客之一。他喜欢悬疑小说，而且他年纪很大，都可以当我的祖父了。”

“我呢？”德克兰说。

我摇了摇头：“不，恐怕你当不了我的祖父。”

“莉娅，别开玩笑。”他说。在生活中，男人们（特别是心理医生）总是对我讲这句话，除了罗伯特。可能他不知道我在开玩笑，但是即便如此，我依然很高兴。罗伯特从未对我说过“不”。诚然，在那个球队父母聚会的夜晚，在赶来控制噪声的警察面前，罗伯特曾经对世界大喊“不”，对众人大喊“不”。

可是，罗伯特从未对我说过“不”，直到一天晚上，我说：“你需要帮助，你需要真正的帮助。”不是“工具盒”的帮助，不是心理咨询师提供的帮助，而是医院的帮助。“不。”他说。

“我得走了，”我对德克兰说，“不开玩笑。”

“不要走。”他说。

“德克兰。”我说。

“莉娅，”他说，“我们——我们一起度过了许多欢乐的日子，我很喜欢那种感觉，我很喜欢——你。我希望——也许太晚了，或者太快了，否则——该死，为何这么尴尬？我好像又回到了上初中的时候。”

“上初中的时候，我没有两个女儿。”我全神贯注地凝视着啤酒瓶。

“这就是你担心的问题吗？”他说，“如果——我是说，当然。

不过，我们可以找一个晚上，或者白天——除非白天很古怪——”

“不，现在很古怪。”我说。

男人们之所以让我别开玩笑，可能是因为我不擅长开玩笑，可能是因为他们想要的、德克兰想要的、罗伯特想要的，仅仅是一个直截了当的答案：“莉娅，我们还好吗？”

德克兰拉起我的手，我的左手。他的掌心干燥而粗糙。

这是德克兰的手，这是牵手的感觉。

“现在确实很古怪，”他说，用拇指轻柔地拍打着我的戒指，一下，两下。然后，他松开了。我觉得自己仿佛置身于铁链拴住的舞台上，而铁链突然断了。“我明白，”他说，“但是，你有事情瞒着我。”

“我早就说过自己的经历。”

我以为自己的撒谎技巧提高了，毕竟撒谎的次数越来越多。

“不，我说的是最近发生的事情，并非今晚，而是在此之前。我们相处得十分融洽，一切都非常有趣——”

“今晚也非常有趣。”

“你告诉我，你‘喜欢’我。”

我急促地喘息：“对。”

“然后，某件事情发生了。在那趟愚蠢的《麦德兰》旅行中，某件事情发生了。”

我深深地呼吸：“显然。”

他静静地等待，接着摇了摇头。“你发现了吗？”他说，“就像刚才一样，你的眼神，你的表情，说明你不在这儿。”

“我就在这儿。”

“你走神了。”他的目光充满了失望，但是我视而不见。“我——我不懂。”他的语气变得极为柔和。这样看着他实在很糟糕，他看着我肯定也很难受，“或者……你有别的心上人吗？”他重新望向我的戒指，“我指的不是……”

他指的不是罗伯特。多么奇妙，多么可怕！没错，我有别的心上人，我有写在书里的三个字：对不起。我有一百页书稿，我有两个站在新桥上的女儿，我有一个可能在附近徘徊的丈夫。至少，我能勾勒出罗伯特在周围游荡的模样。幻想总是十分容易，尽管会令人痛苦不堪。

我听到自己的手机在德克兰的口袋里响起，真实的生活回来了，虚构的生活即将远去，无忧无虑的夜晚、充满魔力的巴黎都在渐渐消失。我的手机再次响起，一遍又一遍，单调的铃声推波助澜，隐隐翻涌的不安化作汹涌奔腾的愤怒。

如果是艾丽该怎么办？或者黛芙妮？或者带来消息的埃莉诺？

或者，恰好是罗伯特本人？

德克兰从兜里掏出我的手机，看向屏幕。“糟糕。”他说。即便隔着桌子，我也能看到屏幕上挤满了短信和提醒。“对不起，”他说，“我肯定是没听到——或者没感觉到——”

他越过桌子，靠近我，把手机轻轻地摆在我们之间。“你好像错过了几个电话。”他说。

我的手机计算得更清楚：十个未接来电，六条语音留言，十二封短信，最新的短信来自艾丽，内容自动显示在屏幕上：

医生说他们需要跟监护人谈谈……

第十一章

我们站在人行道上争执，德克兰主动提出要帮忙叫一辆“真正的出租车”，但是我拒绝了，直接钻进悄悄停在街边的非法出租车。

事实证明，这个决定是彻头彻尾的错误。车上的司机并非穷凶极恶的罪犯，但是他不会说法语或英语，而且对巴黎非常陌生。在玛莱区之外，我也人生地不熟，所以根本就没发现我们严重偏离了路线，直到艾丽——我正在心急火燎地给她发短信——让我问问司机，他究竟要去哪儿，因为她利用手机定位追踪，查到我在拉雪兹公墓。

我望向窗外，果真是墓地。我勒令司机马上停车，借助手机地图和大喊大叫，我总算明白了，他要带我去机场。显然，他认为歇斯底里的美国人不可能前往别处。我告诉他，我的女儿病了，病得很厉害，然后我便气呼呼地下车了。他没有咒骂我，至少我并未听到。不过，两名巡逻的警察驾车出现了，也许他们听到了我绝望的呼喊，也许巴黎正在通缉逍遥法外的疯女人、骗子或者全世界最糟糕的母亲。

他们费了不少口舌才令我相信自己没有被逮捕，我终于接受他们的好意，搭乘警车赶到了**内克尔儿童医院**。

艾丽在街区尽头迎接我，带我迈进医院的围墙之内。

“你到底去了什么地方？”艾丽说。

“她怎么样了？”

“虽然手机向我显示了你的位置，但是——”

“艾丽，艾丽，艾丽。”我迫切地打断她，感到整个世界都在眼前飞速地旋转。其实我们走得不快，我甚至不确定我们是否在走，我觉得自己在飘浮、在游荡，仿佛失去了坚实的肉体。除了艾丽，视线中的一切都十分模糊。黛芙妮在哪儿？我的钱包在哪儿？

艾丽在说话，英语里掺杂着法语，法语中夹杂着英语。她在跟我说话。

“医生要做一种名为‘腰椎穿刺术’的检查。”艾丽说。

“这是你的翻译还是他们的翻译？”医院有专门负责翻译的工作人员吗？黛芙妮是我们的翻译大师。

“这不是翻译，”艾丽说，“而是他们亲口用英语说的，五个字，清清楚楚，‘腰椎穿刺术’。他们还用法语解释，提到了后腰和穿刺之类的东西。好像是‘**穿刺术**’？”

“这家医院离书店很远，你怎么会来这儿？是布鲁雅太太送你来的吗？”

“我敲了敲布鲁雅太太的房门，但是毫无动静，屋里好像没人，我试过几次就放弃了。黛芙妮先去了你的卧室，然后叫醒了我。她——我立刻就看出来，她的状态非常不好。她软绵绵地倒在床上，变得神志不清，迷迷糊糊，甚至没法起身。我打电话找来消防队员，他们说这个地方最适合黛芙妮，”艾丽说，“至少我认为他们是那样说的。他们还向我询问你的下落，我说不知道，又说你正在路上，接着我们就到了这里，一家儿童医院，好像只给孩子看病。”

“只给孩子看病？”我呆呆地重复道。因为年仅十五岁的小姑娘不可能搞清这些复杂的细节，因为我惊讶地发现艾丽独立解决了诸多棘手的难题：如何请急救人员来到书店楼上的卧室里，如何让医生和护士忽略母亲不在场的事实，如何确保自己始终陪在妹妹左右，直到从街边的警车接回母亲为止。

“我觉得应该是，”艾丽的声调提高了，嗓音微微颤抖，“他们给了我一本英语手册，上面有医院的介绍，据说他们发明了听诊器。”

我们跨过的第一道入口充分证实了这一点——带有尖刺的大铁门锈迹斑斑，陈旧不堪。自从研制出听诊器以来，这家医院将资金都用在什么地方了？

“好吧，好吧，”我说，“艾丽，黛芙妮在哪儿？”

她带我穿过铺满鹅卵石的庭院，经过吸烟的男人、哭泣的女人和手机屏幕照亮的孤独脸庞。终于，我们抵达了一栋镶嵌着玻璃幕墙的现代建筑，里面摆着风格简洁的家具。一只高大的卡通狗矗立在附近，橙色的毛发颇为浓密，肯定吓退过不少孩子。

“**黛芙妮，姓伊迪——**”我对咨询台的女人说，艾丽连忙把我拽开。

“我们已经登记好了。”艾丽在前面带路，“不过待会儿你需要拿着医疗卡再回来。”

“你不能直接走进去。”我说，但我们还是直接走进去了。

“你不能把孩子扔在家里，自己消失得无影无踪——你到底干吗去了？”艾丽说。

“艾丽。”

“平常我可以照顾好黛芙妮，但是遇到突发情况，我该怎么办？”艾丽说，“我甚至不确定要拨打哪个号码——阿西夫说是112。”

没错，法国的急救电话不是911，世界各地的人们都有不同的习惯和喜好。

然而，这并不重要。黛芙妮在哪儿？他们真的要对她进行腰椎穿刺吗？我不知道我们将去往何方，但是我开始一路小跑，于是我超过了艾丽，于是她看到了——

“你身上穿的是什么？”她说。

我使劲儿往下扯了扯短裙，挥舞胳膊，示意她继续前进。我们冲过一条长长的绿色走廊，接着是一条黄色走廊。周围的颜色和设计都太过喧嚣，可是医院本身又太过寂静。虽然这样想很残忍，但我还是盼着能听到一两声尖叫，或者一两声哭喊。因为，大家在哪儿？黛芙妮在哪儿？我们的脚步越来越快。黛芙妮！我目不转睛地凝视着地板，我们踩着红色的粗线跑了一分钟，又跟着橙色的爪印跑了一分钟。艾丽说需要家庭医疗卡，但是我知道医保不可能涵盖所有费用，尤其是金钱之外的代价。“巴黎，你想要什么？”我暗暗恳求，“你把黛芙妮还给我，我把自己的生命给你。”我听到巴黎嗤之以鼻，“我会放弃书店。”巴黎静静等待，“我会放弃巴黎。”两扇沉重的大门缓缓打开，我们踏入一片宽敞的区域，到处都是人影、灯光与声响，感觉就像不小心闯进了星际飞船的舰桥，透明的玻璃封锁着许多小小的舱室，沿着圆形房间的边缘依次排开。

艾丽带我走向黛芙妮的舱室。

我握住玻璃推拉门的把手，用力地往旁边拽。艾丽尖叫着抓住了我，我挣脱她的束缚，重新扑向推拉门，艾丽再次嚷嚷，一名护士来了。她将一只手放在艾丽的胳膊上，另一只手放在我的胳膊上。她用目光审视着我们俩，然后紧闭双眸，深深地呼吸。“跟我学，”她说，“呼吸。”艾丽照做了，我也照做了，护士指向贴在推拉门上的标牌：**禁止入内**。

“可我是她的母亲。”我说，护士又指向远处，默默地请我们原路返回。我张开嘴，放声大喊。艾丽挡在我们之间，眼中噙满了泪水，她不停地向护士道歉，反复地念叨着：**“对不起，打扰你了。”**护士回答艾丽，讲了一长串法语，随即转向我，切换成英语，简单地说了一个字“等”，接着便离开了。

艾丽看着我：“我们可以进去——不过不想让我进去，除非你同意，他们才会让我进去。你最好同意，我已经不咳嗽了。”话音刚落，她就忍不住轻轻地咳嗽起来。

“当然，艾丽，”我说，“咱们进去吧。”

可是，我无法进去。因为首先得花费片刻工夫办好手续，而且，倘若艾丽想进去探望黛芙妮，或者我想进去探望黛芙妮，我们需要戴上医院提供的口罩、手套和帽子，穿上防液体、抗撕裂的多层隔离衣。隔离衣跟浴袍不同，系带不在前面，而在背后，所以你必须找别人帮忙，比如你的大女儿。她抓住机会，再次观察我为今晚精心挑选的衣服。

“这是我的裙子吗？”艾丽问。

我没有回答。我迈入病房，凝视着黛芙妮，她看起来根本不像我的孩子。床上的身体具备我女儿的特征——黑色的弦月眉，翘起的小鼻头，前额的美人尖，柔软而静止的下颌上长着生命中的第一颗青春痘——但她不可能是我的黛芙妮。她脸色苍白，面容陌生，彻底失去了往昔健康活泼的模样。恶心的浪潮在胃里阵阵翻涌，我居然以为自己能假装罗伯特死了，多么愚蠢，多么荒谬！死亡与假装毫无关系，生命却跟相信密不可分。那不是黛芙妮的身体，她依然生机勃勃，只要我原地不动，只要我坚定信念，她便永远都会生机勃勃。这不是一场交易，或者就是一场交易，而我需要倾尽所有作为代价。

我感觉仿佛过去了数小时，其实仅仅过去了几分钟而已。抽血，导尿。一个穿着白大褂的男人来到病房，跟我们交谈。我能听到声音，却无法分辨内容。在艾丽出生之际，有一位年迈的老护士彻夜陪伴我，嘟囔着什么重大的医保阴谋，并且特地让我记住：白大褂的下摆越短，医生的经验越少。后来，许多医生都告诉过我，那是谣言，并非事实，但是我从来都不相信他们。

这个男人的白大褂才到腰部，就像服务员一样，显然不是什么好兆头，除非法国的情况跟美国不同。我无助地望向艾丽，她正在给我翻译。

“他想问问她是否打过某种疫苗——”

她突然停了下来，用法语跟那个男人说话，手上比画着钢笔的形状，他心领神会，立刻写下一行字。我早就发现手写的法语字母比西里尔字母[①]还要难以辨认，I看起来像7，而7看起来像愤怒的表情符号，我始终读不懂。我把便笺簿递给艾丽。

“我不清楚这是什么。”她抬起头来，注视着那个男人。

“她打过麻腮风疫苗，”我说，艾丽试着翻译，“麻疹、腮腺炎和风疹。”我说，艾丽也努力传达了。他摇了摇头，指着便笺簿，目不转睛地盯着我。

艾丽重新端详便笺簿。“肺炎？”她对他说，也对我说。

“她没打过这种疫苗。”我说。

他讲出一个很长的词语，在耐心和纸笔的帮助下，我总算明白他指的是“肺炎链球菌脑膜炎”。我可以回家找到自己的文件夹，里面放着女儿们的出生证明、护照和免疫记录，但是我不必如此，因为我知道得一清二楚。很久以前，我们还在密尔沃基生活，其他妈妈说过同时打太多的疫苗不好，所以我拒绝了，没让黛芙妮接种肺炎链球菌脑膜炎疫苗。

后来，我觉得自己很傻，于是又让她接种了，只是错过了原定的日期。这样能行吗？黛芙妮在密尔沃基的儿科医生向我保证：“没问题。”

儿科医生不是保证过吗？

我拼命把这件事情的来龙去脉解释给艾丽听。

“天哪，妈妈。”艾丽说。

“你的疫苗全都按时接种了！”我说。

---

① 西里尔字母：源于希腊字母，出现在九世纪末期，据说是由圣徒西里尔（826—869）发明的，目的是方便在斯拉夫民族传播东正教，后来被斯拉夫民族广泛采用，因此也被称为斯拉夫字母。

那个男人用法语飞快地跟我讲话，我的语言能力渐渐恢复了，但是恢复的速度极为缓慢。

他似乎提到了不同种类的脑膜炎，疫苗大多数时候会起作用，但并非总能起作用，而且并非对所有病症都起作用，再说，谁知道他们在美国怎么打疫苗呢？

接着，我听到了“腰椎”“穿刺”“风险”和“注意言行”。我深深地吸了口气，看向黛芙妮。

“呃……他叫你注意言行，妈妈。”她说。

“嗯。”我说。

“关于是否要‘穿刺’她的后背，他在征求你的意见。”艾丽说。

“嗯。”我说。

“妈妈？”艾丽说。

“如果是腰椎穿刺术，”我说，他点了点头，“我同意。但是，你告诉他，我要一名真正的医生过来。现在，马上。”

“妈妈！”艾丽说。

“他的白大褂太短了。”我说。

“你究竟在说什么？”

但是他听懂了。事实证明，他会讲英语。

“真正的医生会负责监督，”他说，“但是真正的穿刺将由我来做。”

“我要真正的医生给她穿。”生硬的法语行不通，我便用生硬的英语说。

“我就是医生。”他说，“我已经结束培训了。”所以，他是实习医师？住院医师？我没来得及问，因为他随即转向艾丽，继续用法语说：“如果你的母亲想让这位生病的小姑娘跨过偌大的巴黎市，到郊区的美国医院去找“真正的医生”，那她绝对是疯了。眼下深更半夜，他们的医生肯定是从得克萨斯州来度假的整牙医生——”我估计他想说“整形医生”，也可能不是，“他们号称自己有儿科医生，其实根本没有，只能让这种大夫冒名顶替。我接受过专业的培训，我们的医院经常做腰椎穿刺术。”说罢，他走出了房间。

实际上，他提到的美国医院非常棒，而且距离这里仅有三十分钟的车程。

“妈妈。”艾丽说。

“宝贝，对不起，都怪我，害得你必须听那个蠢货对我们说教。”

“今晚你到底在哪儿？”艾丽说。

我盯着黛芙妮，艾丽盯着我。

“我不在她身边。”我说。自从来到巴黎以后，我一直在悄悄地计算开支，暗暗地权衡得失，在不同的情况下用不同的方式累加。罗伯特为机票付出了什么，我们为书店付出了什么，速冻的食物、上学的文具、秘密的香烟、餐厅的晚饭和地铁的车票分别价格几何。成千上万的美元，成千上万的欧元。巴黎之行已经花费了许多钱财，如今又要以孩子的健康为代价。倘若我们留在密尔沃基，黛芙妮就不会生病。倘若罗伯特留在密尔沃基，我们就不会离开。如果他真的在附近，如果黛芙妮或艾丽真的见过他，那此刻便是他出现的最佳时机。我不停地胡思乱想，直到头部隐隐作痛。我怀疑黛芙妮也是这样，我怀疑她的病症并非脑膜炎，而是长期的惦念在颅内郁结成了动脉瘤。

“我当然知道你不在她身边。”艾丽说，“你忘了吗？因为我在。”

作为父母，我们总是担忧自己的孩子会做错事或说错话。不过，我们更应该害怕的是他们正确无误的时候，是我们暴露缺陷的时候，是我们渴望道歉的时候，而他们年纪还小，甚至不清楚他们需要我们道歉，他们值得我们道歉。

“对不起，”我说。我意识到玻璃外面有人，意识到他们正在等待，就像艾丽一样，等待我改过迁善，“对不起，今晚我不在你们身边。对不起，即便我在你们身边，偶尔也会走神。对不起，我带你们来了巴黎——”

她朝我挥了挥手。

“对不起，我让你承受了这么多——”我说。

“还有黛芙妮！”艾丽说，“否则，她为何会生病？”

“那不是原因！”我说。实际上，我无法确定，但是我看到某种光芒回到了艾丽的眼睛里，仿佛她终于相信，面前的母亲毕竟是成年人，能够力挽狂澜，可以说到做到。于是，我说了另一句自己无法确定的话：“她会好起来的。”

艾丽看着我，看着黛芙妮，环顾病房，然后扑向我，号啕大哭。我抬起双臂，紧紧地环住她。“对不起，艾丽。”我打算重复一百遍，可是还没说第二遍，她就挣脱了我的怀抱。

“听着，”她用袖子尽可能地擦干眼泪，“别再对医生发火了，好吗？在这里，我们需要朋友。”温情的片刻转瞬即逝，她走到黛芙妮的左侧，我走到黛芙妮的右侧。

我抚摸着黛芙妮的掌心和脸庞，虽然他们禁止我们与她接触，可是我不在乎。隔着乳胶手套，我感到她的皮肤很热，但不算太热。她依然面无血色，而且呼吸十分急促。她插着输液管，电子屏幕上显示着不断变化的数字。我不知道数字代表的含义，只知道黛芙妮纹丝不动。我想唤醒她，我想尖叫，我想呕吐，不过我明白，如果将其中任何一个念头付诸实践，我都会被赶出去，而艾丽将再次独自面对一切。

为什么医生没有立刻赶到？为什么护士没有陪伴着她？我转过身去，寻找可以让我发泄愤怒的对象。当我扭回头来时，艾丽正在往黛芙妮的病床上爬。

“艾丽，”我低声制止，“你不能那样做。”

“我打过疫苗了，”她答道，“是你亲口说的。”她侧卧在妹妹旁边，睁大眼睛盯着黛芙妮，彼此近在咫尺。

“艾丽——不行——疫苗并不是——万一黛芙妮——”

艾丽沉默不语，我四处打量，焦急地搜寻医生和护士的身影，最后一次搜寻罗伯特的身影。艾丽肯定会听他的话。

而他——他会听艾丽的话。

他会躺下来。

我拆掉护栏，坐到床垫上，抬起腿，挪动屁股，一厘米，两厘米，缓缓地靠向黛芙妮。我随时都可能摔下去或者扰乱整套设备——输液架、电子屏幕、导管、遮帘——但是我没有摔下去。终于，我来到了黛芙妮的身边。我的黛芙妮，两个月前才过完十三岁生日，她要求的礼物是“一本由我挑选的书”和“非常特殊的东西”，也就是两块羊角面包，因为我们家总是买一块羊角面包，从来没买过两块。我给她买了六块，她说：“太多啦！”不过，她扬起嘴角，露出了微笑，我把那个灿烂的微笑偷偷地珍藏在心中。

“黛芙妮。”我轻柔地呼唤，在我们周围，全世界最安静的医院开始嘎吱作响，窃窃私语。

“艾丽。”我继续呼唤。消毒帽几乎遮不住她的头发，黛芙妮的轮廓就像地平线，艾丽的青丝犹如翻滚的云朵。

“没关系。”艾丽说，声音十分微弱，我不禁怀疑这三个字是自己的幻觉。

“谢谢你。”我说。

“为什么？”她的话语显得遥远而缥缈。这不是睡觉的地方，但是现在很晚了，而且她也很累了。

我没有回答。我想起了当初我们在床上共眠的日子，想起了可爱的“耳语剧院”，我从未料到我们会以这种方式躺在巴黎的病房里。我听到黛芙妮急促地喘息，而她的姐姐则努力地屏住呼吸，我也是。

不久之后，房门打开了，沉寂消失了，工作人员把我和黛芙妮驱逐到玻璃外面。我们的年轻医生换了一件更长的白大褂，准备进行腰椎穿刺术。负责监督的是一名年迈的医生，穿着宽松的白大褂，戴着印有橙色小狗图案的一次性口罩，显得格外疲倦和冷漠。接着，窗帘拉上了。

等到黛芙妮的病症确诊以后，输液瓶里已经添加了必需的抗生素，她的呼吸逐渐恢复平稳，面颊的血色也回来了。情况的好转让我的手机变得颇为振奋，短信一条接一条，振动持续不断，最后我干脆关掉手机，跟艾丽交换了一下眼神。

年轻的医生向我们做了简要的汇报，预言黛芙妮很快就会完全康复，然后便昂首挺胸地走开了，脸上挂着得意的笑容，仿佛他刚刚发明了听诊器。

清晨降临，艾丽不愿离开，但是经过协商，我们一致同意，她应该回家梳洗更衣，给手机充电，让布鲁雅太太了解最新进展，顺便为我找几件换洗的衣服。“我刚买的牛仔裤非常可爱，你不妨试试。”艾丽开玩笑说，我明白，这意味着她恢复正常了。趁着黛芙妮睡觉，她甚至允许我陪她走出医院，并且站在门口的卡通狗旁边，紧紧地拥抱了我。

目送艾丽的身影消失以后，我打算充分利用来到外面的机会，查看手机。我按下电源键，等待屏幕亮起，开始浏览错过的东西，首先是来自附近女装店的“周边推销”——我一直想让艾丽帮忙取消这个功能——热情洋溢的“好消息”掠过眼前，我看都不看就把它删了。这家店的广告策划跟法国的众多商铺老板一样，认定我们只会讲英语，而且硕大的“消息”二字令我记起了埃莉诺的一个习惯，她总是把电子邮件中的“消息”当作贬义词来理解（如果学生收到她发送的电子邮件，标题为“院系消息”，那肯定要倒霉了）。

除此之外，手机还替我拦住了什么？德克兰的一通电话，德克兰的一条语音留言，德克兰的一封短信，询问一切是否还好。

乔治的一通电话，没有语音留言。

美国联合航空公司的一个提醒，我以为是广告，正准备忽略，突然瞥见上面提到一位名为“埃莉诺”的乘客跟我分享自己的行程：目的地巴黎（戴高乐机场），出发日期……

然后，乔治又打来电话，我决定接听。我知道他要带安娜贝拉和乔治出去游玩，诚然，现在把双胞胎托付给他比较方便，但是我不介意跟乔治讨论一下他们的春假安排，通过闲聊来调整自己的心情。或许乔治已经到了戴高乐机场，却发现没带他们的护照——两天前的晚上，双胞胎向黛芙妮炫耀过他们的各国签证和入境戳。或许他落下了他们的故事书，或许他漏掉了必需的衣物。

或许他忘了告诉我：我是一个糟糕的妈妈。没错，我确实是一个糟糕的妈妈。布鲁雅太太无法告诉他的事情，我能告诉他。

我感到自己十分亏欠他，于是便立刻向他表达歉意，连声“喂”都来不及讲。他沉默了片刻，试探着说：“莉娅？”我侧耳倾听，手机里传来的环境噪声很熟悉，不是机场，也不是沙滩。他在书店外面吗？我询问他的位置，接着再次说对不起，如果他到书店来找我，可能要白跑一趟了，因为——

他笑了，说他在走廊，医院的走廊。“你在哪儿？”

红褐色的围巾，深紫色的衬衫，布满条纹的西装外套，成双却不配对的棉袜。除了迎来送往的卡通狗之外，这家医院可能从未见过像乔治一样鲜艳的存在。他端着两个星巴克的杯子，拥抱和亲吻脸颊会显得十分笨拙，但是事实证明，他仍旧潇洒自如，只有我才手足无措。他优雅地递给我一个杯子，我们坐在黛芙妮病房外面的长椅上。艾丽告诉了布鲁雅太太，布鲁雅太太通知了他，他直接取消了旅行。双胞胎坚持如此，即便他们不提出来，他也会改变计划。那可是黛芙妮呀！他们很喜欢她。她怎么样了？

我解释说如果情况顺利，我们最快能在四十八小时之内回家，但是在那以前，必须严格遵守隔离的规定。

“这是什么？”我低头盯着刚才接过的杯子，我一直在滔滔不绝地讲话，还没停下来尝一尝。

他转动我的杯子，仔细查看写在侧面的文字。“苏格兰威士忌，”他说，“你怎么样了？”

我啜饮了一口，忍不住喷了出来。

“天哪！”我说。

“嗯，”乔治说，“我认为威士忌是万能的慰藉品。不好意思，我自作主张，把它跟咖啡掺在一起了，但是我觉得你也需要咖啡因。”

我放下杯子，感激地注视着乔治。“其实，你不必取消旅行，”最后，我说，“她会好起来的，老天依然愿意赐予奇迹，即便是对我这样的母亲。”

“你的意思是，漂亮的母亲？”他说。

我嗤之以鼻。在密尔沃基，我曾经是大学校长的幻灯片专业制作人，也是美国许多体育比赛的场外完美家长。如今，我坐在巴黎的医院里，穿着大女儿的短裙，守着小女儿的病房，前一天晚上还在酒吧跳舞，累得精疲力竭，次日早晨又跟全城打扮得最帅气的英国男人喝酒。

“我是一个非常非常糟糕的母亲，乔治。”我说，“对不起，从今往后，如果你想把双胞胎送去别的地方，我完全能够理解。实际上，你应该把他们送去别的地方。”

“真是典型的美式作风，”他说，“言辞模糊的道歉，任性随意的曲解，不负责任的建议，一股脑儿都出现了。”

“乔治。”我说。

“先把你的灵丹妙药喝了。”他说。

我勉强挤出微笑，“今天你似乎很活泼，”我看向他的饮料，“难道是‘灵丹妙药’的效果？”

“不，”他晃了晃杯子，“白巧克力摩卡加维生素。这种咖啡在越南味道更好，不过当年的法棍面包也是，由此可见，巴黎人民早晚会掌握诀窍的。”

“我希望自己也能掌握诀窍。”我稍作停顿，喃喃自语。

“拜托，别犯傻了，莉娅，”乔治说，“如果非要计较，那我——”

“不许说你是糟糕的家长，”我打断道，“因为——”

他露出目瞪口呆的表情。

“因为我不是，”乔治说，“我是一个很棒的家长。我过着忙碌的生活，无法每天都见到自己的孩子，但是他们能够吃饱穿暖，得到精心的照顾，他们不讨厌我，也不讨厌他们的妈妈，那全是我的功劳。我教导安娜贝拉和彼得，培养他们的品位，纠正他们的言行，让他们学会讲标准的英语。世界上有许多不合格的父母，我认识一个嫁给阿拉伯酋长的母亲，还认识另一个年迈的母亲，她买下了一栋建筑，底层的商铺是书店。然而，你和我并不是糟糕的家长，远远不是。你的小女儿意外地生病了，但是她正在慢慢恢复。你的大女儿可以在官僚主义至上的异国他乡应付突发状况，甚至在深更半夜替虚弱的妹妹找来急救人员。你在巴黎为自己和孩子们开辟了一片崭新的天地，而且给我的孩子们也留足了空间。不要低估这一切，莉娅，你有资格成为‘全球优秀家长’的最终候选人。”他端起我的杯子喝了一大口，“虽然这个奖项的角逐并不激烈，可是荣膺桂冠依然值得称赞。”

“但是乔治，我……”我不清楚自己要说什么，我可能以为讲话会阻止哭泣，然而泪水仍旧顺着脸颊滑落。

他从西服的上衣口袋中掏出手帕，默默地递给我。我接过来，而且还用了，尽管布料的质感非常高级，摸起来仿佛比我拥有的全部财物加起来都昂贵。

"搬到这里，我知道巴黎的生活会很艰难，但是没想到会如此艰难。"我说，"不只是这件事，还有……"我的话音渐渐消失。

他等待了片刻，然后缓缓开口："你知道吗？我曾经在美国待过一段时间，在加利福尼亚州的商学院读书。我看得出来，你很惊讶，其实我也很惊讶，但是我非常喜欢那里，生活和学习都十分容易。药店跟我住的公寓只相隔两个街区，那家药店叫什么来着？对，好像是佳客[①]。它不仅卖药，而且卖威士忌、安全套以及日常用品，包括电池和袜子。它永远都在营业，一周七天，一天二十四小时。可是在巴黎，我跟你一样，住在距离塞纳河不足一公里的地方。从前，查理曼大帝[②]经常在这里漫步，直到他将神圣罗马帝国的首都迁至亚琛[③]为止，不过那是他的错，不是我的错，也不是你的错。"他抬起头来，"诚然，这里的生活偶尔会更加艰难，但是始终都更加美好。"

我不禁莞尔，看向乔治手中的威士忌，他把杯子还给了我。"查理曼大帝在中午之前喝酒吗？"我说。

他微微一笑，轻柔地说："他离开之后才这样。"他举起自己的杯子，碰了碰我的杯子，"祝你健康。"

等到乔治离开以后，我终于回过头来，继续浏览自己的手机。美国联合航空公司说了什么？好像跟埃莉诺有关。

---

① 佳客：美国的连锁药店，创始于 1963 年。

② 查理曼大帝（742—814）：法兰克王国加洛林王朝国王，神圣罗马帝国的奠基人，他建立了囊括西欧大部分地区的庞大的查理曼帝国。

③ 亚琛：德国的一个边境城市，位于北莱茵－威斯特法伦州，靠近比利时与荷兰边境，相传为查理曼大帝的出生地，同时也是他的埋葬地。

埃莉诺?

没错，手机顽固地显示着她的名字，并且提供了一大串由她发送的短信，内容已经进行过缩略，我必须滑动屏幕才能阅读全文。

请立即回电……

删除。

如果你收到……

删除。

你到底在哪……

删除。

最后：

莉娅，我有……

我向后滑动。

……消息要告诉你。

第十二章

一般情况下，如果埃莉诺提到“消息”二字，就意味着她期待对方马上回电。然而我此刻不想跟她说话，更不想了解什么“消息”，于是我便通过发短信的方式，用自己的消息来阻止她的消息。我向她解释，黛芙妮生病了，深夜入院接受治疗，现在逐渐好转，如果一切顺利——

“我知道，”埃莉诺说，“我已经在过去的路上了。”

原来，艾丽早就把黛芙妮的消息告诉埃莉诺了。

埃莉诺声称，她急于跟我分享某个“消息”，所以提前预订了航班，打算亲自来跟我们见面，不过在听闻黛芙妮的状态之后，她立即“戏剧性”地加快了自己的计划。

她的表现确实充满了“戏剧性”，就像演员在舞台上倾诉夸张的内心独白。噢，改签航班给她增添了多少麻烦啊！但是她还能怎么办呢？毕竟，哪里最需要她呢？等等。无数的短信和电子邮件轮番轰炸我的手机，从医院的病房到我们的书店，一路紧紧相随。倘若放在往常，我肯定会觉得心烦意乱——实际上，护士们都感到颇为恼火——但是如今，随着手机不断振动，黛芙妮的脸上重新浮现出灿烂的笑容，她显得越来越活泼，甚至生机勃勃。

黛芙妮正在迅速地恢复健康，也许是因为埃莉诺即将来到身边，也许是因为我始终陪伴左右，也许是因为药物产生了效果，也许是因为医生的白大褂终究够长。

对于不同的人而言，“戏剧性地加快”有不同的含义；对于埃莉诺而言，那意味着她会在一周以后的上午抵达巴黎。

换句话来讲，就是在学校上课期间。艾丽想留在家里，不仅为了迎接埃莉诺，而且为了照顾黛芙妮。可是，黛芙妮坚决要求去上学——医生曾经谨慎地说过，她可以接受轻松的课程安排——我坚决要求艾丽也去上学，以免发生意外。同样地，我不打算前往机场，而是决定待在附近，留守书店，以便随叫随到。

“也许德克兰能去接埃莉诺？”黛芙妮试探着提议。

医生叮嘱我，要特别注意她的听觉变化，不过截至目前，黛芙妮似乎基本恢复了原先的状态，只是脸色显得比较苍白。

“他很忙。”我答道。

他确实很忙，不停地给我发送充满关切的短信：一切还好吗？我能帮你做点儿什么吗？可是，我统统视而不见。

世界上的每个人都比我更了解手机的短信功能，但是没有人可以告诉我，如何向过去发送短信。我想穿越时空，重返埃莉诺刚刚抵达巴黎的那天，回复德克兰的短信。我应该对第一个问题说“不”，对第二个问题说“是”。

因为埃莉诺带来的消息远非她最初透露的情况。

埃莉诺慷慨地购买了商务舱的机票，却没有选择与之相匹配的利兹酒店，她预订的住宿地点虽然豪华不足，但是舒适有余，而且距离书店很近。近得可怕。确切地说，仅仅隔着两家商铺，名为“**电影旅馆**”。

我们在同一条街道上生活了这么久，可我从未发现那居然是一家旅馆。我必须得为自己辩解一下，这家旅馆的门面十分狭窄，跟我们的书店差不多。诚然，硕大的橱窗清清楚楚地印着“**电影旅馆**”的字样，但是玻璃后面堆着帽子、假发和老旧的摄影机，墙上还贴满了经典电影的海报。那些东西本该令我产生浓厚的兴趣，然而长期以来却让我感到颇为沮丧。由于无人进出，所以我猜测它又是一家巴黎的精品服装店，无论过去或将来，总是生意冷清，赚不到钱。

此刻，我正在凝视着橱窗，努力判断这家旅馆究竟能否赚到钱。忽然，埃莉诺搭乘的出租车停在路边。

“瞧瞧谁来了！”埃莉诺钻出车门，高声大喊。

“**法国欢迎你！**”我赶紧转过身来，准备上前拥抱埃莉诺，可是她已经在忙着向司机支付巨额小费了，对方感激地鞠躬，并且体贴地为她打开后备厢，好让埃莉诺把自己的五个手提箱统统挪出来。

等到埃莉诺搬完行李以后，司机便发动引擎，驾驶出租车扬长而去，剩下我们俩面对面地站在人行道上。

“你看起来气色不错。”她称赞道。

“我知道你在说反话。”我说。

“你太瘦了。”她说。

“没那么瘦。”我说，“我还是头一次听到别人用批评的口吻对我讲这句话，也是头一次听到两名大学的女教职工谈论身材问题，并且丝毫没有挖苦的意图。”

“几乎没有。”埃莉诺说，她咧开嘴笑了，紧紧地抓住我，献上一个标准的美式拥抱，温暖而长久。

拥抱结束以后，我们并未马上分离，而是仔细地端详着彼此。

“唉，真是见鬼，”埃莉诺说，“真是可恶！”

“什么？”我说。

“黛芙妮生病——”

“黛芙妮好多了。”我说。

“罗伯特——”

“罗伯特？”

“噢，”埃莉诺说，“我的意思是，来到这里，跟你见面，我——”

“罗伯特依然杳无音讯。”我说。我们松开了手。

“不过——”

不过，这是一次漫长的飞行，我心想。如果她在旅途中反复思索过去十三个月发生的事情，她也会感到极为漫长。眼下是五月份。一年多以前，罗伯特消失了。不到一年以前，我们来到了这里。数周以前，我找到并丢失了罗伯特的作品，书里写着“对不起”。“我们可以稍后再谈他吗？”我说。我挥舞手臂，示意她环顾周围，街道跟平常一样，铺满了细碎的砂砾，闪烁着完美的灰色。“埃莉诺，”我说，“你在巴黎。”

她不禁莞尔，双眸中似乎泛起了泪光，我努力回忆她是否来过巴黎。

“没错，”她说，“天哪，你也是！”她四处张望，“法兰西最漂亮可爱的两位美国姑娘在哪儿呢？”

“学校。”我说，“不过她们中午会过来。我们先把你的行李搬进旅馆？”我们齐刷刷地扭头，开始研究古怪的店面，“至少我觉得这是一家旅馆。”

“走吧，进去瞧瞧。”她说。

我们费了好大劲儿才把所有箱子都抬到屋里，室内的一切都显得更加奇特，不像是电影主题的旅馆，倒像是旅馆主题的电影。

一位身材颀长的年轻男子忽然从门后冒出来，脸上的胡须颜色很淡，仿佛是用笔描画的图案。“**您好**。”他严肃地说。

“**您好**，”埃莉诺说，“这是一家旅馆吗？”

他谨慎地看着我和埃莉诺：“**对**。”

“你确定吗？”我悄悄地对埃莉诺说。

“真是与众不同。”埃莉诺说，我顺着她的视线，望向查理·卓别林的半身雕像，粗糙的双颊染着鲜艳的红晕，“我敢打赌，孩子们肯定会觉得很有趣。”

“**太太**？”前台的男人说。

我切换成法语，迅速地告诉他，埃莉诺没有孩子，但是有预订，现在要登记入住。

他用英语回答我：“预订的房间已经准备好了。”

“行，那就这儿吧。”埃莉诺说。

于是，服务员鱼贯而出，带走了埃莉诺的行李。他们穿着宫廷制服，束腰外衣的金属纽扣锈迹斑斑，头上的帽子小巧玲珑，俨然在模仿二十世纪三十年代的电影角色。他们送给她一副“名流专用墨镜”，作为旅馆赠予顾客的礼物，看起来酷似奥黛丽·赫本在

1961年左右戴过的墨镜。我摇了摇头，她试戴了一下。我迈开脚步，打算跟着她的箱子上楼，可是埃莉诺却摘掉墨镜，一屁股坐在大厅的椅子上，并且拍了拍身边的座位。

“你肯定累坏了。”我说。

“是啊。”她说。

“不如上楼去歇一歇？其实，我们可以今晚早点儿休息，明天再团聚。”

“我们此刻正在团聚。”埃莉诺说着，再次拍了拍身边的座位。“你觉得他们会提供爆米花吗？”她说，我摇了摇头。“可惜，”她对空气说，接着对我说，“莉娅，过来坐下，否则我会认为你比我还紧张。”

“我不紧张。”我说，尽管我很紧张。我努力让自己相信，接受埃莉诺的当面拷问跟通过网络视频电话交流并无两样，但是我做不到。“等等，”我坐了下来，“你为什么紧张？”

她深深地吸了一口气，忍不住咳嗽起来，灰尘在空中疯狂地飞舞：“因为我想跟你聊聊罗伯特的事情，之后还要跟你的女儿们谈谈。他已经消失了太久，是时候该——”

“埃莉诺——”

“莉娅——”

“埃莉诺，”我说，“我们不是都——”

“现在情况不同了。”她说。

“现在情况确实不同了，”我说，“而且现在你累了，我也累了。那个可怜的孩子才刚刚出院几天，如果你要对她或者她的姐姐——”

埃莉诺无精打采，勉强挤出淡淡的微笑："你讲话的口气很像我。"

我凝视着外面的街道，围巾一条接一条飘过，没有人瞥向屋里，没有人驻足欣赏。站在自家商铺的柜台跟前，我也曾注意过类似的现象，并且为此而感到十分烦躁不安。巴黎的路边陈列着众多奇观，或粗鄙世俗，比如这栋塞满道具的电影旅馆，或文明高雅，比如我们那间摇摇欲坠的小小书店。可是，除了偶尔出现的异国游客，居然没有人扭头看一眼橱窗？在巴黎，我从不盯着前进的方向，而是东张西望，左顾右盼。这是一家比萨店，门面的宽度跟比萨盒差不多。那是一家拼图店，门面的装饰全是各种各样的拼图；手杖、轮椅、氧气瓶，油彩的蓝色极为深邃，就连伊夫·克莱因[①]都会嫉妒。上坡有格里洛太太的世界顶级拖把，下坡有粉刷匠或画家抛弃的四脚梯和苹果。

我觉得自己已经充分融入了巴黎的生活，但是这座城市肯定将我视为普通的观光客、旅行者，抑或打量橱窗的女人、艰难挣扎的寡妇。

"我能跟你做笔交易吗？"我说。

"大概不能，"埃莉诺说，"不过你可以试试。"

"咱们今天不要提他，"我说，"你和我都很疲倦，而且我不想现在就直接和女儿们聊这些，不能这么草率，我想先跟你商量一下你要谈论的内容……"

埃莉诺闭上眼睛，向后靠去，深陷在导演椅中。"其实，"她说，

① 伊夫·克莱因（1928—1962）：法国艺术家，被认为是战后欧洲艺术的重要代表人物，他曾创作过著名的单色画《蓝色纪元》，他所使用的颜色被称为"克莱因蓝"。

“我非常喜欢你们夫妻俩，我喜欢你们在一起的状态。你们培养了两个优秀的孩子，你们经常邀请我去做客，在厨房里担任烹饪节目的嘉宾，你们谱写了我最为挚爱的篇章。请原谅我，原谅我被这样一个家庭深深地吸引。”

“我还以为咱们约好了，暂时不聊这些。”我说。

“抱歉，”她说，“我太累了，根本不知道自己在说什么。”

艾丽拯救了我们。她沿着街道走过来，瞥向橱窗。她的模样不完全像我，也不完全像罗伯特。隔着玻璃，我默默地欣赏她。

埃莉诺也注视着她，却心不在焉。

“他们说得对，”埃莉诺喃喃地说，或许她比我想象的还要疲倦，或许她当真没有认出艾丽，“巴黎的每个人都比地球上其他地方的居民要美丽，瞧瞧这位姑娘，多么可爱！”

我笑了：“我天天都能见到她。”

埃莉诺困惑地看了看我，接着站起来，直勾勾地盯着橱窗。

“天哪！”她说，“这是艾丽吗？你们才走了一年，她却长大了好几岁！”

艾丽捕捉到埃莉诺的身影，立刻冲进旅馆，数月以来，她第一次表现得活泼开朗，天真烂漫。恍惚间，我仿佛回到了从前。

“埃莉诺阿姨！”她说。

“亲爱的孩子！”埃莉诺说。

她们紧紧地拥抱着对方，我几乎要怀疑这是一场竞赛了——埃莉诺拥抱谁的时间更长，我还是艾丽？她们始终搂着彼此，坚决不肯放手，于是我意识到艾丽赢了，并且赢得轻而易举，毫无悬念。

然后，埃莉诺睁开眼睛，向我投来目光，轻轻地摇了摇头，用细微的动作无声地宣布，我也赢了。今天，我们不会讨论罗伯特。

埃莉诺甚至没有跟着自己的行李到房间里参观一下。“不用看也知道，”埃莉诺说，“卧室非常狭窄，墙上贴着卓别林《大独裁者》的法语海报。”（事后证明她猜错了，墙上确实贴着法语海报，不过宣传的电影却是《绿野仙踪》）她和艾丽迈出旅馆，亲昵地挽着胳膊，大步流星地经过两家商铺，准备去见见其余的家庭成员以及红色的书店。

埃莉诺首先从门外欣赏书店，她伸长脖子，仔细端详挂在高处的招牌，接着径直横穿马路，险些撞上飞驰而过的摩托车。艾丽跑到马路对面，跟她站在一起，我望向她们俩，仿佛看到了慈祥的外祖母与撒娇的外孙女，她们仰起脸颊，指点着不同的楼层：那是我们睡觉的地方，那是我们吃饭的地方，那是房东太太居住的地方。然后，她们手拉着手，谨慎地瞧了瞧左右两头，顺利地回到马路这边，昂首挺胸地踏入书店。

艾丽留下黛芙妮独自掌管收银机，黛芙妮在柜台跟前摇晃，就像虚弱的幽灵在飘荡，学校的课程和住院的经历显然令她疲惫不堪。她应该在楼上卧床休息，但是她不愿意，坚称书店可以令她平心静气。况且，顾客稀少的现状意味着书店跟她的闺房一样安静。可是，透过埃莉诺的眼睛观察黛芙妮，我还是皱起了眉头。诚然，黛芙妮好多了，但是尚未完全康复。这也是我没有理睬德克兰的原因之一，我很想在短信中回答一切都好，然而实际却并非如此。

“**埃莉诺阿姨！欢迎光临！**”黛芙妮说着，扑上去拥抱埃莉诺。

“哎呀，哎呀！”埃莉诺贴着黛芙妮的脑袋说，我觉得黛芙妮的头发仍旧散发着医院的味道，我担心自己的思维会制造错觉，害得我永远都能闻到那股味道，“多么美妙的法语问候！”

“**双胞胎呢**？”我说。我急于向埃莉诺展示一下，在生活的某些方面，我也具备一定的能力，比如讲几句简单的法语。

“安娜贝拉和彼得在儿童文学区。”黛芙妮说。在她的强烈要求下，双胞胎又回到了我们的身边。毕竟，现在的我舍不得拒绝黛芙妮的任何愿望，而且我自己也非常喜欢双胞胎的单纯、可爱与乖巧。

“啊，对了，”埃莉诺说，“我差点儿忘了，还有两个遭到抛弃的小家伙呢！我一直都觉得很好奇，盼着早日跟他们见面。”

“黛芙妮，”我说，“你把他们俩**单独**留在楼上了？”

“**妈妈**，”艾丽说，“虽然我们住在十九世纪的建筑里，但是我们可以运用二十一世纪的科技呀！”

“**什么科技**？”我说。

黛芙妮举起小小的平板电脑，那是我拿来阻止她购买手机的替代品。在此之前，黛芙妮整天都带着艾丽用过的音乐播放器。这个平板电脑的质量其实相当不错，我特意挑选了像素很高的型号，打算趁着黛芙妮上学的时候探索摄影功能。回首往昔，在我自己读书期间，拍摄影片需要租借笨重的专业设备，关键的零件总是缺三短四，经常还没完成就得归还器材。如今，人人都有设备（因为包括手机在内的许多东西都是设备），人人都能使用，就连我也不例外，或者说尤其是我。我终于可以制作自己的电影了。

但是，我还没来得及开始，便发现有人正在制作关于我的电影，关于我们大家的电影。

“阿西夫在楼上安装了监控摄像头，”艾丽说，“就是为了解决这种问题。”

埃莉诺挑起眉毛，朝我投来视线，我以为她是在警惕隐藏的摄像头，那也是令我惊慌失措的原因，可是紧接着，我意识到她关注的焦点是阿西夫。

“阿西夫安装了什么？”我说。

“阿西夫是她的**小男友**。”黛芙妮对埃莉诺说。

“他并不小，”我对埃莉诺说，“比我还高，长得很帅。”

“他是我的好朋友。”艾丽说。（她甚至脸红了，埃莉诺变得更加警惕，我却感到如释重负，我一直担心艾丽再也不会为任何事情脸红了。）

“等等，他为何要在我的房子里安装摄像头？”我说。

艾丽叹了口气：“你也知道，儿童文学区总是丢书，因为没人在楼上盯着。现在，咱们不必担心了，只要轻轻一点，就可以随时随地调出监控视频，无论手机还是电脑，都能连接到摄像头。”

“真厉害。”埃莉诺说。

大家纷纷看向我，我想象着一个摄像头在空中转动。广角，特写，静音。

众人沉默不语，片刻之后，黛芙妮——我的语言学家，睿智的小女儿——忽然开口：“**一位天使经过了**。”这个表达通常会在谈话的停顿中出现，有助于化解尴尬，虽然放在此刻使用不太恰当，但是我依然颇为感激，直到安娜贝拉走下楼梯，惊讶地盯着黛芙妮。

“**一位天使**？”安娜贝拉问，“是你的爸爸吗？”

不。

埃莉诺无法相信，面前的美味佳肴都是速冻食品吗？

对。

将皮卡尔主厨介绍给我们的恩人是莫莉，她曾经为我们“烹制”过一两顿饭。起初，我还以为她是超水平发挥：切片鸭胸肉配卤汁蘑菇，猪里脊肉蘸蜂蜜芥末酱，鮟鱇鱼，精致的黄油青豆，松脆可口的苹果馅饼。然而，我们很快便得知，她所做的工作不过是拆掉包装袋，把速冻食品塞进烤箱，巴黎的其他居民和不少餐厅皆是如此。

“皮卡尔主厨”是我们私底下起的绰号，其实，这些菜肴全都来自一家名叫“皮卡尔”的速冻食品公司，在莫莉揭晓秘诀之前，我从未踏入过他们的神圣领地。当我终于走进一间皮卡尔的连锁店时，首先感到屋里显得异常整洁。透明的玻璃橱闪闪发亮，雪白的日光灯耀眼夺目，墙壁的颜色固然活泼，墙上却几乎空空荡荡，毫无装饰物。不过，包装袋上倒是印着漂亮的照片，准确地反映了实物的模样，可谓表里如一，跟美国的速冻食品截然不同。我很享受准备皮卡尔大餐的过程，看着热气腾腾、香飘四溢的盛宴，我会想起罗伯特的杰作，想起埃莉诺参加的“烹饪节目”。

不管是速冻食品还是新鲜食品，反正这顿饭深深地吸引了埃莉诺。我为她、艾丽和黛芙妮选择了生牛肉片配橄榄油和罗勒叶，为彼得和安娜贝拉选择了炸鸡块。（莫莉说过，成功的关键就是在皮卡尔的基础上做出自己的调整，但是我喜欢皮卡尔的原始配方。）埃莉诺向女儿们询问学校的课程（她们认为非常困难，相比之下，她们觉得以前在美国学过的课程都太简单了）、巴黎的生活（她们希望教堂的钟声不要响得那么早，不要敲得那么频繁），以及我们的书店。

“小时候，”埃莉诺说，“我梦见自己住在书店里。”

“是吗？”彼得说，我能看得出来，他发现埃莉诺比自己的外祖母布鲁雅太太更像外祖母，“什么样的书店？”

“噢，”埃莉诺放下刀叉，拿起餐巾，“应该是位于远方的一家红色书店。”

“我们的爸爸经常去远方。”彼得说。

“这家书店是红色的！”安娜贝拉说。

“我还梦见，红色的书店上方有一栋小小的公寓。”埃莉诺赶紧说。

“这家书店上方也有一栋公寓！”彼得说。

“在梦里，只要我愿意，随时都可以去看书。”埃莉诺说。

“我们不行，”安娜贝拉说，“爸爸说我们会分心。”

“为书本而分心大概是最美妙的事情了。”埃莉诺说。

“**没错**。”黛芙妮说。

“我觉得你梦见的就是这家书店！”彼得说。正如问号定义了罗伯特一样，叹号也定义了彼得，就连符号的形状都很适合他们。深陷困惑的罗伯特弓腰驼背？精力旺盛的彼得昂首挺胸！

“嗯，我认为自己梦见的确实就是这家书店。”埃莉诺说。

“可惜，偶尔也会变成噩梦。”艾丽说。

彼得扮了个鬼脸。安娜贝拉总是故意捉弄他，在睡前要求我们念**《第一次做噩梦》**，那是一册专门讲述噩梦的法国绘本。艾丽戳了戳安娜贝拉，黛芙妮忍住不笑出声来。我凝视着他们的脸庞——这是一个家庭，我们五人组成了一个家庭。尽管没有父亲，而且两名年幼的孩子还是由另一位父亲托付给我的，但在一定意义上，我们依然是完整而正常的家庭，可以在晚餐期间吃着精美的食物，愉快地互相调侃。

然后，我又一次暗暗思忖：罗伯特肯定会喜欢的。这个念头并非凭空猜测，一切都写在他的书稿里，故事中的家庭热爱巴黎，而巴黎也热爱他们。

“我建议，我们不要在临近睡前谈论噩梦。”埃莉诺说。

“我只是想表达，经营书店很不容易，”艾丽说，“不仅生意惨淡，还会遭遇窃贼。”

“比如吉卜赛人！”彼得说。

“彼得！”艾丽说。一个月前，艾丽（和阿西夫）刚刚去市政厅参加了一场集会，支持无国籍的罗姆人[①]。示威的群众声称，多年以来，罗姆人经常被安上莫须有的罪名，蒙受不白之冤。艾丽宣布，我们不许再说“吉卜赛人”，甚至不许再读贝梅尔曼斯的《麦德兰与吉卜赛人》。对于彼得而言，这条禁令显得格外苛刻，因为那本书的主题是马戏团（他认为所有书都应该提到马戏团，可是实际涉及马戏团的作品却少之又少）。

“有人偷过我的书。”安娜贝拉说。

“噢，可怜的孩子。”埃莉诺说。

“如果你自己把书到处乱放，”艾丽说，“还能指望什么好结果呢？”

“指望大家诚实守信。”黛芙妮说。

---

① 罗姆人：一个起源于印度北部、散居全世界的流浪民族，即通常所说的“吉卜赛人”，但是大多数罗姆人都认为“吉卜赛人”这个称呼含有歧视含义。

“可不是嘛，”埃莉诺说，她转向我，“对了，你们几点睡觉？”

“今天来了一群孩子，”黛芙妮说，“趁着艾丽去旅馆跟你们见面的空当儿，他们集体冲进书店，我知道其中一个人偷了东西。”

“艾丽，”我说，“这就是为什么我不愿意让黛芙妮独自看管书店。”

“我愿意独自看管书店。”黛芙妮说。

“我就在隔着两家商铺的地方，”艾丽说，“你也是。”

在处理扒手的问题上，我们拟定了简单的协议：让他们随便偷。有时候，如果嫌疑犯的年纪比较小，艾丽会擅自打破规则，在书店外面拦下对方（令我惊讶的是，艾丽抓到的女孩比男孩多）。而我会阻止艾丽的警察工作，把没收的赃物作为礼物送给他们。有一次，艾丽当场逮住了一个正在行窃的小女孩，她企图悄悄地拿走《上帝，你在吗？是我，玛格丽特！》①。虽然这样说有冒犯朱迪·布鲁姆之嫌，但我几乎认为那是一部小女孩该偷的童书（正因如此，我才会把它摆在店里，尽管朱迪·布鲁姆仍然健在——但愿她能长命百岁）。成年人盗窃圣经和廉价的莎士比亚作品，背包客盗窃地图。

一位十分特殊的罪犯偷走了罗伯特·伊迪的《中央时间》，扉页上写着潦草的字迹。

“我觉得，有几个孩子似乎在艾丽举办讨论会的那天晚上来过。”黛芙妮说。

“很好，”艾丽说，“都怪我。”

---

① 《上帝，你在吗？是我，玛格丽特！》：美国儿童文学作家朱迪·布鲁姆（1938—）出版于 1970 年的长篇小说。

"我不是这个意思！"黛芙妮说，"而且，我可能搞错了，毕竟他们人数众多。我当时心想，真是奇怪，那感觉非常奇怪。也许是因为那个孩子，我甚至无法确定他是不是孩子——他戴着墨镜和帽子——"

"他偷了什么？"安娜贝拉说。

"大概是**《第一次做噩梦》**吧。"艾丽说。

"艾丽。"我连忙表示制止，可是安娜贝拉已经匆匆地跑去查看了，彼得自言自语地念叨着"丁丁"，也跟着姐姐消失了。

"好了，孩子们。"我说，"黛芙妮，我很抱歉，以后我绝不会把你单独留在书店里，但是咱们要注意，别在**双胞胎**面前提起这种事情，**好吗**？"

"我完全可以单独留在书店里。"黛芙妮说。

艾丽站起身来，离开了餐桌。

"呃……"埃莉诺说。

"'故版书店'的日子总是丰富多彩。"我说。

"这让我替你们感到担心。"埃莉诺说。

"不必担心，"我说，"入店行窃的小偷很烦人，但是也很正常。你可能还记得，我曾经在书店里偷过东西。"

"我听说过，"埃莉诺答道，"不过我还以为我们不能谈论——"

艾丽回来了，捧着黛芙妮的平板电脑。

"那是我的。"黛芙妮说。

"我知道，"艾丽说，"这个看得比较清楚，稍等。"

"艾丽，在餐桌上不许使用电子设备。"我说。

"我刚好截下了那段视频的尾巴，"艾丽说，双眼依然盯着屏幕，

“监控录像的内容只能保存两个小时，之后就会自动覆盖，所以咱们也许会错过这个家伙在店内的大部分举动，甚至无法判断他偷了什么或者是否偷了东西，但是起码能够看到他往外走的情形。”

不知为何，艾丽首先向埃莉诺展示了视频，埃莉诺伸长脖子，向后仰了仰脑袋，“说实话，我不戴眼镜根本看不清。”

艾丽又把平板电脑递给我。黛芙妮来到身边，越过我的肩膀张望。“对，就是他。”她笃定地说。我们开始仔细地研究他，艾丽按下暂停键，从各个角度放大画面。终于，我们达成共识，一致认为在黛芙妮见过的那群孩子中，确实有一名少年偷了一本书。（摄像头甚至让我们看清了书名：《云图》[①]。）

然而，这并不是最重要的细节。

在“抢劫”发生的瞬间（艾丽称之为“抢劫”），我看到一个男人穿过孩子们的包围，朝相反的角落走去。艾丽以小偷为中心，不断地推近镜头，那个男人迅速消失在屏幕之外。毕竟，他站在“抢劫”现场的对面，谁都没注意到他。

除了我。

不管在哪儿，我都能认出自己的丈夫。

这次跟我在书上见到他的感受截然不同，他并非出现在一张半个世纪以前拍摄的照片里，而是出现在一段两个小时以前录制的视频中。现实追上了幻想，抑或幻想追上了现实。无论如何，那就是

---

① 《云图》（The Cloud Atlas）：这里指的是本书作者利亚姆·卡拉南于2004年出版的一部长篇小说，同年英国作家大卫·米切尔（1969—）也出版过一部基本同名的长篇小说《云图》（Cloud Atlas）。米切尔的《云图》在国外非常有名，后来还被改编成同名电影，经常有读者想要阅读米切尔的《云图》，结果却意外地翻开了卡拉南的《云图》，卡拉南本人也曾经拿这件事情开过玩笑。

罗伯特。

自从抵达巴黎之后，我越来越难以相信他死了，原来是因为他来到了巴黎。

他来到了我们的书店。

我们找到他了。我找到他了。

他找到我们了。

我抬起头来，看向女儿们，可是她们已经率领双胞胎动身前往儿童文学区了，准备检查还有什么作品丢失。我收回目光，看向埃莉诺，但她只是困倦地朝我摇了摇头，显得精疲力竭。我感到自己的视线变得凝固而涣散，仿佛我的眼睛成了冷冰冰的摄像头。

罗伯特还活着。

第十三章

艾丽留下了平板电脑，我小心翼翼地捧起它，慢慢地在屏幕上来回地滑动手指。后退，播放。向左，向右。我想起了罗伯特曾经做过的先锋实验，想起了那本自动删除内容的电子图书。倒带和翻页的感觉差不多，只是随着每次操作，眼前的故事不会逐渐消失，反而变得越发清晰。

是他。

画面的角度不甚完美，镜头并未捕捉到他的正面，仅仅拍到了他的背影。他似乎瘦了许多，但是在粗糙的视频中，他的轮廓和举止依然十分熟悉，最典型的标志就是他在书架之间穿梭的动作。回首往昔，无论我们在何处逛书店，他都迈着优雅而紧绷的脚步，犹如闯入陶瓷坊的公牛，生怕笨拙的蹄子会破坏精致的陈列品。我知道，书籍深深地吸引着他，对他而言，书籍不只是可以浏览的对象，还是能够触摸的宝物。没有哪位作家不喜欢握着书本，感受它的存在。（我发现，敲定一笔买卖的绝佳方法便是将书本放在顾客的手上，让他们随意翻动，尽情体验。）我明白，由纸张和胶水构成的书籍会通过重量来传递价值。以前，人们总是在书架上摆满百科全书，并非为了每天查阅其中的知识，而是为了每天欣赏坚实的书脊。在这个纷繁复杂的世界里，那些大部头的厚书紧紧相依，形成了一条环绕净土的护城河。

罗伯特热爱书籍，但是也厌恶书籍，尤其是在没有收入其作品的书店中，不过即便作品得以上架，他仍旧觉得不满：为什么要把他的心血放在打折区呢？他讨厌自己写不出来的书籍，他讨厌三流作家的书籍，他甚至讨厌优秀作家的书籍。在我们的巴黎书店里，他走到打折区的桌子跟前，一如既往地拿起一本书，快速地瞥向封底。如果在末尾出现了黑色的记号，就意味着这本书已经贬值了，意味着它无法全价出售，意味着有另一位作家跟罗伯特一样失败。然而，除了作家和书商之外，谁都不会在意如此微小的细节。罗伯特认为那些记号是莫大的慰藉，而且他喜欢便宜的书籍。因为尽管他厌恶书籍，可终究还是热爱书籍。他刚刚在密尔沃基失踪的时候，我首先想到了图书馆。在我的建议下，警察去了，却一无所获，于是我亲自去了，虽然也没找到他，不过我看见他了。我想象着他四处游荡，在摇摇欲坠的书架下方被沉甸甸的字典砸中，或者在机械式密集柜①之间被活生生地挤压。那是我为他设计的结局，可是他肯定不愿意接受。毕竟，这样的死亡过于引人注目，过于顺理成章。

① 机械式密集柜：密集柜最早起源于日本，是一种可以移动的文件柜，常用来存放档案、书籍等资料，可分为手动式密集柜、机械式密集柜等。

埃莉诺自告奋勇地承担起安顿孩子们就寝的艰巨任务，大家深受鼓舞，争先恐后地跑上旋转楼梯。她让我先去旅馆大厅坐一会儿，她说，稍后我们需要好好谈一谈。

最终，我们确实谈了，但是谈话的主题跟我计划中截然不同。孩子们都想听睡前故事，于是我在大厅里独自坐了整整一个小时，不停地倒带、重播、放大、缩小，反复地向眼睛证明内心早已深信不疑的事实。我把自己的发现分享给埃莉诺，她显然不能接受。起初，我以为她的反应是基于对科技的一贯怀疑。诚然，我也觉得不能依赖科技，“但是他就在这儿”，我举起屏幕给她看，调慢速度，一帧一帧地播放。我说，没错，你看不到他的脸庞，但是你能看到他的肩膀、屁股和走路的模样。我向她解释罗伯特平常走路的模样。她肯定也有印象，对吧？虽然我还是得当面见到他才能确认，不过——

她摇了摇头。

“什么意思？”我说，“你为何看不出来？”

埃莉诺的眼睛红了，泪光微微闪烁，但是态度颇为坚决，“因为我知道罗伯特究竟怎么了。”她稍作停顿，重新开口，“莉娅，这就是我一直想告诉你的消息。我知道那不是他，因为在数月之前——实际上，在几天之前……”

我静静地等待。

“对不起，亲爱的，”埃莉诺说，“我给他们打电话了。”

他们。在飞往巴黎之前，我跟警方见面，听他们汇报了“最新进展”。我之所以要使用引号，是因为根本就没有任何进展，什么都没有。可能这并不是他们的错，我却彻底崩溃了，将满腔的怒火发泄在他们身上。我大喊大叫，推倒了一把椅子，使劲儿摔门，震碎了镶嵌在门上的玻璃。后来，埃莉诺提出由她来担任中间人，我并未抗议，警方也默许了，我们甚至签订了一份正式的协议。

长期以来，我很乐意拥有一位能够提供缓冲的中间人，直到此刻为止。此刻，我的中间人对我说，罗伯特，我的丈夫，作家，黛芙妮和艾丽的爸爸，死了。

因为警方声称他死了，因为“大量证据”表明他死了。在离开美国的那天，作为我指定的代表，埃莉诺尽职尽责地联系了警方，于是他们告诉她，他们决定下结论了。虽然他们还得撰写案件报告，但是——

但是我刚刚看见他了。

埃莉诺依然在讲述：“他们没找到。我希望这句话能带来一点儿安慰，但是我知道不可能，我真的不想用那个词，他们没找到——”

“尸体。”我轻轻地说。

她显得很惊讶，接着点了点头：“我很难过，莉娅。”

我端详着她。

“还不够难过。”我说。

“莉娅。”

然而，事实就是如此。埃莉诺把罗伯特的书稿发给了女儿们！在那之前，埃莉诺劝我们来到了巴黎。再往前推，埃莉诺认定罗伯特还活着，并且让我也相信他还活着。可是现在，现在——

“抱歉，”我说，“你错了。”她肯定错了，警察也错了。他们之所以找不到尸体，是因为他在巴黎，我亲眼所见，他没有死，他还活着，在三十米之外的书店里漫步。

我拿起平板电脑，但是只能呆呆地凝视着漆黑的屏幕。我太疲倦了，太困惑了，太愤慨了，根本无力按下电源键。

“有时候，”埃莉诺说，“我们会看到……”她紧紧地抿起嘴唇。

“他们说了什么？”我问，“他们又看到了什么？”

“有一艘船，”她说，“属于学校的水上活动中心。”

我以为她会说他们在一座桥边发现了一双鞋子和一张纸条，或者发现了一辆废弃的租赁汽车停靠在距离格林贝①西部一小时车程的地方，甚至在遥远的蒙特哥贝。总之，全都是极为老套的线索，大家早就司空见惯。于是我可以理直气壮地说：“不是他，肯定不是他。”他能扮演许多角色，但是从来不会甘于平庸，哪怕只是一个小时。

可是，水上活动中心是他的避难圣地。他经常独自前往湖边，面对粼粼波光，并非出于驾驶帆船的爱好，而是由于逃离现实的需要。起初，他去那里是为了构思一部早期的作品，故事的女主人公非常年幼，却孤身从迈阿密航行至古巴（罗伯特故意颠倒了通常的航行方向）。但他很快便了解到，密歇根湖跟墨西哥湾截然不同，水中没有鲨鱼，而且也不温暖。密歇根湖位于内陆，天气变化颇为迅速，在水底冒泡的沉船数不胜数，就连历史学家也无法统计清楚。不过，借助专业的训练、强大的勇气和最重要的好天气，还是可以成功地跨越密歇根湖。只要你制订周密的计划，只要你选择合适的帆船，只要你带上同行的伙伴。然而，他讨厌跟别人一起航行。

① 格林贝：美国威斯康星州东北部的一座城市，下文提到的蒙特哥贝为牙买加西海岸的城市。

违反规定很像是他的作风，尤其是在他不打算回来的情况下。

“不久之前，巡防队在靠近密歇根州的岸边发现了一艘船。事实证明，密歇根湖不仅是大湖，而且是巨湖，”她说，“这艘船失踪了数月才重新露面。警方确定它就是罗伯特驾驶的帆船，因为在水上活动中心有租借记录。我的意思是，你会收到一封警方寄出的长信，然后你要接听他们打来的越洋电话。你必须遵照法律条款办理相关手续，虽然过程很痛苦，但是最终会让你的生活变得轻松一些。”她稍作停顿，等待我开口，见我沉默不语，她继续讲道：“警探说，租借记录上有罗伯特的亲笔签名。罗伯特不应该在那天独自出航——当然，任何日子都不应该，可是那天格外凶险，据说气象台发布了大风预警的信号，好像是黄色预警，谁知道呢？如今，我们都要靠幼儿园的颜色来判断安全等级了。气象记录显示，那天没有下雨，不过风浪很大。他驾驶的帆船还算不错，然而体积太小，无法抵御恶劣的天气。”

但是非常结实，足以在“巨湖”上颠簸一年？

“日期呢？”

“就是他失踪的那天，一年多以前。”她仔细地端详着我，“我明白，这个消息来得太突然了。”她说。没错，我不相信她，可是——

“水上活动中心？”我问埃莉诺，“他们确定？”

“不，”埃莉诺说，“我不确定，但是警方确定，所以我也无法怀疑。水上活动中心的那群蠢货居然没注意到船丢了，当初他们甚至还告诉警方一切正常。可是现在，一年过去了，巡防队偶然发现了一艘船，有人又碰巧核对了码头的仓库清单。我要提醒你，他们很少这么做。在赶往机场的途中，我开车经过学校，顺便亲自查看了一下，我不知道你以前是否去过。”

我没去过。那是罗伯特的私人领地，承载着他的骄傲与安慰。

“整个水上活动中心简直一团糟，疯狂的学生们到处乱跑，岸边停靠着几十艘破破烂烂的帆船，救生衣扔得遍地都是——”

埃莉诺讲述着毫不相干的题外话，表达着对警方、社团以及罗伯特的愤怒，喋喋不休的唠叨莫名地削弱了坏消息带来的冲击。而且，我依然拥有自己的证据和希望，不过它们在现实的猛攻之下正在逐渐瓦解。撇开巡防队、警方和水上活动中心的学生不谈，最让我感到焦虑不安的是埃莉诺相信罗伯特不在了。

“但是完全没有他的踪迹？”我说。

“亲爱的，”埃莉诺说，她转向旁边，涨红了脸颊，“唉，我早就料到这会很难。”她喃喃地自言自语，然后再次朝我投来目光，“正如我所说，接下来你需要办理法律手续，你必须做好准备，我也会帮你做好准备，但是其中一项任务便是跟孩子们谈话。”

“准备？”

“在威斯康星州和美国的大部分州里，如果有人失踪超过七年且毫无线索，法院就可以正式宣告其死亡。”

“这还不到七分钟！”

“眼下已经是六月了。”埃莉诺说。

“六月初！”我说。

“莉娅，六月初还是六月底又有什么关系呢？重点在于，倘若证据充足，你不必等待七年之久。”埃莉诺说，“罗伯特失踪一年多了，在此期间，他没有从银行账户取钱，没有拿信用卡买东西，没有在密尔沃基留下蛛丝马迹。”

“因为他在这儿，”我指着平板电脑，“我刚才看到他了。”

埃莉诺环顾四周，仿佛想寻求支持，可是除了我们俩，大厅里空无一人。“还有谁看到了？”她说，虽然并不恼火，但是十分坚决，“我们都看过监控录像，你的女儿们也看过，然而没有人看到他。”

“黛芙妮在新桥上看到他了！”

“那次也是一样，没有别人看到。”埃莉诺说。

“我在书中发现了他写的‘对不起’，”我说，“这一点我可以肯定。”

“你确实可以肯定，”埃莉诺说，“不过，你能肯定他是什么时候写的吗？也许是一年以前，在另一家二手书店。而且，你能肯定就是他写的吗？”

我不能。因为我无法核查，因为他把书偷走了。

“我可以肯定他写了那份书稿！”我说，“你也可以肯定。整整一百页，页页都有他，当初是你先指出来的。”

“我建议你从头开始念，第一页上写着‘小说’二字，每年九月，我都得提醒自己的学生，所谓‘小说’，就是所有内容均为虚构。”

“它是真实存在的！你明明去过那家书店。”

“我去过你的书店。但是，我没有见到——故事里的妻子叫什么名字？凯莉？——而且我非常肯定，我也没有见到故事里的丈夫。”

旅馆的大厅灯光昏暗，埃莉诺老态尽显，我恐怕显得更加衰老。眼前的房间似乎吞没了全部的声响，我感到喉咙干哑，仿佛一晚上都在嘶吼，却几乎听不到自己的话语。

“对不起，莉娅，”埃莉诺说，“我很生气，但不是生你的气。

或者有一点儿生你的气，因为你不愿意让我帮忙。可是，我生自己的气，因为我想不出该如何帮忙，因为我无法回答你的问题：我能肯定警方的结论正确吗？我能肯定罗伯特死了吗？我能肯定他躺在密歇根湖的水底吗？我不知道。我只知道自己现在相信的事情，那就是他已经离开我们了。”

我仍旧低垂着脑袋，我可以感受得到，她正在盯着我，等待我迎上她的视线，但是我做不到，所以我并未抬头。

“你需要想象一个没有他的未来，莉娅。”

这便是问题的症结所在，也是我愤怒的主要缘由。其实，我早就走进没有他的未来了，不过那是一种精心架构的未来，建立在复杂的两面性之上，随着季节变化，路面的缝隙会让脚下的路或变宽或缩窄。日子有好有坏，但是随着岁月流逝，我慢慢习惯了罗伯特的缺席，甚至渐渐喜欢上没有他的生活。我思念浪漫的作家，却不留恋艺术的焦虑；我思念孩子的爸爸，却不留恋婚姻的困惑；我思念曾经追逐过我的男孩，却不留恋让我追逐了将近二十年的男人。

我不知道，如果见到他，我会说什么。

“你为什么要走？我们为什么过了这么久才踏上巴黎的土地？”

然后呢？欢迎回来？

再见？

正因如此，我不愿听埃莉诺说话。正因如此，我不愿再假装他死了。如果他死了，我就没法离开他。如果他死了，我会重新爱上他。我只想让他回来。为了女儿们，为了埃莉诺，也为了我自己。我还惦记着当年的那个男孩，惦记着他的书籍、他的微笑、他的眼睛、他的巴黎和他的威斯康星州世界地图。

但最重要的是，我希望由自己来决定一切。不管警方，不管埃莉诺，甚至不管罗伯特。倘若我想在精致的书本或粗糙的视频中见到他，我随时都可以见到他。

因为我已经见到他了。

我是最后一个见到他活着的人，这是特权，也是负担。那天晚上，在密尔沃基的家中，罗伯特对我说“不”，他没有购买前往巴黎的机票，他不能撰写出版社要求的旅游指南，他觉得自己无法完成任务，他现在什么都无法完成……

我告诉罗伯特，如果他不振作起来，我就会离开。

我要远走高飞，直到他考虑清楚，提出改善现状的办法：吃药，还是不吃药；接受心理咨询，还是不接受心理咨询；写作，还是不写作。

我等待他回答，但是他一言不发。就像现在的埃莉诺一样，他站起身来，默默地迈上楼梯。

在埃莉诺消失之际，我终于恍然大悟，罗伯特留下的书稿并非正在构思的作品，而是遭到打断的作品。问题不在于我们把罗伯特的书稿变成了生活，或者一直生活在罗伯特的书稿里，而在于我们即将耗尽所有的纸张。

次日清晨，巴黎从沉睡中苏醒，微风拂过花园，清水淌过沟渠，人群挤满街道，店面闪闪发亮，仿佛夜里波澜不惊，毫无异动，我既没有听说自己的丈夫死了，也没有看到他还活着的证据。可能任何城市在隐藏悲剧之后都会这样做，但是那天的巴黎格外光鲜美丽，坚定地忽略了我，对我视而不见，听而不闻。恍惚间，我想起自己在巴黎遇见的士兵，他们总是三人一队或四人一组，怀抱着武器，走在普通的街道上。在他们的眼中，流落异乡的美国书店老板根本就不存在。他们看到了一切：这辆货车，那群男子，路边停靠的汽车，支离破碎的窗户，破破烂烂的背包，呼啸而过的摩托。他们看到了一切，却看不到我。有一回，街道上空空荡荡，他们经过我的身边，近在咫尺，却目不斜视。我觉得难以置信，忍不住结结巴巴地说了一声“您好”。他们皱起眉头，继续前进，显得闷闷不乐，仿佛不小心闯入了错误的片场。

Tfk[①]？

德克兰和艾丽曾经试图教我法国的短信用语，但是我连法国的口头用语都掌握不好，何况那些太过晦涩的短信用语呢？除了青少年之外，没人能搞懂。比如“tfk”，起初在艾丽的手机上见到这个表达的时候，我还以为有什么不雅的含义。

其实并非如此，它就是德克兰此刻的意思，**你在做什么**？

昨夜跟埃莉诺不欢而散，今晨我早早便起床了，刚才把孩子们送去学校，眼下正在书店里闲逛。

我盯着自己的手机，以前学过的缩写都派不上用场：“tg”，闭嘴；“t o ù”，你在哪儿；“mdr”，哈哈。他们从未告诉过我，如何表达“德克兰，收到你的消息我才发现，我们需要见面，需要聊天，需要暂时脱离我们的暧昧关系，喘息片刻，因为我突然感到生活变得十分复杂。”我差点儿发短信给艾丽：“你们怎么说‘你没有错，

① Tfk：法语“tu fais quoi”的缩写，意为“你在做什么”，但是在英语中容易被误认为是“to fuck”的缩写，意为“交媾”，故下文有“不雅”之说。

都是我的问题’？”但是那样做毫无意义，艾丽已经抛弃了缩写，开始使用表情符号，尤其是翻白眼的表情。

于是，我只回复了一个字母，“Y[①]”。至少对我而言，它代表“是的，我起床了。”

过了一会儿，手机的铃声响起。我看向屏幕，是德克兰。

“‘为什么’？”他说，我没意识到他在引用我的短信。

“你在讲什么？”我说，“对了，我应该给你发‘早安’，但是这句话的缩写我也不记得了。”我的声音很古怪，仿佛在故作镇定，我希望自己能恢复平静。

“那个字母‘Y’，”德克兰说，“你在短信里写的。”他稍作停顿，“嘿，到底怎么了？你还好吗？”

“‘Y’意味着‘我起床了，我在这儿。’”我说，“但是还意味着我对于自己失去联络感到很抱歉，最近发生了许多事情，对不起，我……”

等等，我心想，难道我要在电话里讲这些吗？我需要跟德克兰见面，尽管会非常尴尬——好吧，也可能不会尴尬。毕竟，他是我的朋友，而且跟埃莉诺相比，他性情温和，彬彬有礼。我不必跟他讨论警方的发现，或者我自己的发现。

“你有空吗？”我说，“二十分钟？一个小时？我们见面吧。”

“我直到午饭之后都有空，而且还有一瓶上好的红酒，那是学生家长送给我的礼物，为了答谢我帮助他们在卢浮宫插队。”

---

① Y：可以作为英语“yes”的缩写，表示“是”，也可以根据发音理解为英语“why”的缩写，表示“为什么”。

我努力挤出微笑，虽然他看不见也听不到。或者，也许他可以。

“莉娅？”他说，“我们……好久不见了。”

“是啊。”我说，接着又陷入了沉默。我明白，这场见面是极为糟糕的提议，现在我需要的是时间，我需要一周、一个月乃至更长的时间来考虑清楚。

“卢浮宫的队伍真的很长，”终于，德克兰说，“他们真的很感激，而且真的很有钱。”

“德克兰，”我说，“我不能——听起来很棒，但是我们还是喝咖啡吧，好吗？我请客。”

“你跑题了，那不是我在谈论的事情。”德克兰说。

“我知道，”我说，“我谈论的也不是我在谈论的事情。”

这句话可谓颠三倒四，不知所云，简直比我的短信用语还要荒唐，但是当我们约定在孚日广场[①]见面时，他的声音显得悲伤、沉重而疲倦，仿佛整整一个早晨，他只听懂了这句话。

亲一下，亲两下，左边脸颊，右边脸颊。熟悉的气味，绅士的微笑，我微微一愣，差点儿吻上他的嘴唇。但是紧接着，我的手机嗡嗡作响，现实打断了幻想。

“早安，亲爱的，昨晚是我不好，现在一起去喝咖啡吧，立刻，马上。”埃莉诺的短信，态度十分坚决，但是恐怕她根本不清楚自己在法国使用美国手机需要花费多少钱。我摇了摇头，向德克兰道歉，迅速地回复埃莉诺：“我正在跟一位朋友见面。”我给她发短信自然要用英语，可是内心却忍不住暗暗思忖，这里的“朋友”该如

① 孚日广场：法国巴黎最古老的广场，位于玛莱区，横跨巴黎第三区和第四区的分界线。

何翻译成法语呢？普通的朋友，抑或暧昧的朋友？

“我们需要谈谈，”埃莉诺说，“一小时后，在书店家。”

“艾丽？”德克兰试探地问。

“在书店就。”埃莉诺又发来一条短信。

“不好意思，”我说，“看来我的时间比我预计的要少。”

“在书店见。”埃莉诺发短信纠正道。

从寒暄到愤怒，我和德克兰用的时间更少。

“所以，这就是你失去联络的原因？”德克兰问。服务员为我们端来了咖啡，可是我不想要咖啡，我想要烈酒，就算是啤酒也行。我希望今天是我们的初次约会，我希望我们可以直接去跳舞，我希望自己能够重新在厨房里翻阅《红气球》。这一回，我不会端详照片中的罗伯特，我将合上书本，凝视德克兰的脸庞。

“对不起。”我说。

“我已经超过一周都没收到你的任何消息了，”德克兰说，“我很抱歉在你女儿生病的晚上带你出去跳舞，但那是你的主意。”

“德克兰，”我说，“对不起，我没打电话。对不起，我没回短信。你的心肠很好，但是我的心思太乱，最近发生了许多事情。”

“显然，”德克兰说，“我的意思是，我明白。医院。黛芙妮。你肯定吓坏了。”

我默默地摆弄着杯子和茶碟，久久不曾开口，等到愤怒融化成悲伤以后，我复述了埃莉诺带来的消息，将一切和盘托出。其实，我早就该坦白了。我告诉他，先前我不是寡妇，如今也许是了，不过我却越来越相信自己的丈夫还活着。我在书中发现了一行字迹；黛芙妮在新桥上放声大喊；青春期女儿的加拿大男友安装了监控系统，镜头拍到的角落里闪过一道模糊而熟悉的背影。

我告诉他，巴黎给我留下了许多美好的回忆，而且全都与他息息相关。

“比如在梅尼蒙当遭遇抢劫？”他说，“或者在警察局接受心理医生的问询？或者你邀请我出来喝咖啡，为了讲这番话？”

“比如在成千上万的鲜花旁边享用五十道精致的菜肴，比如在白天的厨房里品尝红酒而非咖啡，比如你带我去跳舞，后来不停地询问一切是否还好——不停地询问，尽管我没有回答。”

“现在你还是没有回答。”他说。

“什么意思？”

“如果我听懂了你要表达的内容。”

“你听懂了。”我说。

“那你确实没有回答我。”他说，“你只是提到了一个来自密尔沃基的女人，她声称警方认为你的丈夫死了。他们找到了一艘船，打算撰写案件报告。你的女儿们还不知道这个消息。”

“她们不会知道的。”我说。

“你还要继续假装我不了解你的女儿们吗？”德克兰说，“虽然不甚了解，但是我很清楚，她们肯定知道。”

“对，没错，我必须告诉她们，但那是我的问题，不是她们的。”

“我觉得称之为‘问题’并不合适。”

“在英语和法语中，**‘问题’**都是最合适的用词。”

“真正的‘问题’是你以为你认定他还活着。曾经，你以为自己看到他了，你以为他给你留言了，但是现在你认定了。”

“没有完全认定。”我说。

“好吧。”德克兰说，但是他在赞同自己的想法，而非我的想法。你能等等吗？在我搞清现状之前，你能暂时做一位普通的朋友吗？我抬起头来，发现他已经走了。尽管他依然坐在面前，可是他离开了，而我无力挽回。他的话语、他的眼睛、他的肩膀、他的双腿、他的大手，统统消失了。我的钱包救星、跳舞保镖、赛跑冠军，忽然不见了。

“德克兰。”我说。

“我很难过，”他说，“真的。我为你而难过，也为我而难过。”他转过身去，呼唤服务员。

“德克兰，”我说，“我希望这不是告别。”

“不，”德克兰说，“眼下的情况比告别还要古怪百倍。”

洛朗也觉得眼下的情况很古怪。反正在我回到书店以后，布鲁雅太太是这样转达的。早晨送货的时候我不在，于是洛朗便叫醒了布鲁雅太太，让她代为签字（考虑到洛朗的一贯作风，他肯定还要让她帮忙把箱子搬进屋里）。布鲁雅太太不喜欢洛朗（他曾经告诉过她，他讨厌书籍，因为书籍太重了，他宁愿运送拖把），也不喜欢被人吵醒，更不喜欢我在正常营业时间——中午到傍晚——迟迟不开店门，害得她整日不得安宁。她把店内的大小事务都交给了美国人，自然不会抱有太高的期望，但是也没料到结果竟这样糟糕，尤其是书店似乎正在吸引一些危险人物。

起初，我以为她指的是艾丽、阿西夫和德克兰召集的那群孩子，但事实证明并非如此。洛朗声称，他看到有人在周围鬼鬼祟祟地“徜徉”。我估计布鲁雅太太在翻译的过程中选错了词语，应该是“徘徊”，不过洛朗表达的主旨还是颇为明确的。

布鲁雅太太表达的主旨也十分清楚：我得想办法好好经营书店，否则她会想办法把我们赶出去。归根结底，如果没有生意上门，我就无法按照签证的要求，成为法国商铺的生意合伙人。

面对布鲁雅太太的威胁，我自然感到非常愤慨，这也是她企图达到的效果，但是我也想好好经营书店。我希望获得炫耀的资本，让埃莉诺看到，或许在生活的其他方面，我确实表现得狼狈不堪，可是我能够在巴黎养家糊口。

诚然，我们早就花掉了罗伯特的大部分奖金，但是我们过得还不错。撇开布鲁雅太太的威胁不谈，乔治为我们申请的签证依然在发挥着神奇的魔力，乔治还帮我们争取了政府给私营书店发放的补贴。如果我要承担学费或者医疗保险费，卖书的收入显然不够，可是我不必支付这些。乔治出手很大方，而且尽管布鲁雅太太指责我不会做生意，她自己却不在乎钱多钱少，从不催我上缴每月的房款（当我们用英语讨论的时候，都会称其为“月供”，可是一旦切换成法语，她又谓之曰“租金”，实在令人深感困惑）。

原本，我以为自己和埃莉诺会利用一整天的工夫，在城里悠闲地散步，顺便让她倒倒时差。然而，那意味着再次关闭书店。如果我有充足的预算雇一位助手（莫莉总是恳求我把这个职位给她），情况可能会截然不同。

我拖着洛朗送来的最后一只箱子，脚步蹒跚地走进深处的办公室。外面忽然传来清脆的铃声，我意识到自己忘了在正式营业之前先把大门锁上。现在才反应过来，已经太晚了，不过这样也好，早早开张有助于弥补损失。说不定来者正是先前打听过初版《威尼斯套房》的那位男士。《威尼斯套房》是1979年的作品，苏菲·卡勒在其中插入了大量照片，并且撰写了颇为晦涩的文字。我们确实有《威尼斯套房》的初版，却始终卖不出去，因为它是布鲁雅太太的私人藏书，她要价五百欧元。如果今天上午我能以五百欧元的高价把它卖掉，今天下午就可以理直气壮地关闭书店或者雇佣莫莉了。

“**您好**，”我高喊道，“**欢迎光临，欢迎光临**。”我拍去掌心的尘土，推开充当暗门的书架。

“早上好。”埃莉诺说，她显得闷闷不乐，仿佛在抱怨“早上一点儿都不好”。

“你来了。我打算收拾完东西以后就立刻联系你。”我使劲儿眨了眨眼睛，“你睡得好吗？”我问。

“床铺很硬，躺在上面非常不舒服。”埃莉诺说，“我要为昨晚的事情向你道歉。”

“我也是。”说罢，我停顿了一下。

我以为埃莉诺会先开口说“对不起”，但是她沉默不语，于是我也没说。

“不过，我很高兴一切都结束了。”我说。

“未必，”埃莉诺从提包里掏出一个文件夹，“那家旅馆的工作人员简直恬不知耻，他们收取的打印费实在太夸张了。”

“哦？我们可以为你免费打印。”

“我想自已先看看，”她盯着我，“这是警方的案件报告。不知道是我的电话加快了他们的速度，还是浮出水面的证据提高了工作效率，总之，没什么新消息，都是我讲过的情况。”

我凝视着文件夹。里面的纸张少得可怜，远远比不上罗伯特的书稿。

“我说过，”我喃喃地低语，“我需要时间。”

“莉娅——”她朝我伸出胳膊，我条件反射地往后退。她僵在原地，表情十分受伤。接着，她把文件夹放在旁边，“莉娅，我正在努力给你时间。”

她满怀期待地端详着我。

“怎么了？”我说。

“艾丽说，有一位绅士在追求你。”

“有一位什么？她不可能这样说。”

“她有眼睛，她看得出来。”埃莉诺说。

“倘若她果真看得出来，就会发现我不过是按照你的建议在交朋友。如今，我有四个朋友了。五个，如果还能算上你的话。”

“先把我算上。”埃莉诺说。

“五号是一位普通朋友。他名叫德克兰，心地善良，相貌英俊，但是仅此而已，大家都明白。”

“是吗？”埃莉诺说，“莉娅，你有权享受生活，你有权追求幸福，那才是我想对你提供的帮助。我也很难过，我也希望警方的案件报告是假的，可是一旦克服痛苦，这份报告是多么宝贵的礼物啊！”

“快递司机说他看见一个男人在附近徘徊。”我说。

“他报警了吗？”埃莉诺说。

“我觉得不是坏人。”我拼命移开视线，躲避着埃莉诺的文件夹。

“无论是在巴黎还是在密尔沃基，你报警了吗？”埃莉诺轻轻地说，“当你在视频中‘看到’罗伯特的时候，你报警了吗？当黛芙妮在新桥上‘看到’他的时候，你报警了吗？当‘他’向你道歉的时候，当你偶然间发现书里写着‘对不起’的时候，你报警了吗？”

只要一个暂停键就好，如果全世界的科学家能够满足我一个愿望，我只要一个暂停键，除此之外别无所求。停止键太过分了，但是暂停键，只要一个暂停键，打断你不想听到的。

“他死了，莉娅。”埃莉诺说，“现在可以用这个词了。我知道，你觉得他好像刚刚才离开人世，但是事实证明，已经过去很久了，你应该继续前进了。”

她是如何做到的？在短短几小时前，区区几秒钟前，我还顽固地认定，自己在视频中看到罗伯特了。然而此刻，她却用声音、眼神和表情，彻底击垮了我坚守的信念。人生没有暂停键，但是埃莉诺显然有快进键，她狠狠地拽着我，跨越巴黎，跨越密尔沃基，跨越目光悲伤的警察，跨越语气冰冷的律师，跨越点头表示哀悼的朋友们，跨越垂首痛哭流涕的女儿们，跨越所有的过往与未来，准备踏上旅途，重新开始。

第十四章

不过，一切都得从我开始，我必须分清什么是虚幻，什么是真实。判断他死亡的结论具备所有证据，除了罗伯特的尸体；而认定他活着的推测却并无丝毫证据。我不知道该怎样定义视频中出现的背影，也不知道要如何解释在周围徘徊的幽灵。

我感到埃莉诺正在注视着我，分析着我。“我刚刚告诉莉娅，她的丈夫死了，可是她似乎无动于衷。”其实我动摇了，从一种信念渐渐地滑向另一种信念。

按下播放键。

“我会听你把话说完，埃莉诺，”我说，“但是你会听我把话说完吗？”其实，我还不确定自己打算说什么。

书店的电话铃声大作。

“请你帮忙接一下，”我说，这是我想到的第一句话，“拜托。”

埃莉诺拿起听筒，“**您好**，”她朝我投来视线，征求我的同意，我点了点头，“这里是故版书店。”她说。

她侧耳聆听。

“您能讲英语吗？”埃莉诺问，她又等待了片刻，然后继续说，“我不懂法语，这是一家英语书店。”

她停顿了一下，再次开口：“‘雷克’？那是作家的名字吗？”

雷克。法语的“学校”。竟然是学校打来的电话。**“喂，喂，”**我连忙抢过听筒，现在学校的消息甚至比女儿的眼泪还要可怕，令我胆战心惊，**“抱歉，我的助手不会讲法语。对，没错。孩子们？”**

孩子们，孩子们，我的孩子们。然而后来我才发现，他们指的是乔治的双胞胎。

抵达学校以后，我立即检查双胞胎的额头——上帝，求您了，别再让我们重返那栋发明了听诊器的医院——幸好，他们的体温很正常。女老师用英语解释，他们班上的同学今天要前往公园，但是双胞胎不能同行，因为他们的家长并未在许可表上签字。我主动提出当场签字，女老师缓慢地摇了摇头：我不是他们的母亲。

可是，我能把他们从学校接走？

我们站在外面的人行道上，她动手关闭大门。学校的教职员工不多，没法照顾落单的孩子，她说：**“对不起。”**

乔治也给我发短信道歉，但是埃莉诺十分高兴，她很喜欢双胞胎。不如我们自己带他们去公园吧？卢森堡公园怎么样？旅馆的侍者告诉她，那里有不少娱乐设施，非常适合孩子们玩耍。

“但是，如果你要等人的话，我们不必出门。”她说。

是吗？我讨厌她的口气，但是我不愿意困在书店里，所以我同意了她的提议。我给雪莱打电话，问她是否可以帮忙照看一下柜台，她让我直接停止营业。我没有给卡尔打电话，因为他每次把号码给我，我都会毫不犹豫地删除。最后，我联系了莫莉，她答应上完健身课就过来。待她赶到之际，不耐烦的埃莉诺已经戴上了墨镜，一言不发地朝莫莉点头示意。

“她就是那位著名的女演员，对吗？”莫莉低语道，我正在向她展示各种派不上用场的操作，比如记录销售业绩的方法。

“我不能说。”我也悄声嘀咕。

莫莉咧着嘴笑了：“我爱巴黎。”

趁我们转身离开，我的新店员偷偷摸摸地拍了张照片。

卢森堡公园距离不近，三公里的路途大概要走四十分钟，不过按照手机地图的计算，坐地铁所需的时间跟步行差不多。（但是彼得依然不停地哀求，渴望搭乘地铁，他认为地铁是全世界轨道最长且随处可见的过山车。）我打电话给布鲁雅太太，打算说明莫莉代班的情况，但是无人接听。我询问埃莉诺，我们能否以后再讨论先前的话题，她也沉默不语。

因此，随着琐碎的难题逐渐涌现，我反倒觉得如释重负。我们经过了一台旋转木马，它位于地铁入口的旁边，挤在狭窄的安全岛上。这座城市里散布着几十台旋转木马，数量非常惊人。从空中俯瞰，巴黎肯定就像一架正在运转的嵌满齿轮的庞大机器。孩子们摇摇晃晃地迈下旋转木马，晕头转向地在街上游荡，却没有令交通变得更加拥堵，真是难以置信的奇迹。我能看得出来，彼得的神情极为专注：旋转木马和地铁入口？卢森堡公园的秋千和帆船可以退居其次了。

然而，安娜贝拉需要上厕所。旋转木马附近的两个具备自动清洁功能的公共卫生间，由于发生故障，统统暂停开放。安娜贝拉的麻烦尚未解决，彼得又想上厕所了，微不足道的小危机迅速扩散成形势严峻的大危机。我们继续前进，努力加快速度，但是仍旧离卢森堡公园的卫生间很远很远，于是我当机立断，率领众人进入一家向游客贩卖可丽饼的店铺。室内空间颇为局促，屋子的宽度几乎比不上普通的台球桌，外卖窗口正对着街道，黑乎乎的冰柜里摆着乱七八糟的汽水瓶。负责收银台的男子是唯一的服务员，他看起来也是流落到巴黎的异乡人。不过，我并未像埃莉诺一样认定他会讲德语，可是没过多久，他们俩便热情地交谈起来。

他指向一扇不起眼的门，允许我们使用洁净无瑕的卫生间，接着带我们穿过另一扇不起眼的门，来到店铺后面的庭院中。面前是一张餐桌，两把椅子和一片小小的游乐场。

游乐场里堆满了玩具。

这是他的私人庭院，那些玩具属于他的孩子。我扭过头去，准备告诉埃莉诺，可是她正在跟服务员专注地聊天。

片刻之后，他转身离开，埃莉诺清了清嗓子。"卢森堡公园改日再去，"她宣布道，"今天，咱们先在埃德姆公园吃晚饭。"彼得和安娜贝拉显得十分困惑。"我的新朋友埃德姆是一名土耳其人，其厨艺之精湛，足以令美国人乃至法国人望尘莫及，他即将大显身手，为我们奉献一顿盛宴。"她说，"孩子们，看看那是什么？"安娜贝拉和彼得跳了起来，任何人的特殊举动都会令他们深深地着迷，即便是在皮卡尔的连锁店里遇到一位面带微笑的陌生顾客帮忙开门，他们都会激动地涨红脸颊。

"**玩具！**"他们兴奋地大喊。

"埃莉诺，"我说，双胞胎扑向玩具，"你太神奇了。"确实如此。

她没有再提起罗伯特，我暗暗思忖，不知自己还能逃避多久。

“噢，瞧你说的，这就叫神奇啦？”埃莉诺说，“葡萄酒还没来呢！”

葡萄酒。所以，我还能逃避一阵。埃德姆送来一瓶普罗塞克，我们仔细品味第一杯佳酿，静静地凝视着双胞胎，他们把游乐场的摆设搬来挪去，小心翼翼地排列着玩具。偶尔，一个孩子会把玩具递给另一个孩子，姐弟俩郑重其事地嘀嘀咕咕，然后重新安排一切。

“他们在经营一家小商铺，对吗？”终于，埃莉诺说。她伸手去拿瓶子，给自己又倒了一杯。

“这就是住在书店里的坏处，”我说，“每当做游戏的时候，他们都会假装卖东西。他们很少见到父亲，恐怕还没学会如何模仿国际咨询公司的顾问。”

“不要称之为‘坏处’，”埃莉诺说，“这是大大的好处。”

酒过三巡，埃德姆端来了一块小小的比萨，双胞胎狼吞虎咽地吃掉了，接着迫不及待地回去玩耍。很快，埃德姆便再次露面，呈上了他和埃莉诺设计的特色菜。不算惊艳，但是颇具异域风情——放了大量橘子和橄榄的番茄黄瓜沙拉。埃莉诺坚称她尝到了香菜，我却说是辣椒粉。她询问德克兰是不是爱尔兰人，我说不，我们没有。

“什么？”埃莉诺说，我这才意识到，我回答的是自己脑海中想象的问题，我以为她在问我有没有跟德克兰上床。她端详着我，恍然大悟：“天哪，莉娅。”

“拜托。”我说。

“噢，天哪，你们真的发生关系了，”她说，“我从你的声音里能听得出来。”

“我们没有。”我说，“其实我也不清楚你听到的是什么。总之，我听到的是另一个女人，另一个自己，她正在慢慢适应崭新的不同的生活？”

“单身的生活？”埃莉诺说。

“独立的生活？自主的生活。这种生活非常有意思。”

“‘有意思’在这里的含义是什么？”

“大概是‘有趣味’吧，但是不够确切。我会感到困惑，也会觉得快乐，不过通常情况下，就像是戴着一副崭新的眼镜看世界。你知道吗？当你跟某个人一起散步的时候，当你跟某个人一起坐在塞纳河畔的时候，当你跟某个人一起喝酒的时候，这座城市会显得截然不同。”

埃莉诺举起酒杯。“我并非故意窥探你的隐私，”她说，我盯着她，“好吧，没错，我确实在窥探你的隐私，但我只是好奇他是否来自爱尔兰，因为——”

“艾奥瓦州，”我说，“他在巴黎读工商管理学硕士，不过他来自艾奥瓦州。”

“噢，不是吧，”埃莉诺靠向椅背，“你怎么现在才说？我曾经在那儿教过一年书。如果把地球交给艾奥瓦州的居民来统治，天下就太平了，再也不会有战争。我们可以按时睡觉，在整洁的街道上开车，偶尔给骄傲能干的阿米什人[①]和他们的马车让路。诚然，我

① 阿米什人：信奉传统主义的基督教徒，生活简单，衣着朴素，不愿使用现代科技设备，多分布于艾奥瓦州、明尼苏达州和密苏里州。

们得吃更多的猪肉，不过我发现精心烹制的猪肉十分美味。”她插起一块鲜嫩欲滴的橘子，“就像这个一样。”她补充道。她朝酒瓶点头示意，于是我又给她倒了最后一杯，接着给自己也倒了一杯。我们来不及迎接女儿们放学了，我掏出手机，给艾丽发短信，告诉她，我们要晚点儿回去，莫莉在照看书店，她们到家以后必须先做作业。

我能够感受到埃莉诺的视线，但是我没有抬头，直到按下发送键。

“不过是艾丽罢了。”我解释道，挥了挥手机。我想向埃莉诺证明，甚至向自己证明，我是那种时刻将行踪报告给孩子的母亲。

“你在跟她讨论罗伯特的事情吗？”埃莉诺说，“她从来都不是脆弱的女孩，可是——”

“她总是非常冷漠，”我说，“不像黛芙妮。”记忆中无情地闪过黛芙妮躺在医院里的画面，小小的身躯忍受着发烧的折磨，滚烫的皮肤散发着热气。

“也许她表现得很冷漠，但是那并不意味着她不想交谈。”

“她们俩都不想。”我斩钉截铁地说，可是我根本就不确定。最近，我觉得我们母女三人分别代表着书中提到的三种心理阶段：沉默而恍惚的黛芙妮是“悲伤”，艾丽是“愤怒”，而我则是“否认”。

埃莉诺脸上的表情告诉我，她已经彻底识破了我竭力隐藏的心虚。“我可以给你看一样东西吗？”她问道，用餐巾擦了擦双手。

“不要。”我说。

她伸出胳膊，拿起我的手机，然后又还给了我：“让它找出上网的玩意儿。”

“什么？”

“我讨厌这个词语——浏览器。打开浏览器。”我照做了，她接过手机，艰难地输入了几个字母，在等待网页加载的过程中，顺便向我讲述她正在做的事情，“你知道艾丽选择的课堂项目是什么吗？摄影。”我摇了摇头：“我也非常惊讶，她很有天赋。”她把手机递给我。原来，艾丽创建了一个照片博客，专门上传巴黎的街景和路标的特写。我不禁松了口气，所以这仅仅是关于博客（又一个可怕的词语），关于艾丽的秘密天赋。不过，对我而言，那不是秘密。在游览梅尼蒙当的前一天夜里，我早就检查过她的手机，她的摄影技术和审美品位都值得称赞。

“她确实很有天赋。”我快速地翻看着博客中的照片。我很欣赏艾丽避开名胜古迹的做法，画面中没有常见的埃菲尔铁塔或圣心大教堂，只有分散在巴黎各处的普通店铺。灰暗的色调笼罩着平凡的建筑，不愧是我的女儿，也是拉摩里斯的女儿，尽管她肯定会极力反驳。然而，这并不是埃莉诺想表达的意思。

“莉娅，”埃莉诺轻柔地说，她收走手机，平放在我们之间的桌子上，用手指滑动屏幕，让照片陆续显示，“你发现了吗？”

我凑近手机。埃莉诺和艾丽也在镜头中捕捉到他了吗？

片刻之后，我终于明白了。虽然不是每张照片都有，虽然不是总在画面中央，但是——清清楚楚，真真切切。我拿起手机。这里。那里。鞋店。餐厅。作坊。大门。遮篷。招牌。菜单。**罗伯特精品专卖店**。**罗伯特与路易斯餐厅**。**罗伯特四号**。**罗伯特出版社**。**罗伯特公司**。**罗伯特父子**。

“噢，天哪！”我对手机说，对艾丽说，无论她此刻正身在何方。

我环顾庭院，望向幸福的双胞胎，望向隔壁的洗衣房。我看到了周围的一切，却没看到女儿的痛苦，也没看到她眼中的巴黎。“这太糟糕了。”我喃喃地说。

埃莉诺摇了摇头，“不，这很美丽”。我放下手机，不敢再看。“但是，这也表示，她思念他。”埃莉诺说。

“我知道，我知道，埃莉诺，我不是冷血的怪物。”

“我相信你知道，”埃莉诺说，“但是我也相信她们不知道，不知道自己的父亲怎么了，而这就是后果。”她翻转手机，让屏幕朝下，接着再次开口：“你必须告诉她们，警方认为——认定——他死了，刚开始肯定不容易，但是最终会好起来的。”

“一旦咱们告诉她们，他死了，艾丽就会停止在巴黎拍摄关于‘罗伯特’的照片吗？”

“也许她一辈子都不会停止。至少，你应该给她买一台像样的相机，她在摄影方面很有前途，未来一片光明。”

“埃莉诺——”

“你们都有光明的未来。可是，倘若你不接受他死亡的事实，那么她也不会接受，黛芙妮更不会接受，未解之谜将永远拖着你们向后倒退。”她拿起手机，费劲儿地点击了几下，摸索着关闭博客的方法，“到头来，结局可能就不这么美丽了。”

所以，是时候了。

“既然你觉得他死了，”我平静地说，“那就证明一下你的判断。”

埃莉诺深深地吸气，我也深深地吸气，可是却哽咽了，许久以后才颤抖着呼气。

“这不是我的判断。”埃莉诺说着，从提包里掏出文件夹。案件报告写得非常简略，但是内容跟埃莉诺讲过的一模一样。租借记录上签着罗伯特的姓名，他们找到了漂泊一年的帆船，虽然没有发现尸体，可是“失踪者并无任何生存的迹象”。鉴于“失踪者”面临过“极端的危险情况”，即不顾恶劣天气，在水深达二百八十一米的巨湖上航行，并且“未能返回”，警方建议其配偶向法院提出申请，要求法院正式宣告“失踪者”死亡。

我把文件夹推向埃莉诺。我没有坦白，其实最让我烦躁不安的是他的指纹。不是他们从物体表面提取的指纹，而是他们存档的指纹，我估计大概来自他的驾照或护照。那些细细的螺纹，那些断裂的痕迹，那些微妙的轮廓，毫无疑问就是罗伯特，尽管我以前从未见过他的指纹。我想起了他的眼睛，想起了虹膜上的斑点，想起了他。

“我不知道该相信什么，埃莉诺。”我说。

她弯下腰，在提包里东翻西找，拽出一块手帕，递了过来。我茫然无措，不晓得她为何要给我手帕。叮，叮。公交车的警铃响起，恍惚间，我记起了艾丽手机上的文件夹，我不敢打开的文件夹，标题为“爸爸”的文件夹。

埃莉诺示意我擦一擦脸颊。我竟然在哭泣。

“莉娅。”埃莉诺说。

我打开自己的提包翻找纸巾，我很清楚包里没有纸巾，但是我依然低着头。我听到埃莉诺离开餐桌，对双胞胎说了几句话，好像提到了“榛子酱”，然后便回来了。我听到店门嘎吱嘎吱地敞开，很快又砰然关闭。庭院陷入沉寂，我直起腰来。

埃莉诺仔细地端详着我。“眼泪流完了，孩子吃饱了，巴黎暂停了，”她说，“现在轮到你了。警方已经证明了他们的判断，你也证明一下自己的判断吧。”

过了一会儿，我开口了。

“我不知道该如何解释。”我说，“数月以来，我始终让自己相信他死了。在‘线索’或‘迹象’或‘幻觉’——随便你叫什么都可以——在它们出现之前，我几乎做到了。在脑海中，我几乎希望他死了。诚然，我从未真心相信过，但是我渐渐地——开始明白，只有这样才讲得通。”

“讲得通。”埃莉诺重复道。

“直到一切都讲不通了，直到假装他死亡变得非常困难，非常奇怪。那就是我眼下的处境，那就是为什么警方的报告……”根本无效。我想大声喊出这四个字，仿佛威严的法官也认定罗伯特还活着，仿佛密尔沃基发生的事情与巴黎毫不相干。

“莉娅，我担心你不能——”

“埃莉诺，好吧，”我说，“如果你来到巴黎是为了劝我在某个表格上签字，如果你认为通过签字便可以让罗伯特消失，那我马上就签，咱们把他彻底删除。反正，他此刻不过是书稿或电影中的一个角色而已，对吗？”

“莉娅。”埃莉诺说。

“我宁可将他视为故事中的角色，因为我实在不愿意问，究竟什么样的男人会这样扔下自己的家庭？我肩负着父母双方的责任，不仅要处理大大小小的杂务，还要解决孩子们制造的各种麻烦。但是，我想说的并非抛弃带来的重担，而是收回爱情的行为。你爱上一个人，他也爱上你，你们结婚了，然后他厌倦了，并且不肯好好地告诉你，或者好好地离开你。相反，他阴魂不散，徘徊不去，整日纠缠着你，让你无法前进，不得安宁。他决定继续过从前的生活，只是这一次，他要站在窗户外面朝屋里张望。警方说他死了，那他们能确保他不会再回来吗？”

“莉娅。”埃莉诺坚定地呼唤着我的名字，我停住话音，暗暗思忖，他为何要回来？我听到埃莉诺说：“为了你，亲爱的，为了女儿们。他之所以回来，是因为他爱你。”

可是，她没说这些。她说，他已经走了。

“埃莉诺，”我说，“我明白。他们认为他死了，如今你也认为他死了。没错，我可以理解。我只是无法再假装相信了。证据在哪儿？我知道，没有证据就是证据，但是——”

“但是我们有……这个。”埃莉诺说着，掏出另一个文件夹。她稍作犹豫，接着把里面的内容摊在桌子上。“我在转移话题，”她说，“又或许不是。”

几分钟后，我们会愁眉苦脸地盯着彼此，迅速地结账买单，带领双胞胎往家走，途中几乎毫无交流。她回到旅馆，我回到书店，独自给女儿们准备晚饭，独自哄她们上床睡觉。待到夜深人静之际，我会躲进办公室里，坐在桌子跟前，周围环绕着灰尘与黑暗，借着台灯的微弱亮光，再次打开这个文件夹。

但那都是后话了。此刻，在埃德姆先生的庭院中，她凝视着我，我凝视着她摆在桌上的东西。忽然，她连声道歉，把纸张纷纷塞回文件夹里。“见鬼，”她说，“这太愚蠢了。”

确实很愚蠢，但不是她愚蠢，而是我愚蠢。一年多以前，罗伯特放弃了写作。那天是一切的开始，也是一切的结束。

当时正值三月，数周后他便抛下了自己的家庭。我记得清清楚楚，因为那天是黛芙妮的十二岁生日。我们打算举办一场盛大的庆祝派对，距离活动开始还有几小时，他在私底下向我宣布了突如其来的消息。“我不干了，”他说，“我要告别写作，告别纸张，告别钢笔，告别键盘，告别——”

“很好。”我说。经过片刻的迟疑，他说：“我觉得你没听见我在讲什么。”尽管我听见了，但是我依然暂停忙碌，静静地等待下文，因为我既听见了，又没听见。最近，我已经习惯了心不在焉地捕捉罗伯特的话语，而且此刻我正在全神贯注地检查冰箱里的存货：我们还缺哪些东西？可以扔掉哪些东西？如果摄影师提出给冰箱也拍张照片，我该怎么回答？

摄影师很快就会抵达，不过目前尚在路上。早年间，罗伯特有专门的文学经纪人帮忙料理日常杂务，那个家伙曾经说过，困扰罗伯特事业的一大难题就是他无法形成所谓的“品牌效应”，知道他的读者不够多。

面对经纪人的批评，我尽职尽责地翻了个白眼，忠诚地发表捍卫丈夫的意见，但是罗伯特却摇了摇头，说：“莉娅？”

他仅仅在呼唤我的名字，却足以阻止我继续争论。随着岁月流逝，我会渐渐熟悉这种语气，强烈的质疑混杂着不满的抱怨，世界上有不少夫妇都很熟悉类似的口吻。然而，在罗伯特的声音中还流淌着某种崭新的情绪，过去我无法分辨，但是如今想来，似乎是怀念、渴望与孤独。每次我表现得冷漠敷衍，他都会这样叫我的名字。恍惚间，我还以为我们并非在同一个房间里交谈，而是在打昂贵的长途电话，分分秒秒都充斥着焦虑和不安。虽然我哪儿也没去，可是就连我都感受得到，他好像觉得我已经搬走了。

所以，在黛芙妮生日的早晨，当他说出“莉娅”时，我不禁格外留意，微妙的抑扬顿挫暗示着各种各样的含义：“你如何看待关于那位（成功的 / 著名的 / 有钱的 / 获奖的）作家的报道”，或者“我昨晚没睡觉，不能完成你交给我的任务”，或者就像那天早晨一样，“你在想什么？”

有位邻居创办了一个本地的新闻博客，经营得颇为成功，主要是由于该博客囊括了街区内所有住户的相片。她准备筹措资金，把网页博客印成纸质杂志。作为街区里的小小名流，罗伯特被选为首期的封面人物。昨天，她刚刚派出一名极为年轻的记者来采访他。今天，摄影师又要登门拍照。

可惜，她安排的时间实在是不凑巧。今天不仅是黛芙妮的生日，而且还是她的“黄金生日”，也就是日期跟年龄一致的神奇生日（黛芙妮生于三月十二日，即将年满十二岁）。按照威斯康星州及其周边地区的传统，父母应该为孩子大肆庆祝。“黄金生日”堪比恰逢哈雷彗星回归的圣诞节或独立纪念日，唯一的差别在于“黄金生日”永远都不可能重来。据我所知，有些父母会预订豪华餐厅，向牧场租借小马，有些二十一岁的年轻人甚至会前往拉斯维加斯狂欢（并且从此杳无音讯）。艾丽的“黄金生日”在九岁，她要求坐头等舱飞到迪士尼乐园玩耍。然而，当初我们负担不起，现在家中的存款更是少之又少。黛芙妮想骑马，但是罗伯特却建议她在派对上动手制作属于自己的书籍，他愿意忍痛割爱，把价值三十美元的打印机和洁白的稿纸搬到一楼的餐厅里！

因此，今天不适合迎接摄影师的到来，然而那位主编邻居只能让摄影师在今天工作，这是他们俩讨价还价的结果。于是，她企图贿赂我：如果她说服广告商给我们送花呢？我犹豫了。大量的鲜花，她说。我指出参加“黄金生日”聚会的朋友很多，我们的房子肯定会非常拥挤。然后，她兴奋地尖叫：“我想到一个好主意！街区里有一家新开的美甲店，老板拜托她在博客上卖力宣传，让黛芙妮和她的小伙伴们去现场享受美容美甲的服务怎么样？摄影师可以拍下罗伯特的照片，接着拍下黛芙妮和宾客的照片，将来另写一篇文章，刊登在杂志上。”

终于，我妥协了。精致的邀请函陆续发放完毕，妈妈们打来电话问东问西。不过，大家都很乐意在本地的博客上露脸，没有一人决定退出。

除了那天早晨的罗伯特。

我关上冰箱。今天，他的工作包括取回蛋糕（我们自己掏钱买的）和鲜花（免费，但是不免费配送），以及打扫门廊。全都非常简单，总比满足黛芙妮的愿望，在后院搭个马厩要容易吧。黛芙妮满怀期待，盼着让小马也接受修脚的服务，还盘算着把马鬃编成辫子。

“咱们不要谈论放弃写作的话题，”我说，“就算是玩笑也不行。”我补充道，故意给他找了个台阶下，可是他并不领情。我拼命地保持冷静，控制自己的语气。罗伯特完全不具备判断时机的能力。在你偷走童书的夜晚，他会拦住你搭讪；多年以后，在晨跑的过程中，他会消失得无影无踪；本地的杂志准备报道他的写作生涯，在约好要拍照的日子里，他会告诉你，他打算放弃写作。

“不是玩笑。”他喃喃地说。

“妈妈！”艾丽的声音从二楼传来，提醒我们黛芙妮正在试衣服。毕竟，有一位摄影师要来。（艾丽永远都不会让我们忘记，她是在普通的比萨店里度过了自己的“黄金生日”，根本没见到什么摄影师。）

“我不会破坏今天的安排。”罗伯特继续轻轻地说，尽管周围没有别人，“我只是想让你跟我同时知道。”

我看着他，不敢相信自己听到的话语，更不敢相信他脸上兴奋的表情。

“你很清楚，我为你而感到骄傲，”我说，其实我丝毫都不觉得骄傲，“无论发生什么事情，我的态度都不会改变。”我说，其实我的态度早就改变了。

“莉娅，”他再次呼唤我的名字，“不要使用‘工具盒’。”心理咨询师的“工具盒”。我几乎已经忘了，没想到他竟然还记得。可是，他并未遵循“预先通知”的规则，提前说明他决定放弃写作。我努力回忆，“工具盒”里是否有锤子。如果有，我会立刻掏出来，朝他砸过去。我是否“太依赖幽默和调侃”了？不，因为这并不好笑。虽然没有锤子，但是我记得心理咨询师要求我们“以肯定的口吻沟通”。

“好吧。”我说。

“工具盒”里的最后一样工具：在艰难的谈话（而非“吵架”）中握住对方的手。他伸出胳膊，牵起我的手，我使劲儿挣脱。

“夫妻不是这样吵架的。”我说。

“我们没有吵架，”他说，“而且，我以为你会为我高兴？”

“高兴？”我不确定他是否在参考“工具盒”，心理咨询师似乎说过，高兴是虚伪的目标，满足和平静才是最佳状态，“当你工作的时候，我很高兴。”

他停顿了一下。

“当我工作的时候，我不高兴。”他说。

“也许这就是工作的真谛？”我说。

“你不讲道理。”他说。

“是吗？我看你才是不讲道理。你想让我怎么办？我应该说‘太棒了，你要放弃自己的天赋了’还是说‘不，亲爱的，不要那样做’？赶紧告诉我，别浪费时间，因为这部电影的下一幕会出现一个快乐的孩子。”

他转过身去。

他在苦苦挣扎。我明白，我们都明白。但是，他似乎不明白这一切也令我们非常煎熬。他以为自己是孤独的西西弗斯，每天早晨必须推着巨石爬上陡峭的山坡。然而，他累得精疲力竭，完全没注意到，在巨石趁着夜色滚下山坡之际，我们母女三人都有被碾压的危险。

“妈妈！”这次是黛芙妮在嚷嚷。很早以前我就发现了，她们从来都不会喊“爸爸”，除非他是刚刚结束“笔遁”回家。不管是相隔一小时、一天，还是一周，他的归来总是值得她们欢呼雀跃。

“我不清楚这场危机究竟从何而来，”我说，“但如果是因为那篇愚蠢的文章，没有任何人会看那篇文章，只有少数人会看那些照片。而我所谓的‘少数人’，指的就是咱们。”

“那不是重点，”他说，“我厌倦了。”

厌倦，这个词语源于另一个更大的盒子。在新婚之日，每对夫妇都会得到一个盒子，你可以把今后在生活中遇到的所有事物都放进去，无论好坏。它就像承载着情感的嫁妆盒，但是不会缩减，只会不断增多。倘若你经常添加某样东西，比如焦虑或者忧郁或者疲惫，却很少添加其他东西，比如毫无压力的“黄金生日”，或者顺利出版的优秀书稿，或者大获成功的“先锋实验”，那么这个盒子便会猛然张开大口，把腹中的酸水统统吐到地板上，在宾客到来的数小时前将整栋房子搞得乌烟瘴气，乱七八糟。

“那就是重点，”我说，“我知道你厌倦的是什么，但是我不知道自己该为此做什么。”

在心脏跳动的瞬间，屋里没有人说话，也没有人尖叫。冰箱嗡嗡作响，外面传来车门开关的动静。也许正是在此刻，罗伯特的下一本书，最后一本书，悄悄地萌芽了。在他刚刚宣布放弃的几分钟内，他终于开始了真正的写作，从我们的厨房出发，从眼睛的深处启航。他的右侧虹膜依然闪烁着鲜艳的颜色，当初，橙红的斑点燃起了我的热情，将他标记为我的恋人，犹如标记赛鸽一样。我曾经深深地爱着他，因为他拥有许多问号，包括那个跟在全世界最美妙的词语之后的问号：“结婚？”

“好！”我说。我紧紧地拥抱他，我感到欣喜若狂。

或许现在我也应该拥抱他，按照心理咨询师的指示，握住他的手。但是紧接着，他做了一件事，令我无比感激，尽管我不该如此。我应该意识到，某种不可逆的过程正在拉开序幕，那个嫁妆盒即将逐渐瓦解，直到空空如也。

但是我没看见这些，我只看见了一抹微笑，他的微笑。淡淡的微笑，甚至是“工具盒”里的微笑，强迫面部肌肉根据主观意愿而活动。

刚才，我大发雷霆，火冒三丈，质问他想让我怎么办，可是现在，他却说“没事了”。我微笑，他也微笑。他稍稍侧向旁边，瞳孔的万花筒也稍稍侧向旁边。他转过脸来，鲜艳的色彩也转过来了。“对不起，”他说，“没事了。”

然后，他取回了蛋糕和鲜花，并且奇迹般地变出一匹可爱的小马。黛芙妮和朋友们骑着小马，从院子里径直走进杂志中，被埃莉诺带来巴黎，拿到孩子们的游乐场旁边，摆在土耳其人的餐桌上。我原以为他们不打算用这篇采访稿了，据说纸质版始终未能付诸印刷。自从搬到巴黎以来，我又上网查看过一两次，发现那个博客也停止更新了。在生日派对落幕之后，主编通过电子邮件发来了美甲店的消费清单，要求我付钱，显然，我们在先前的沟通中产生了巨大的误会。我表示抗议，她表示不满，我们大吵了一架，不欢而散。最后，我让自己的收件箱把她的邮件自动归入垃圾箱，一切便就此结束了。

然而，如今坐在办公室里，拿着埃莉诺打印出来的纸张，我才看到一切并未结束。主编给埃莉诺发送电子邮件：请问您可以联系上莉娅和罗伯特吗？主编解释说，她去年办过一份杂志，但是不幸失败了，接着我们又发生了争执——她没提到消费清单的插曲——整件事情闹得非常不愉快，她自己也觉得很沮丧，不过她还是想附上设计完成的版面，让我和罗伯特看看那篇采访“本来会是什么样子”。

我们曾经见过初期的草稿，但是只有文字，没有照片，十分平庸。而眼前却是图文并茂的杂志，封面上印着硕大的标题“在街角写作”。文章中没有提及罗伯特失踪的情况，这令我感到心神不宁。那既是真实的过去，又是虚构的现在，描绘了密尔沃基的一个家庭、一栋房子、一名妈妈和一位爸爸。

对我来说，最大的不安并非源于文字，而是源于照片。后来，在夜幕降临之际，我常常回忆那些照片，辗转反侧，难以入眠。每一张都拍得极为漂亮，我不知道他们是使用了特殊的相机或电脑，还是派出了世界顶级的摄影大师，画面中的颜色、脸庞和细节就像短暂静止的液体，洋溢着难以言喻的灵动。在特写镜头中，罗伯特英俊潇洒，还有更多的照片捕捉到了欢乐的派对现场。黛芙妮骑着小马，提心吊胆却兴奋异常，灿烂的笑容将会在她和我的脸上停留数日之久。

最后是一张我们全家的合影，他们抓拍了我们准备拍照的情景。我们正在起居室里议论纷纷，商量应该站着还是坐下，应该凑在一起还是分散开来，应该面带微笑还是表情严肃。黛芙妮恐怕是唯一一个听从指挥的对象，她站得笔直，但是神态如常，显然认为我们做的事情很有趣。可能是美甲店帮忙化妆的缘故，黛芙妮的脸颊颇为红润，比来到巴黎以后的气色要好上十倍。艾丽表现得尴尬而兴奋，一只手放在黛芙妮的肩膀上，另一只手朝相机的方向移动，好像在喊“等等”或者“快拍”。我站在她们俩的后面，嘴角微微扬起，大概只有我才会认为那是决定迎接挑战的面孔，在别人看来，我肯定是眉飞色舞，异常满足，仿佛刚刚取得了重要的成就。仔细想想，确实如此。我们化解了矛盾，结束了争吵。在“黄金生日”的派对上，万众期待的小马及时出现，受邀前来的宾客尽情狂欢，就连罗伯特也全身心地参与其中。结果呢？女儿们显得美丽可爱，罗伯特显得轻松自在，甚至幸福快乐，似乎为自己的家庭而感到十分骄傲。在画面中，他微启双唇，打算开口讲话。

他想说什么？

我不知道。我只知道一个月后，我威胁要离开，而他却真的离开了。

埃莉诺也有一个对付争执的“工具盒”，我不确定她自己是否发现了，反正我发现了，而且我很清楚，里面只放了两样工具：明察秋毫的耐心凝视，以及缓解危机的刻意闲聊。

正如我所说，离开埃德姆的庭院以后，我们步行返回，途中几乎毫无交流，但是并非沉默不语。埃莉诺不停地抛出各种各样的诱饵，试图让我开口，可惜统统失败了。“巴黎的街道总是这么拥挤吗？巴黎的气候总是这么潮湿吗？”最后，埃莉诺提出了一个特殊的问题，她料到我必须做出反应，因为事关一家书店。

“我们可以去看看莎士比亚书店吗？虽然我不擅长看地图，但是我先前研究了一下，好像就在周围。”

现在想来，如果我们顺道参观了莎士比亚书店，也许会发生很有意思的事情，也许结局会变得截然不同，但是我撒谎说我们距离莎士比亚书店很远。她怀疑地挑起眉毛，不过并未反驳，直到我们抵达书店，她都没再讲话。

莎士比亚书店生意兴隆，可是我并不嫉妒他们的成功。那是大多数美国人知道的唯一一家巴黎书店（假如他们知道一家巴黎书店的话），根据罗伯特的原稿来判断，那也是他知道的唯一一家巴黎书店。尽管罗伯特的故事奇妙地预测了“故版书店”的出现，但实际上，他更多的是在描述莎士比亚书店。比如，他提到书店的门面是绿色的，附近有个小小的喷泉。他还提到书店里的繁忙景象，而布鲁雅太太的书店却十分冷清，根本不符合描述。毋庸置疑，莎士比亚书店自然是熙熙攘攘，热闹非凡，毕竟它拥有极为辉煌的历史。书店前身的创始者西尔维娅·毕奇[①]出版了詹姆斯·乔伊斯的《尤利西斯》，并且给予海明威大力支持，在她的悉心经营下，莎士比亚书店蒸蒸日上，至二战爆发才被迫关门。后来，另一家书店在巴黎左岸开张，沿用了毕奇选择的名字。时至今日，这家书店吸引了无数的背包客和观光客（甚至还有一些本地居民）前去参观，他们在走廊上徘徊，留下了自己的足迹。

但是不包括我。我曾经路过一两次，却从未踏入店门。莎士比亚书店跟罗伯特笔下的书店实在太像了，简直令人毛骨悚然。

不过，在五百米之外，便是艾丽带我和黛芙妮（以及阿西夫）找到的名气较小的地标——贝梅尔曼斯的老酒吧，它坐落在白鸽大街上，紧邻巴黎圣母院的西北角。我率领大家朝那里走去，坚信艾丽读过的奇闻逸事能够让埃莉诺忘记莎士比亚书店。

可是，当我们抵达街角的时候，我忽然记起了自己读过的陈年往事。在初次探索以后，我很好奇究竟是怎样的“肝肠寸断”迫使贝梅尔曼斯卖掉了酒吧，于是便展开了长达数月的研究，结果却一无所获。在文章中，他坦言自己在 1953 年被派到巴黎，遵照《假日》杂志的要求，用画笔描绘这座城市的穷苦百姓。后来，他爱上了一家招待他们的小酒吧。

---

① 西尔维娅·毕奇（1887—1962）：著名的出版商，出生于美国，生活在巴黎。1919 年，她创办了位于巴黎左岸的莎士比亚书店，于 1922 年在那里出版了爱尔兰作家詹姆斯·乔伊斯（1882—1941）的杰作《尤利西斯》，并于次年出版了美国作家欧内斯特·海明威（1899—1961）的第一本书《三个故事和十首诗》。该书店于 1941 年关门，再也没有重新营业。1951 年，美国人乔治·惠特曼（1913—2011）在巴黎左岸开了一家书店，起初名叫“北风书店”，后来改为“莎士比亚书店”。

贝梅尔曼斯买下了那间酒吧，打算通过装修翻新来发展顾客。事实证明，这是个赔钱的决定，可谓损失惨重，但是他叙述那段经历的口吻却充满深情，并且轻松愉快。政府发现了巴黎圣母院在中世纪以前挖掘的地下沟渠，导致他和承包商们无法按原计划改造酒吧的管道系统。最终，为了举办盛大的开业典礼，贝梅尔曼斯特地租来两辆豪华轿车，一辆写着“男士”，一辆写着“女士”，专门负责将宾客送到附近的公寓去上厕所。

在浏览这篇文章的时候，我觉得非常好玩儿。可是在那天的暮色中，我跟埃莉诺和双胞胎经过酒吧外面，古老的街角却显得十分阴郁。我们继续前进，并未稍作停留。

跨越塞纳河，迈入玛莱区，我想起了西尔维娅·毕奇及其漂亮的书店。据说，她拒绝将最后一本《芬尼根的守灵夜》[①] 卖给一名纳粹军官，导致莎士比亚书店无法继续营业。她并未佩戴象征犹太人身份的黄星[②]，但是她的年轻朋友兼助理弗朗索瓦丝佩戴了，她们俩携手在这座城市里漫步，遭遇了所有犹太人面临的困境——不能进餐厅，不能看电影，不能上剧院，不能使用自行车以外的交通工具，不能在公共场合的长椅上休息。有一天，她们在外面野餐，谨慎地避开了旁边的长椅，席地而坐，在吃饭的过程中始终忐忑不安。

那名军官既没有得到梦寐以求的作品，也没有得到莎士比亚书店。在愤怒的军官离开以后，亲朋好友帮助西尔维娅运走了店内的

---

① 《芬尼根的守灵夜》：詹姆斯·乔伊斯于 1939 年出版的作品，也是他人生中的最后一部作品，前后创作了十七年才得以完成。

② 黄星：又称犹太星，是纳粹德国命令犹太人和基督徒别在外套上的标志。

全部存货，他们甚至粉刷招牌，掩盖原先的名称，企图蒙混过关。不过，纳粹依然抓住了西尔维娅，把她送到集中营关了整整六个月。海明威声称，在纳粹逃窜之际，他亲自“解放了”莎士比亚书店，可是西尔维娅却早已在长久的折磨中变得精疲力竭。虽然她又坚持了十八年，但是却再也没以自己的名义重新开张莎士比亚书店。

路德维希·贝梅尔曼斯和西尔维娅·毕奇的去世日期仅仅相隔四天。有时候，我会忍不住暗暗猜测，他们是否见过彼此。我觉得，他们肯定见过，即便二人的大部分生活都建立在不同的大陆上。因为，在如此亲密的城市里，两个息息相通的灵魂理应相遇。

第十五章

次日清晨，埃莉诺选择待在旅馆里睡觉，正好我也不想见她。我把孩子们送去学校，努力隐藏头晕目眩的状态。这种古怪的宿醉体验不仅源于埃德姆提供的葡萄酒，还源于埃莉诺带来的杂志。昨晚，我越看越悲伤，在重新翻阅的过程中，我甚至发现纸页上残留着凹陷的泪痕。但是今早，我内心的情绪却变得截然不同。

密尔沃基……

我再次端详那些照片。

跟巴黎相比，密尔沃基的许多方面都显得苍白而黯淡，在不知不觉间，关于美国的记忆也随之褪色了。可是，采访稿的配图却清清楚楚地表明，密尔沃基的日子光鲜亮丽，我们的家庭温馨和睦。一切都镌刻在我们的微笑中。即便刚刚经历了冷酷的争吵，即便在手忙脚乱的派对上，我们四个还是能扬起嘴角，露出牙齿，在镜头前绽放喜悦，成为当之无愧的封面人物。摄影师如实地拍下了我们的模样，没有象棋比赛的折磨，没有燥热天气的困扰，没有迷失方向的作家，只有其乐融融的氛围。

我们曾经过得很好。

在罗伯特消失以后，我又回去找过心理咨询师。我原本打算坦白一个秘密，结果却坦白了两个秘密。首先，罗伯特的离开令我产生了可怕的感受，在每天的煎熬和痛苦之外，我偶尔会觉得如释重负，或持续数分钟，或持续一小时。诚然，没有罗伯特的生活很艰难，可是我不必反复查看天气预报，确认世界末日是否要降临，就因为我的丈夫写不出一百五十字的段落。我等待心理咨询师摘掉笔帽，掏出硕大的红色记录簿，将我列入坏妻子的名单中。然而，她并未行动起来，相反，她平静地说："那是非常合理的反应。"我不愿意赞同任何人，尤其是心理咨询师，于是我说："让我来告诉你何为荒谬，事到如今，我依然不后悔嫁给他，跟他结为夫妻。"这便是我突然坦白的第二个秘密，在此之前，我甚至不知道自己怀揣着类似的念头。

不过，在脱口而出的瞬间，我恍然大悟，这的确是我的真实想法。我们的婚姻造就了两名聪明伶俐的姑娘，我坚信她们将来必定会拯救地球。而且，我热爱我们的婚姻，热爱"我们"。我热爱美国的老房子，也热爱密尔沃基的酒吧和书店，更热爱罗伯特的烹饪节目。在热闹的派对上，运送小马的拖车还带来了一头山羊，因为罗伯特说："没有山羊相伴的小马算什么呢？"我不清楚没有山羊相伴的小马算什么，但是有山羊相伴的小马可以让孩子们眉飞色舞，兴高采烈，就像赢得了百万大奖一样激动。在某些千载难逢的日子里，罗伯特会收获一份读者的好评，或者卖出几本自己的作品，或者结束整整一周的冥思苦想，终于把该死的逗号插入了合适的位置，如此微不足道的成就甚至比赢得百万大奖还要美妙。然而，最美妙的事情莫过于嫁给他。

“现在你们仍旧是夫妻。”心理咨询师说。从那一刻起，我决定再也不去见她了。

在我们的书店里，“美国 / 纽约”的分区异常拥挤，容纳了不胜枚举的作家，包括杰出的格蕾丝·佩利（罗伯特经常向我推荐她的书，所以我对她非常熟悉，有时候甚至忘了自己并未当面见过她）。罗伯特很欣赏她的短篇小说《欲求》，后来那也成了我非常喜欢的作品。全文仅仅七百九十一个字，却描绘了一段婚姻的起伏涨落。刚开始，故事中的夫妻十分贫穷，住在一栋破旧的公寓里，墙壁脆弱而多孔，就连邻居家做饭的油烟味儿都无法阻隔。多年以后，早已离婚的二人意外重逢，前夫向她吹嘘自己的宏图大志，还提到了驾驶帆船出海的计划。他刻薄地对她说：“你总是甘于平凡，无欲无求。”

撇开驾驶帆船不谈，罗伯特绝非故事中的丈夫，我也绝非故事中的妻子，但是我会像她一样斩钉截铁地反驳：“我有心愿，也有抱负，我渴望得到许多东西，也渴望完成许多事情，比如拍摄一部自己的电影，比如培养勇敢独立的女儿，比如读遍我们店内的书籍。”

最重要的是，我盼着罗伯特健康快乐，盼着他能陪在我身边。

然而，他却总想去其他地方。

我之所以反对埃莉诺的观点，抵制警方的结论，大概是因为承认罗伯特的死亡不仅意味着让罗伯特获得安宁，还意味着否定我们过去的生活。无论他需要我们做什么，我们都没能满足。无论我们需要他做什么，他都……

可是，他为黛芙妮租来了小马，又配合摄影师拍下了照片。况且，我还有其他照片。我有好几盒珍贵的照片，我有无数美好的回忆，我有许多幸福生活的证据，而这份杂志不过是其中之一。他追着我跑出了书店，我追着他跑出了酒吧，那是缘分，不是错误。

先前假装他死亡，并不是错误；近来相信他活着，也不是错误。我没有发疯，我只是在循环中挣扎。待到循环结束之际，我就能休息了。独自一人，在巴黎的书店里，享受久违的从容。

于是，我开始练习那样的生活。我站在书店里，热情地接待了一对晒出小麦肤色的纳帕来的[①]夫妇，我向他们出售了法国、伦敦、欧洲和波罗的海诸国的地图，并且介绍了物美价廉的餐厅。我把海明威的《流动的盛宴》卖给一位年轻的男子，我当场撕下书中的几页纸，令他颇为震惊。我将十本《了不起的盖茨比》推销给一位年轻的女子，她自称是一名教师，被派去协助一家美国电影制作公司在巴黎进行的拍摄工作，我让她今后务必再次光顾。她满口答应，保证会领来几个明星，并且飞快地说出他们的名字。我礼貌地点头微笑，但是根本不认识她提到的任何人物。

我并不是优秀的书商，不过我正在摸索如何扮演类似的角色。偶尔，我会在雪莱身上做实验，在我的三位常客中，她最有耐心。我曾经把托芙·扬松的《公平竞争》塞给她，这部作品讲述了两名女艺术家住在同一栋房子里，专注于各自的艺术创造，发展出珍贵

---

① 纳帕：美国加利福尼亚州的一个城市。

的友情。雪莱知道扬松的童话故事，知道瑞典的荷马怪物“姆咪”，但是不知道扬松“还为成年人写书”。

“不是所有的成年人，”我说，“仅限于艺术家。”

过了一周，雪莱迫不及待地回来找我，完全不顾船屋的平衡问题，把署名扬松的作品统统买走了，甚至包括两三本散落的瑞典语原版。

如今，店内缺少关于艺术家的作品，却不乏古怪的儿童文学。我看到有人把**《悲伤的重量》**从法国儿童文学区解放出来，摆在柜台上。这本书深深地吸引了彼得，却严重地吓坏了我。朦胧的绿色背景上画着象征悲伤的巨型毛团，“**悲伤如此庞大，它淹没了我，它吞噬着我；悲伤如此沉重，要想摆脱它，必须蚕食它**。”有一次，彼得认真地为我翻译：“悲伤很大，它会吞掉我，呃……背包很沉，我想扔掉，但是做不到，所以我就吃零食？不对，小口小口地啃……”我赶紧制止了他。

我将**《悲伤的重量》**放到橱窗里，贴上英语标签，写着“免费”二字。

我看了看手表，决定烧水泡茶，打开电脑。美国的电子邮件通常会在巴黎时间的下午抵达，我可以提前清理收件箱，不过大多数来信都是垃圾邮件，我几乎没有巴黎的电子邮件联系人。法国居民似乎跟艾丽一样，早就改用手机发短信了。但是，我每天依然能收到几封法国的电子邮件，一般是来自“伊莱克特”的提醒，这个神奇的网站能够帮助生意萧条的书店找到成千上万的读者（可惜我尚未掌握具体方法），或者是来自商家的广告，例如“邦戈”，他们主要贩卖比利时的盒装礼品卡，似乎与众不同。

现在，屏幕上显示了一封没有标题的电子邮件。

心理咨询师指出，电子邮件也可以算作“预先通知”——这是我想跟你讨论的事情。我总觉得，以电子邮件来代替口头提醒，就像某种避免正面交流的策略。不过，心理咨询师说得没错，仅仅浏览一下收件箱内的标题，就能让眼睛和思维做好准备。

但是，有时候，尤其是当标题为空白的时候，在片刻之间很难做好充足的准备。

莉娅，一切已经过去了很久很久，太久太久，我不知道能否向你解释清楚……

或者，有时候，你根本不想阅读邮件的内容。你感到难以置信，觉得不可思议，灵魂仿佛飘出了身体，呆呆地站在旁边，纹丝不动，看着自己按下删除键。

这便是我此刻的所作所为。

罗伯特的邮件出现在收件箱里，我却把它删除了。

水壶发出刺耳的尖啸声，我起身关掉电源，翻箱倒柜地寻找茶叶，拆开一包洋甘菊。直到热流在地板上渐渐积聚，烫伤我的双脚，我才意识到自己没将壶嘴对准茶杯。我连忙放下水壶，低头望向地板，却发现茶杯早已摔得粉碎，到处都是雪白的陶瓷片，可是我竟然毫无察觉。

也许发件人不是罗伯特，而是模仿他的家伙。邮箱地址中确实有罗伯特的姓名，但那不是他从前常用的邮箱地址。在这种情况下，删除邮件是完全正确的选择。

然而，发件人不是模仿者。

发件人就是罗伯特。

我跌跌撞撞地走到电脑跟前，点击我很少关注的回收站，恢复了刚才删除的邮件。这封邮件十分简短，恐怕任何人都会认定，单凭区区几句话，根本无法判断对方就是他。但是，我可以判断。因为细看之下，邮件的字里行间隐藏着无数的信息，因为多年以来，最喜欢模仿罗伯特的便是罗伯特自己。

罗伯特给我写信了，而且他承诺我们很快就能见到彼此。

罗伯特。

可是，我感到非常痛苦。

欢乐呢？或者，欣慰呢？甚至，得意呢？我说对了，女儿们说对了。他还活着！

他还活着，我却黯然神伤。这表示他一直都活着，这表示他将再次离开。

因为他就是这样写的：

莉娅，一切已经过去了很久很久，太久太久，我不知道能否向你解释清楚，就连我自己都很茫然，不过我愿意努力尝试。所以，虽然接下来的要求非常突兀，而且可能比较过分，但是我觉得咱们应该马上见面，在我离开之前。我真的这么想——

我目不转睛地盯着最后六个字“我真的这么想”。笨拙的强调，诚恳的语气，显然出自罗伯特之手。我竭力忽略前面六个字“在我离开之前”。

我调出一个窗口，打算回邮件，但是又关闭了。

我该如何给不存在的对象写信呢？他没死。埃莉诺可以反驳我，警察也可以反驳我，但是我知道，女儿们也知道，他没死。他还活着，眼前便是他发来的邮件。然而，我还知道，即便近在咫尺，即便触手可及，他都不再是我曾经认识的罗伯特了，不再是我当初嫁给的那个男人了。听起来好像是物理问题，其实并非如此，只是时间加上距离，乘以巴黎，减去爱情……

也许这就是物理问题。物理是最令人费解的科学，而我正在绞尽脑汁地思考着突如其来的现实：罗伯特，活着。

不仅活着，而且终于鼓起勇气，准备回到我们的生活中，然后再次离开。

我重新调出写信的窗口，光标静静等待。

他在巴黎吗？

他说“马上见面”，仿佛身在巴黎。

不过，如果搭乘飞机，从芝加哥到巴黎，只需八小时。

从廷巴克图[①]到巴黎，只需七小时。

他可能在任何地方。

他在这儿。

他就在这儿，我即将见到他。

不行。不行？

不行，现在还不行，我要先给埃莉诺打电话。

---

① 廷巴克图：西非的一座古城，位于尼日尔河北边。

埃莉诺的第一个念头是联系大使馆，让他们派出海军陆战队。在紧急情况下，大使馆总会召集海军陆战队，倘若这都不算紧急情况，还有什么是紧急情况？

不过，这究竟是怎么回事？在冷静下来以后，埃莉诺立即提出疑问。刚才，她挂断我的电话，从旅馆飞奔到书店，粗鲁地赶走了一名顾客，手忙脚乱地戴上老花镜，仔细研究那封邮件，接着又摘掉老花镜，反反复复看了半天。

“大家经常在网络上模仿别人。”她说。

“十几个月了，他还活着，”我说，“他一直都活着。”

“咱们俩都不擅长跟电脑打交道，”她盯着屏幕说，“无法判断到底是不是他。”

“我可以判断，我是他的妻子。埃莉诺，虽然我花了很长时间才接受现实，但是我接受了，我猜对了。”

埃莉诺大为震惊，脸色变得越来越苍白：“我记得，你的女儿们在你之前就‘猜对了’。或者说，她们从来就没有错过，因为她们从来都不相信他死了。”

我摇了摇头。我不知道一切会怎样发展，但是我希望命运的巨轮停止前进，免得撞上可怕的冰山，“埃莉诺——”

她打断了我。

“绝对不行，”埃莉诺斩钉截铁地说，“她们不能见他，这次不行。我们必须先确定对方是他，然后再作打算。”

“对方就是他！”

“你想让我见他吗？”埃莉诺迟疑地说。

“你想见他吗？”

她摇了摇头。

“不，我不想见他。”她说，“我会为你去见他，因为我会为你做任何事情。但是我不想见他，因为我对他非常生气。我有这个权利，我不是他的妻子，也不是孩子们的母亲。我可以纵容自己沉浸在纯粹的愤怒中。”她显得十分恼火，鼻孔微微张大。我不禁暗自思忖，如果罗伯特在场，她的目光给他造成的伤害恐怕比砖头砸在脑袋上还要严重，“不过，我的想法无关紧要。重点在于，你感觉如何？”

我感觉紧张、忐忑、愤慨、害怕、担忧、难过。而且，在内心的深处，还有一丝轻微的战栗，好像是快乐，却又不太可能。

“我感觉很奇怪。”我说。

埃莉诺重新转向那封电子邮件，握住鼠标，拖拽滚动条，严肃地端详着屏幕上的文字。她沉吟了一会儿，询问我是否收到过其他邮件，我赶紧检查，没有。她让我再度检查，我说下次登录邮箱就会给他回信。

“好吧，”埃莉诺说，“也许我们不用联系海军陆战队，甚至暂时也不用联系警方，但是我们得制订一个计划。”

于是，我们便开始商量。首先，我们一致同意，什么都不告诉孩子们。可能以后也要保持沉默，起码在我们获得详细的信息之前，彻底守住秘密。为此，我必须去见他，在公共场合，埃莉诺坚持道，而她会埋伏在附近。

“你真的不想联系大使馆吗？也许他们能派出一支小型的海军陆战队”，她说，“穿着便衣。”

“海军陆战队的士兵很忙，他们还肩负着更重要的任务。”我说。

“你认识的朋友呢？”埃莉诺问。

我想到了洛朗、乔治、三位常客和德克兰。

“都不合适。”我说。

“那就咱们俩吧。”埃莉诺说。她建议选择一座公园，面积不大不小，有来往的游客和休息的长椅。我坐在其中一条长椅上，埃莉诺坐在周围的另一条长椅上。

我对埃莉诺说，夫妻二人理应享受些许独处的时光。

“我只是想去看看……”埃莉诺说。

我静静地等待。

然而，她却自言自语，喃喃地重复道：“去看看。”

那一刻，我妥协了。她希望亲自前往，既是为了我，也是为了罗伯特。她想在距离很近的地方守候，不仅在事后给予我支持，而且能够在暗中看看他。这才是她想去公园的真正原因。

另外，我终于明白了她来到巴黎的真正原因。倘若她确实坚定不移地认为他死了，她会直接寄出需要填写的表格，就像当初发送那份书稿一样，就像曾经推测他还活着一样。

“如你所愿，”我说，“但是，你不能吓到他。我敢打赌，如果他发现了你，或者路过的警察，或者高大健壮、留着板寸、手持步枪的海军陆战队士兵，他肯定马上就走。”

“他不会发现我的，”埃莉诺说，“我准备戴着旅馆赠送的墨镜。”

“很好。”我站起身来，感到信心十足，然而片刻之后，又觉得头晕目眩。

“为什么是现在？”埃莉诺说，“除了这一点，我几乎都能理解。为什么他决定现在回来跟你交谈？”

也许他想知道，去年的采访为何到现在才付诸印刷。派对结束以后，他们告诉过我们，几周后就能见到样书。罗伯特很熟悉出版行业的运作，因此不相信类似的承诺。事实证明，作家的经验正确无误，主编邻居发给埃莉诺的邮件极为哀怨，倾诉了办杂志的种种挫折。

不过，当初的进展倒是颇为迅速。年轻而迫切的记者将罗伯特视为心目中的英雄，时隔数日便写好了全部内容，把没有照片的草稿发了过来。

罗伯特痛恨那篇文章，尤其是字里行间流露的语气。

我也讨厌罗伯特的语气。此刻夜深人静，我已经睡着了，却又被他吵醒了。

“这名记者居然自认为很了解我！”他说，“仅凭区区一个下午的接触！”

“还有你对一匹小马的照顾。”我闭着眼睛说。我能感受到他坐在床边，垫子朝他的方向倾斜。

“别人有什么资格对我评头论足？他们根本不知道我是谁！”他说。

我睁开眼睛，“我嫁给了你。”我说。

“莉娅——”

“因为我知道你是谁。”

“你只知道我曾经是谁。”他说。

“你是丈夫，也是父亲，现在依然如此。”我再次闭上眼睛。

“你嫁给了一名作家，”他说，“但我觉得自己不再是作家了。”

“我嫁给了一位改造偷书小贼的英俊教官，”我说，“一位受到孩子欢迎的烹饪天才，一位巴黎儿童文学的鉴赏大师。”

（他完全配得上这三个头衔，甚至有过之而无不及。在某些日子里，我绝对不会考虑要离开他。在其他日子里，我满脑子都想着要离开他。）

“我的意思是——”他说。

我静静等待。

“在我的心里。”他说。

我继续等待。

“我嫁给了你，因为我喜欢你的心，”我说，“你，你的心，我的心。你的梦，我的梦。那就是我的意思，意思……”

我的声音渐渐消失，“意思”的意思也开始变了。

我听到他站起身来。

“我思念那时候——那时候的我们——我思念你。”他轻轻地说。

如今，我怀疑他指的是“她”，从前的莉娅。她迷恋他闪烁的目光，她并不担忧这种目光会燃起怎样的火苗，会烧掉什么东西，需要多久才能扑灭。

或者，他指的是自己后来想象的妻子，源于另一段人生，住在另一个巴黎。

出自另一部书稿。

“但是，我就在这儿啊。”说着，我翻了个身。

“所以一切才无比艰难。”他说。

埃莉诺极不情愿地回到旅馆做准备。她很想留在办公室里，看着我回邮件，但是我坚决拒绝，经过一番激烈的唇枪舌剑，总算把她赶走了。

在空白的屏幕前呆呆地坐了两分钟，我越发庆幸埃莉诺不在身边。刚才我还担心她会猜到我要写的一切，此刻却发现自己根本无话可写。清脆的门铃声传来，我头一次置之不理。或者说，我头一次心安理得地置之不理。就让顾客体验被人冷落的感觉吧，就让顾客随意偷光店内的库存吧。将来，我打算雇莫莉做全职员工。

您好，有人吗？一分钟过去了，我听到顾客高喊。接着，地板嘎吱作响，犹如海盗船的甲板。顾客嘟囔了几句，随着门铃再次响起，她离开了。

罗伯特从未遇到过写作障碍。五年前，杂志上刊登过一篇介绍他的采访稿，起码当时他是这样说的："我无法理解人们口中的写作障碍，除非它是可以触摸的实物。如果它存在于脑海中，那太好了——文字也存在于脑海中，只要越过墙壁，向外张望就行了。"事后，他收到了许多冷嘲热讽的攻击性信件，一位学生甚至给他寄来一块砖头，上面标着"写作障碍"四个大字，罗伯特将其用作书立了。

电脑前的两分钟变成了二十分钟，二十分钟又变成了四十分钟，我开始暗暗思忖，难道这就是罗伯特的痛苦吗？写作障碍终于找上了他，产生了巨大的影响。他攀上墙壁，翘首张望，结果却一无所获，没瞧见任何有价值的文字。罗伯特肯定会抓住"有价值"作为突破口，加以反驳，就算写作障碍真的存在，也仅仅是完美主义的别称而已。文字是文字，创造力是创造力，二者不可混为一谈。

但是，我更赞同罗伯特的反对者，而非支持者。在某些日子里，纷繁的文字确实会显得乱七八糟，令人无从下笔。

我敲击键盘："你还记得关于写作障碍的**争论**吗？"

我删掉整句话，重新输入："'**争论**'似乎是美国人常用的法语词——我很难分清过去掌握的法语词和现在学会的法语词。不过，你还记得关于——”

我犹豫了，我不想再提什么写作障碍了。

“关于学生论文出现脏话的——”

我也不想提这个。我在写作的道路上艰难行进，途中障碍重重。最后，我下定决心。

你还记得吗？多年以前，关于仰卧睡姿能否预防婴儿猝死综合征，科学家们众说纷纭，莫衷一是。艾丽刚刚出生不久，按理说，我们得保证她正面向上。然而，一名护士在夜里低声嘱咐我们“让她侧身躺着”，你点头答应，护士走了。我们来到小床跟前，艾丽就像一颗胖乎乎的花生，摇摇晃晃地滚动，埋首趴在被单上。你连忙把她捞起来，她陡然睁开双眸，号啕大哭。仿佛过了好几个小时，她才在你的胸口沉沉入眠，当然，她仍旧脸颊朝下，固执地深陷在你的怀中。我们抬起头来，静静地凝视着彼此，泪水差点儿滑落，但是紧接着，我们之中的一个人——是你吗？肯定是你，我太累了——开心地笑了起来。然后，我们两个都忍不住笑了，尽管你拼命地压抑，却还是惊醒了她，我们的宝贝女儿。她并未吵闹，只是瞪大了闪亮的眼睛，伸出一条胳膊，跟你午休之后的动作一模一样。你说：“伴着笑声醒来，应当不是一件坏事。”印象中，我再也没以类似的方式唤醒过别人，或者被别人以类似的方式唤醒，不过我始终记得在医院里度过的那一刻，分分秒秒，历历在目。我记得你曾经十分焦虑，甚至不确定我们是否该要孩子。我记得你抱着她，嘴里喃喃地说：“你是对的。”我记得你，记得她，记得漆黑的病房和喜悦的笑声，记得我说：“我愿意放弃一切。无论生命中有怎样的奇迹在等待，我都可以毫不犹豫地放弃，因为我已经获得了这份无与伦比的快乐。”而你说：“不，莉娅，别放弃任何东西。”这句话是什么时候说的呢？我记得你的声音很小，轻如耳语，所以大概就是在医院里，我们的孩子沉浸于甜美的梦乡，你告诉我别放弃任何东西。我记得自己悄悄地想，你说得没错，天上的神明绝不能用我们的女儿来跟我做交易。可是我又想，你说错了，我会为她牺牲一切，奉献一切，不管代价几何。多年以后，你不告而别，在我们熟睡之际离开了我，离开了我们。我不禁怀疑，往日欠下的债务终于到期了。

如今，我总是辗转反侧，隔着一片大洋的距离，追忆逝去的岁月，惊叹自己如此爽快地完成了那笔交易，而那笔交易竟然持续了这么久。我常常思索，不知能否像当初那样抵押未来的美好。如果可以，我愿意接受抵押的条件，我愿意再次放弃一切，只求你回来，只求我们回来，只求我们的家庭恢复完整，只求你跟我们共度余生。

我确实很想见你，可是，倘若我们真的见面了，我难免会问：你希望我怎么做？我一定全力以赴。因为，我们的孩子依然让我开怀大笑，艾丽的睡颜依然美丽如初，而且她依然天天趴着睡觉。

巴黎充满难以言喻的魔力，足以令人忘却尘世的烦恼。

我稍作停顿。

也许你认为我们无法改变，但是我们可以改变，其实我们已经改变了，而且还能继续改变。

然后，我写道："你呢？"

然后，空行。

然后：回来吧——告诉我何时，告诉我何地。

我没有接受过关于写作的采访，倘若有人咨询我的意见，我会说，作家最应该害怕的并非写作障碍，而是写作匕首。写作匕首在写作障碍上磨得无比锋利，尖锐的刀刃能够切割任何事物。

我挥舞写作匕首，砍掉一切，除了结尾的十个字，这样做究竟是对还是错？

我删除了讲述艾丽、笑声、赌注和魔法的故事。我删除了"亲爱的罗伯特"和"爱你的莉娅"。

我删除了"回来吧"。

我删除了所有内容，唯独剩下一句话，把邮件发了出去。

告诉我何时，告诉我何地。

第十六章

我静静地坐着，屏幕上毫无动静。一分钟后，为了转移注意力，我掏出手机，给埃莉诺发短信：正在等待回复。她立即打电话询问细节，我告诉她没有任何细节。我并未提出见面的地点，我准备让他来决定。埃莉诺开始教育我，女人总是在谈判中落败，其实她们完全可以取得胜利，而且应该取得胜利，关键在于“把握主动权”，于是我便把握主动权，挂断了她的电话。过了片刻，我感到后悔，又发短信道歉。她在短信中回答：这就是我的意思，永远都不要道歉。

我再次检查收件箱，依然什么都没有。“**收件箱**”的法语写法颇为考究，而且发音非常可爱。清脆的门铃声传来。我点击“**收件箱**”，还是什么都没有。我真希望自己刚才关闭了书店。

现在，我的手机也响了。罗伯特？（怎么可能？）

不，只是埃莉诺而已。

对于流落异乡的美国书店老板来说，忽略一名顾客尚且算是情有可原，怠慢两名顾客恐怕就是罪无可恕，足以遭受驱逐出境的惩罚了。但是，倘若我不接埃莉诺的电话，她肯定不会善罢甘休。

我对看不见的顾客高喊“**您好**”，我估计对方应该是女人，因为她非常安静，男人通常都颇为吵闹。她没有说话，大概是站在店铺前方的角落里，离得比较远，或者已经爬上楼梯，去了儿童文学区。“**对不起**，我得先接个电话，”我宣布道，赶紧走出狭窄的办公室，“**请您稍候，我马上就来**。”

我接起电话。“**您好**，”话音刚落，我便反应过来，连忙切换成英语，“不对，喂？唉，我的脑子都乱套了，需要处理的事情太多了。”

“什么事情？”埃莉诺问。

“就是——来了一名顾客，不知道在哪儿——”

“我反复考虑了我们的计划，”埃莉诺纠正道，“我觉得不能把你的孩子们排斥在外，这不仅跟你有关，而且跟你们全家都有关，他必须明白。”她稍作停顿，“你也必须明白。”

“埃莉诺——”我说。

“不，”她打断道，“我都想好了，我们可以精心安排一下。你先跟他见面，不用搞什么复杂的暗中埋伏。你们俩坐在公园的长椅上，我带着你的女儿们和双胞胎在附近的游乐场玩耍。不过我建议，我们把两个小家伙送到不负责任的父亲身边待一天，然后，一旦你们接触了，一旦你确定他是罗伯特，你就领着他走向我们。”将双胞胎暂时托付给乔治倒是个好主意，但是我讨厌计划的其他部分，我实在不该让她提前得知见面的消息。“你懂了吗？”她问。

“埃莉诺——”话音戛然而止，我终于看到了自己的顾客。

“你跟他说，你会在放学之后去见他，日期就定在今天。我们干脆拖着双胞胎一起，让他认为你很忙，反正你确实很忙。如果你看到他的话，不要担心是自己产生了幻觉，因为我也会在场。”

我没有喘气，直到此刻才缓过神来。我深深地呼吸，打算开口，却无能为力。

“亲爱的，沉默是没有用的。你忘了吗？我很擅长应对沉默的局面，”埃莉诺说，“那我们就约好了。我会分别去两所学校接你的女儿们和双胞胎，跟艾丽商量合适的地点，然后直接去一个方便实施作战计划的公园或广场。我有地图，还有你家聪明的女儿，保证万无一失。行吗，莉娅？”我仍旧一言不发，“噢，我真受不了你。现在你应该说：谢谢你，埃莉诺，我觉得你的计划不错，再见。”

“再——再见。”我说，声音十分嘶哑。

也许她还说了别的什么，但是我不知道，因为我把手机正面朝下，放在了旁边，仿佛它是老式的电话，有配套的螺旋电线、座机支架和平稳的拨号音。

我听到了类似拨号音的巨响，那是我唯一能捕捉到的声波，穿云裂石，震耳欲聋。我好像在颤抖，整座书店都在颤抖，我摇摇欲坠，感觉随时都会倒在地上，除非抓住某样东西。于是，我抓住了自己的顾客。对方不是女人，而是男人，他显得跟我一样惊愕。

我拥抱了他，紧紧地搂着他，坚决不肯松手。最后，他慢慢地抬起胳膊揽住我，动作小心翼翼，似乎生怕我们当中的一个或者我们两个会突然拦腰折断。就这样，罗伯特也拥抱了我。

我在拥抱一名陌生人。他的肩膀更宽了，胸膛更厚了。他的下巴落在我的肩膀上，但只是轻轻地抵着。他的头发更稀疏了，闻起来不像是他，就连身上的气味也变了。不过，当他开口的时候，声音依然如初，目光仍旧闪烁……

他不是幻觉，而是真实存在的。他是罗伯特，却不再是我的丈夫。

“欢迎回家。”我喃喃地说。

他轻轻地摇头。

“欢迎来到巴黎。”他说。

我笑了，笑着笑着又哭了，哭着哭着又弯下腰来，歇斯底里地抽泣。自从父母的葬礼结束以后，我从未这样哭过，而且今天恐怕比当年哭得还要厉害。喉咙火烧火燎，腹部的肌肉和侧面的肋骨隐隐作痛。十几个月来第一次见到罗伯特，他没有死，我却快要死了。一切太艰难了，太荒谬了。

他不知所措，温柔地叫出我的名字，试探着把一只手放在我的肩膀上。最后，他起身去找纸巾，我终于恢复了正常的呼吸节奏。我不能讲话，但是我能看到他和纸巾，感觉好多了。我闭上眼睛，睁开眼睛，罗伯特还在，耳中的嗡鸣也在，不过已经稍稍减弱了。我无法分辨他在说什么，但是我可以捕捉到自己的心跳，怦、怦、怦，听见自己缓缓地说：“罗伯特？”然后，嗡鸣渐渐消失了。

“对不起。”他说。

我微微颔首。

“你——你过得好吗？”我说。

我凝视着他，他凝视着我。面前的男人是他，却又不是他。他显得忧心忡忡，却又充满好奇，好像在自言自语“嘿，这很有趣”，而不是说“嘿，这是莉娅”。

“也许，我们可以出去走走？”罗伯特说。

我感到天旋地转。我需要某样存在来支撑我，支撑我们。所以我抬起双眸，环顾四周，发现我们在一家书店里。我的书店。我的书籍。我的生活。

“你想先参观一下书店吗？”我说，我的声音非常空洞。他点了点头。我从地上笨拙地爬起来，假装没看见他伸出的手。

我们迈着小心翼翼的步子，仿佛刚刚踏出登月舱。或者，我们可能是深海潜水员，完全浸泡在汪洋中，穿着密封的防护服，彼此彻底隔离。否则，我无法解释我们为什么没有立即讨论女儿们的学业和生活，讨论他去了哪里以及将去何处。我们没有交谈，肯定是由于我们还不能交谈。

于是，书店代替我们，发表慷慨激昂的演说，讲述着故事，讲述着旅途，讲述着夫妻，讲述着在康涅狄格州[①]的教室里出现的蜘蛛。我告诉他，艾丽斯·马蒂森的作品卖得很好，他微微一笑。我为他取下格蕾丝·佩利的短篇集，他露出忧伤的表情，翻到《欲求》，开始朗读，我也跟着念了起来，然后我们都沉默了。他合上书本。我提到了按照地理位置划分书架的古怪做法，他说这种方式非常巧妙。我带他来到瑞典分区，给他看托芙·扬松，我还没来得及介绍她，他就说“姆咪！”罗伯特熟悉书籍，热爱书籍。随着书店将他拉入深处，他越来越难以抵挡书籍的魅力。

“对不起。”罗伯特说。我明白，他之所以道歉，不是因为他先前离开了，而是因为他现在回来了，却打算再次离开。

---

① 康涅狄格州：美国东北部的一个州，作家艾丽斯·马蒂森的故乡，下文提到的蜘蛛暗指本书第七章涉及的马蒂森的短篇小说。

我走向英格兰分区，他跟着我，可是在店铺中央又迟疑地站住了，仿佛害怕我接下来要拿的东西，其实我也害怕。转瞬之间，我不假思索地抽出一摞廉价的莎士比亚平装本，朝他扔过去。一排书。两排书。精装本。平装本。加拿大分区，大部头《爱斯基摩雕塑》重重地砸在他身上。艾丽斯·马蒂森的作品翱翔得不错，格蕾丝·佩利的作品目标很明确。在攻击男性敌人的战斗中，女性同胞显然意志坚定，毫不含糊。我来到对外展示的橱窗跟前，抓起全套的《麦德兰》系列，它们十分轻盈，嗖嗖地划过半空，就像飞盘、瓷碟或者锯片。我找不到《红气球》，但是瞥见了一本关于棒棒糖的作品。有些书很沉，几乎抛不动，纷纷掉在地上，其他书散落在罗伯特的周围。起初，他任凭它们在脚边堆积。后来，密集的炮火持续不断，他胆怯地退缩了，肩背和脑袋承受着枪林弹雨的猛烈侵袭。“莉娅，停手吧。”他说。于是，我停手了。我根本不在乎他的恳求，然而我累得精疲力竭，已经抬不起胳膊了。店门突然打开，一个声音用法语说“**您好**？”我怒吼一声“**现在不营业！**”顾客马上转身出去了。罗伯特锁好店门，翻转牌子。我绕到柜台里面，颓然坐下，埋首于颤抖的掌心。窸窸窣窣的动静传来，他似乎在捡书。待他忙完以后，屋内一片沉寂，仿佛他正在等着我看向他，但是我没有。我听见他爬上旋转楼梯，前往儿童文学区。他可能去了五分钟，或者去了一小时。当他下来的时候，我终于缓缓抬头，他面红耳赤，也许是由于哭泣，也许是由于愧疚，也许是由于书籍。一部幸运的作品擦伤了他的脸颊，另一部作品划破了他的眼皮。

“咱们能谈谈吗？”他说，语气很像从前的罗伯特，带着熟悉的问号。

我的口吻也很像从前的我："好。"

"在这儿？"他问道。

"在这儿。"我说。

我以为他会坦白自己失踪的原因，结果他却把失踪的过程告诉了我。

在密尔沃基四月的拂晓，他一如既往地出门晨跑，脑海中并无任何伟大的冒险计划。然后，他经过寂寥的港口，望见沐浴在曦光中的帆船。

那是一个刮风的日子，也是一个阴郁的季节，至少对罗伯特而言，至少在创作上，可谓乌云密布，无比煎熬。路德维希·贝梅尔曼斯穷尽一生，寻寻觅觅，直到晚年才发现油画是自己的挚爱。诚然，为了坚持油画创作，他咬紧牙关，扛起了前所未有的沉重负担，但是起码他遇到了能够安慰内心、解放灵魂的艺术，而罗伯特依然在苦苦摸索。

清早，罗伯特凝视着港口，看到了澄澈的湖水、洁白的帆船，以及闪烁的希望：在处理其他事情之前，他可以先去航行，消除纷繁的杂念，恢复往昔的平静。周围空无一人，但是他有大门的密码，而且知道仓库的钥匙藏在哪里。他为自己准备好所需的一切（除了安全规定要求的同伴），在租借记录上签下姓名，接着离开码头，驶出港口。他感觉无拘无束，忽然冒出了一个疯狂的念头：我要横跨密歇根湖，抵达密歇根州，完成一次特殊的"笔遁"！尽管那艘帆船很小，但是并非没有先例。倘若风向合适，他能够在一天之内穿越巨湖。实际上，他差点儿就做到了。可是，一股汹涌的大浪扑面而来，猛然推动船首。他撞上桅杆，失去了知觉，落进水里。

密歇根湖唤醒了他，但是罗伯特无法挽救帆船。整整一夜，他都蜷缩在底儿朝天的船体上，偶尔还会被波浪卷入怀中。时值暮春，湖水的温度却很低，犹如严冬的冰雪。随着一次次坠落，他感到越来越寒冷，越来越虚弱，越来越怀疑自己能否爬回去，越来越渴望放弃痛苦的挣扎。

然而紧接着，旭日东升，灿烂的阳光照耀着大地。“我漂流到浅滩上，”他说，“从那一刻起，世界变了，理性和意义统统荡然无存。我踉踉跄跄地迈出湖水，穿过一座小小的公园和一片停满房车的社区。那里不像是威斯康星州，反正绝对不是密尔沃基，但是我又觉得自己不可能真的来到了密歇根州。我不愿开口问路，眼前的情景非常怪异，我能看到当地的居民，可是他们似乎看不到我。”

我不禁揣测他们究竟看到了什么。一名浑身湿透的陌生来客从窗外经过？如果是我，恐怕也会假装看不到。他们肯定认为，只要那名男子继续往下走，也许就会走出他们的生活。事实证明，他们猜对了。

“我不断地前进，衣服慢慢晒干了，”他说，“于是，我显得更加不起眼了。这让我产生了一个想法，其实那是早就萦绕在心头的想法。当我出门晨跑的时候，我并未考虑过驾船航行。当我离开港口的时候，我并未惦记着密歇根州。”

他说，他一直在思索自己是如何“像阴影一样笼罩着我们”，所以一旦迈开脚步，他就不会选择停下。因为在晨跑的过程中，他突然感到十分恐惧，倘若他拐过街角，重返家中，或者在航行一小时后掉转船头。倘若他立即回到密尔沃基，谁知道会发生什么事呢？

就连他自己也不知道，但是他知道一点，不会发生好事。他已经到达"边界"了。他没解释"边界"的含义，不过他无须多说。"边界"并不存在于我们的地图上，而是存在于他的头颅中，不仅悄悄地占据了他的脑海，而且偷偷地入侵了我的脑海。我看见了他眼中的灰暗，他遭受的挫折，他忍耐的绝望，那些大大小小的苦难会让他倒在血泊中，或者漂在水面上。总之，有许多方式可以结束生命。

但是，还有许多理由可以阻止他这样做。

"如果你死了，就永远都无法……"话音戛然而止。毫无疑问，他没死。我总是在挖掘他疼爱女儿们的证据。这就是证据，却又不是。

他摇了摇头，"而且，我不想吃药，不想就医，不想住院。如果我没走，肯定得住院，对吗？"他指着自己的太阳穴，"精神——？"他说不出口，"那种地方只会让情况变得更糟。我没病，我只是……"

"自私。"我暗暗思忖。或者换句话说，对，他就是病了，病得很严重，乃至抛弃了深爱他的家人。

不过，他也很健康，足以在密歇根州寻到一处棚舍栖身。倘若他在那儿多待一阵，警方可能就会发现他，但是次日清晨，附近的农场便来招揽采摘作物的工人。先是各类浆果，后是其他品种。我等待他讲述努力联系我们的坎坷经历，他却描绘了在炎炎烈日下拼命劳动的白天，以及在煤砖砌成的宿舍里度过的黑夜。他并非唯一一个没有证件、不愿交谈的家伙，作为交换，农场会克扣一半的薪水。后来，庄稼都收完了，工人们要去南方干活儿，他打算与他们同行，不过首先要回家。他不会永远都采摘浆果，可他还是决定旅行一段时间，就当作某种长期的"笔遁"，开发崭新的题材，创作崭新的内容。

所以，他说："我必须找到你们，当面告诉你们。"

我试着想象那个场景多么荒唐，就跟现在这个场景一样怪诞。

但是相比之下，那个场景显得十分鲜明，而且颇为生动：他从密歇根州重返密尔沃基，迈进我们的街区，靠近我们的房子，却发现我们不在了。

他说，他步行经过我们家旁边的沿街商铺，但是他戴着墨镜，留着长发和胡须，谁也认不出他，墙上没有张贴寻人启事，而且我们都不见了。突然之间，他感到自己好像又一次湿透了。

我发现相信他很难，不相信他更难，但我还是无法相信他。

"你回来过？你只需要按一下门铃，问问租客，问问邻居，"我说，"或者去学校找埃莉诺。"

他摇了摇头："埃莉诺会将我活生生地吞掉。"

"然后帮助你。"

然而，他不需要埃莉诺，他立刻就明白了。（他加快了语速，放轻了声音，仿佛在自言自语。）我们走了，彻底走了。我们只有一个地方可去。巴黎。他说过自己不会买机票，可是他买了，他把确认码藏在燕麦卷的盒子里，我们肯定是找到了。他本来想亲眼见证我们的喜悦，虽然他错过了，但是我和女儿们依然可以按照原定计划前往法国。我们完成了我们的任务，他也必须完成他的任务。

我呆呆地盯着他。他说，他迅速行动起来，拿到了现金、护照和机票。整个过程竟然没有引起任何相关部门的注意。或许警方并未把他列入监视名单，或许到了紧要关头，他们认为我在撒谎。那位失踪者的妻子简直是疯了，谁不想赶紧逃跑，躲避这样的女人？

在巴黎，他拜访了一家书店。他听说莎士比亚书店愿意收留一两名喜欢阅读的流浪汉，只要对方不介意干些杂务就行，他不介意。在歇班的第一个下午，他出门寻找我们，并且做好了永远都找不到我们的心理准备。

结果，他仅仅用了一小时而已。

他找到了我们，却不敢进来，因为他坚信自己产生了幻觉。在密尔沃基，他从我们的房子跟前走过，可是那已经不再是我们的房子了，屋里住着陌生的租客。他提到，我曾经威胁要离开。我没有点头，也没有眨眼，只是静静地聆听。我说过吗？什么时候？为什么？他说，他分不清何为现实，何为想象。当初，他在家里起草过一份书稿，讲述了一个住在巴黎的家庭。为了创作之便，他查询地图，挑选了一条街道作为故事发生的地点，在抵达巴黎以后，他马上来到了自己笔下的街道——圣露西——作家的守护神！看到布鲁雅太太的书店，他并不惊讶，他早就在网上见过照片了，所以才把背景设定在这儿，但是屋里的那几个人——她们跟我们一模一样。

他站在街道对面，敬畏而恐惧地凝望着我们的书店。未完成的手稿变成了逼真的幻觉，看到我们证明他终于失去了理智。他跑开了，但是他不能一直躲在远处。他开始给我写电子邮件，给埃莉诺写电子邮件，写了数百封邮件，却统统删除了。他说，我们肯定会以为他疯了。某天，店内没有我们的身影，只有一位老妇人守着柜台，他趁机走进来，在《中央时间》的扉页上留下“对不起”三个字。到头来，他总算在书架上找到了一部自己的作品。

“后来，我把那本书放进了橱窗里。”我说。

“你知道是我吗？”他说。

我沉默不语。

“你知道。”他说。

“我知道，”我说，“但是我又认为不可能是你。”或者不应该是你。

“其实这就是我的感受。女儿们——艾丽，黛芙妮——”他艰难地说出她们的名字，“我甚至无法判断究竟是不是她们。她们如此……”我想说，我们也无法判断究竟是不是你，不过当然，女儿们早就确定了，在我之前很久很久，“我总觉得，玻璃后面的女孩不可能是她们，玻璃后面的母女不可能是你们，然而事实证明，那就是你们。”

“可是你仍旧没跟我们接触。”

他摇了摇头：“我担心你们会消失。柯勒律治在梦里创作了一首长诗，醒来立刻提笔记录，在他写完五十四行以后，一位不速之客走进房间，他脑海中的构思便统统消失了。”

“我们没有消失。”

“我以为你们会消失。我尽量保持安全的距离，努力靠近，却不去触碰，免得泡泡会破灭。”

“直到现在。”

“莉娅，我不知道该怎么说……”他在柜台上画着圆圈，就像黛芙妮一样，“不过，你们在这里似乎显得很快乐。”

“快乐？”我愤愤不平地说。我已经成了巴黎人，而快乐是属于美国人的情感，它蒙蔽了美国人的双眼，让他们看不到这座城市的房东、快递司机和医生有多么苛刻，看不到桥梁、河水和书店有多么危险，看不到石头、故事和电影有多么脆弱。

然而，查理曼大帝曾经在这里漫步。还有贝梅尔曼斯，拉摩里斯，格特鲁德·斯泰因，巴勃罗·毕加索，圣女贞德，玛丽·居里，伊迪丝·华顿，珍妮特·福兰纳，詹姆斯·鲍德温，詹姆斯·乔伊斯，西尔维娅·毕奇。还有我。还有罗伯特。

“我们确实很快乐，”我慢慢地说，“虽然并非一直都快乐，但是女儿们在不断成长，我们在调整自己、适应变化。”无数字词在面前堆积如山，我拼命阻止它们脱口而出，“如今，如今你回来了，我们可以……”

我停顿了一下。他的目光躲避着我的脸庞，扫遍了书店的每一个角落，终于迎上了我的视线。他凝望着我，目光中充满了疑惑：这真的是莉娅吗？

这真的是罗伯特吗？这真的是我们的生活吗？如果他回来，情况会改善多少？也许罗伯特可以在附近租一间公寓，我们需要好好商量，从长计议。

在我犹豫的片刻之间，罗伯特开口了。

“我明白你的意思。”他说。

“不，”我说，“不，听着，罗伯特，女儿们……”他选择在白天突然造访，莫非就是为了确保女儿们在学校？

“没有我，她们过得更好。”

“你站在马路对面，偷偷地盯着我们，就能看出来她们过得好不好吗？”

“莉娅，对不起。我没有任何词语能形容我现在的心情。”

“内疚？羞愧？”他点了点头，但是我摇了摇头，我希望他出言反驳，我希望他跟我争吵，我希望他振作起来。

“莉娅，所有的‘笔遁’，”他说，“我以为它们不仅仅是为了我，而且也是为了你。”

“放屁。”

“我确实这样想！”他说，“诚然，我需要它们，毫无疑问，我越来越需要它们。可是我之所以需要它们，是因为在家里工作——或者工作之后回到家里——你们会看着我的脸，而我不喜欢你们的表情。当女儿们需要帮助的时候，她们从来不会喊我。”

“你一跨进门槛，屋里就回荡着她们的呼唤，‘爸爸！爸爸！’”

“可是她们——”

“她们会扑进你的怀抱中。”

“每次，我都觉得自己会不小心松手。每次，我都害怕自己会让她们失望。我知道，我总是让你们失望。”

“你没有。”

他凝视着我，等待我说不出口的谎言。

“你说我死了。”他说。

“什么？”

“隔壁的隔壁有一位卖拖把的女士，”他说，“我向她询问这家书店的营业时间，她说自己也不清楚，‘有时开门，有时关门，毫无规律，但是书店老板过得很不容易，她的丈夫死了。’”

“在很长一段时间里，”我说，“我努力让自己相信你死了。”

他淡淡地笑了：“在很长一段时间里，我也认为自己死了。我是说，直到五分钟以前，你冲我扔那些书，砸得很疼。”

“抱歉。”

“不，是我活该，我理应受到更严重的惩罚。也许会有一篇文章提到电子书永远都无法伤人，毕竟它们没有棱角……”

他的话音戛然而止。

“你又开始写作了。”我说。

片刻的沉寂。

他朝左边颔首，接着让脑袋转向右边，似乎在摇头。既对，也不对。

“太棒了，”我说，“你……”但是我不知道自己要说什么，脑海中浮现出某种奇怪的等式：你离开了妻子和女儿，却寻回了艺术与生活。

“罗伯特，你还好吗？因为——”

“我还行，”他说，“只是还行，不过比原先好多了。一切都好多了。”

“因为这里也有医生和药物。说来真巧，我们还认识一两位心理学家呢。”

“不，我已经摆脱‘边界’了。那天早上，当我去跑步和航行的时候，确实感觉很糟。我没打算淹死，但是我也没打算回来。我想把命运交给宇宙来决定。”

“别扯上宇宙。”

“交给湖泊来决定。”

“湖泊？”我说，“难道我就没有发言权吗？”

“我知道你会说什么。”

“所以你才不打电话？”

“我打了！”他说，“我从街边的公用电话亭给你打了电话。在采摘浆果之前，在爬出湖水以后，在去往棚舍的途中，我看到了区号，发现自己在密歇根州。我拨打了对方付费的电话，可是无人接听。”

“你就试了一次？你应该多试几次！不然干脆找一家图书馆，发一封电子邮件。”

他摇了摇头，“我没有为自己开脱找借口，或者说，我早就把借口告诉你了。我失去了理智，我的思维乱套了。我不想死，但是我想单独待着。我很清楚，如果我回去继续做‘罗伯特’‘爸爸’，”他的眼眶终于充满了泪水，“你们都渴望拯救我，可是我不愿意——”

“够了。”我说。

“我已经无力承担了。”

印象中，在我们最初交往的日子里，罗伯特坐在简陋的公寓房间里，蜷缩在廉价的写字台跟前，周围环绕着堆积成石笋的书籍。我注视着他，觉得他很孤独，很寂寞。但是，跟他此刻的感受相比，当年的处境根本不值一提。我不想知道下一个问题的答案，可是我不得不问。

“罗伯特，那女儿们呢？你怎么能忍受跟她们分离，无法闻到她们的气味，听到她们的笑声……”在我说话的时候，他的嘴唇动了，但是我什么都没听见。轻柔的嘶嘶声就像女儿们的“耳语剧院”，所有音节都非常重要，极为迫切，却难以分辨。最后，一字一句逐渐清晰起来。

“我爱你们。我爱她们。我爱艾丽，黛芙妮。还有你，莉娅。还有你。”

我觉得自己听见了，我坚信自己听见了。不过，我还是竖起耳朵，慢慢地凑近他，接着伸出双臂，紧紧地抱住他。他沉默了。在寂静中，我想起了女儿们给我念的故事，想起了我们相拥而眠的温馨夜晚。在那些夜晚，罗伯特绞尽脑汁，苦苦思索，他又看到了什么，听见了什么？

现在，我要对他说什么，才能让他留下来？我希望他留下来吗？我不知道。如果我拦住他，那就是我对他做过的最深情的事情了，也是我对女儿们做过的最残忍的事情。因为他回来以后——我能预见到，我能感受到，我能体会到——必将再次离开。也许是数年。也许是永远。

然而，我还是说："留下吧。"

他摇了摇头："莉娅，我不能——"

"见见女儿们。"我说。

他颓然缩起肩膀，仿佛我揍了他一拳。

"她们都长大了。"我说。

"变得非常美丽。"

"全是巴黎的功劳。"我说。

"全是你的功劳。"他说。

我心想，这就像电影的结局一样。不是普通的光盘，而是三十五毫米的胶片，每秒二十四帧，飞逝而过，直到卷轴空转，咔嗒，咔嗒，咔嗒——

但是并非如此。这是一本书，而且接近尾声了。

"父母都会陪伴孩子。"我说。

他忽然高兴起来。

语调上扬，泪水消失。突如其来的变化令我措手不及，片刻之后才反应过来。

“好吧，你的父母没有陪伴你，而我的父母也没有陪伴我。”他直勾勾地盯着我，我拼命抵挡移开视线的冲动。“我不愿承认我们是糟糕的父母，”我说，“当你陪伴她们的时候，你真的很棒，而且你以前经常陪伴她们。”

“也许陪伴得太多了。”

“什么？”

“这些年来，我的写作寸步难行。”

我看着他：“你不能把一切都怪到我们头上。”

“我没有怪你们，也不会怪你们。一切都是我的错，是我没有好好写作。”

然后，我说出了自己的真心话：“罗伯特，写作？行，我明白，但是，谁在乎呢？你可以改行修水管，或者画油画，或者为孩子们做饭。世界上已经有很多书了，其中还包括你的几部优秀作品。就算你不再写作，也——”

看见他的表情，我才意识到自己加上了“无所谓”三个字，我试图弥补，但是他挥了挥手，并不生气，只是显得十分疲惫。“我知道，”他说，“就算我不再写作，也无所谓。”

他深深地吸了一口气，望向窗外。

“我怀念那张野餐桌，那个垃圾桶，那条空荡荡的乡间小路。”他收回目光，看向我，“我怀念威斯康星州的巴黎。”

“罗伯特，”我说，“那都是——”

“陈年往事了。但是，我曾经趁着‘笔遁’的机会，回去过一次。我没有告诉你，我应该告诉你的，可是我不应该回去。野餐桌不见了，垃圾桶不见了，就连玉米田也不见了。”他重重地叹息，“我甚至无法判断自己是否找对了地方，不过地图显示就是那里。”

我不需要地图就可以判断，他确实回去过。此刻，他的思绪又回去了，从他的脸上我能看出来。而且，我依然记得那个美好的夜晚，记得天上的明月、甜蜜的亲吻和温暖的接触。

“机票不见了。”他轻轻地说。

“机票？”我问。

“机票。我……”他稍作迟疑，“当初，我为你买了一张通往巴黎的机票。法国巴黎。就在我们探索威斯康星州的巴黎之前。你从来没去过巴黎，所以我为你买了机票，打算那天晚上在那个巴黎给你。我翻遍存折和信用卡，却只能订购一张单程机票，但是我想，这样就足够了，起码现在，她可以去了，她终于可以去了，然后——”

“罗伯特——”

“然后，那天晚上，我看着你，悄悄地想‘别犯傻了！巴黎？她永远都不会再回来。’我凝视着你，你凝视着我，你忽然开始语无伦次地谈论结婚的事情，我简直不敢相信自己的好运，这个可爱而疯狂的姑娘让我向她求婚？可是，我居然还打算把她送上国际航班，任凭她远走高飞？我们缠绵温存，我们立下约定，你沉沉睡去，我撕碎了机票，扔向漆黑的玉米田，心里暗暗发誓，有朝一日，我一定会补偿你，写出美妙的作品，改变我们的人生，带你去真正的巴黎。”

“罗伯特。”我喃喃地说。

“对不起。多年以来，我一直都想告诉你。”

“罗伯特，”我说，“我们来了，我们做到了。”

他摇了摇头："你们做到了。"

我的手机响起，他望向门口。

"留下吧。"我说。

他盯着我。

"就待一晚，好吗？"

"我必须走。"

"听我说。"

"莉娅，我不能——"

他提高了声音，我也提高了声音。"我无法相信我们竟然在聊这些，"我说，"你明明回来了，却又要马上离开，仅仅给我二十分钟的思考时间。"

手机不响了。

"我已经思考了很久——"

"我没有！"我说，"给我一小时怎么样？给我一周怎么样？"

我也望向门口。女儿们为什么不能现在就走进来呢？

他闭上眼睛，我不知道他看见了什么。是我，还是野餐桌？是玉米田，还是威斯康星州的巴黎？或者，他看见了艾丽和黛芙妮，看见了他向往的远方。我不知道他是否看见了自己曾经是一位好父亲，如今完全可以重新成为好父亲，像从前一样。我眯起眼睛，我想知道他看见了什么。

"莉娅，"他说，"也许我们——"

手机再次响起。两分钟内，两个电话？

埃莉诺。屏幕上显示了一张近期的照片，免得我忘记埃莉诺是谁。我拿起手机给罗伯特看，他挤出一丝微笑。

“她在法国。”我说。

笑容立即消失。

紧接着，艾丽的号码与面孔并排出现在埃莉诺旁边，罗伯特摇晃着后退。

我对电子产品的复杂功能可谓一窍不通，却在无意间同时接起了她们两个人的电话。

“喂？”我把手机举到耳畔。

“彼得——”艾丽说。

“安娜贝拉——”埃莉诺说。

“你们在哪儿？”我说。她们的声音十分惊恐，手机仿佛突然消失了，好像她们就站在我的面前。可是，我的面前没有她们，只有罗伯特，“出什么事了？”

“妈妈！”艾丽说。

“他们不见了。”埃莉诺说。

第十七章

彼得和安娜贝拉有一种“双胞胎智慧”，即专属于双胞胎的特殊理解力。这种“双胞胎智慧”可以赋予他们强大的生存技能，起码我希望如此。随着事情的来龙去脉缓慢地浮出水面，我渐渐变得忧心如焚。（其实具体经过并不复杂，三言两语就能讲清楚，但是埃莉诺和艾丽一直在强调各种细枝末节，不停地纠正和补充彼此的叙述。）

在埃莉诺接到艾丽、黛芙妮和双胞胎以后，她宣布他们要充分利用难得的午后阳光——巴黎最近总是阴天——在回家途中找一座小公园逛逛。彼得瞅准了我不在场的机会，推荐圣殿公园作为备选，那里距离我们的书店约一千米，有一片禁止游泳的池塘。安娜贝拉欣然同意。

艾丽对此完全不感兴趣，她建议前往格勒诺布尔，接着便傲慢地走开了，留下黛芙妮向埃莉诺解释，格勒诺布尔并非公园的名字，而是一座城镇，位于法属阿尔卑斯山区，搭乘长途汽车需要八小时（她们曾经跟随学校组织的旅行团去过），搭乘高速列车需要三小时（票价太过昂贵，我舍不得掏钱，所以从来没体验过）。

埃莉诺提出了一个折中的方案。他们先去公园，如果之后有空，再去火车站参观“高速列车”。彼得坚决不肯让步，直到埃莉诺大声地自言自语，假装在考虑他们可以坐地铁去公园吗。于是，彼得妥协了，就连黛芙妮也点头了。

但是，艾丽强烈反对。她在手机上查询了路线图，发现坐地铁毫无意义：他们必须倒两次车，耗费三十分钟，比步行时间多出一倍还不止。

埃莉诺承诺，如果艾丽能陪他们坐地铁，她会给她买她在世界上最想要的东西”。艾丽沉吟片刻，终于同意了。

我暗暗猜测，当艾丽——或黛芙妮——迈进地铁入口，穿过人群走向站台之际，心里究竟在惦记什么。她们最想要的东西是“非卖品”，没有任何地方会出售。

彼得的愿望同样不能用金钱来满足，他盼着“搭乘海底的高速列车去纽约”。艾丽还没来得及解释那是无法实现的，彼得和安娜贝拉就消失了。

不是“咻”的一声，像神奇的魔法一样，而是“砰”的一声，地铁的车门猛然关闭，将大家分隔开来。双胞胎在拥挤的车厢里，埃莉诺、黛芙妮和艾丽在站台上尖叫，周围人潮涌动，熙熙攘攘。

随着地铁飞驰而去，慌乱的争论开始了。黛芙妮说，不会有事的，按照原先的计划，他们仅坐一站就得换乘。艾丽说，彼得还想直奔纽约呢，怎么可能只坐一站就主动下车，归根结底，当初应该选择步行才对。黛芙妮指出，埃菲尔铁塔对面有一条纽约大街，说不定双胞胎会去那里。艾丽说，这趟地铁根本不经过纽约大街。

黛芙妮说，有一套家庭应急预案，专门针对类似的情况，要求失散的孩子在下一站走出车厢，无论那一站是什么，然后守在原地等待，不管要等待多久。

艾丽说，黛芙妮把自己在书中读到的内容和现实生活搞混了，这也难怪，毕竟黛芙妮“跟爸爸很像”，而且已经“在医院里丧失了基本的理智”。

接下来，黛芙妮做了一件非常可怕的事情……

“怎么了？”罗伯特低声说。

“双胞胎……”我将手机压在胸口，堵住话筒，“他们想搭乘高铁，可是他们上了地铁，结果——”

“双胞胎？”他说。

“两个孩子，年纪很小，我们负责照看他们，获得相应的报酬，因为——”

“孩子们——要来见我吗？在这里？”

“拜托，罗伯特，”我说，“埃莉诺打算带他们去公园之类的场所，她觉得如果我们在那儿碰面——”

“见她们，现在？”罗伯特不安地扫视着书店，甚至倒退了一步。

我无奈地摇了摇头，面对突如其来的意外，先前的重大难题显得微不足道，“他们上了通往公园的地铁，但是车门关闭得太快，地铁载着双胞胎离开了站台”。

“他们多大了？”他说。

“你连这都不记得了。”我说。

“我是说双胞胎，”他冷静地补充道，“艾丽将在秋天过十六岁生日，今年春天黛芙妮刚满十三岁。”

我听到艾丽在嚷嚷，连忙举起手机，但是耳畔却响起了埃莉诺的声音。

“嗯，嗯，我明白。”埃莉诺似乎在回答艾丽，语气中充满了耐心的安抚，仿佛在主持英文系的会议。“艾丽平安无事，好吗？”埃莉诺向我保证，“咱们继续往下说。”

“等等，艾丽怎么了？”

“黛芙妮推了她，她摔倒了，就在轨道附近，所以场面比较紧张。”

“噢，天哪——”

“放心吧，只是紧挨着站台边缘，并没有跌落在轨道上。当然，即便如此，黛芙妮的行为还是非常危险，围观群众已经七嘴八舌地批评了我们。不过，我的教女确实表现得不够友善，黛芙妮的反应是出于激愤，情有可原，之后她自己也吓坏了。总之，艾丽平安无事，而且我们总算吸引了警察的注意，可谓因祸得福。他们发布了儿童失踪的警报，至少我是这么理解的。”

艾丽插嘴道：“妈妈，那些吉卜赛人——”她的口误表明，她跟我一样惊慌。

“艾丽，”我说，“彼得和安娜贝拉知道你们准备去哪儿吗？他们知道应该在什么地方下车吗？”

“这个主意真是愚蠢透顶，为了短短五百米的路程，竟然要坐三趟地铁。”艾丽说，“我也不清楚他们是否知道。彼得一直在念叨高速列车和格勒诺布尔——”还有纽约，黛芙妮在旁边喊道，“我甚至不清楚他们是否知道我们的电话号码。”

"我马上就去找你们。"我说。

"警察让我们回家。"埃莉诺说。

"拿出你的领导风范来反驳他们。"我说，"艾丽，千万别给乔治打电话。"

"莉娅，"埃莉诺说，"我明白，最近发生了不少事情，你也经历了许多坎坷，但是现在我们无能为力。"

"乔治是他们的父亲！"艾丽抗议道。

"莉娅，"埃莉诺说，"我必须问问——"

我按下屏幕上的红色按钮，挂断了电话。

接着，另一个意外悄然降临。以前的罗伯特出现了。他显得从容不迫，镇定自若，全神贯注地聚焦于眼前的任务。

"莉娅，我们现在需要做什么？"罗伯特问。

转瞬之间，我几乎相信了，我以为自己的丈夫突然回来了。我曾经跟他结婚，吵架，同床共枕，养育女儿，包装礼物，举办派对，庆祝一次又一次的成功，直到再也没有庆祝的理由。如果他跟我一起来到巴黎，而不是让我盲目地追逐他，那么此时此刻，我们一定会相拥而泣，携手寻找失散的孩子。

我几乎相信了，但是没有。我并未激动落泪，而是撒腿狂奔，迈出大门，冲向街道。

他在格里洛太太的店铺前赶上了我。"好吧，"他说，"我不会劝你别跑。"

"你什么都不要劝我。"

"他们怎么说？"他问。

"谁？警察？警察让她们回家，简直蛮不讲理。"

“双胞胎知道你们的地址吗？”他说。

“知道，”我说，“就算他们不知道地址，他们也知道书店的名字。他们又不是傻子，他们的父亲也不是傻子。或者，可能他确实是傻子，居然把他们托付给我们这种人。呸，我这种人。”我停下脚步。

“你难道不应该留在家里吗？”他说。

“不，”我说，“我要先去街道尽头的地铁站找找，也许他们认识回家的路，也许他们告诉过别人自己打算去哪儿。”

我凝视着他，我闭上眼睛。

“我们回去吧，”他说，“我和你，我们在书店里等待。”

我竖起耳朵，听到了“我和你”三个字，它们唤醒了将近二十年的记忆。我听到了，我看到了，可是往昔的岁月恍如隔世。我把家搬到了巴黎，我给两个女儿做饭、穿衣，送她们上学，直到今天为止，还成功地照顾了另外两个孩子，我独自完成了一切，偶尔会得到几名朋友的帮助，包括一位年轻英俊的工商管理学硕士、一位流落异乡的新西兰主妇和一位热爱书籍却性情冷淡的老太太。我曾经爱过罗伯特，我曾经威胁要离开。但是，我没有离开，如果他也没有离开，我们可以共同努力，探索解决问题的方法。我和他。我睁开眼睛。

“你回书店，”我说，“我去地铁站。我会打电话给埃莉诺、艾丽和黛芙妮，让她们分头寻找。”

“分头寻找？”他说。

“女儿们很擅长寻找。”我说。

我想，大概故事的这一部分尚未写出来，所以他没有回答。

而我不知道这是故事的哪一部分，所以我没说再见。

彼得和安娜贝拉不在我们家附近的圣保罗站，于是我立即来到他们原定的目的地，圣殿公园。附近没有他们的踪影——幸好，池塘里也没有忙着打捞的蛙人。我重返圣保罗站，搭乘向东行驶的地铁，打算直奔终点站。埃莉诺说她会去西边，结果却稀里糊涂地去了南边。她本想回埃德姆的庭院瞧瞧，可是不小心迷路了。后来，艾丽不得不亲自赶到塞纳河左岸，四处寻找自己的教母。

在此之前，艾丽得罪了不少法国乘务员，她一直守在里昂火车站，开往格勒诺布尔的高速列车都是从那里出发。她陆续登上数十趟城际列车，沿着走廊跑遍所有车厢，口中高声大喊：**“有人看到一对双胞胎吗？他们是龙凤胎，年纪很小。有人看到吗？”**

黛芙妮跟我一样，迅速抵达我们家东边的终点站，文森城堡站。如果双胞胎没有主动下车，那么到了这里，他们会被迫下车。我觉得他们肯定在站台上，可是他们不在，只有焦急的黛芙妮。我们从文森城堡站开始，一站一站地往回找，朝着圣保罗站和书店的方向，在途中的每一处站台上搜索他们的蛛丝马迹。我们望见几位巡逻的警察，黛芙妮询问他们是否在寻找双胞胎，他们态度和蔼地跟她讲话，却向我投来轻蔑的目光——这名美国母亲居然弄丢了两个孩子！

我接到一个电话，对方让我马上去警察局报到，他们尚未找到双胞胎，但是有一些手续需要办理，最好现在就填写表格。还没等对方说完，我就挂断了。下一个电话来自美国大使馆，是卡尔打来的。他知道我陷入了麻烦，如此强大的推理能力令我颇为震惊。难道他也学着阿西夫的做法，安装了隐藏的摄像头吗？不，原来是埃莉诺联系了大使馆。卡尔打探到消息，表示非常关心：一位名叫“埃莉诺”的女士说我有一名丈夫？还说我领养了两个英国孩子？我应该尽早去大使馆跟情报官面谈，卡尔向我保证，他也会在场。

“谢谢你，”我说，“但是我必须先找到孩子们。”

卡尔答道：“我们可以给你介绍专业人士，提供英语咨询。”我暗暗思忖，千万不要再逼我见心理咨询师了。但是紧接着，我意识到他指的是律师。我挂断了电话。

我和黛芙妮迈出圣保罗站，去了肉店、烘焙坊和巧克力店，前往旋转木马和皮卡尔大厨的连锁店，重返圣殿公园、双胞胎的学校和女儿们的学校，接着绕过整片街区，来到埃莉诺居住的旅馆门前，挨家挨户地拜访路边的商铺。

这番兴师动众的寻人行动一无所获，反倒严重拖延了我们回去的时间。当我们抵达书店之后，才发现双胞胎早就在等着我们了。他们自己找到了正确的道路，一位亲切的先生在家中迎接了他们，给他们读了一本书，又读了一本书，还读了《红气球》，然后便悄悄地离开了，把他们单独留在温暖而明亮的书店里，享受书籍的庇护。

我紧紧地拥抱双胞胎，久久不肯松手，就连黛芙妮都看不下去了，忍不住问我到底在干吗，然后我也拥抱了她。她开始放声大哭，语无伦次地道歉，说她不该推艾丽，害得艾丽摔倒，而且距离轨道那么近。我告诉她，我能理解——因为我确实可以理解，我甚至觉得自己跟她同病相怜，她向艾丽发泄了怒火，我向罗伯特发泄了怒火——我还告诉她，真正需要她道歉的不是我，而是她的姐姐。

“**宙斯！**”安娜贝拉嚷嚷，她听到了我们的交谈。所有的电气化轨道旁边都贴着安全标志，画面中的小人永远都在遭受闪电球的袭击，黛芙妮给他取名为“宙斯”。黄色的背景上写着“禁止接触轨道”，非常简洁明了，但是在我看来却颇具法国风情，标志本身并不显眼，瘦长的字体显得友善而温顺，警示语后面并未附上惊叹号。大家要么会留意它，要么会像黛芙妮一样，短暂地忽略它。

“**对了！**”彼得说，“**书店里新来的绅士是谁？他对我们真好！**”

“**新来的绅士？**”我说，“**谁？**你在说什么？”

当我和黛芙妮抵达书店之际，屋里似乎空无一人。大门紧锁，挂着“休息中”的牌子。我掏出钥匙，打开大门，头顶的铃铛发出清脆的响声，彼得和安娜贝拉赶紧跑下旋转楼梯。

“噢，他已经走了。”安娜贝拉答道，“他说你们马上就会回来，结果你们真的回来了！”

“你雇了新的员工吗？**他是新的德克兰吗？**”安娜贝拉说。

黛芙妮抬起美丽的双眸，静静地望向我。此刻，我猛然发现，她的目光中不仅充满了睿智，而且饱含着悲伤。我不禁暗暗思忖，她能否猜到，究竟是谁迎接了双胞胎，请求他们带他参观书店，打听他们喜欢什么书，凭空变出两条狮子牌的巧克力棒，看着他们毫不犹豫地吃掉。但是，黛芙妮一言不发。双胞胎兴奋地讲述着这段奇妙的经历，小脸激动得通红，我却移开视线，仔细研究黛芙妮的表情。如果艾丽或者埃莉诺在场，恐怕一切都会变得截然不同。可是，埃莉诺迷路了，艾丽去接她了，眼下只有我、黛芙妮和双胞胎。而黛芙妮沉默不语，于是我也不说话。

我没有告诉双胞胎：“那就是我的女儿们的父亲！”我没有愤慨地咆哮，他们先前失踪了，如今才刚刚被找到，他凭什么让他们单独待在书店里！我没有询问他们，那个男人长什么样，或者他说了什么，碰了什么，坐在哪里，指纹印在何处。双胞胎说，他给他们读了几本书，然后趁着他们自己念书的时候下楼了。

“艾丽和埃莉诺阿姨呢？”彼得说。

“那位先生还会回来吗？”安娜贝拉说。

我还没来得及开口，黛芙妮就插嘴了。

“不。”她斩钉截铁地说。

我愣住了，因为这是事实，因为听到别人说出来，感觉更加真切了。然而，双胞胎满不在乎，仅仅耸了耸肩膀，接着便要求回到楼上的儿童文学区。我同意了，我和黛芙妮目送着他们消失。

“那不是他，妈妈。”黛芙妮说，“陪伴双胞胎的先生不是他。”

我不确定自己是否该说些什么，她是否在自言自语。如果是，我最好不要干涉。我垂下眼睛。

但是，等到我抬起头来，却发现她正在注视着我。

“我明白。”我说。

“如果是他，”她说，“他不会走的。”

我无言以对，只能默默点头。

“他不会连张纸条都没有留下就直接离开。”她说，但是她的语气很古怪，似乎在句子的末尾加上了问号。若隐若现的问号悬浮在空中，犹如弯曲的大头针，毫无用处，却十分危险。他留下纸条了吗？这次他写了什么？我希望他写什么？

我不知道。我只知道，倘若他留下了纸条，那么这张纸条必须很长很长。

黛芙妮希望他写什么？我很清楚。不是六个字母，而是五个字。

很快就回来！

她依然在注视着我。我一直在脑海中回答自己的问题，却还未回答她的问题：我的父亲会连张纸条都没有留下，就直接离开吗？

“不，”我说，我拼命阻止上扬的声调，避免另一个问号的出现，“绝对不会。”

我给警察打电话，通知他们一切安好。警察联系了大使馆，卡尔赶紧打来电话，询问我是否确定没事了。“真悬，就差一点儿。”他说，恍惚间，我还以为他在谈论罗伯特。“是啊，就差一点儿。”我说。

艾丽希望能出门“庆祝一下”，她确实功不可没。她独自拯救了迷路的埃莉诺，她避免了跌落在地铁的轨道上，她跟黛芙妮重归于好，她在火车站努力地搜寻双胞胎的身影，虽然她没有找到他们，但是他们回来了，而且毫发无损，面带微笑。

最大的成就在于（尽管她意识不到），她并未见到自己的父亲。她听双胞胎讲述了那位彬彬有礼的先生，立即断定对方是卡尔。彼得和安娜贝拉当然不同意，但是他们没有坚持反驳。毕竟，艾丽是“**大姐姐**”，他们早就懂得，她总是正确的，即便在她严重失误的情况下也不例外。

我对外出就餐不感兴趣，埃莉诺也是一样。我想挖个地洞，深深地躲起来。我想锁上书店的大门和公寓的房门，拽过一两箱书籍，堵住入口，把自己关在屋里。我想享用一顿速冻的皮卡尔盛宴，再喝几杯葡萄酒。在我们开始上楼之际，埃莉诺稍作犹豫，轻声提议：

或许艾丽能帮忙照看孩子们，让她和我单独谈谈？我走在前面，闻言转过身来，告诉她不行——最终我妥协了，可以聊天，但是现在不行——我亲吻了埃莉诺的额头。

“不许对我无礼。”埃莉诺说，我忍不住微微一笑。

我解除了必须在厨房吃饭的规定，我们来到起居室，狼吞虎咽地扫荡了皮卡尔创造的美式菜肴——培根芝士通心粉，包装袋上贴着多国语言的标签。同时，我们观看了 2007 年中国台湾导演侯孝贤向拉摩里斯致敬的电影《红气球之旅》，那是埃莉诺从旅馆里借来的。

我们没有看完。影片演到后半段，盘子被丢得七零八落，叉子插在枕头和地毯上，彼得与安娜贝拉沉沉睡去，黛芙妮专注地盯着屏幕，埃莉诺认真地凝视着我们，艾丽站起身来，关掉了电视。

“拍摄气球的镜头太少了。”她说。

撇开其他因素不谈，侯孝贤的电影中有一位缺席的父亲（尽管并未失踪），我不知道那是否是艾丽关掉电视的真正原因。我也不知道罗伯特选择离开的真正原因，但是我知道自己看到了一个非常恐惧的男人。或许当时他只是害怕我，不过我觉得，归根结底，他还是害怕我们，害怕我们对他爱得太过深沉，害怕我们需要他留在身边。最为古怪的是，他害怕法国，害怕巴黎。这座城市犹如强大的魔法师，不仅把他的妻子变成了书店老板，把他的女儿变成了巴黎姑娘，而且把他的小说变成了现实。

唯一的不同在于，现实没有完全照搬小说。比如，在罗伯特笔下，风尘仆仆的一家四口刚刚抵达巴黎，便踏上冒险与探索的旅途。他们经过一片无名的街区，驻足欣赏路边林立的商铺。在“舔橱窗”的过程中，妻子掉队了，丈夫领着孩子们继续前进。这是某种特殊的暗示，再过二十多页，丈夫就会突然消失。

不过，那是后话了。现在，妻子忙完自己的事情，开始追赶家人。她花费了一些工夫才找到他们，透过闪闪发亮的玻璃，望见他们在冰激凌店里，眉飞色舞地跟员工交谈。“你们想要这种口味，还是那种口味，还是两种都要？”

妻子已经离开了很久，所以她应该赶紧迈入冰激凌店，面带微笑，向孩子们道歉。可是她没有那样做。她站在外面，静静地观察他们。冰激凌店光鲜亮丽，她的家人也神采奕奕。如果她走进去，美妙的乐曲就会中断，用罗伯特的话来说，五彩的泡泡就会破灭。她几乎能感觉到，整个世界都在微微颤抖。

妻子一动不动地端详着眼前的情景，直到家人出门，她依然站在外面。惊讶与欢乐纷至沓来，孩子们举起手中的纸杯和勺子：“妈妈，快尝尝，快尝尝！”

丈夫对她说：“我马上回去给你买一份，你想吃什么口味？”

这一幕到此为止。读者可以自由想象妻子的答复，猜测她的表情，勾勒她的嘴唇。又或者，她根本就不曾开口。

监控录像显示，当罗伯特在书店里陪伴双胞胎的时候，他好像说了些什么，但不是对双胞胎说的。他正在楼上给他们念故事，一位顾客出现了，罗伯特大概听到了门铃——阿西夫安装的系统不能捕捉声音——他走向旋转楼梯的顶层台阶，迟疑地停住脚步。他肯定在暗暗思忖：这一刻终于降临了，莉娅带着女儿们回来了。他望向双胞胎，他们已经拿起书本，开始自己阅读了。他环顾房间，仿佛在寻找逃跑的出口。他垂下眼睛，俯瞰着一楼。（摄像头没有拍到顾客的身影，不管对方是谁，恐怕早就走了，毕竟店内鸦雀无声，根本就不像是营业的样子。）

罗伯特说了些什么，然后下楼。

双胞胎没有抬头，所以他应该不是在对他们讲话。也许罗伯特并未发出声音，但他确实想说些什么，一个字，或者几个字——我可以看到他的双唇在动，却无法读懂他的口型。

当罗伯特出现在楼下，他的行动更加迅速。他四下打量书店，发现屋里空无一人，嘴里清晰地念叨着“糟糕！”（他可能在想：“莉娅和孩子们又走了吗？”）他往门口跑去，一步，两步，不慎撞上桌角，三步，到了。他猛然拽开店门。楼上，双胞胎似乎没有听到疯狂的铃声，他们全神贯注地沉浸在书本的世界中。楼下，罗伯特朝门外探出脑袋，东张西望，左顾右盼。上坡有格里洛太太的店铺和地铁站，下坡有电影旅馆和塞纳河。罗伯特缓缓地跨过门槛，太阳照耀着玻璃，十分刺眼，我很难分辨他的轮廓。他看向上坡，又看向下坡。突然之间，光线和角度变得非常配合，摄像头拍到了他的正脸，他的眼睛闪闪发亮。

他再次扫视街道，接着下定决心，动身离开了。

我回放视频，将最后的片段看了几十遍，反反复复。

手指停在屏幕上，无意中触发了一个未知的功能：是否确定删除录像？

我做选择比他做选择要果断得多。

罗伯特想要什么？我问得越来越少了。并非由于答案越来越明朗，而是由于寻找答案令我精疲力竭。我的思维停滞不前，或许是因为他的思维停滞不前，或许是因为——尽管这样说很残酷——他没有可以作为榜样的父母，无法学习如何做一名合格的家长或成年人。（其实我也一样，但是起码我遇到了埃莉诺。）我明白，他想要一份事业，以及随之而来的赞誉，可是他不断地改变衡量标准——年轻的读者，年迈的读者，喜欢在屏幕上擦除字词的读者——结果总是功亏一篑。绝望和恐惧逐渐膨胀，最后他觉得唯一的解决方法就是把自己从生活的篇章中删掉。

于是，他把自己写进了书稿中。在很长一段时间内，我经常感到非常困惑，不明白他为何在故事梗概里让妻子消失了。显然，我并没有消失。我暗暗猜测，可能我是那个负责撰写演讲稿的丈夫，而他是妻子凯莉。毕竟，他笔下的妻子是一名小说家，或者渴望成为一名小说家。她永不停歇，焦躁敏感，甚至还带着百分之四十一的疯狂。诚然，她比他更加独立自主，表现得坚强而潇洒。不过，文学作品中的人物形象难免需要在现实的基础上做出改变或完善。

然而，随着岁月流逝，另一种解释慢慢浮出水面，萦绕在我的心头，久久难以消散。妻子就是妻子，她就是我。我离开了，他留下了。我们曾经有一个梦，或者说他曾经有一个梦。那天晚上，我从酒吧追随他回家，我们开始朝这个梦前进。我一直跟着他，走过一页又一页，跨过一年又一年，在某个瞬间，他肯定认为我说了“不”。没错，我说过许多次。不，今夜不能出去喝酒，咱们要帮忙辅导学校的课外团队。不，你不该继续进行乱七八糟的实验，它们不仅耗费金钱，而且似乎还消磨了你的理智。

“不，你不是失败者。”我也说过这句话，但是他却充耳不闻。

我不知道当初发生了什么，或者发生于何时。也许烦琐的家庭生活令他负担太重；也许他觉得，我是这段婚姻中仅剩的、真正的梦想家，我需要抓住每个飘过的气球，就算它会带我飞走；也许在他看来，艺术、人生以及二者的交织都显得十分荒唐。

我只知道自己跟故事中的凯莉一样，变得愤怒，变得沮丧。然后，我逃跑了。

我逃跑了，不过哪儿也没去。我从虚幻的梦境逃到了现实的生活，尽管跟梦境相比，生活大为逊色，犹如退而求其次的二等奖。我撰写演讲稿，我制作短视频。我并未拍摄电影，但是我没有停止阅读。我念了他给我找来的书，也念了我自己搜罗的书。我依然相信梦境的力量，可是他却相信我放弃了梦境，他别无选择，唯有孤军奋战，撑起完全属于他自己的虚幻世界。要想出现在小说里，他必须从现实中消失，然而小说又已经变成了现实。所以，他才不可能通过离婚跟我们分开。所以，他才忍不住在巴黎悄悄靠近我们。

我们是他的创造。而他，永远都是我们的创造。

第十八章

埃莉诺走了。一年过去了。春天回来了。罗伯特仍旧下落不明。

然后——

我又在语无伦次地讲话了。

事情是这样的。

我失去了自己的丈夫。

这一次，罗伯特的消失更为彻底。在离开书店之际，他也挣脱了我的想象。我不会再透过眼角的余光瞥见他的身影，或者在《红气球》的剧照上看到他的脸庞，或者在他自己的作品中发现他的留言。罗伯特变得杳无音讯，仿佛一切都是我们的错，仿佛他在巴黎露面纯属迫不得已，完全是为了满足我的意愿和女儿们的渴望——其实，在过去的十八年间，他之所以陪伴我们，也是出于同样的理由。当然，真相并非如此，可是法律……

法律。经过跟埃莉诺的多次探讨，我决定向女儿们传达警方的消息，不过仅仅复述一小部分。我说，警方提到，如果有人失踪超过七年且毫无线索，就要被宣告死亡。我省略了帆船的故事，那是警方东拼西凑的结果，少数细节得到了罗伯特的证实。除了这个故事以外，就没有任何蛛丝马迹了，无论在巴黎还是在密尔沃基——就连她们的脸上都波澜不惊。我以为她们会尖叫、哭泣，甚至伸手掐住我的脖子，但是统统没有，唯有平淡的怀疑。

“因此，我们只能等待？”艾丽说。

“也可以加快速度。”天哪，我究竟在说什么？我听到自己磕磕绊绊地继续解释，“倘若警方认定——埃莉诺说过——有一种程序。”

黛芙妮十分困惑，“这种程序会让他——”我屏住呼吸，静候她说出那个词，但是她没有，“不再活着？”

“嗯，”我说，“从法律上来讲，应该是这样。”

“法律？”艾丽说。在她眼中，巴黎最大的魅力在于持续不断的示威活动，包括游行和罢工，大家充分行使法律赋予的权利，代表劳动者、罗姆人、移民、学生等群体，在街上高呼呐喊。

“但是，万一他回来了呢？”黛芙妮说。

危险的问号再次悬浮在空中，犹如弯曲的大头针。

“我估计，可能有……另一种程序吧。”我说。

“什么是‘程序’？”黛芙妮说。莫莉曾经警告过我，随着岁月流逝，我们会渐渐淡忘英语。几天前，我试着向一些游客解释共享单车系统，却想不起“脚撑”怎么说。我笨拙地笔画，将其形容为“用脚踹的东西”，他们还以为我在谈论足球。

但是，在法语和英语里，有两个词我们似乎都不记得了。父亲，父亲，爸爸，爸爸。我早就注意到，当罗伯特在聊天中出现的时候，总是被称作“他”，例如：

“他不会回来了。”艾丽说。在此后的日子里，我反复思索这句话，与之相比，任何法律申请都显得格外多余。

我们失去了书店。

在罗伯特走出故版书店将满一年之际，布鲁雅太太正式宣布了她的决定，其实一切早有征兆。我和她的交流越来越少了，当她需要跟我讲话的时候，经常通过乔治转达。“你应该做这个，你应该做那个。”可是，我统统置之不理。我知道，她希望我能赚钱——由于我不能按照原先的约定支付房租，她让我每月上交营业额的百分之一，偿还债务——她难以相信书店的生意竟然如此惨淡，起码乔治是这样说的。我恳求他从商务咨询的角度提几个建议，他说：“不要开书店。”但是，我们已经开书店了。

他说，虽然他设法为我们搞到了第二年的签证，但是清算总账的日子恐怕即将来临。

他说对了。

在一个安静的早晨，布鲁雅太太屈尊到书店找我，问我能否跟她上楼谈谈。在我们达成最初的协议以后，我便再也没拜访过她的公寓套房，而且我从未涉足过顶层的阁楼，即“藏书楼层”。布鲁雅太太曾经表示我可以去参观，但是她没说过具体时间。顶层房门紧锁，我不敢擅自靠近（当然，艾丽大胆地尝试过，所以我才知道房门锁着）。

布鲁雅太太打开房门，我跟着她迈进屋里。

四面都贴着蓝色的棉麻墙布，印满了猎人和牡鹿的图案，接缝处微微翘起。一扇圆形的窗户，轮廓酷似餐厅的托盘，捕捉到一抹灰色的天空。一块东方风情的地毯铺在中央，磨损得很严重，狭小的室内空间匍匐在倾斜的屋顶底下。一张木桌矗立在地毯上，跟我们穿过的房门差不多大，旁边配着一把椅子。桌上放着吸墨纸、笔筒和散落的稿纸，几张稿纸上写着潦草的字迹。

这层楼没有藏书。

确切地说，这层楼没有汗牛充栋的藏书，与我的想象截然不同。相反，眼前只有一个低矮的书柜，宽不足一米，高不足半米，基本是闲置的状态。顶层摆着黄色的拉鲁斯[①]词典和一枚雕刻着少女头像的吊坠。第二层摆着十二册书，除了书脊上的数字，外貌一模一样。布鲁雅太太递给我一册，封面非常光滑，柔软的皮子染成了绿色，内页镶嵌着金边，显得古老而高贵。

书里仅仅写了一个字：**一**。

她端详着我，观察我是否明白。

我明白，我完全明白。毕竟，我曾经是作家的妻子。**一**。一。第一章。她不必抽出剩下的十一册，我很清楚，那些细心保存的本子和装帧精美的纸页肯定原封未动。

“布鲁雅太太，”我说，“我从来都不知道。”她接过本子，放回原处，“我不知道你是一名作家。**一名作家**？”

她嗤之以鼻，我不禁怀疑自己是否说错了。**“作家”在法语中是阳性词还是阴性词**？

“能够提笔写作的人才是作家。”她说。

---

① 拉鲁斯：一家法国出版社，主要出版工具书，如词典、百科全书等。

而她不是。她一直都想成为一名作家，从很小的时候开始，从她比安娜贝拉还小的时候开始。但是，纷至沓来的事物阻挡了前进的征途，令她寸步难行。穷困艰苦的生活，残酷无情的世界，她的女儿希尔维。（希尔维的父亲不在她的征途上——他早就消失了，甚至没等到希尔维出生。难怪布鲁雅太太觉得她可以充分理解我，理解销声匿迹的罗伯特。）她需要养活自己和孩子，于是她来到一条以作家守护神命名的街道，在一间书店里打工。随着岁月流逝，她渐渐拥有了这间书店，拥有了上面的公寓套房，拥有了整栋建筑。她拥有了一切。

她拥有十二册套着碧绿封皮、镶着暗金花边的空白本子。

她期待书店给自己带来灵感，结果书店占据了她的全部时间。

然后，我们来了。

她继续端详着我，观察我是否明白。她在讲法语，但这不是问题。我茫然地盯着她。她叹了口气，不耐烦地进行解释。

我们才是问题。

“我原本以为，把书店卖给你们，会让我获得更多的时间。久违的时间，久违的**自由**。可惜，你们不肯给我任何时间。落水，住院，警察。太繁忙了！太吵闹了！过去这一年安静了许多，但是店里又太安静了，而那些书籍……”她稍作停顿，仿佛在思考如何用英语组织句子，“楼下的那些书籍，每天夜里都在呐喊，声音越来越响亮。‘布鲁雅太太，你今天做了什么？’它们问，‘你写的作品在哪里？’”

我呆呆地想：公寓的出口在哪里？

恍惚间，我感到自己终于对罗伯特的“笔遁”产生了全新的认识。幽闭恐惧症有许多源头，而我们只是其中之一。

不过此刻，布鲁雅太太关注的源头却正是我们。

“莉娅，”布鲁雅太太说，“你必须离开。”

“抱歉，打扰了，”我转过身去，“我马上就走！”

布鲁雅太太摇了摇头：“不，我是说，你必须离开公寓，离开书店。对不起。”

“布鲁雅太太？”

“没错，你买下了书店的经营权，”她说，“但是你没有买下这栋建筑，所以现在——请你离开。”

我听说过其他流落异乡的同胞遭到法国房东太太驱逐的故事，类似的谈判交涉几乎算是德克兰的副业。可是，我从未料到——

我们之间有着同病相怜的理解，惺惺相惜的纽带以及心照不宣的默契，书籍把我们联系在一起，不是吗？“你让我为书店找一个新地方开业？为孩子找一间新公寓居住？我们的特殊签证怎么办？”

“我不知道。”布鲁雅太太说，“尤其对于美国人而言，肯定很不容易。或许乔治可以帮忙，或许你可以返回美国。我认识一些人，他们会买下书店的所有库存。”她轻轻地叹息，“当你们刚来的时候，我心想，这就是她该做的事情，在书店里——”

“那双胞胎呢？”

“他们长大了，”她说，“乔治对你的依赖正在逐渐减少。”确实如此，“而你——你需要更多，我也需要更多。”

“我不懂。”我说。然而，环顾着空荡荡的房间，我渐渐地懂了。

布鲁雅太太看向小小的书柜，然后凝视着我。“几十年过去了，”布鲁雅太太说，“如今只剩下几年了。**我的生命即将耗尽**。”她补充道："你明白我的意思吗？"

我明白。她的意思是，今天我可以放假了。我走下楼梯，签收洛朗送来的包裹，然后早早地把门上的牌子翻过来，他无奈地摇了摇头。

在过去的一年里，我终于答应跟他约会了。毕竟，我们天天都得见面，接受他的邀请似乎在所难免。那次约会的经历很不愉快，其实这也是意料之中的结果。他带我来到一家专卖汉堡的连锁店，郑重其事地告诉我，在我们结婚之前，我必须得学会做饭。不过他会付账，他会付账，他重复了好几遍，仿佛我在喋喋不休地纠缠他，要求他买单。于是我买单了，将他独自留在餐桌旁。整整两周，我都没看见任何快递。等到恢复派送之际，他说他原谅我了，如果我想付账，完全可以。我说，如果他想做朋友，只是做朋友，完全可以。

我用法语讲出这句话，他茫然地盯着我，好像我搞错了关键的单词或结构。也许我确实搞错了，我已经没有朋友了。

在罗伯特第二次离开以后，大家纷纷向我辞行，仿佛他们先前都在静静守候，只待他一声令下，便立即随之而去。卡尔忧郁地宣布，上级命令他去科特迪瓦[①]就任新职位。他送给我一张钱夹大小的官方肖像照，在画面中，他穿着棕色的西装，美国国旗矗立在右边。他亲吻了我的两侧脸颊，我不动声色地抽身退开，他却紧紧地握住我的胳膊肘。"你要保持坚强。"他说。我努力保持坚强，但是紧接着，来自新奥尔良的退休教师雪莱也准备搬走了。没有告别的

---

① 科特迪瓦：全称为科特迪瓦共和国，位于西非。

亲吻，唯有轻柔的叹息。她的丈夫召唤她回家了。“我想，恐怕是时候了。”她说。

莫莉也表示，她和三个孩子即将踏上旅途，跟随丈夫去其他地方生活。她说他们早就应该启程了，而我也发现，自己早就应该解雇她了。事实证明，她不但是一名糊涂的店员，而且还是一位糟糕的顾客。在出发前一周，她抱回了两箱书籍，声称是她从店里买走的，“把退款加到我的离职工资里。”她说。

“我们不退款。”我说。

她疑惑地看着我：“可是，数月以来，我一直都在为顾客们办理退款啊！”

我考虑给德克兰打电话，可是并未付诸行动。在过去的一年间，我们喝过几次咖啡，但是仅限咖啡而已，从未喝过葡萄酒，从未在家中聊天。我们经常告诉彼此，最近很忙，我们很忙，巴黎很忙。每当我们分开，都会互道“**回见**”，在法语中，它既有“赶快”的意思，也有“再会”的意思。

所以，我结束了跟布鲁雅太太的交谈，孤零零地沿着街道漫步。我面朝上坡前进，背对塞纳河，背对巴黎圣母院，背对更加漂亮的巴黎。我希望与丑陋的事物为伍。

然而，无论我走到哪里，巴黎都美得可怕。我之所以说“可怕”，是因为有时候我盼着周围的风景能够照见自己的灵魂，显出阴沉而黯淡的模样，有时候我盼着路灯和大门可以统统皱起眉头，露出苍白而憔悴的表情。但是，即便在乌云密布的日子里，巴黎也充满了无穷无尽的魔力，令人惊叹不已。况且今天阳光灿烂，外地游客和本地居民都忍不住驻足仰望，欣赏蔚蓝的晴空。我默默地低下头，嗅到一股淡淡的尿味儿从某处飘来。

“我将于三日后凯旋，”拿破仑在信中叮嘱约瑟芬，“千万不要洗澡。”

在抵达巴黎之前，我认为这句话不过是一名受情所困、为爱疯狂的士兵发出的恳求，体现了拿破仑的轻微怪癖。可是，在巴黎定居以后，我却产生了截然不同的理解，不仅由于我等待了很久，远远超过三日，而且我渐渐地意识到，在法国的土地上，理想与现实总是混杂在一起，将二者拆开根本毫无意义，它们只会再度拥抱彼此。

最后，我毅然转身，按照原路折返，来到塞纳河附近，经过自己最喜欢的店面，屋里曾经摆着斑驳的梯子和深红的苹果。这家商铺在黑暗中沉寂了一年，有一次，我鼓足勇气，把脸颊贴在玻璃上张望，看到梯子和苹果都不见了。但是今晚，室内灯火通明，房间中央立着一架崭新的梯子，顶部放着一颗翠绿的苹果。高高悬挂的招牌用英语写道：苹果商店。苹果公司早晚会得到消息，勒令它停业改名。可是现在，鲜嫩的苹果闪闪发亮，我试着推了推大门，发现并未上锁，于是便擅自闯入。我高喊“**您好**”，却无人回应。一切都显得干净而亮堂。我伸手拿起苹果，咬了一口。在咀嚼的过程中，我环顾四周，寻找隐藏的摄像头，但是一无所获。不过我想，这大概就是“隐藏”的意义吧。接着，我迈出大门，朝家中走去。

家在哪里？密尔沃基。诚然，我们可以设法留在巴黎，但是我们已经尝试过一次了，结果却陷入走投无路的僵局。在养育孩子的过程中，大人也在不断地成长。事到如今，我能够准确地判定何时该离开，不会像罗伯特那样优柔寡断。

我拽着黛芙妮去里沃利大街的肉店买烤鸡，心中暗暗思忖，不知联邦快递能否把热气腾腾的烤鸡送到密尔沃基。我觉得自己并没有为这个念头而感到难过，但是在我点单之际，屠夫却目不转睛地凝视着我，仿佛发现了什么不对劲儿的情况。在巴黎，屠夫和药剂师的洞察力不容小觑，面前的屠夫甚至扮演起药剂师的角色，开具了他的处方：我必须买一头**烤乳猪**。店内正好有一头现成的烤乳猪，肚子里塞满了黄杏和青梅，只要把它放进烤箱里热热就行。

我肯定表现得十分困惑，因为他立即转向黛芙妮，详细地说明温度和时间，以及如何分辨热得恰到好处，倘若烤得太久，美味就会变成悲剧。他提到我们需要去隔壁采购一些大葱和四季豆，接着去隔壁的隔壁挑一瓶勃艮第。“太太，”他切换成英语，对我说，“让你的女儿也喝杯葡萄酒吧，她可是个出色的帮手。”黛芙妮微微蹙额，露出羞涩的微笑，稍稍侧过脸颊。尽管我早就发誓，不再为任何事物而大惊小怪，但此刻还是忍不住诧异：黛芙妮在调情？然后，屠夫免费赠送给我们六条厚厚的培根和一袋香料，他告诉黛芙妮，如有必要，可以撒在**母亲**身上，免得这位美丽的女士总是板着面孔。黛芙妮发出清脆的笑声，说了“**谢谢**”和“再见”，领着我走出肉店。在离开之前，我对屠夫莞尔一笑，他挑起一侧的眉毛——他以为我在调情，可是我没有。我十分骄傲，为黛芙妮骄傲，也为我自己骄傲。我将她培养得坚强而机智，温和而聪颖，足以在巴黎站稳脚跟，足以忍耐我的笨拙。

“我真不明白，巴黎多好啊，其他地方的居民怎么不来这里生活呢？”在回家的途中，黛芙妮说。我们拎着大包小包，犹如挂满装饰品的圣诞树。

“这里已经非常拥挤了。”有人不慎撞上我，我喃喃地说，但是黛芙妮并未听到。她远远地走在前面，灵巧地穿过熙熙攘攘的人群。她越来越像艾丽了，她们俩越来越不像我和罗伯特了。我很高兴自己没让她们见到父亲，但是我也很悲伤，他无法见到她们亭亭玉立的模样。

我们打开书店的大门，屋里一片漆黑，我可以趁机躲在阴影中，隐藏脸上的泪水。黛芙妮说，我们应该邀请埃莉诺再来做客，她问我是否看到了那栋电影旅馆挂出的牌子，上面写着“本店已装修翻新”。

我看到了，但是我严重怀疑自己的法语水平，因为旅馆的大厅依然灰尘遍布，显得密不透风，橱窗里堆积着假冒伪劣的电影纪念品，深红色的墙壁让人觉得好像闯入了心脏的幽暗角落。

不过，我注意到《红气球》的海报消失了，取而代之的海报画面出自拉摩里斯的另一部电影，《情人的风》。黛芙妮也看见了。“我从来没听说过这个电影。”她说。我答应会在晚餐之后给她讲讲，但是她很快就忘了，谢天谢地。

《红气球》的部分内容确实比较凄凉，但是总体而言，还算积极向上，甚至充满希望。可惜，拉摩里斯的人生结局却并非如此。

当时正值1968年，距离他初尝成功的喜悦还不到十二载，艾尔伯特·拉摩里斯的事业急剧衰败，甚至沦落到为伊朗国王制作电影的地步。

夜复一夜，拉摩里斯睡得很不安稳，总是梦见自己从高空掉落，在水中淹死。

后来，在拍摄过程中，噩梦变成了现实。拉摩里斯打算避开卡拉季大坝，但是国王坚决表示反对，他希望这部纪录片能够充分展示伊朗的摩登与先进。拉摩里斯的直升机被电缆缠住，轰然坠毁，葬送了他年仅四十八岁的生命。海军派出潜水员，在河底四处搜索尸体。

不过，拉摩里斯的电影却幸存了下来。时隔八年，他的遗孀和儿子——帕斯卡尔，曾经在《红气球》中扮演小主角的童星，如今已经二十多岁了——根据拉摩里斯留下的笔记，将拍摄伊朗的原始素材剪辑成了完整的纪录片。它着重突出了拉摩里斯热爱的全景镜头，缠绵而内敛，但是几乎没有任何国王想要的画面。1979 年 1 月 16 日，国王逃离了伊朗，将近一个月后，长眠于地下的艾尔伯特·拉摩里斯再次入围奥斯卡金像奖的提名，这次的入围奖项是最佳纪录片，作品为《情人的风》。

我在未完成的毕业论文中写道，更加尖锐犀利的内容源于长达七分钟的弃用镜头，拉摩里斯的伊朗团队将其作为电影后记，附在无删减版纪录片的末尾。它囊括了国王想看到的所有事物，但是随着场景频繁切换，画面加速和减速，镜头推近与拉远，每一帧都在无声地控诉着国王害死拉摩里斯的行径。

就欣赏这部纪录片而言，熟悉拉摩里斯的生平经历并非必要之举，但是有助于理解电影表达的内容，尤其是在 00:02:30 处，画面突然切换到一间实验室里，状似鲜血的液体流入透明的试管中，一名身穿白大褂的男子伸手触碰玻璃器皿的顶端，一只红气球凭空冒出来，渐渐膨胀，短暂地持续了片刻。

尽管我早就知道，但是旅馆的海报再次提醒了我：只要留意观察，线索无处不在。

趁着女儿们在写作业，我走下楼梯，开始动手打扫。

经营书店为我带来了无数美好的回忆，但是我绝不会怀念整理书籍的感觉。跟在别人身后收拾残局从来都是枯燥乏味的事情，不管对方是自己熟悉的亲朋好友，还是偶尔在店里穿梭的陌生顾客。诚然，我们制订的排列规则原本就比较另类，可是我实在无法理解，大家为何要让书籍上下颠倒，或书脊朝内，或水平躺倒而非垂直摆放。这肯定不是出于懒散，因为某些做法显然需要花费不少工夫。

首先，我来到《麦德兰》展区，橱窗里杂乱无章，许多娃娃都不见了。我希望它们是被买走了，不过恐怕有几个麦德兰和佩皮托[①]是自己偷偷溜出去的。我承认，在罗伯特抛下双胞胎，离开书店以后，我便不太关注贝梅尔曼斯的书籍了。也许二者毫无关联，也许确实难逃干系，也许是今晚从餐桌旁端来的葡萄酒让我胡思乱想，意醉神迷。

门前的街道空空荡荡，幸好如此，我可不想隔着透明的玻璃为行人表演节目。麦德兰娃娃和佩皮托娃娃的掌心粘着尼龙搭扣，我打算物尽其用。椅子上立着一本硕大的《麦德兰》合集，我将佩皮托的双腿压在合集底部，让他伸出胳膊，拯救下方的麦德兰。他们的脑袋不能移动，所以佩皮托凝视着麦德兰，但是麦德兰却直勾勾

---

① 佩皮托：《麦德兰》系列绘本中的人物，他是西班牙大使的儿子，住在麦德兰的寄宿学校隔壁，后来跟麦德兰成了好朋友。

地望向窗外，扬起嘴角，露出灿烂的微笑。我很喜欢那幅画面。然后，我又交换娃娃的位置，于是麦德兰变成了英雄，佩皮托陷入了困境。我更喜欢这幅画面。我把一本《红气球》放在附近，让佩皮托自由选择逃脱的方式。

摆弄完娃娃以后，我转身走向巴黎分区，仔细梳理书架上的作品。我将海明威的《流动的盛宴》拿到伊利诺伊州[①]的分区，他在那儿人气不高，但是我觉得无所谓。在美国中西部分区，我发现了迷路的詹姆斯·鲍德温，赶紧带他返回巴黎。M.F.K. 费雪[②]在她的出生地密歇根州徘徊，不过她也应该重归巴黎了。她热爱这座城市，热爱里昂火车站的餐厅。艾丽曾经在站台上疯狂奔跑，四处寻找双胞胎，如果费雪在场，她肯定会主动帮忙。由于费雪的文章都是美食题材，我不禁想到了朱莉娅·查尔德[③]，我让她告别波士顿分区，反正她在那里待得也不舒服，来到巴黎跟费雪做邻居。还有莫妮卡·张[④]！我把她从纽约分区解放出来。谢天谢地，她依然健在，并非已故作家，可是我为她破例了，因为我非常欣赏她的《盐之书》，这部作品讲述了格特鲁德·斯泰因的越南厨师的故事，自然属于巴黎分区。我率领诸位女性作家，从四面八方赶来，占据了巴黎的书架，取代了众多的男性作家。再见，F. 司各特！**再见**，福特·马多克斯！**再见**，罗伯特·伊迪！

---

① 伊利诺伊州：美国中西部的一个州，北接威斯康星州。

② M. F. K. 费雪（1908—1992）：美国美食作家。

③ 朱莉娅·查尔德（1912—2004）：美国厨师、作家、电视节目主持人，因将法国菜谱介绍给美国大众而闻名。

④ 莫妮卡·张（1968— ）：越南裔美国作家，生活在纽约布鲁克林。《盐之书》是她的处女作，出版于 2003 年。

罗伯特·伊迪?

我停住了。我们的密尔沃基分区已经没有罗伯特的作品了，只有介绍打字机的书籍（打字机是在密尔沃基发明的）和卡尔·桑德堡[①]的作品（他跟我一样，在密尔沃基撰写过演讲稿）。

然而，这是法国的巴黎分区，不是美国的《中央时间》。

我拿起面前的作品，它是一本新书。

罗伯特·伊迪的新书。

《塞纳河边的旧书店》。没有掩人耳目的笔名，书上赫然印着罗伯特·伊迪的真名。

店内光线昏暗，但是足以阅读。

我翻开书本。

罗伯特修改并完成了那份原稿。

故事的开头没变，跟我的印象完全吻合。

他们热爱自己的生活，也热爱自己生活的地方，可他们还是隐隐担忧，接下来会发生什么呢?

我合上书本，盯着封面。出版商的决定十分大胆，他们没有选择让埃菲尔铁塔出镜，而是选择了一张书店的特写，看起来很像我们的书店。确切地说，那就是我们的书店，但是经过了软件的处理，加上了纠缠的藤蔓（酷似《麦德兰》中的老房子），显得很漂亮。招牌上仍旧标着“故版书店”四个字，我无法分辨橱窗里摆放的东

① 卡尔·桑德堡（1878—1967）：瑞典裔美国诗人、作家、编辑，曾三度赢得普利策奖。

西，否则就可以判断照片拍摄于何时了。不过，这绝对是我们的书店，毫无疑问。

法语里有一个词，“**自己的小说**”，翻译成英语便是“自传体小说”，但是不尽相同。我总觉得“自传体小说”似乎带着傲慢和苛刻的意味，而“**自己的小说**”则描绘了我们都在做或者都该做的事情，那就是不断地编辑和组织我们的人生，直至找到一种合适的叙述方式，能够令我们的人生圆满。如今，我忽然记起一个细节，在我和罗伯特交谈的过程中，他提到自己在书里写下了“对不起”的留言，他目光闪烁，躲避着我的视线，我暗暗思忖：“他在撒谎。”

他真的在撒谎吗？我不知道，我甚至不知道这是否重要。我只知道，我更愿意相信自己的猜测：他在书里写下了“对不起”，因为他确实感到抱歉，他将那本书放在书架上，犹如将漂流瓶扔进大海中，他从未期待它会冒出来，一旦它冒出来，他就会把它偷走。

但是，漂流瓶没了，我们却冒出来了。在书店里，他告诉过我，他抓住一切机会，尽量靠近我们，观察我们。他以为自己产生了奇妙的幻觉，有时候，这个幻觉简直比现实还要真切：我们似乎在经营他笔下的书店，我们住在书店上方的公寓里，我们组成了一个崭新的家庭。我很好奇，他是否见过双胞胎，或者乔治，或者德克兰。也许在某个晚上，罗伯特经过书店外面，隔着橱窗，看到艾丽和黛芙妮在开怀大笑！而德克兰正在给她们讲故事。场面如此温馨，气氛如此欢乐。罗伯特会忍不住驻足惊叹，但是又得赶紧低头前进，免得被人发现。

他看到过这些吗？他看到过德克兰吗？他看到过多少次？比如，在新桥上，罗伯特也望见了黛芙妮吗？但是罗伯特坚称，他那天没去过新桥附近，我也欣然接受了这个说法。罗伯特不知道自己的书稿曾经出现在数学系的打印列表中，我默默地听他给我讲述书稿的故事框架，讲述在法国买下书店的家庭，可是我并未告诉他，埃莉诺早就收到了他的书稿，我们早就念过了书稿的内容。我不希望他说，他没打算让我们读到那份书稿，更没打算让我们遵循书稿的指示生活。我不希望他再次说“对不起”。因为，尽管事态的发展很奇怪，但是我喜欢那份书稿带来的变化。我换了陌生的工作，搬到陌生的大陆。我努力维持生计，靠速冻食品和新鲜蔬菜度日。

结果，我培养出了两个健康、勇敢的女儿。

而且，我拥有一家美丽的书店，数以千计的书籍压得书架嘎吱作响。

起码现在，这家书店还是我的。

我重新翻开罗伯特的新书，这次从头开始，环衬页是一张精致的地图，出版商肯定花了不少钱，接着是空白页和扉页，然后是格特鲁德·斯泰因的引言，以及作者的献词。

献给我失去的那个人。

尾 声

在这本书中，我迷失了自己。

我反复地翻阅，在巴黎和密尔沃基的记忆之间来回穿梭。我感到十分惊讶，他不仅写下了一个关于我们的故事，而且还让作品出现在我们的书店里。莫非是他偷偷地把它放在了巴黎分区？应该是。然而，我并不确定，也无法确定。几个月前，我拜托阿西夫拆掉了所有的监控摄像头。我不后悔自己的决定，我之所以那样做，就是怕他暗中回来，我不想被虚幻的身影纠缠。正因如此，我没有向女儿们提起这本书。下次再看到罗伯特——如果有下次的话——我希望我们都能看到他，我希望我们不是在书的边边角角、屏幕上或人群中瞥见他，而是亲眼注视着他大大方方地从前门走进来。

他已经走进来了吗？

这本书的装帧十分简陋，内页印着“试读版——非卖品”。所以，它大概是用来宣传推广的样书。不过，我倒觉得，装帧设计和故事很可能出自罗伯特之手。也就是说，他写了一本书，然后自己动手

“出版”。实际上，从封面的独特照片到勒口的作者简介，一切都很像他的风格。在“作者简介”一栏，只有两个字母：tk。不是法文的短信缩写，而是古老的出版用语，意为“待定”。

夏天到了，顾客来了。人们蜂拥而至，因为罗伯特的新书出版了。事实证明，他留给我的样书并非一次性的艺术品，而是许许多多复制品的模板。罗伯特的新书当真得到了出版发行的机会，并且奇迹般地搭上罕见的文学彗星，点亮了出版行业的昏暗宇宙。一家人在巴黎接手了一间破败书店的故事，触动了实体书店的老板和巴黎游客的心弦。《泰晤士报》和英国《卫报》先后发表了评论文章，就连法国《世界报》也在周四的图书综述专栏对此进行了详细介绍。于是，罗伯特的故事便乘着媒体的赞誉，迅速地传遍了大街小巷。

大部分文章都把我们的书店称为那本书的“灵感之源”，有一篇报道还提到了最初的店主玛乔丽·布鲁雅也是一位作家，“经过多年的沉寂”，目前正在构思新作。读到这篇报道以后，我立即向她表达了真诚的祝贺，并且告诉她，我们很快就会按照约定离开，我听说格里洛太太已经在考虑买下她的店面了。

布鲁雅太太并未马上回答，我以为她是不愿承认自己联系了格里洛太太。不过，我早就知道她们俩在商量这桩买卖了，因为格里洛太太亲口说过：“我打算开第二家分店，专卖扫帚！”

但是，布鲁雅太太看着我白天接待顾客，夜间打扫书店，她仔细地检查销售额，计算自己在月底能够收到多少钱。“你不必急着走。”她说，仿佛她从未对我下达过逐客令。她迈上楼梯，露出拘谨的微笑，几乎像往常一样，然而区别在于，她的眼睛也在微笑，不是由于昂贵的晚霜，而是由于一个问题。她切换成法语，突然变得十分羞涩：“对了……出版商给你丈夫的作品找到法语译者了吗？”

当收到罗伯特的第一箱新书时，我躲进办公室里，独自拆开包装，翻到后勒口，查看“待定”的内容。结果没有照片，只有一篇极为简短的个人小传，甚至并未涉及他过去出版的作品，仅仅指出这是他的最后一部作品，两年前他在密歇根湖上航行，至今下落不明，据推测已经意外死亡。

我询问出版商，是谁向他们提供了这些信息，他们说是我。

我说不可能，于是他们便转发了“我”曾经发给他们的电子邮件，其中包括“我”交予他们审读的完整原稿。他们说，他们很高兴我们能恢复联系，因为“我”之前的邮箱地址被注销了，而他们需要确认几件事情。“我”让他们去密尔沃基警察局核实罗伯特的状况，负责案件的警探还是同一个吗？他们可以按照对方的要求，把新书免费寄过去吗？

版税的支付地址还是巴黎吗？

我知道应该怎么向女儿们解释这一切吗？

当然，最后一个问题是我的苦恼。看到作者简介的瞬间，黛芙妮和艾丽非常烦躁不安，内心的愤怒几乎大于悲伤。她们认定，警方自作主张，未经我的允许就办完了法律上的“程序”，宣告她们的爸爸死亡。接着，她们又觉得警方得到了我的允许，那种情况更加糟糕。可是，我根本没有向警方表态。她们再度询问，他们的父亲是否还活着，我只能实话实说，“我不知道”。

不过，当艾丽下结论时，我确实撒谎了，或者不完全算是撒谎。她说“所以，一切取决于我们的选择”，即我们可以选择是否相信罗伯特还活着。我回答“对”，尽管我很想告诉她们，我们别无选择，一切都是罗伯特的选择，而他出于可怕的理由，没有选择我们。

区区一次交谈，显然不能让艾丽和黛芙妮理解罗伯特的失踪或“死亡”，五十次交谈同样毫无效果。于是，埃莉诺为女儿们请了一位西雅图的心理医生，她们通过网络接受心理咨询，似乎获益匪浅。根据女儿们的描述来看，她们已经达成了某种停战协议。这并非她们的形容，而是我的概括：跟父亲停战，跟真相停战，跟医生停战。那位优秀的医生不会固执地声称她们的父亲死了，而她们也不会固执地继续在巴黎寻找他。

心理医生说，这是健康的表现，寻找的阶段过去了。心理医生不知道出版商收到了模仿者发送的电子邮件，女儿们也毫不知情。艾丽和黛芙妮询问那本书是如何出版的，我说她们的父亲好像在失踪之前完成了书稿，亲自寄给了出版商，现在出版商联系不上他，我也无能为力。如果她们继续追问，我就重复心理医生的咒语：“寻找的阶段过去了。”

但是她们很少追问，因为她们知道还有别人正在寻找。

埃莉诺正在寻找。她让我告诉女儿们，她已经放弃了寻找，但是我没有转达，反正她们也不相信我了。她在网上寻找，也在线下寻找。她找来了两名私家侦探，很快又把他们都解雇了，并且不断地举行面试，打算物色第三名私家侦探。她充分利用身在大学的机会，旁听刑事司法和法语方面的课程，“为了保险起见”，她还旁听了法医人类学的课程。她掌握了大量跟髋骨有关的知识，在视频聊天的过程中，我总是看到她在使用自己的髋骨。“为了方便起见”，她喜欢在我们交谈的时候吃饭。她的早餐是我的晚餐。我说，她可以陪我一起喝红酒。她说，她要养成健康饮食的习惯。也许正因如此，我偶尔会发现她拿着燕麦卷，跟罗伯特喜欢的牌子一样。

我和德克兰经常一起吃饭。埃莉诺住过的旅馆把一个电影主题的房间改成了“故版”主题的房间，他们询问我，我们的书店是否愿意提供跟那本书相关的旅行服务。我给德克兰打电话，说我有个商业提案，他笑了，于是我们开始设计路线，发展游客。现在，我们之间的关系是纯粹的合伙人关系，我们一致同意，这样最好。每次我向他支付报酬，他都会带我出去吃饭，我们会举杯庆祝。我们已经不再享用免费的霸王餐了，他总是尽量把我当周发给他的薪水在饭桌上花光。结果，我们不停地寻找越来越昂贵的餐厅。巴黎有求必应，德克兰也是一样。他在等待，我也在等待，但是我们俩都不太清楚自己究竟在等待什么。在此期间，我们开怀大笑，畅饮美酒。有时，我会听到三轮的小型出租车嘎吱嘎吱地驶过，我的心脏怦怦直跳，跟在出租车后面紧紧地追逐。我连忙低下头，喝一口丝绸般的佳酿，因为我不敢看向德克兰。

对了，我应该提一句，德克兰并未出现在那本书中。

罗伯特出现了。既出现了，也没出现。在故事里，那家人幸福地生活在一起。没有畅销的遗作来拯救书店，书店凭借自身的价值取得了传统意义上的成功。随着岁月流逝，越来越多的顾客买走了越来越多的东西。那家人赚了不少钱，在接近尾声的一章中，他们去法国南部度假了。在另一章中，他们搭乘火车前往伦敦。后来还提到了斯德哥尔摩之旅，不过我已经告诫过女儿们，不要相信你们读到的任何内容。

当埃莉诺初次看到勒口的作者简介时，她坚称我们应该给出版商打电话，要求他们立即收回所有书籍，将小传的描述改为“罗伯特·伊迪是作者虚构的笔名，如有雷同，纯属巧合……”然而，她的设想实在不具备可行性。况且，我在网上看到，大家都在议论这本书，有不止一位博主认为，它之所以能卖得那么好，悲惨的作者简介功不可没。如果我守在收银台旁边，确实会看到一两名顾客眼含泪水走过来。不过，由于销售额直线上升，如今我很少待在店里。像这座城市的其他老板一样，我雇了几名冷漠的法国姑娘。

但是，有些美国女人偶尔会找到我，悲伤地说：“请您节哀顺变。”我会简单地感谢她，努力表现得很真诚，轻轻地说没关系。然后，倘若谈话需要继续下去，倘若她们抓住我不放手，我就说：“而且，他并没有彻底离开，对吗？”因为我真的不确定他是否离开了，但是我不会坦露心声，我只是说：他就在这本书里。

我觉得，罗伯特打算通过这本书来将功折罪，利用版税免除肩上的众多责任，包括供养妻女。然而，那仅仅是虚假的补偿，不是吗？没错，先前我们收到过比赛的奖金，但除此之外，我们主要还是依靠自己的努力（以及乔治和埃莉诺的帮助，如果我宽宏大量，还可以算上布鲁雅太太）。不过，我并不责怪罗伯特的尝试，毕竟这也是非常痛苦的结局：他终于登上了梦寐以求的巅峰，却必须隐姓埋名，无法尽情享受胜利的喜悦。埃莉诺说，他从来都不稀罕世人的重视与赞誉，他只想得到我们的认可，得到我的认可，所以才会留下一个又一个的线索，起码我们是这样相信的。我们仔细地翻阅那一百页的原稿，发现我和女儿们就是这本书的最佳线索，而故事的第二大谜团则是：我们在巴黎做什么？

在正式出版的作品中，最后一页的最后一句写道：在一个周六，妻子和女儿们忙着照看书店，门铃忽然响起。

每回我离开书店，去街上寻找罗伯特，门铃都会响起。我并非经常寻找他，态度也称不上严肃认真，而且我没有告诉女儿们。但是，在把她们送到学校以后，我偶尔会继续漫步，假装我依然在积极地寻找他的下落。或许自始至终，我一直都在假装，可是我不这么觉得。我知道，在最后一次见面之际，我明明在他的眼睛里看到了熟悉的事物，我总是在镜子中看到类似的映象——我看到了我们的女儿，看到了我们的生活。我甚至觉得，在罗伯特的眼睛里，我看到了热爱与渴望。无论神明的身体还是人类的身体，都有某种奇特的吸引力。很难想象他再也感受不到我们的存在了，很难想象他已经彻彻底底地离开了。

很难想象我竟然成了一名电影制作者，不过现实就是如此。起码，我重新开始上课了，老师让我努力克服频频涌现的沮丧，在心里不停地告诉自己，我是一名电影制作者。“拍摄电影需要时间，”他说，“不要着急，慢慢来。”于是，我顺从了时间的安排。

可是，时间吞噬了我。炎夏转瞬即逝，隆冬寒风刺骨。趁着短暂的旅游淡季，我花钱买票，登上埃菲尔铁塔，打开小巧、高级的摄影机。我不愿捕捉北边的风景，夏乐宫的面积十分广阔，显得华而不实；我也不愿将镜头转向西边，因为那里有美国，还有威斯康星州的比利时、威尔士、斯德哥尔摩和两个巴黎，这些小镇齐声高喊："你还记得过往的岁月吗？"我不喜欢南边，蒙帕纳斯大厦一片漆黑，犹如飘进眼中的煤渣。我面朝东边，凝望着卢浮宫、蒙马特高地、欧洲和梅尼蒙当。《红气球》的演职员表极为简短，拉摩里斯仅仅列上了自己的儿子和女儿，以及寥寥数人，接着感谢了"**巴黎的气球**"。由于天气格外晴朗，我可以轻而易举地看到五颜六色的气球，它们翱翔于空中，或者即将启航。

沿着梅尼蒙当的山坡一路往下，在靠近塞纳河的地方，我仿佛能望见我们的书店。我不需要借助摄影机，我很熟悉书店的位置。大红色的门面闪闪发亮，屋里正在举办热闹非凡的派对，饮酒作乐的宾客不只包括优秀的女性作家，还包括众多的男性作家，有些依然身体安康，有些早已与世长辞。比如沃尔特·惠特曼和他的儿子乔治·惠特曼。乔治·惠特曼是一位教科书编写者，而非诗人，不过他很享受大家将他跟父亲混淆的感觉。他在巴黎左岸开了一家书店，起初名为"北风书店"，后来为了向遭受纳粹迫害的西尔维娅·毕奇表达敬意，改名为"莎士比亚书店"。我想起了西尔维娅·毕奇和她的书店，我想起了自己的书店，我想起了遥远的年代、国度和城市，它们都聚集在陈旧的书架上。

我想起了艾尔伯特·拉摩里斯，我想起了拉摩里斯的儿子帕斯卡尔。如今，帕斯卡尔也老了，他很久以前就失去了父亲。倘若他还会看《红气球》，倘若他还敢看《红气球》，他会想什么呢？电影的每一帧几乎都有帕斯卡尔的身影，在著名的结尾中，帕斯卡尔抓着一大把气球，飞过巴黎上空，俯瞰着拉摩里斯的镜头。父亲和儿子都不知道，在短短十四年以后，一切将会在伊朗画上句号。拉摩里斯坐在直升机里，跟国王的御用飞行员一起，随着疯狂的直升机颤抖、翻滚，迅速地落向奔腾的卡拉季大河。讲述拉摩里斯之死的文章很少，而且基本不会提到接下来的细节：曾经出演过《红气球》的小男孩帕斯卡尔长成了一名青年男子，当意外发生的时候，他也在那架不幸的直升机上。帕斯卡尔拼命挣扎，在直升机坠毁之前摆脱了困境，可是他的父亲却不幸丧生了。

我从未把这个秘密告诉过罗伯特。

我也从未告诉过他，纵观拉摩里斯的所有杰作，主角都在影片的结尾消失了。

身为贝梅尔曼斯的书迷，罗伯特肯定知道，贝梅尔曼斯去世得很早。虽然不像拉摩里斯那样英年早逝，但是他从未见到自己渴望拥抱的外孙。临终之前，贝梅尔曼斯正在创作麦德兰系列的最后一本——《麦德兰与魔法师》。二十世纪五十年代中期，他曾经在一些女性杂志上开设过专栏，名为“麦德兰的圣诞节”。《麦德兰与魔法师》借鉴了当初刊登的部分内容，不过关注点是魔法师，而非圣诞节。现在，《麦德兰与魔法师》仅仅剩下了几张零碎的插图和草稿。（这个秘密是艾丽和黛芙妮发现的，随着年龄逐渐增长，她们反倒越来越热爱贝梅尔曼斯的儿童绘本。）贝梅尔曼斯知道自己病入膏肓，命不久矣，他努力让故事保持乐观灿烂的基调，但是他很难做到。生活的灰暗渗透到了画纸上，毕竟生活无法从艺术中彻底抽离。瘦削而坚强的克拉韦尔小姐患上重疾，卧床不起，无药可医，再也不能带领麦德兰和小伙伴们在巴黎四处冒险了。突然，一位魔法师出现了，他的名字叫“穆斯塔法”，他挥动魔杖，翻新了“绿叶为帘藤作窗”的老房子，变出一片湖水、一棵木瓜树，甚至还有“来自喜马拉雅山的野生白山羊”。

女孩们惊喜万分，但是又担心虚弱的克拉韦尔小姐，如果拜托魔法师拯救她，会不会太强人所难——

当然不会！穆斯塔法治好了克拉韦尔小姐，她缓缓醒来。但是，克拉韦尔小姐不喜欢穆斯塔法对老房子所做的改变，她勒令他消除魔法，他照办了。在一个大雪纷飞的夜晚，克拉韦尔小姐把穆斯塔法赶出去，他立刻凭空消失了。

在一张幸存下来的珍贵草稿上，女孩们眼泪汪汪地跟着送葬的队伍前进，领头者捧着一顶阿拉伯无檐圆筒毡帽，那是魔法师的帽子。“我们都希望魔法师能回来”，克拉韦尔小姐坦率地承认，但有些事情是不可能的，起码在现实生活中难以成真。于是，她送给女孩们一只流浪猫作为安慰。

而那只流浪猫就是魔法师，他解释道：

为了留在这栋房子里，
为了能跟你们在一起，
我改变了自己的外形，
我会像老鼠一样安静。
你们千万要保守秘密，
秘密是不能说的东西。
我们的故事到此为止，

我们的生活仍将继续……

曾经有一段时间，每当我在罗伯特的文字中看到自己，都会产生触手可及的错觉。故事中的我十分纤细，并且极为脆弱，仿佛是压扁的叶子标本，随着纸页翻动而轻轻颤抖，甚至变得支离破碎。

但是如今，我发现书是如此宏大的存在，太宏大了。不只是罗伯特的书，而且是所有的书，所有关于巴黎的书，所有关于世界的书。我阅读，我漫步，我追逐，我渴望。我慢慢体会到，巴黎最大的礼物就是出乎意料，它可以混淆熟悉与陌生，它能够搅乱幻觉与现实。我们会发现，许多事物感觉近在咫尺，其实远在天边，反之亦然。偶尔，我漫不经心地追逐一个陌生的男人，结果却找到一座奇妙的城市。在某些早晨，我希望这样的追逐永远都不要结束，犹如挚爱的作品，犹如巴黎的生活。我不再阅读那么多书，但是我学会了摇晃、思索与飞翔，就像帕斯卡尔一样，就像麦德兰一样，就像贝梅尔曼斯一样，就像拉摩里斯一样，就像我的女儿们一样，就像罗伯特一样。仿佛随手翻开或合上一本书，又如不经意中开启或告别一段恋情，或者根本分不清书籍与情爱，却无不怀揣着一份对秋日的甜蜜期盼。

接管一幢如此生动、完整而温暖的房子，拔出别人为我种下的萝卜，采摘别人替我培育的鲜花，实乃一大乐事！

——路德维希·贝梅尔曼斯《上帝之岛》①，

又名《麦德兰的起源》

① 《上帝之岛》：路德维希·贝梅尔曼斯撰写的一篇文章，讲述了麦德兰系列的起源。他在文中提到，他带着妻子和女儿去法国的利勒迪厄度假，一位商店的老板告诉他，“利勒迪厄”就是“上帝之岛”的意思。由于利勒迪厄的旅馆都被订满了，这位老板便介绍他们去一名渔夫家投宿，渔夫家的院子里种着蔬菜，树上结着水果，贝梅尔曼斯有感而发，写下了这段话。

致 谢

五千万法国人绝不可能犯错，可是一个美国人就不同了。尽管他热爱巴黎，却也难免犯错。或者说，正是由于他热爱巴黎，所以才会犯错。因此，首先我要为书中的谬误向读者诸君道歉。不过，我确实得到了大约五千万朋友的帮助，我很感激他们提供的信息和给予的建议。

感谢最早的几位读者，阿尔弗雷多·博泰罗、劳伦·福克斯、丹·科伊斯、艾米莉·格雷·泰德罗威、克里斯蒂·克兰西、埃姆斯·麦克吉尼斯、乔恩·奥森和安妮·拉朱卡尔。特别要感谢卡洛琳·李威特，她的热情改变了一切，感谢苏珊·理查兹·施里夫为我们介绍彼此。

我还要感谢自己咨询过的众多专家，包括拉里·库珀教授、艾米莉·格里芬和苏珊·基恩，他们在法语方面提供了宝贵的意见。感谢塔米·威廉姆斯教授在法国电影方面给予的帮助，感谢荷西·兰特斯教授在荷兰电子杂志方面给予的帮助，感谢凯文·惠勒医生在医学方面给予的帮助。感谢巴黎的读者，娜塔莎·贝斯克、苏菲·罗莱特、英格丽·约翰逊，感谢他们在家庭教育及法国巴黎等方方面面的深刻见解。感谢哈蒂·罗尼教会我使用青少年的短信用语，感谢安托万·洛兰分享关于法国书店和书籍销售的知识，感谢迈克尔·布拉和詹姆斯·弗莱士提醒我注意“危险的截稿日期”。

感谢我的文学经纪人伊丽莎白·威德以及她的同事德纳·墨菲和哈莉·沙弗尔，感谢珍妮·梅耶。感谢万能的玛雅·齐夫，她是本书的编辑和救星，感谢她的同事麦德兰·纽奎斯特——**万分感谢**。

感谢无与伦比的丹尼尔·戈尔丁，他来自密尔沃基的博斯威尔图书公司，感谢他独到的销售技巧，感谢他支持世界各地的作家（尤其是我）。

如果读者诸君对路德维希·贝梅尔曼斯的经历与作品感兴趣，可以参阅贝梅尔曼斯的外孙约翰·贝梅尔曼斯·马奇亚诺（John Bemelmans Marciano）[①]的优美传记《贝梅尔曼斯——麦德兰创造者的生平与艺术》（*Bemelmans: The Life and Art of Madeline's Creator*, Viking, 1999），我在书中分享的许多贝梅尔曼斯的故事，尤其是关于他最后一部作品的情况，皆来自这本传记。另外，马奇亚诺以及我本人都很欣赏穆雷·珀莫瑞斯（Murray Pomerance）主编的《路德维希·贝梅尔曼斯传记》（*Ludwig Bemelmans: A Bibliography*, Heineman, 1993），该书的内容十分详尽，倘若读者诸君想要阅读

① 由于作者提到的大部分书籍都没有中文译本，因此译者保留了原作的书名、作者名及出版信息，在括号中注出，供读者参考。

《麦德兰》之外的作品（或者想要知道从哪里能够阅读到《麦德兰》系列的全部作品），那么这本传记将是非常合适的指南。莉娅和女儿们提到的贝梅尔曼斯的“成人选集”是《告诉他们，那样很好》（*Tell Them It Was Wonderful*, Viking, 1985）。最后，我还要推荐珍·贝亚德·科里（Jane Bayard Curley）的《75 岁的麦德兰——路德维希·贝梅尔曼斯的艺术》（*Madeline at 75: The Art of Ludwig Bemelmans*, Eric Carle Museum of Picture Book Art, 2014），其中还收录了麦拉·考曼（Maira Kalman）的一篇文章，附带精美的插图。

尽管我跟莉娅一样，十分喜爱《红气球》的图书版本（*The Red Balloon*, Doubleday, 1956），但是要了解艾尔伯特·拉摩里斯，最好还是通过欣赏他的电影作品。标准收藏公司（Criterion Collection）修复了原版的《白鬃野马》（*White Mane*, 1953）和《红气球》（*The Red Balloon*, 1956）。拉摩里斯的儿子帕斯卡尔制作过一部让人难忘的纪录短片，名为《我的父亲是一只红气球》（*Mon père était un ballon rouge*, 2008）。

皮耶特·E. 施罗德斯（Piet E. Schreuders）的著名杂志《狂热》（*Furore*）用了整整一期的版面（第 21 期）介绍了《红气球》的相关信息和拍摄地点，内容非常有趣，而且研究得颇为透彻。我还要感谢另一本杂志《出乎其外》（*Bidoun*），它提到拉摩里斯的伊朗团队在他去世以后剪辑了一段长达 7 分钟的“电影后记”。

即便当我不在巴黎的时候，我也会尽量通过书籍神游巴黎。令我受益匪浅的作品有罗斯克兰斯·鲍德温（Rosecrans Baldwin）的《巴黎，我爱你，但是你让我失望》（*Paris, I Love You But You're Bringing Me Down*, Farrar, Straus and Giroux, 2012）、西尔维娅·毕奇（Sylvia Beach）的《莎士比亚书店》（*Shakespeare and Company*, Harcourt Brace, 1959）、凯特·贝兹（Kate Betts）的《我的巴黎梦》（*My Paris Dream*, Spiegel & Grau, 2015）、亚当·高普尼克（Adam Gopnik）主编的《美国人在巴黎——文学选集》（*Americans in Paris: A Literary Anthology*, Library of America, 2004）以及高普尼克所著的《从巴黎到月球》（*Paris to the Moon*, Random House, 2000），还有安托万·洛兰（Antonine Laurain）的《红色笔记本》（*The Red Notebook,* Gallic Books, 2005）、杰瑞米·默瑟（Jeremy Mercer）的《那里的时间更温柔》（*Time Was Soft There*, St. Martin's, 2005）、凯瑟琳·桑德森（Cathrine Sanderson）的《矮小的英国人》（*Petite Anglaise*, Spiegel & Grau, 2008）、珍·佩奇（Jane Paech）的《巴黎之家》（*A Family in Paris*, Penguin Lantern, 2011）和伊莱恩·西奥利诺（Elaine Sciolino）的《巴黎唯一的街道》（*The Only Street in Paris*, W. W. Norton, 2015）。

以上资料都是我从众多的档案馆和图书馆找到的，我要感谢这些机构的协助，包括法国国家图书馆及法国电影资料馆（这项研究的部分资金由威斯康星大学密尔沃基分校提供）、耶鲁大学拜内克古籍善本图书馆、纽约公共图书馆的主阅览室、纽约历史协会下属克林根斯坦图书馆的米尔斯坦微缩胶卷阅览室、南卫理公会大学戴高礼图书馆（特别感谢大卫·海恩斯、丽贝卡·格拉夫和琼·戈斯内尔）和威斯康星大学密尔沃基分校果尔达·梅厄图书馆，尤其是图书馆员莫莉·马赛厄斯，感谢她帮忙查找资料，有些资料甚至比罗伯特的行踪还要难寻。

如果读者诸君对莉娅提到的作品感兴趣，请参照以下书单：F.

伯特夫人（Mrs. F. Burt）的《斯瓦希里语语法与词汇》（*Swahili Grammar and Vocabulary*, Society for Promoting Christian Knowledge, 1910），苏菲·卡勒（Sophie Calle）的《威尼斯套房》（*Suite Vénitienne,* Bay Press, 1988），奥古斯塔斯·J. C. 黑尔（Augustus J. C. Hare）的《漫步巴黎》（*Walks in Paris*, George Routledge and Sons, 1888），艾登·希金斯（Aidan Higgins）的《赫尔辛格火车站》（*Helsingør Station*, Secker and Warburg, 1989），托芙·扬松（Tove Jansson）的《公平竞争》（*Fair Play*, Sort of Books, 2007），艾丽斯·马蒂森（Alice Mattison）的《男人给钱，女人呐喊》（*Men Giving Money, Women Yelling*, William Morrow, 1997）之《我们两个成年人》（*We Two Grown-ups*），威廉·麦克斯韦尔（William Maxwell）的《再见，明天见》（*So Long, See You Tomorrow*, Knopf, 1980），格蕾丝·佩利（Grace Paley）的《最后一刻的巨变》（*Enormous Changes at the Last Minute*, Farrar, Straus and Giroux, 1985）之《欲求》（*Wants*），凯瑟琳·安·波特（Katherine Anne Porter）的《灰色马，灰色的骑手》（*Pale Horse, Pale Rider*, Harcourt, 1939），乔治·桑（George Sand）的《印第安纳》（*Indiana*, Oxford, 1994），乔治·斯温顿（George Swinton）的《爱斯基摩雕塑》（*Sculpture of the Eskimo*, McClelland and Stewart, 1972），莫妮卡·张（Monique Truong）的《盐之书》（*The Book of Salt*, Houghton Mifflin Harcourt, 2003），詹姆斯·韦尔奇（James Welch）的《傻瓜乌鸦》（*Fools Crow*, Viking Penguin, 1986）。儿童文学区的作品包括：朱迪·布鲁姆（Judy Blume）的《上帝，你在吗？是我，玛格丽特！》（*Dieu tu es là? C'est moi Margaret*!, L'Ecole des Loisirs, 1986），桑德里娜·洛姆（Sandrine Lhomme）

和罗克珊娜·玛丽·格里兹（Roxane Marie Galliez）的《悲伤的重量》（*Le Poids d'un Chagrin*, Editions Auzou, 2008），塞尔玛·曼戴恩（Selma Mandine）的《第一次做噩梦》（*Mon Premier Cauchemar, Chocolat*! Jeunesse, 2009）

本书中有两处与现实不符，或者用作家的话来说，是两处虚构的细节。

在我进行创作期间，法国并没有像莉娅和女儿们取得的那种专为书店老板设计的神奇签证，尽管这并不是个坏主意。另外，请读者诸君务必严格遵守法律法规，不要逾期逗留，也不要站在塞纳河的桥栏杆上。

故版书店与玛莱区伟大的红色小推车书店如有雷同，纯属巧合。（红色小推车书店位于圣保罗大街，而不是我杜撰的圣露西大街。）不过，我要向红色小推车书店的老板佩内洛普（和巴黎）表达感激和歉意：我们应该在您主动提议的时候买下这家书店。

我的家人总是在回忆那个遇到佩内洛普的下午，而我在撰写这本书的过程中，则始终惦记着自己的家人。感谢玛丽、奥娜与珍，在初次游览巴黎的旅途中，她们毫无怨言地走了很远的路，感谢她们没有把自己的姐妹或者我推到地铁轨道上。

感谢我的妻子苏珊，她的爱与支持足以填满五千万本书。在创作这本书的日子里，我经常无法陪伴她，有时候即便身在家中，心思却飘远了，但是她温柔地包容了一切。我爱你，我回来了。